Père à tout prix

Un shérif pour sauveur

MAUREEN CHILD

Père à tout prix

Traduction française de
ADELINE EVENS

PASSIONS

HARLEQUIN

Collection : PASSIONS

Titre original :
BOMBSHELL FOR THE BOSS

HARPERCOLLINS FRANCE
83-85, boulevard Vincent-Auriol, 75646 PARIS CEDEX 13
Service Lectrices — Tél. : 01 45 82 47 47

www.harlequin.fr

ISBN 978-2-2804-3652-6 — ISSN 1950-2761

- 1 -

— Nous en avons déjà discuté plusieurs fois, dit Ethan Hart en s'enfonçant dans son fauteuil. Nous n'allons pas revenir dessus.

Dissimulant mal son irritation, il crispa ses doigts sur les accoudoirs et fixa son jeune frère assis en face de lui. Ce n'était pas leur premier désaccord et il se demanda une fois de plus s'il avait bien fait de faire entrer Gabriel au conseil d'administration.

Ce dernier repoussa son siège avec impatience et se leva.

— Non, Ethan, lança-t-il en enfonçant ses mains dans les poches de son jean. nous n'en avons pas discuté, tu as donné tes ordres, nuance.

Ethan leva les yeux et fixa son frère avec dureté.

— Puisque tu te rappelles si bien notre dernière conversation, je me demande pourquoi tu tiens tant à y revenir.

— Parce que, bien que tu sois la personne la plus têtue que j'aie jamais rencontrée, j'ai encore espoir de te faire changer d'avis.

— Têtu ? Moi ? s'exclama Ethan avec un rire narquois. C'est l'hôpital qui se fout de la charité !

— Bon sang, Ethan, j'essaie de trouver des idées nouvelles, pas pour moi, pour la société.

Il était sincère, Ethan le savait. Gabriel avait toujours aimé repousser les limites, se lancer dans des projets un peu fous. Tant qu'il ne s'agissait que de lui, cela ne posait pas de problème. Mais en ce qui concernait la société, c'était plus périlleux. Pouvait-on prendre le risque, au nom de la nouveauté, de ruiner une réputation qui s'était construite sur des décennies ?

Ce désaccord revenait régulièrement entre les deux frères. Depuis qu'ils avaient hérité de l'usine de chocolat de la famille, ils ne cessaient de se disputer. Ethan en était désolé, car ils avaient toujours été très proches. Mais c'était à lui que revenait la décision finale, que cela plaise à son frère ou non. Gabriel devrait s'accommoder de cette situation.

Il se leva à son tour pour faire face à son frère.

— Vois les choses en face, Gabe. L'année dernière, nous avons vendu quatorze millions de boîtes de chocolats. Notre société se porte bien. Nous n'avons nul besoin de prendre des risques inutiles.

— Oui mais c'est en prenant des risques que notre arrière-grand-père a développé son affaire, et c'est grâce à lui que nous en sommes là.

— C'est vrai que Joshua Hart avait le sens des affaires, reconnut Ethan. Et chaque génération a su faire fructifier l'entreprise. Aujourd'hui, nous sommes le cinquième plus gros fabricant de chocolat au monde. Pourquoi diable devrions-nous prendre des risques ?

— Pour être les premiers, répondit Gabriel en passant sa main dans sa chevelure noire, de plus en plus irrité par l'attitude de son frère. Les temps changent, Ethan. Les goûts aussi. Nous pouvons très bien continuer à fabriquer le même chocolat tout en lançant une nouvelle gamme. Tester de nouvelles saveurs, de nouvelles textures. Attirer de nouveaux clients. Des clients plus jeunes qui nous seront fidèles toute leur vie.

Ethan regarda son frère avec un mélange d'agacement et d'affection. Toute leur vie, leurs relations avaient été ainsi, faites de hauts et de bas, de complicité, de disputes et de réconciliations. En tant qu'aîné, Ethan avait toujours protégé son jeune frère Gabriel, au caractère indomptable et intrépide, qui voulait toujours se lancer dans de nouvelles aventures, tester de nouvelles choses, prendre des risques. Maintes fois, Ethan l'avait tiré de situations inextricables. Tant que cela ne concernait pas le travail, tout allait bien. Mais s'il s'agissait de mettre en péril une tradition familiale qui avait permis de bâtir un empire mondial, Ethan sortait ses griffes.

— Si tu veux lancer des produits inédits, vendre du chocolat à l'origan ou je ne sais quoi, très bien, mais crée ta propre affaire. Je n'y vois aucun inconvénient. Mais je persiste à croire que Heart Chocolates restera le meilleur s'il offre à ses clients exactement ce qu'ils attendent.

— C'est sûr, comme ça, on ne risque pas de se planter, marmonna Gabriel entre ses dents. Mais quel ennui !

— Alors pour toi la réussite est *ennuyeuse* ? Nous faisons ce qui marche, Gabe. Comme nous l'avons toujours fait.

Gabe posa ses mains sur le bureau d'Ethan et se pencha vers lui.

— Cette entreprise m'appartient autant qu'à toi, Ethan. Nous sommes frères. Notre père nous a légué cette affaire à tous les deux. J'ai mon mot à dire, que tu le veuilles ou non.

— Pas de problème, je ne t'ai jamais empêché de t'exprimer, dit Ethan en serrant les dents, réprimant de plus en plus mal son impatience devant l'insistance de son frère.

— Oui mais à la fin c'est toujours toi qui décides.

— C'est normal. La société est à nous deux mais c'est moi qui la dirige.

Ce disant, Ethan ne lâcha pas son frère des yeux, essayant de retenir la boule de colère qui montait en lui. Il savait ce qui lui tenait à cœur. Gabriel voulait à tout prix imprimer sa marque sur l'entreprise familiale. Mais ce n'était pas une raison pour le laisser faire n'importe quoi. Ses idées étaient trop farfelues. Oui, c'était tentant d'innover, de lancer de nouvelles saveurs, de nouveaux types de chocolats plus originaux, de bousculer la tradition. Mais Ethan était certain que leurs clients ne suivraient pas. Ils savaient qu'avec les chocolats Heart, ils ne seraient jamais déçus. Et c'était cette confiance qui faisait leur force.

— Je sais que c'est toi le P-DG, tu ne manques jamais une occasion de me le rappeler, dit Gabriel en repoussant le bureau.

— Écoute, Gabe, je comprends que tu te sentes frustré mais mon devoir est de préserver une réputation patiemment construite sur plusieurs générations.

— Et tu crois que je vais la briser juste en lançant une nouvelle gamme ? lança Gabriel, surpris.

— Non, pas forcément. C'est juste que tu ne veux pas prendre le temps de considérer ton idée sous tous les angles.

La patience d'Ethan était à bout, il avait l'impression d'être suspendu au bord d'une falaise, accroché à une corde prête à lâcher. Il avança un nouvel argument pour essayer de décourager son frère.

— Lancer une nouvelle gamme supposerait d'investir d'énormes sommes d'argent pour la campagne de publicité. Bien plus que ce que nous avons l'habitude de consacrer à ce poste.

— Pam dit qu'on pourrait très bien l'intégrer dans le budget de publicité global.

Ethan fronça les sourcils.

— Pam ? Qui est-ce ?

Gabriel hésita un instant, comme s'il regrettait d'avoir laissé échapper ce prénom.

— Pam Cassini, précisa-t-il. Elle sait de quoi elle parle, crois-moi. Elle a monté son propre cabinet de relations publiques et elle a toujours de bonnes idées.

— Et c'est ta nouvelle petite amie, ajouta Ethan.

Était-ce là l'explication de la dernière lubie de Gabriel ? Une nouvelle conquête un peu ambitieuse qui le pousserait dans l'ombre ?

— Qu'est-ce que cela a à voir ? répliqua Gabriel.

Avant de pouvoir répondre, Ethan entendit un discret coup à la porte, puis son assistante, Sadie Matthews, passa la tête dans l'entrebâillement. Ses grands yeux bleus se posèrent tour à tour sur les deux frères avant qu'elle ne prenne la parole.

— C'est bon, la guerre est finie ?

— Pas tout à fait, dit Gabriel.

Ethan lui lança un regard furieux puis se tourna vers la jeune femme.

— Qu'y a-t-il, Sadie ?

— Vos cris s'entendent dans tout l'étage, dit-elle en entrant dans la pièce avant de refermer la porte derrière elle.

Ethan posa un regard lourd sur elle, qui dura quelques longues secondes.

Sadie était son assistante depuis cinq ans. Grande, avec ses boucles blondes qui encadraient joliment son visage et ses grands yeux bleu foncé, elle semblait ne jamais se départir de son sourire. Elle était efficace, intelligente, belle et sexy, mais totalement inaccessible. Avec le temps, il avait appris à se contenir, et à s'interdire l'attitude qu'il aurait pu avoir avec une jeune femme de son genre s'il l'avait connue dans un autre contexte. Pourtant, ce n'était pas tous les jours facile de rester de marbre devant une jeune femme aussi jolie.

Sa bouche sensuelle était une véritable tentation et l'étincelle de rébellion qui se lisait dans son regard la rendait encore plus attirante. Mais elle remplissait sa mission à la perfection et il aurait été bien en peine de lui reprocher quoi que ce soit.

Elle s'approcha du bureau.

— J'ai même entendu des collèges qui faisaient des paris pour savoir lequel des deux finirait par taper l'autre.

— Et qui donc ? demanda Ethan en regardant durement son frère.

Sadie sembla surprise par la question.

— Ça, je ne vous le dirai pas, dit-elle en secouant la tête.

— Sadie, je vous demande…

Mais elle ignora Ethan et se tourna vers Gabriel.

— Le nouveau distributeur avec qui vous aviez rendez-vous vous attend dans votre bureau, dit-elle. Mais si vous préférez, je peux lui dire que vous n'avez pas terminé votre discussion avec votre frère…

Gabriel serra les mâchoires, puis secoua la tête.

— C'est bon, j'arrive. Mais nous reprendrons cette conversation, ajouta-t-il en s'adressant à Ethan.

— J'y compte bien, répondit son frère.

Lorsqu'ils se retrouvèrent seuls, Ethan demanda à Sadie :

— Et vous, vous aviez parié sur qui ?

— Qui vous dit que j'ai parié ?

— Vous êtes trop futée pour ne pas savoir que j'ai toujours le dernier mot.

— Bravo, vous faites d'une pierre deux coups, vous me passez de la pommade et en même temps, vous vous complimentez vous-même. Impressionnant.

— Il est vraiment là ce distributeur, ou vous l'avez inventé pour nous interrompre ?

— Oh ! il est bien là, dit Sadie en s'avançant vers la baie vitrée. Mais même dans le cas contraire, j'aurais trouvé autre chose pour vous arrêter.

— Il me rend fou, bougonna Ethan en se tournant lui aussi vers les fenêtres, qui offraient une vue imprenable sur le Pacifique.

Comme cela arrive parfois en janvier dans le sud de la Californie, il faisait gris et froid. L'eau et le ciel se confondaient dans un camaïeu de gris. Devant le va-et-vient incessant des vagues qui venaient mourir sur le sable, les surfeurs attendaient de s'élancer, leur planche sous le bras. Au loin, les voiles colorées des bateaux piquetaient çà et là la surface sombre de l'eau. D'ordinaire, cette vue avait le pouvoir de calmer Ethan. Mais cette énième discussion avec Gabriel l'avait épuisé et la tension ne retombait pas.

— Il veut encore lancer une nouvelle ligne de chocolat, c'est ça ? hasarda Sadie.

— Oui, et maintenant il a une conseillère qui lui explique comment mener une nouvelle campagne.

— Ce n'est pas complètement idiot, dit Sadie avec un haussement d'épaules.

Ethan la fixa.

— Vous n'allez pas vous y mettre vous aussi ?

— Le changement n'est pas forcément une mauvaise chose, répondit-elle doucement.

— L'expérience m'a enseigné la prudence, dit Ethan.

Il la prit par l'épaule et, faisant fi du frisson que provoqua en lui ce contact, l'obligea à se tourner vers lui. Puis il se recula un peu.

— Les gens veulent toujours tout changer dans leur vie. Changer de voiture, de maison, de couleur de cheveux, que sais-je encore. Mais on a aussi besoin de stabilité dans la vie, de repères. Et quand on a trouvé quelque chose qui marche, c'est bien de s'y tenir.

— Oui mais parfois, changer est la seule solution qui s'offre à nous.

— En l'occurrence, ce n'est pas le cas, grommela Ethan.

Puis il retourna s'asseoir à son bureau et se plongea dans le dernier rapport marketing.

— Sadie, dit-il en lui jetant un rapide coup d'œil, si vous êtes du côté de Gabriel, c'est votre droit, mais je ne souhaite pas le savoir. Je ne suis pas d'humeur à poursuivre cette conversation pour l'instant.

— Très bien. Alors je me lance, même si le moment est mal choisi.

— Pardon ? dit-il en relevant les yeux vers elle.

Elle prit une grande respiration et lui tendit une feuille.

— Je démissionne, dit-elle.

— Ce n'est pas possible. Nous avons une réunion dans vingt minutes…

— Ça ne change rien.

Ethan la regarda, incrédule. Il n'était pas sûr d'avoir bien entendu. Cela n'avait aucun sens.

— Ce n'est pas possible, Sadie. J'ai besoin de vous.

Elle agita la feuille devant lui.

— Lisez, Ethan. C'est ma lettre de démission.

Il la prit d'un coup sec et parcourut le texte dactylographié.

— C'est ridicule, dit-il en la lui rendant. Je ne l'accepte pas de toute façon.

Sadie passa ses mains dans son dos pour signifier qu'elle refusait de reprendre la lettre. Elle savait que ce serait difficile. Elle savait qu'Ethan refuserait de l'écouter et s'opposerait à son départ. Elle craignait même qu'il réussisse à la convaincre de rester. Car au fond, elle n'avait pas vraiment envie de quitter Heart Chocolates.

Pourtant, elle était bien décidée à ne pas passer cinq années de plus à trimer comme elle l'avait fait depuis qu'elle était l'assistante d'Ethan.

Cinq années à attendre désespérément que son patron la regarde autrement que comme son employée, ou parfois même comme un meuble. Elle l'aimait depuis le premier regard, mais n'attendrait pas un jour de plus. La coupe était pleine.

— Vous ne pouvez pas partir, reprit Ethan.

Comme elle refusait toujours de prendre la lettre qu'il lui tendait, il la reposa à l'envers sur le bureau, comme s'il refusait de la voir.

— Nous avons la campagne de printemps à finaliser, les travaux à l'usine…

— Eh bien vous ferez tout ça sans moi, coupa Sadie, espérant qu'il ne remarquerait pas la tristesse qui pointait dans sa voix malgré elle.

— Pourquoi voulez-vous partir tout à coup ? demanda Ethan. Vous voulez une augmentation ? Nous pouvons en discuter.

— L'argent n'a rien à voir là-dedans, Ethan, dit-elle avec fermeté.

Elle savait qu'elle était très bien payée et qu'elle ne trouverait pas meilleur salaire ailleurs. Ethan était très généreux avec ses employés. Le problème n'était pas là.

— Très bien, dit Ethan en se levant. Deux semaines de vacances en plus, plus l'augmentation.

Cette remarque la fit presque rire et elle baissa un instant la garde. Ethan était un très bon patron mais parfois il avait des réactions étranges.

— Ethan, je ne prends pas de vacances *maintenant*. Quel intérêt de me donner deux semaines de plus ?

— Vous n'êtes pas raisonnable.

— Je suis juste pragmatique.

— Je ne suis pas d'accord.

— J'en suis désolée, dit Sadie.

Et elle l'était vraiment. Elle n'avait pas envie de partir. Rien qu'à l'idée de ne plus le voir, il lui semblait qu'un abîme s'ouvrait devant elle. Mais elle n'avait plus le choix.

— Si ce n'est pas l'argent, ni les congés, quel est le problème ?

— Je veux juste vivre, lança-t-elle.

En prononçant ces mots, elle réalisa combien ils étaient désespérés.

Elle avait passé les huit dernières années de sa vie à travailler pour Heart Chocolates, dont les cinq dernières comme assistante d'Ethan. Elle n'avait pas compté ses heures, avait sacrifié sa vie de famille, ses loisirs, et les plantes de son appartement mouraient toutes les unes après les autres car elle n'avait jamais le temps de les arroser.

Elle voulait une histoire d'amour. Du sexe. Et fonder une famille avant qu'il ne soit trop tard.

— Pourquoi donc ? Vous ne vivez pas ? dit Ethan, sentant une accusation muette derrière ces paroles. Vous faites partie intégrante de cette entreprise. De mon personnel.

Le problème, c'était qu'elle était amoureuse de lui

depuis des années. Un amour à sens unique, non partagé, qui la mènerait droit au célibat à vie si elle ne prenait pas les choses en main. Non, si elle voulait conserver une chance d'avoir une vraie vie, une vie normale, elle devait partir sans attendre.

— Ça, c'est le travail, Ethan, dit-elle en secouant la tête. Et le travail ce n'est pas tout dans la vie.

— Pour moi, si.

— C'est bien là le problème, fit-elle remarquer. Vous ne comprenez donc pas ? Nous travaillons comme des malades tous les jours, souvent le week-end et même les jours fériés. Rappelez-vous l'année dernière, quand vous m'avez rappelée pendant le mariage de ma cousine pour régler un problème d'expédition pour la fête des Mères.

— C'était important.

— Le mariage de Megan aussi, rétorqua-t-elle. Non, tout ceci est terminé pour moi. Ma décision est prise, vous ne me ferez pas changer d'avis.

— Changer, toujours changer, dit Ethan en se levant pour se planter devant elle. Qu'est-ce que vous avez tous avec ça ?

— Le changement n'est pas toujours une mauvaise chose.

— Ni forcément un bienfait, fit-il remarquer. Quand tout marche bien, pourquoi vouloir tout détruire ?

— Ethan, je savais que la nouvelle de ma démission ne vous ferait pas plaisir. Et le moment était mal choisi pour venir vous en parler, c'est vrai. Mais c'est comme ça, j'ai besoin de changement.

Elle croisa son regard vert et sentit un pincement au cœur. Ses cheveux noirs étaient en bataille, il avait l'air hagard, mal remis de son altercation avec Gabriel. Sa cravate était desserrée et ce désordre le rendait tellement sexy… Sa gorge se serra.

Qu'avait donc cet homme pour la toucher autant ? Certes, il était très beau et il lui suffisait d'un regard pour faire naître le désir en elle. Mais il y avait autre chose. Il était fort, intelligent, solide, et cet ensemble de qualités la faisait littéralement craquer. Mais puisque lui ne la regardait pas, quitter l'entreprise était la seule solution qu'elle avait trouvée pour échapper à cette situation sans issue.

— Bon sang, Sadie, qu'est-ce que vous avez besoin de changer ?

— Tout, ma vie ! répondit-elle avec un grand geste de la main, espérant en vain qu'il la regarde comme une personne.

Mais c'était inutile. Elle ne comptait pas plus que son ordinateur ou que son imprimante. Elle était là pour exécuter un travail. Point barre.

— Savez-vous que mon frère Mike et sa femme Gina viennent d'avoir leur *troisième* enfant ?

— Quel rapport avec vous ? dit Ethan qui semblait un peu déstabilisé par la question.

— Gina a deux ans de moins que moi, répondit Sadie en levant les bras d'un geste de désespoir. Elle a déjà trois enfants, et moi je n'ai que des plantes qui crèvent dans mon appartement.

— Et alors ? Je ne comprends pas !

Elle poussa un profond soupir. Elle savait que ce serait difficile de le quitter. Qu'il sortirait le grand jeu pour la garder : promotion, augmentation, congés… Mais elle n'avait pas imaginé combien ce serait dur de lui expliquer les vraies raisons de sa décision. Elle-même ne l'avait compris que récemment. Pendant de longues années, elle avait refusé de voir la réalité en face.

— Je veux fonder une famille, Ethan. Je veux tomber amoureuse…

De vous, lui criait son cœur, mais elle l'ignora et poursuivit :

— Je veux avoir des enfants, j'ai presque trente ans.

— Vous êtes sérieuse ? dit Ethan en s'adossant à son fauteuil. C'est juste cela dont il s'agit ? L'horloge biologique ?

— Pas seulement, Ethan. Cela fait un moment que j'y

réfléchis. Nous travaillons dix heures par jour, parfois plus. Je n'ai même pas le temps de rencontrer des gens, d'avoir un petit ami.

À ces mots, Ethan sembla surpris.

Sadie regretta aussitôt cette confidence. C'était inutile de le mettre mal à l'aise avec cette situation pathétique. Il n'avait pas à connaître tous les détails de sa vie.

— C'est juste que, dans quelques années, quand j'aurai les cheveux gris et que je me retournerai sur ma vie, je ne veux pas avoir à me dire : « Je suis seule… mais j'ai été une super assistante de direction toute ma vie, j'ai porté la boîte à bout de bras pendant des années, bravo ! »

— C'est déjà pas mal, fit remarquer Ethan.

Exaspérée, Sadie pointa son index sur lui.

— Vous dites ça parce que vous non plus vous n'avez pas de vie en dehors du travail. Votre travail vous prend tout, vous vous noyez dedans. Vos seuls interlocuteurs sont Gabe ou moi. Vous avez une superbe villa à Dana Point mais vous n'y êtes jamais. Vous mangez dans votre bureau et vos seules lectures sont les graphiques et les livres de comptes. Ce n'est pas bon pour votre santé mentale.

Il leva un sourcil.

— Je vous remercie pour ces remarques, Sadie. Vous en avez d'autres comme ça ?

Elle recula d'un pas, troublée. Même en colère, la mâchoire crispée, le regard noir, Ethan était terriblement séduisant. Que se passerait-il si elle se jetait dans ses bras à cet instant ? Ce n'était pas la première fois qu'elle imaginait cette scène. Comment réagirait-il ? Est-ce qu'il la serrerait contre lui et l'embrasserait follement ?

Ou au contraire, la repousserait-il ?

Puisqu'elle avait décidé de partir, elle pourrait tenter le coup… Elle aurait tout de suite la réponse. Mais elle n'était pas certaine de vouloir savoir. Parfois, les fantasmes étaient préférables à la réalité.

— Mais en l'occurrence, il ne s'agit pas de moi, reprit Ethan.

— Dans un certain sens, si. Si vous aviez une assistante qui refusait ces horaires de forçat, vous sortiriez plus souvent de votre antre.

— D'accord, dit-il, saisissant la balle au bond. Si c'est du 9 heures 17 heures que vous voulez faire, pas de problème. Je vous l'accorde.

Sadie rit doucement.

— Non, Ethan. Vous seriez incapable de vous y tenir. Rappelez-vous le mariage de ma cousine.

Cette dernière lui en avait longtemps voulu de s'être échappée en pleine cérémonie religieuse. Sadie avait été très gênée de cette situation.

— Je suis vraiment désolée, Ethan, mais je veux démissionner. Je fais les deux semaines de préavis, et je formerai ma remplaçante si vous voulez.

— Qui sera ? dit Ethan en croisant les bras sur sa poitrine et en la toisant d'un regard dubitatif, curieux de savoir qui pourrait la remplacer.

— Vicki du marketing.

— Vous plaisantez ?

— Il y a un problème avec elle ?

— Elle chantonne sans arrêt. C'est insupportable.

Bon, elle avait tenté le coup. Elle s'attendait à cette réaction. Il n'était pas le seul à se plaindre de Vicki. Sadie se disait même que cette femme devait être sourde.

— C'est vrai. Alors Beth, du service des paies.

— Non plus, dit Ethan en secouant la tête. Je n'aime pas son parfum.

Évidemment. De toute façon, il trouverait à redire quelle que soit la personne qu'elle lui proposerait. Il avait beau être jeune, beau et sexy – un pur fantasme de femme –, il était aussi têtu qu'un vieillard de quatre-vingt-dix ans.

Mais elle le connaissait bien et s'était préparée à ses refus.

— Et Rick ? Ça fait deux ans qu'il est là, il connaît bien le travail.

Il crispa encore plus sa mâchoire, si c'était possible.

— Rick soutient toujours Gabriel. Je ne tiens pas à passer mon temps à me disputer avec mon assistant.

Il n'avait pas tort. À lui alors de proposer des noms.

— Qui suggérez-vous alors ?

— *Vous*.

Il fronçait toujours les sourcils d'un air buté et elle le trouva encore plus craquant.

— Nous formons une bonne équipe, Sadie, depuis plusieurs années. Pourquoi vouloir tout gâcher ?

Même si au fond d'elle, cela ne lui déplaisait pas qu'il veuille à tout prix la retenir, elle savait que pour son propre bien, pour son avenir, elle devait partir. Si elle ne le quittait pas, elle ne pourrait jamais tomber amoureuse d'un autre homme. C'était du gâchis, mais tant pis. Elle devait absolument se sortir de cette situation.

— Je vais trouver quelqu'un, affirma-t-elle. Laissez-moi un peu de temps.

Il ne semblait pas convaincu.

— Et vous me promettez de ne pas partir avant d'avoir formé votre remplaçant.

Elle le regarda insidieusement, ayant bien compris le piège. Tant qu'il ne donnerait pas son accord sur la personne qui prendrait sa place, elle ne pourrait pas partir.

— Et vous, vous vous engagez à accepter la personne que je choisirai.

Il haussa les épaules.

— Si cette personne est capable de faire le travail, bien sûr.

— Hum, dit Sadie sans le lâcher du regard. Je ne sais pas pourquoi mais j'ai du mal à vous croire.

— Vous êtes d'une nature suspicieuse.

Les yeux d'Ethan brillaient et elle sentit une vague de chaleur monter en elle. Des souvenirs revinrent. Le jour où elle avait pris son poste d'assistante, elle était déjà tombée à moitié amoureuse de lui. Et plus le temps avait passé, plus elle l'avait aimé. Elle ne savait pas vraiment pourquoi car Ethan n'avait rien de l'homme idéal.

Elle avait longuement réfléchi à la question pour être sûre de ce qu'elle voulait réellement. Ethan était très beau. Trop presque. Toutes les femmes lui tournaient autour. Il gagnait beaucoup d'argent, mais en dehors de son travail, rien d'autre ne semblait l'intéresser. Elle était incapable de savoir s'il aimait les enfants car il n'en parlait jamais et elle n'en avait jamais vu aucun dans son entourage. Elle ignorait s'il était un bon amant – même si elle avait fait des rêves torrides avec lui, dans lesquels il était un véritable dieu du sexe. Il avait le sens de l'humour mais il s'en servait très peu. Et il était habitué à ce que rien ni personne ne lui résiste.

Non, Ethan Hart n'était pas fait pour elle et si elle voulait rencontrer l'homme idéal, elle n'avait d'autre choix que de quitter cette entreprise.

— J'ai quelques raisons d'être méfiante, dit-elle.

— Pourquoi vous mentirais-je ? dit-il, feignant l'étonnement.

— Pour obtenir ce que vous voulez, tout simplement.

— Vous me connaissez trop bien, Sadie, confessa-t-il en secouant la tête. Une raison de plus de ne pas renoncer à notre collaboration.

Il avait raison. Ils formaient une équipe très efficace. Quel dommage d'être obligée de partir…

— Ethan, je suis sérieuse, dit-elle en levant le menton pour le défier du regard. Je démissionne.

Il la regarda un long moment en silence.

— Bien, dit-il d'une voix parfaitement calme, le regard vide.

— Eh bien, vous êtes vraiment très doué.

— Doué pour quoi ?

— Pour passer du chaud au froid en un clin d'œil.

— Je ne vois pas de quoi vous parlez.

— Bien sûr que si, dit Sadie en essayant de capter son regard qui fuyait. C'est même votre spécialité. Dès qu'une conversation ou une négociation prend un tour qui ne vous convient pas, vous montez les barricades. Et maintenant que j'ai officiellement démissionné, je peux vous dire que je désapprouve totalement. Cette attitude m'a toujours mise mal à l'aise.

— Vraiment ? dit-il en fronçant les sourcils.

— Vraiment, répéta Sadie, les mains plantées sur ses hanches. Et c'est un vrai plaisir de pouvoir vous dire enfin ce que je pense.

— Ça ne change pas grand-chose, fit-il remarquer. Vous avez toujours eu la langue bien pendue.

— Peut-être, mais vous n'avez pas idée de tout ce que j'ai pu garder pour moi pendant toutes ces années. En tout cas jusqu'à aujourd'hui.

Ethan posa son regard sur elle.

— Vous vous sentez sûre de vous maintenant, n'est-ce pas ?

— J'ai toujours été sûre de moi, mais je ne disais pas toujours tout ce que je pensais. Aujourd'hui je me sens libérée.

Son travail allait lui manquer, c'était certain. Ethan aussi. Mais comme elle allait partir de toute façon, autant profiter totalement des deux semaines qui lui restaient avec lui. Elle allait être totalement honnête et dire tout ce qu'elle pensait. Cela lui ferait le plus grand bien.

Bien entendu, elle n'irait pas jusqu'à lui dire qu'elle l'aimait ou ce genre de choses, mais pour le reste…

— Et aussi, je déteste votre café.

Ethan accusa le coup, visiblement atteint par la remarque.

— C'est du café de Sumatra, du meilleur producteur. Je m'en fais livrer tous les deux mois.

— Peut-être, mais il n'est pas bon. Il est trop amer.

— Je ne sais pas si j'adhère à cet excès d'honnêteté de votre part.

Sadie sourit intérieurement. Elle avait réussi à le surprendre, ce qui était quasiment impossible car cet homme avait toujours deux ou trois longueurs d'avance sur le reste de l'humanité.

— Eh bien moi ça me plaît.

— Attention, je peux encore vous renvoyer, menaça-t-il. Et l'affaire sera réglée.

— Non, nous savons tous les deux que vous ne le ferez pas. Vous n'aimez pas le changement, rappelez-vous. Vous ne me renverrez pas.

Elle était parfaitement sûre d'elle à ce sujet.

Soudain, on frappa à la porte.

— Entrez, commanda Ethan.

Ce ton autoritaire allait lui manquer…

— Monsieur Hart ? Ethan Hart ?

Une femme entra dans la pièce, elle portait dans ses bras un bébé d'environ six mois.

Le cœur de Sadie fit un bond dans sa poitrine et elle sentit ses jambes se dérober sous elle. La petite fille était adorable, avec ses grands yeux bruns et ses petites mèches de cheveux noirs. Elle tétait son poing. La femme s'avança.

— Oui, je suis Ethan Hart. Et vous, qui êtes-vous ?

Toujours ce ton glacial de l'homme de pouvoir.

— Melissa Gable, annonça-t-elle en laissant tomber sur la chaise le lourd sac rempli de couches qu'elle portait sur l'épaule.

Elle fouilla dedans avec sa main libre et en sortit une enveloppe kraft qu'elle tendit à Ethan.

— Je travaille au service de l'enfance. Je suis chargée de vous remettre la petite Emma Baker.

— Qui est Emma Baker ? demanda Ethan d'une voix blanche.

— C'est elle, dit Mme Gable en montrant le bébé.

- 2 -

Peu après sa discussion avec Ethan, Gabriel se rendit chez sa petite amie Pam Cassini. Il était dans un état de nervosité et de colère tel qu'il avait envie de tout casser.

Après cette entrevue pénible et finalement inutile avec son frère, il ne pouvait pas retourner à son bureau, sachant que tout le monde avait entendu la dispute et savait qu'il avait perdu la partie. Il ne supportait plus l'arrogance d'Ethan et maudissait le sort qui l'avait fait naître en seconde position. S'il avait été l'aîné, les choses à Heart Chocolates auraient été différentes.

— Et voilà, marmonna-t-il entre ses dents, je suis toujours renvoyé à ma place de petit frère.

Le plus jeune, celui qui doit constamment faire ses preuves pour être reconnu. Il aurait peut-être dû rentrer chez lui, dans son penthouse à Huntington Beach. Il louait la moitié du dernier étage dans le plus bel hôtel de la ville, profitant ainsi d'une vue magnifique et des services vingt-quatre heures sur vingt-quatre.

Il était d'humeur massacrante et aurait mieux fait de ne voir personne. Mais il n'avait pas envie d'être seul.

— Allez, tu as envie d'aller voir Pam. Et de parler avec elle, se dit-il à haute voix.

Ces six derniers mois, Pam Cassini avait pris dans sa vie une place plus importante qu'il ne voulait bien l'admettre. Lorsqu'il l'avait rencontrée, il n'avait aucune intention de se lancer dans une relation stable. C'était peut-être pour cette raison d'ailleurs que cela avait duré. Il ne s'était mis aucune pression et vivait au jour le jour.

En tant qu'héritier de Heart Chocolates, il savait qu'il était un bon parti et que beaucoup de femmes cherchaient à lui mettre le grappin dessus. Mais Pam était différente. Elle était intelligente et ambitieuse. Elle menait sa propre carrière et elle était passionnée par son travail, tout autant que lui. Il l'admirait beaucoup.

Le petit appartement de Pam, situé dans une rue tranquille de Seal Beach, était chaleureux et accueillant. La porte d'entrée jaune vif disparaissait presque derrière des pots de fleurs de toutes les couleurs. Le tout aurait pu tenir facilement deux fois dans son penthouse, mais il y avait là, dans cet endroit exigu, une chose irremplaçable et essentielle : la présence de Pam.

Il frappa et attendit en faisant les cent pas. Bientôt, Pam ouvrit la porte.

— Mon frère a la tête plus dure que le béton, lui dit-il sans préambule.

Pam soupira, lui sourit et lui fit signe d'entrer.

— Il ne veut toujours pas entendre parler d'une nouvelle ligne, c'est ça ? demanda-t-elle.

Gabe entra dans le petit salon et s'arrêta devant la cheminée de briques blanches où dansaient des flammes artificielles.

— Il pousse des hurlements dès qu'on prononce le mot « nouveauté », dit Gabe en secouant la tête.

Perdu dans ses pensées, il ne fit pas attention aux canapés confortables et à l'odeur de café qui remplissait la pièce. Mais lorsque ses yeux se posèrent sur Pam, il oublia un instant sa mauvaise humeur et son frère pour admirer sa silhouette gracieuse.

Elle était petite, et ses jolies rondeurs le rendaient fou. Elle portait un T-shirt blanc moulant qui faisait ressortir sa poitrine généreuse, et un pantalon de sport noir qui soulignait le galbe de ses fesses, de ses hanches et de ses jambes. Elle était nu-pieds et portait du vernis rouge sombre sur les orteils.

Elle avait aussi de longs cheveux noirs, de beaux yeux d'un brun intense et une bouche pulpeuse qui l'avait irrésistiblement attiré dès leur première rencontre, six mois plus tôt. C'était à l'occasion d'un salon professionnel. Il était là pour représenter Heart Chocolates et Pam distribuait des cartes de visite pour sa toute nouvelle société de relations publiques.

Ils avaient dîné ensemble ce soir-là, et dès la fin de la semaine ils étaient inséparables. En quelques mois, Pam était devenue pour lui une sorte de porte-bonheur, et aussi de conseillère. Il lui exposait ses idées, elle lui donnait son avis et l'encourageait à aller les défendre auprès d'Ethan. Avec elle, Gabe se sentait plus fort.

Elle posa la main sur son bras et le regarda droit dans les yeux.

— Écoute, avec Ethan, tu n'obtiendras rien par la force. Tu perds ton temps. Il faut essayer autrement. Je te l'ai déjà dit, il nous faut la recette de fabrication du chocolat.

Cela faisait plusieurs semaines qu'elle lui répétait la même chose, mais il hésitait toujours. La recette d'un chocolat est sacrée pour un chocolatier et l'espionnage industriel était très répandu dans ce secteur.

Comme tous les chocolatiers, la famille Hart s'était transmis la recette de fabrication du chocolat de génération en génération. Gabe rechignait à être le premier à briser le secret et à la confier à un étranger.

— Réfléchis, Gabe, disait Pam. Je connais un grand pâtissier en qui j'ai toute confiance. Si nous lui confions la recette – sous le sceau du secret bien sûr – il pourra essayer de nouvelles saveurs et présenter les échantillons tout prêts à Ethan. Et une fois qu'il les aura goûtés, il ne pourra plus dire non. J'en mets ma main au feu.

Cela paraissait merveilleux présenté ainsi, se dit Gabriel, mais c'était complètement utopique.

— Tu ne connais pas Ethan.

— Mais je te connais toi, dit-elle doucement, de cette voix un peu voilée et si sensuelle qu'il adorait, tu es déterminé et quand tu as une idée en tête, tu ne renonces jamais. Bats-toi, Gabe, ne lâche pas l'affaire, je suis sûre que tu vas y arriver. Tu me fais confiance, n'est-ce pas ?

Il finit par sourire un peu. Comment résister au charme de cette magnifique femme qui le regardait avec ses yeux brillants de désir ?

— À cent pour cent, répondit-il.

— Parfait.

Pam se mordit la lèvre et, avec un sourire aguicheur, passa ses bras autour de son cou et posa sa bouche sur la sienne. Le désir monta instantanément en lui et il se laissa emporter. Jamais auparavant il n'avait connu une telle fièvre dans les bras d'une femme. Combien de temps cela durerait-il ?

Puis il arrêta de penser. La colère, la frustration, tout s'effaça comme par magie sous le feu des baisers de Pam. Ils s'enlacèrent, se caressèrent, leur souffle s'accéléra et il oublia tout. Il était au septième ciel et plus rien d'autre ne comptait.

— Hum, dit Sadie en regardant le bébé dans les bras d'Ethan. Vous avez quelque chose à me dire ?

— Cet enfant n'est pas le mien, si c'est ce que vous voulez savoir, répondit-il en la regardant droit dans les yeux.

Il avait toujours été prudent dans ses relations amoureuses car il n'avait pas du tout envie d'avoir des enfants.

— Je pense que je le saurais si j'avais fait un enfant à une femme. En plus, vous venez de me dire que je n'avais pas de vie privée. Il ne peut donc pas être à moi.

Sadie soupira.

— Vous pouvez dire « elle ». C'est une fille.

— Si vous voulez. *Elle* n'est pas à moi.

— Désormais si, lui rappela Sadie.

Elle jeta un coup d'œil rapide au document que l'assistante sociale avait laissé sur le bureau.

— Ses parents s'appellent Bill et Maggie Baker. Vous connaissez ces personnes ?

Il fronça les sourcils, fouillant vainement dans sa mémoire quand le bébé se mit à agiter ses petites jambes avant de pousser un cri perçant qui leur vrilla les tympans.

— Qu'est-ce qu'il a ? demanda Ethan, décontenancé.

— Elle n'aime peut-être pas que vous la traitiez de garçon, suggéra Sadie en lui prenant l'enfant des bras.

Elle la cala contre sa hanche et la berça doucement jusqu'à ce qu'elle s'arrête de crier.

Ethan recula et essaya de reprendre ses esprits. Cette assistante sociale de malheur avait fait son travail. Elle avait remis l'enfant avec tout le matériel, siège-auto, couches, biberons, et était repartie si vite qu'il n'avait pas réalisé ce qui lui arrivait. Il aurait voulu discuter avec elle, savoir de quoi il retournait, d'où venait cet enfant, et surtout, lui dire qu'il ne pouvait absolument pas s'en occuper. Qui avait pu avoir cette idée saugrenue ? Lui, s'occuper d'un bébé ? C'était absurde. Il n'avait aucune idée de la manière dont il fallait s'y prendre.

Baker. Bill Baker. Ce nom ne lui était pas inconnu.

Ethan jeta un œil sur Sadie et, en dépit de la situation et de sa mauvaise humeur, il sentit une bouffée de désir monter en lui. Pendant cinq ans, il l'avait côtoyée tous les jours. Il l'avait désirée dès le début, et avait dû lutter chaque seconde pour éviter qu'elle s'en rende compte. Et malgré le temps qui passait, l'attraction qu'elle exerçait sur lui ne s'était pas émoussée.

Elle était là devant lui, portant un bébé dans ses bras et il brûlait de désir pour elle. Elle souriait à l'enfant et lorsqu'elle posa un baiser sur son front, le cœur d'Ethan bondit dans sa poitrine. Il la désirait plus que jamais. Maintenant qu'elle avait démissionné, il aurait pu se sentir plus libre vis-à-vis d'elle. Mais s'il entamait une aventure avec elle et que parallèlement, il réussissait à la convaincre de rester, cela n'amènerait que des complications. La prudence était donc de mise. Il serra les dents et attendit que ses ardeurs retombent.

Repoussant toutes les pensées érotiques qui assaillaient son esprit en regardant Sadie, il revint à la question du moment : qui pouvait bien être ce Baker ? Soudain, la mémoire lui revint.

— Ça y est, je me rappelle, dit-il. À l'université. Nous étions dans la même chambre d'étudiants. Oui, c'est ça.

À mesure que les souvenirs revenaient, Ethan se mit à marmonner des jurons et soudain, il frappa son bureau de ses deux mains.

— Je sais. Nous avons fait un serment. Un serment stupide.

— À propos d'enfants, je suppose.

Il la regarda, vit que le bébé le fixait de ses grands yeux sombres et détourna le regard. Pourquoi paniquait-il ainsi ? D'habitude, rien ne lui faisait peur. Mais la vue de cet enfant lui donnait envie de fuir à la seconde à l'autre bout de la terre. Il avait honte de lui.

— Oui, reprit-il, tandis que les souvenirs se bousculaient dans sa tête. Bien sûr, c'était à propos des enfants. Bill n'avait pas de famille. Sa fiancée Maggie était aussi orpheline. Ni l'un ni l'autre n'avait de famille. Il m'avait demandé d'adopter ses enfants si jamais il leur arrivait quelque chose.

— Et vous aviez accepté ? s'exclama Sadie, surprise.

Ethan fut étonné de sa réaction, même offensé. Lui-même regrettait sa promesse de jeunesse. Mais le fait que Sadie ait du mal à croire qu'il avait pu faire une telle promesse le choqua. Le croyait-elle à ce point sans cœur ? Mais la réalité était là, il regrettait vraiment. Elle avait peut-être raison, il était sans cœur et égoïste.

— C'était mon ami, dit-il comme pour s'excuser. J'avais vingt ans. Évidemment que j'ai accepté.

Avec le recul, et face aux conséquences de ses actes, il se dit que c'était une folie.

— Comment pouvais-je imaginer que cela arriverait un jour ? À cet âge, on se sent immortel. Rien ne peut nous arriver. Il avait le même âge que moi, on n'est pas censé mourir si jeune !

— C'est certain, admit Sadie en relisant le document. Ils faisaient un voyage dans le Colorado. Leur voiture a fait une embardée et a heurté un arbre. La police pense que Bill s'est endormi au volant. Les parents ont été tués sur le coup. C'est un miracle que la petite ait survécu, ajouta-t-elle en regardant l'enfant.

— Un miracle, si on veut…, dit Ethan, pensif.

Il poussa un profond soupir. De son point de vue, cela ressemblait plutôt à une tragédie. L'enfant était orpheline et dépendait désormais d'un parfait inconnu qui n'avait pas la moindre idée de ce qu'il allait en faire.

— Et qu'est-ce que je suis supposé faire maintenant ?

Sadie lui lança un regard moqueur, comme si elle était étonnée par la question.

— L'élever, non ?

— Vous dites cela comme si ça allait de soi.

— Ethan, dit doucement Sadie, elle n'a plus que vous. Vous ne pouvez pas vous défiler.

Il n'avait pas envie d'entendre ça. L'idée que quelqu'un ait besoin de lui lui déplaisait. Jusque-là, il avait justement fait en sorte d'éviter toute dépendance, toute contrainte avec quiconque. Mis à part un très bref mariage. Justement, cette expérience avait été une bonne leçon, l'exemple parfait de ce qu'il ne voulait pas. Il n'était définitivement pas fait pour la vie conjugale, cela l'ennuyait profondément.

— Vous m'avez dit que je n'avais pas de vie, que seul mon travail comptait, dit Ethan, fier de son argument.

Comment pouvez-vous imaginer que je serai capable de m'occuper d'un enfant qui plus est n'est pas le mien ?

Au son de la voix qui montait, le bébé commença à gémir. Sadie reprit les bercements.

— Il va falloir accepter d'opérer quelques changements dans votre vie, Ethan.

Et c'était reparti. Changer, toujours changer. Sa vie lui convenait parfaitement telle qu'elle était. Il était libre de toute attache et tout était planifié dans les moindres détails, cela évitait les mauvaises surprises. Et voilà qu'il fallait tout bouleverser.

Il secoua la tête comme s'il voulait chasser un mauvais rêve. Mais la réalité était là, tenace. Qu'il le veuille ou non, il devait faire face à ce coup du destin. Il avait fait une promesse, et il était un homme de parole. Il ne pouvait pas se dérober. Peu à peu, la panique des premiers instants retomba un peu et il y vit plus clair.

— Ce qu'il me faut, c'est une gouvernante.

— Ethan…

— Que puis-je faire d'autre ? dit-il. *Me marier ?* Hors de question. Une gouvernante, c'est la meilleure solution. Il faut juste trouver la bonne personne. Une personne qualifiée.

Il s'arrêta et regarda sa montre.

— Nous avons une réunion pour l'acquisition de Donatello dans quelques minutes.

— Nous ne pourrons pas y être, dit Sadie en posant les yeux sur le bébé, comme pour lui rappeler qu'il avait désormais des devoirs auxquels il ne pouvait pas échapper. Je peux vous dire que Richard Donatello n'a toujours pas changé d'avis et n'est pas prêt à vendre son entreprise.

— Je vais le faire changer d'avis, dit Ethan. Vous allez vous occuper de la petite pendant que je règle cette affaire.

— Ah non, dit Sadie en secouant vivement la tête. Je suis votre assistante, pas votre baby-sitter. Et de plus, je vous rappelle que j'ai démissionné.

— Et moi je vous rappelle que vous me devez deux semaines de préavis. Vous êtes encore mon employée.

— En tant qu'assistante.

— Alors assistez-moi !

Ce cri lui échappa et il le regretta aussitôt. Ce n'était pas son genre. Il détestait les éclats de voix. Le bébé aussi. Il se remit à pleurer et Ethan fit la grimace.

— Chut, chut, murmura Sadie en lui tapotant le dos. Annuler ce rendez-vous, ordonna-t-elle à Ethan en le fusillant du regard.

Elle avait raison. Cette affaire pouvait attendre. Très bien. Rendez-vous annulé. Démission de Sadie. Arrivée du bébé. Décidément, il avait raison, le changement ne valait rien. Mais parfois, on n'a d'autre choix dans la vie que de s'adapter. Il n'allait pas se laisser déstabiliser par cette série de désagréments. À tout problème, il y avait une solution. Il allait se sortir de ce mauvais pas.

— Je vous paie 100 000 dollars si vous restez un mois de plus, lança-t-il tout à coup.

Sadie écarquilla les yeux.

— Quoi ?

Elle ne s'attendait pas à ça. Ethan lui-même était surpris par ses propres paroles.

— 100 000 dollars, répéta-t-il.

Puis il ajouta :

— À condition que vous m'aidiez à m'occuper de…

Il fit un geste en direction de l'enfant.

— Elle s'appelle Emma, dit Sadie avec un petit sourire.

— Bien. Vous connaissez son prénom, vous êtes donc toute qualifiée, en tout cas plus que moi.

Satisfait de son idée de génie, il secoua la tête.

— Alors ? Qu'en dites-vous ?

— Je pense que vous êtes fou. Mais oui, je resterai un mois de plus. Pour vous aider à trouver une gouvernante.

— Et pour vous occuper de lui en attendant.

— *D'elle.*

— D'elle, si vous voulez.

Il saisit son téléphone, appuya sur un bouton et attendit quelques secondes.

— Kelly, dites à l'équipe que la réunion de ce matin est reportée à demain. Il m'est arrivé… – il regarda Sadie et le bébé – il m'est arrivé un petit contretemps.

Un doux euphémisme.

Il raccrocha et enfonça ses mains dans les poches de son pantalon en regardant Sadie droit dans les yeux, comme pour bien lui faire comprendre qu'il était hors de question qu'il prenne l'enfant dans ses bras.

— Appelez Alice à la maison et expliquez-lui la situation. Dites-lui de préparer une chambre pour l'enfant, qu'elle commande tout le nécessaire et qu'elle fasse livrer le tout en express.

— Ethan…

— Vous travaillez encore pour moi, Sadie. C'est un ordre, exécutez-le.

Sur ce, il retourna s'asseoir à son bureau et plongea le nez dans ses papiers. Il ne voulait plus regarder Sadie, c'était préférable. Quant au bébé, il était mieux dans ses bras que dans les siens.

Quelques heures plus tard, Ethan et Sadie entraient dans une grande surface et se dirigeaient vers le rayon enfant. Là, un mur de couches, biberons, laits maternisés et autres articles de puériculture se dressait devant eux.

— Comment se retrouver là-dedans ? dit Ethan, comme s'il se parlait à lui-même.

— J'ai une petite expérience en la matière, dit Sadie. Parfois le dimanche, quand je ne travaille pas, j'accompagne ma belle-sœur pour faire les courses.

— Vous allez pouvoir me guider alors.

Sadie se dit qu'il avait l'air complètement déplacé dans ce magasin bondé et populaire. Avec son costume d'homme d'affaires bien coupé, Ethan Hart détonnait au milieu des gens ordinaires qui faisaient leurs achats de tous les jours.

De plus, il faisait tout ce qui était possible pour se tenir éloigné du chariot où Sadie avait déposé le cosy du bébé. Cette attitude fuyante l'agaçait au plus haut point, mais elle serra les dents et ne dit rien. Elle lui avait promis de *l'aider* à s'occuper du bébé, mais pas de tout faire elle-même. Même pour un bonus de 100 000 dollars. L'arrivée inopportune de cet enfant était une chance pour lui de sortir de cette vie monotone et toute tracée qu'il s'était construite. Elle était intimement persuadée que c'était une bonne chose pour lui. Mais ce n'était pas le moment d'aborder ce sujet. Le bébé allait bientôt réclamer à manger. Il faudrait ensuite le changer et le coucher. Sadie voulait à tout prix éviter de se laisser déborder, comme elle l'avait vu parfois avec sa dernière nièce.

— Alors allons-y, dit-elle un peu sèchement. Commençons par les couches.

— Bien.

Ethan se planta devant le rayon des couches et se tourna vers elle, l'air interrogatif.

— Quelle taille ? Il y en a des millions, dit-il en parcourant les articles des yeux sans rien voir.

— Prenez-la dans vos bras. Combien pèse-t-elle à votre avis ?

Il s'exécuta avec maladresse.

— Six ou sept kilos environ ?

— Bien, prenez la taille correspondante. Moi je m'occupe des biberons, du lait maternisé… et du reste.

Certes, elle avait déjà fait ce genre de courses avec Gina, mais c'était juste du réapprovisionnement. Là ils partaient de zéro. Il fallait constituer un trousseau de départ pour Emma et elle allait certainement oublier des choses. Ethan avait raison, ce n'était pas simple.

Tandis que le bébé agitait ses petites mains dans le

chariot, Ethan était planté à l'autre bout de l'allée en train de lire les indications sur les paquets de couches, Sadie essaya de choisir tant bien que mal ce qu'elle pensait utile. Un petit ours en peluche qu'Emma attrapa aussitôt et refusa de lâcher, quelques jouets, des biberons, des tétines, du savon pour bébé… Le chariot était presque plein quand Ethan revint et jeta un paquet par-dessus tout le reste.

— Un seul paquet ? s'étonna Sadie. Vous croyez que ça va suffire ?

— Comment est-ce que je peux savoir ? C'est vous l'experte, moi je n'y connais rien.

— Oh ! dit Sadie avec une grimace. J'imagine que ça doit être difficile pour vous. Vous qui avez toujours réponse à tout, vous voilà face à un domaine totalement nouveau et vous allez devoir vous en remettre à votre assistante.

— Je ne vous connaissais pas aussi sarcastique, Sadie. Vous m'avez montré un tout autre visage pendant ces cinq années.

— C'est parce que je me retenais, admit-elle. Mais je n'en pensais pas moins. Prenez deux paquets en plus et je pense que nous tiendrons un moment avec ça.

— Tant que ça ? dit-il en regardant l'enfant. On a vraiment besoin de tout ça pour une si petite créature ?

Le bébé fit une grimace, comme si elle avait compris qu'on parlait d'elle. Sadie eut envie de rire mais elle eut peur de le vexer et se retint. Autour d'eux, les clients pressés se bousculaient dans tous les sens et les haut-parleurs diffusaient une musique assourdissante.

— Vous voulez vous retrouver en panne de couches au milieu de la nuit ? Franchement, je ne vous le souhaite pas.

— Non, bien sûr. Vous avez raison, prenons une bonne provision.

Il prit le chemin de la caisse mais Sadie le retint.

— Il lui faut des vêtements aussi.

Il la regarda d'un air ahuri.

— C'est infernal. Je me demande comment font les gens.

— En général, les parents n'ont pas à acheter tout le même jour…

— C'est vrai.

Il embrassa du regard les immenses rayons qu'ils venaient de parcourir.

— Hum, le marché du chocolat brasse des millions, mais à côté de celui du jeune enfant, cela ne représente rien. Si on veut se faire de l'argent, c'est là qu'il faut se lancer. Plus les enfants sont petits, plus on a besoin de matériel. C'est bizarre, vous ne trouvez pas ?

L'espace d'une seconde, elle eut presque pitié de lui. Presque. Une véritable tempête s'était abattue dans les eaux tranquilles de sa vie bien réglée. Mais il allait surnager, elle en était certaine.

— Oui, c'est un mystère. Venez, passons aux vêtements.

Il la suivit, la mine sombre. Sadie jeta un regard à la petite Emma et se réjouit intérieurement. Depuis cinq ans qu'elle travaillait pour Ethan, elle ne l'avait jamais vu hors de son élément. Elle découvrait un nouvel aspect de sa personnalité, qui renforçait son attirance pour lui. Son désarroi le rendait presque attendrissant. Elle repoussa bien vite cette pensée.

Mais elle fut encore plus attendrie en le voyant choisir un pyjama. Il prit celui avec des pingouins, hésita, le reposa puis se décida finalement pour les ours.

— J'aime bien les ours, dit-il simplement.

Sadie sentit son cœur fondre. Elle prit une grande respiration pour réprimer son émotion. Il ne voulait pas de cette enfant, son arrivée l'avait pris par surprise, mais malgré tout, il faisait ce qu'il fallait pour qu'elle ne manque de rien. Il détestait le changement, mais il finissait par accepter ce qui lui arrivait et qui allait sans aucun doute bouleverser sa vie. Il n'avait jamais mis les pieds dans ce magasin mais au bout du compte, il se débrouillait. Et quoi qu'il fasse, il était sexy. En se disant cela, Sadie remarqua une femme qui regardait Ethan avec une admiration non dissimulée.

Cela ne fit que renforcer sa décision. Si elle voulait rencontrer un homme pour vivre une vraie histoire d'amour, elle devait s'éloigner de lui le plus vite possible. Il lui plaisait infiniment, mais si elle s'accrochait encore à lui, elle courait droit à la catastrophe.

- 3 -

Ils terminèrent enfin leurs courses et passèrent en caisse. Ethan n'avait pas lésiné sur les achats, remarqua Sadie. Et c'était sans compter les meubles pour la chambre, qui, normalement, avaient été livrés chez lui.

La jeune femme installa Emma dans sa voiture pendant qu'Ethan chargeait les sacs de courses dans la sienne. Elle avait pris sa voiture pour pouvoir repartir chez elle une fois le bébé installé chez Ethan.

Emma bien calée dans son siège-auto, Sadie prit la direction de Dana Point, n'essayant même pas de suivre Ethan qui s'engagea à toute allure sur la Pacific Coast Highway. Il roulait tellement vite qu'elle avait presque l'impression qu'il essayait de la semer. Mais ce n'était pas un problème car elle connaissait le chemin.

En effet, elle était déjà allée plusieurs fois chez lui pour lui apporter des dossiers, ou pour organiser l'une des réceptions qu'il organisait pour ses distributeurs. Mais aujourd'hui c'était différent. Elle n'y allait pas pour le travail et lorsqu'elle arriva, l'endroit lui apparut sous un jour différent.

De style colonial espagnol, la demeure était immense. Le toit de tuiles rouges faisait ressortir la blancheur éclatante des murs. Les vastes pelouses parfaitement entretenues, les parterres de fleurs et les rosiers grimpants sur les pergolas formaient un écrin de verdure chatoyant, et les immenses baies vitrées brillaient sous le soleil d'hiver. Derrière la maison, un grand pré en pente menait jusqu'à la falaise contre laquelle se brisaient sans relâche les vagues de l'océan.

La vue était imprenable et la maison majestueuse. À l'intérieur, les pièces spacieuses offraient un décor très masculin : canapés et fauteuils de cuir marron, meubles en bois foncé, sol recouvert de tomettes brun-rouge. Mais ce que Sadie préférait, c'était le patio, de style typiquement espagnol. Dans cet espace délimité par les trois côtés de la maison, on trouvait un confortable salon de jardin, un bar et une cuisine d'été. Partout des jardinières de fleurs égayaient l'ensemble qui faisait face à l'océan.

Mais aujourd'hui, elle n'avait pas le temps de profiter de ce lieu paradisiaque. Elle transportait un bébé grincheux à l'arrière de sa voiture et il fallait décharger et ranger tout ce qu'ils avaient acheté.

Ethan était déjà sur place. Il s'avança et lui ouvrit la portière de sa voiture. Juste à ce moment, la petite se mit à hurler.

— Elle a une sacrée voix, dit Ethan avec une grimace.

— Elle doit avoir un don.

— Occupez-vous d'elle. Je vais demander aux jardiniers de nous sortir les affaires du coffre.

— Hum, je vois que vous faites tout votre possible pour éviter de la toucher, dit Sadie, réprimant mal son impatience.

— Voilà pourquoi je vous ai embauchée, répondit Ethan. Vous comprenez tout, on n'a pas besoin de vous expliquer les choses.

Sadie ne répondit pas. Tout cela n'était pas de bon augure, ni pour le bébé, ni pour lui. Comment allait-il nouer une relation avec cet enfant s'il refusait de l'approcher ? Bien sûr, il la payait très cher pour qu'elle l'aide à faire face à cette situation difficile, mais il allait bien falloir qu'il fasse des efforts et accepte de s'occuper un tant soit peu de ce bébé.

Elle détacha la petite fille et l'extirpa de la voiture,

puis se dirigea vers l'entrée de la maison. Ethan la suivait quelques pas derrière. Mais en arrivant devant la porte, tous deux s'arrêtèrent net.

Alice, la gouvernante, se tenait sous le porche, les bras croisés sur sa poitrine opulente, le front plissé, la mine fortement contrariée. Alice était un personnage particulier. Si l'on s'en tenait à sa corpulence et ses yeux bleu vif, on aurait pu penser que c'était une mamie gâteau. Mais on ne saurait être plus éloigné de la vérité. Sadie ne comprenait pas pourquoi Ethan gardait à son service une femme aussi désagréable. Sans doute parce qu'il était très peu chez lui et donc ne la voyait presque jamais.

Alice posa un regard hostile sur l'enfant dans les bras de Sadie.

— Je suis gouvernante, dit-elle d'une voix atone, je ne m'occupe pas des enfants.

— Je sais, répondit Ethan en poussant Sadie à l'intérieur de la maison.

— Ce n'est pas négociable, reprit Alice en pointant le menton. J'ai mes habitudes ici et il est hors de question que je les change sous prétexte qu'il y a un enfant dans la maison.

Sadie n'avait jamais beaucoup apprécié Alice. Elle l'avait toujours trouvée revêche et sans cœur. Elle en avait la confirmation à présent. Lors des rares occasions où Ethan était chez lui, elle le traitait comme un intrus. Elle avait pris l'habitude d'être seule dans la maison et de tout diriger. Si Ethan ne la renvoyait pas, c'était sans doute par confort, et surtout parce qu'il détestait changer ses habitudes.

— C'est entendu, répéta Ethan. Fernando et ses hommes vont décharger toutes les affaires du bébé et ils vont tout déposer dans la cuisine. Les meubles pour la chambre sont-ils arrivés ?

— Oui, dit Alice avec une moue de déplaisir. Les

livreurs ont sali le sol que je venais de nettoyer et ont fait un raffut de tous les diables pendant presque une heure.

— Donc la chambre est prête ? demanda Ethan en la regardant droit dans les yeux.

— Oui, mais ne comptez pas sur moi pour la nettoyer.

Sadie serra les dents et se retint de dire à Alice tout le mal qu'elle pensait d'elle. Elle serra l'enfant contre elle, comme pour la protéger de tant de méchanceté, et vit une lueur de colère briller dans les yeux d'Ethan. Alice demeura imperturbable.

— Je suis gouvernante, pas baby-sitter, répéta-t-elle.

— Je sais, vous l'avez déjà dit, dit Ethan, d'une voix qui se fit plus menaçante.

— Je veux être sûre que vous ne l'oubliiez pas, répondit Alice sans se démonter. Bien, je vous laisse, mon repas m'attend à la cuisine. Comme vous ne m'avez pas prévenue de votre arrivée, ni que vous seriez accompagné, ajouta-t-elle en posant les yeux sur Sadie et le bébé, je n'ai rien préparé pour vous. Je ne suis pas cuisinière non plus.

— Et en l'occurrence, vous n'êtes plus mon employée, renchérit Ethan.

— Je vous demande pardon ? bégaya Alice.

— Vous avez très bien entendu. Vous êtes renvoyée. Vous pouvez aller prendre vos affaires, je n'ai plus besoin de vous.

En entendant ces mots, Sadie resta bouche bée.

Cela faisait des années qu'il aurait dû se débarrasser de cette femme acariâtre, mais pourquoi juste aujourd'hui ? Pile au moment où tout était sens dessus dessous ? Quelle mouche le piquait ?

Alice se raidit comme si quelque chose lui avait piqué le dos. Elle prit un air indigné et regarda Ethan droit dans les yeux.

— Je ne comprends pas…

Ethan fit un pas vers elle et elle recula. Elle ne semblait jamais avoir vu son patron en colère et elle était surprise.

— Ici vous êtes chez moi, Alice, pas chez vous, dit-il. Mais il semble que vous l'ayez oublié ces derniers temps. Je suis souvent absent et vous en profitez pour tout régenter. Je ne peux pas le tolérer.

— Je ne vois pas ce que vous voulez dire.

— Si, vous voyez très bien, dit Ethan en se redressant de toute sa stature pour l'impressionner. Vous croyez que je n'ai pas remarqué que vous preniez un peu trop vos aises ? Que vous vous preniez pour la patronne ici ? Dans *ma* maison ?

La gouvernante regarda à gauche puis à droite, comme si elle cherchait une échappatoire. Mais elle était acculée.

— Je n'ai rien dit jusqu'à maintenant car vous le savez, je déteste le changement, continua Ethan. Je vous ai laissé votre chance, mais maintenant c'est terminé. Je suis ici chez moi et c'est moi qui décide comment la maison doit être tenue et qui doit y vivre ou non. Et je vais engager une personne qui saura se tenir à sa place et respectera son employeur.

Alice bredouilla quelques mots incompréhensibles. Sadie détourna la tête pour dissimuler un sourire. Elle n'aurait pas dû se réjouir de cette situation, mais Alice avait dépassé les bornes. Et Ethan en colère était encore plus sexy que d'habitude. Malgré la situation, il avait gardé son calme. Cette maîtrise de soi, ce calme apparent exerçait une très forte impression sur elle.

Son calme, et aussi son regard brûlant, qui trahissait son tumulte intérieur. Il était totalement irrésistible.

— Vous me devez un préavis de deux semaines, dit Alice.

— Tout à fait, dit Ethan en se dirigeant vers l'escalier, comme si Alice n'existait déjà plus. Laissez-moi votre adresse sur la console dans l'entrée et je vous enverrai un chèque comprenant les indemnités de rupture.

— Des indemnités ? répéta Sadie en le précédant dans l'escalier.

— Oui, je préfère, murmura Ethan.

— Vous voyez ? dit Sadie sur le même ton. Je vous l'avais dit, le changement ça fait du bien parfois.

— Pas de commentaire, grommela-t-il.

Une fois que la chambre du bébé fut installée, Ethan put souffler un instant. Malgré son calme apparent, il était sur les nerfs. Il essaya de faire le point : il n'avait plus de gouvernante et se retrouvait en charge d'un enfant en bas âge.

— Quelle journée…

— Oui, une journée bien remplie, acquiesça Sadie. Au moins la chambre du bébé est prête. Et plutôt jolie, sauf les murs beiges. Il faudrait repeindre dans des tons plus féminins à l'occasion.

— Je ne veux pas de rose chez moi, protesta Ethan, alors qu'ils redescendaient l'escalier.

Son regard tomba sur la courbe de ses hanches et il eut très envie de poser sa main dessus. Tout ce qu'il aurait voulu en cet instant, c'était la déshabiller, l'allonger sur le tapis devant la cheminée et explorer tout son corps, centimètre carré par centimètre carré.

— Je n'ai pas dit rose, reprit Sadie. Et c'est un peu sexiste comme remarque, non ?

— J'ignorais qu'une couleur pouvait être sexiste.

— Eh bien maintenant vous savez, dit-elle sur un ton malicieux. Je pensais juste à une couleur plus gaie, plus pimpante. Un joli jaune par exemple, ou un vert pâle. Avec des petits tableaux aux murs, ou une fresque. Quelque chose qui stimule la petite.

Il eut un petit rire.

— À la façon dont elle a crié quand on l'a posée dans son berceau, je pense qu'elle n'a pas besoin d'être stimulée.

Arrivée en bas de l'escalier, Sadie s'arrêta et se tourna vers lui.

— Elle a perdu ses parents, se retrouve avec des adultes qu'elle n'a jamais vus et dans un univers entièrement nouveau. C'est beaucoup pour un enfant si jeune. Je me demande comment nous, nous réagirions dans une telle situation.

Elle le fixait intensément, ses yeux étaient remplis d'étincelles. Ethan leva les mains comme pour la calmer.

— Vous avez raison.

— Waouh, j'ai raison ? répéta-t-elle avec étonnement. Cette journée est vraiment à marquer d'une pierre blanche !

— Nous voilà repartis dans les sarcasmes. Mais je dois dire que cela ne me déplaît pas.

— Au fond, vous aimez bien qu'on vous secoue, fit remarquer Sadie, taquine.

Sur ces mots, elle se dirigea vers la table basse devant la cheminée, au centre de laquelle se dressait un magnifique bouquet composé, et attrapa son sac qu'elle avait déposé là en arrivant.

— Que faites-vous ? demanda Ethan, surpris.

— Je rentre chez moi.

Un sentiment proche de la panique l'envahit instantanément. Il regarda le babyphone dans sa main comme si c'était une grenade.

— Vous ne pouvez pas me laisser.

— Bien sûr que si, dit-elle en lui lançant un sourire qui le fit fondre. Ne vous inquiétez pas, avec le bonus que vous m'avez offert, je reste un mois de plus, vous vous souvenez ? On se voit demain.

Il jeta un rapide coup d'œil à l'escalier derrière lui. Il y avait un bébé au premier étage et si Sadie s'en allait maintenant, il serait obligé de s'en occuper, *lui*.

Ce n'était pas possible.

Comment une telle chose avait-elle pu arriver ? Comment pouvait-il se retrouver dans une telle situation, lui dont la vie était réglée comme du papier à musique ? Lui qui maîtrisait tout ? Avec son entreprise florissante et son assistante efficace en diable, une longue route droite se déroulait devant lui. Aucun obstacle à l'horizon, aucune surprise. Jusqu'à ce jour fatal où tout avait basculé, où tout lui échappait.

— Restez, je vous le demande.

— C'est ce que je fais.

— Non, dit-il, sachant qu'elle faisait référence au bureau et à la recherche d'une gouvernante. Restez ici je veux dire. Chez moi.

Un éclair de convoitise traversa son regard et disparut aussitôt.

— Vous voulez que je reste ce soir ?

— Non, rectifia-t-il, je voudrais que vous restiez avec moi jusqu'à ce que nous ayons trouvé une gouvernante plus coopérative. Pour m'aider à m'occuper de cet enfant. Seul, je n'en suis pas capable.

Sadie eut un petit rire et secoua la tête, faisant voleter autour d'elle ses jolies boucles blondes.

— C'est impossible.

Ce rire était à la fois érotique et très ennuyeux. Si Sadie partait, il se retrouverait complètement seul avec cet enfant. Était-ce de la lâcheté ou non, Ethan n'avait aucun mal à reconnaître qu'il était démuni face à cette tâche. Il ne savait pas s'occuper d'un bébé.

Il avait proposé à Sadie une importante somme d'argent pour qu'elle reste un mois de plus. Peut-être qu'il lui suffirait de lui offrir un peu plus pour qu'elle accepte de s'installer chez lui ? Avec de l'argent, on obtenait tout. Et de l'argent, il en avait. Mais demander de l'aide, c'était plus difficile.

— Je vous offre 50 000 dollars pour que vous vous installiez ici temporairement.

— Quoi ? s'exclama Sadie.

— Vous avez bien entendu.

Il avait déjà réussi à la retenir, c'était toujours ça.

— Oui, j'ai entendu. Mais ça me paraît extravagant. J'ai du mal à y croire.

— C'est pourtant vrai. Je maintiens ma proposition,

dit Ethan en passant la main dans ses cheveux d'un geste vif. Écoutez, je dois le reconnaître, les enfants, ce n'est pas mon truc. Je ne sais pas faire, c'est tout. J'ai besoin de votre aide.

Sadie renversa légèrement la tête, un petit sourire moqueur aux lèvres. Dans d'autres circonstances, il aurait adoré ce sourire.

— Vous, Ethan Hart, vous reconnaissez qu'il y a quelque chose sur cette terre que vous ne savez pas faire ?

— Oui, à mon grand regret.

Lui, le patron sûr de lui et tout-puissant, se retrouvait désarmé face à un bébé de quelques mois à peine. Il devait reconnaître ses failles, même si c'était difficile.

— C'est comme ça, j'ai besoin de votre aide. Alors, que décidez-vous ?

Elle inclina la tête sur le côté et ses mèches épousèrent joliment le mouvement.

— Il est difficile de refuser une telle offre, dit-elle doucement. C'est d'accord, je vais rester.

Ravi mais un peu surpris qu'elle ait accepté si facilement, Ethan se demanda si elle avait des soucis pécuniaires. Avait-elle des ennuis dans sa vie qu'il ignorait ?

— Je ne m'attendais pas à ce que vous acceptiez aussi vite. Vous êtes une sorte de mercenaire en fait.

— Moi, une mercenaire ? dit-elle en éclatant de rire. On peut voir les choses comme ça. Mais figurez-vous que nous, les gens normaux qui ne sommes pas multimillionnaires, nous avons beaucoup de choses à payer. Le logement, la voiture, des prêts à rembourser… et même *de la nourriture*. Grâce à cet argent que vous me proposez, je ne serai pas prise à la gorge et j'aurai tout mon temps pour trouver un nouveau travail. Je pourrai aussi changer de voiture, faire des travaux de plomberie dans mon appartement…

Trouver un travail, elle n'aurait pas de mal de toute façon, se dit Ethan. Quant au reste, c'était vrai qu'il ne s'était jamais posé la question, et qu'il ne savait rien de la vie de Sadie. Il regretta de ne jamais s'y être intéressé. La voiture dans laquelle elle avait mis le bébé devait avoir au moins quinze ans. Pourquoi roulait-elle dans ce modèle aussi démodé ? Et elle avait des problèmes de plomberie chez elle… En fait, il ne savait même pas qu'elle était propriétaire.

Ils avaient travaillé ensemble pendant cinq ans et il ne savait rien d'elle. Sa vie était un mystère. Mais c'était entièrement sa faute, il le savait bien. Il la trouvait si séduisante, elle le troublait tellement qu'il avait tout fait pour rester à distance. Il s'était interdit de s'intéresser à elle et avait mis une barrière infranchissable entre eux.

Et c'était au moment où elle lui remettait sa démission qu'il avait l'impression de la découvrir pour la première fois.

Son désir pour elle était toujours là, plus fort encore, mais un élément nouveau avait fait son apparition. Elle lui était sympathique. Il *l'appréciait.*

Il se sentit vraiment minable. Cela ne lui arrivait pas souvent mais là, il fallait le reconnaître, il avait été en dessous de tout. Lui proposer de l'argent, c'était la seule chose qu'il savait faire. Que ce soit pour la retenir au travail ou ici, pour le bébé, il n'avait rien trouvé d'autre. Il vivait dans sa bulle. Il payait ses employés, mais ne savait absolument pas comment ils se débrouillaient avec leur salaire. Il était né riche, et avait tout fait pour le rester. Les fins de mois difficiles, les problèmes d'argent, il ne connaissait pas. Et n'avait jamais imaginé que les autres pouvaient en avoir.

Sadie ne le quittait pas des yeux. Elle attendait sa réponse.

— D'accord. Vous avez raison, finit-il par dire. Vous êtes un héros de la classe laborieuse et moi un patron avide et sans cœur.

— C'est un peu ça.

La réponse était sans appel, mais elle n'en était que plus désirable, pensa Ethan.

— Vous m'offrez 100 000 dollars, puis encore 50 000 pour que je vous aide, poursuivit-elle. Reconnaissez qu'une personne normale ne ferait pas ça.

— Alors je ne suis pas normal ?

Elle rit encore et cela l'irrita, bien que le son de sa voix soit infiniment sensuel.

— Bien sûr que non.

— Je vous remercie, murmura-t-il, le visage sombre.

— Je n'ai pas dit que vous étiez anormal, rectifia-t-elle.

Elle fouilla dans son sac, sortit ses clés et les fit cliqueter.

— Par exemple, tous les gens ne vivent pas dans des propriétés avec vue sur le Pacifique.

— J'en suis conscient.

— Vraiment ? dit-elle en penchant une nouvelle fois la tête sur le côté.

Ethan était fasciné par ce tic qui revenait fréquemment au cours de leurs conversations. Il adorait le mouvement de ses cheveux et imagina une seconde ce qu'il éprouverait en les sentant effleurer sa peau.

— Vous réalisez que la somme que vous m'offrez représente plus que ce que la plupart des gens gagnent en un an ?

Il oublia ses cheveux et fronça les sourcils.

— Je ne suis pas totalement idiot, Sadie. Mais où allez-vous ? dit-il en voyant qu'elle avait ses clés de voiture à la main. Je croyais que vous étiez d'accord pour rester ici ?

— Il me faut tout de même des vêtements de rechange, vous ne croyez pas ?

Ces quelques mots firent naître toute une série de fantasmes dans l'esprit perturbé d'Ethan. Toutes les images érotiques qu'il avait refoulées pendant cinq ans se déversaient à présent dans sa tête, tel un flot intarissable.

— Je fais un saut chez moi pour prendre une petite valise. Ce sera vite fait, dit-elle en se dirigeant vers la porte d'entrée.

Il ne put s'empêcher de lancer un regard vers l'escalier,

terrifié à l'idée de la petite bombe qui se trouvait là-haut, et qui pouvait exploser à tout instant.

— 25 000 de plus si vous revenez avant qu'elle se remette à crier, lança-t-il à Sadie.

— Arrêtez avec ça, dit-elle en riant, ce qui provoqua une nouvelle montée d'adrénaline en lui. Ça devient grotesque.

— Vous me promettez de revenir vite ?

— Relax. J'en ai pour une heure tout au plus.

Elle ouvrit la porte et ajouta :

— Emma ne va pas vous tuer, Ethan.

— Je ne parierais pas là-dessus, marmonna Ethan lorsqu'elle referma la porte derrière elle.

Planté devant le siège de Heart Chocolates, Gabriel regardait le bâtiment comme s'il le voyait pour la première fois. Il avait longuement réfléchi à son plan, retourné les choses dans tous les sens, mais hésitait encore. Faisait-il le bon choix ?

Héritier de la prestigieuse famille Hart, même s'il était le plus jeune, il avait grandi dans la même famille qu'Ethan, avait été bercé par les mêmes légendes, éduqué dans les mêmes valeurs, la première d'entre elles étant le respect des traditions.

Et c'était bien ce qu'il voulait faire : perpétuer la tradition et faire avancer l'entreprise. Jusqu'à présent, sous la direction d'Ethan, le succès ne s'était pas démenti. Mais ils n'innovaient pas. Et l'immobilisme, dans les affaires, ce n'est jamais bon. S'ils voulaient poursuivre l'œuvre de leur arrière-grand-père, ne se devaient-ils pas d'aller de l'avant ? Et c'était précisément ce qu'il voulait faire.

Derrière lui, il entendait le flot incessant de la circulation sur la Pacific Coast Highway. Un vent froid de janvier lui fouettait le visage. Dans les rues animées de la ville, la vie battait son plein. Le soleil se couchait tôt en cette saison, mais cela n'empêchait pas les gens d'aller à la plage. Peu à peu, les feux de camp illumineraient le ciel et la musique résonnerait dans la nuit, face à l'océan.

Quand il était plus jeune, il passait son temps à la plage, et s'amusait jusqu'au bout de la nuit. Mais aujourd'hui, pas question de plage ou de musique. Il ne pensait qu'à une chose.

De génération en génération, sa famille s'était transmis les recettes, jalousement gardées comme le Saint-Graal. Allait-il être le premier à trahir ce secret ?

— Gabe…

Pam prit sa main et la serra avec tendresse, comme si elle avait deviné ses pensées.

— Tu ne trahis personne. Tu veux juste faire au mieux pour ton entreprise.

— Hum, marmonna-t-il, songeur, pas sûr qu'Ethan voie les choses comme ça.

— Il ne s'agit pas d'Ethan, dit doucement Pam. Mais si vraiment tu ne sens pas les choses, ne le fais pas.

Gabe plongea son regard dans les grands yeux bruns de la jeune femme. Dans les lumières du soir tombant, ils lui parurent plus sombres et plus profonds que jamais. Il serra très fort sa main, comme s'il s'accrochait à une bouée de sauvetage.

— Non, je dois le faire. Mais crois-moi, un jour ou l'autre, Ethan va l'apprendre. Et là, il risque de très mal réagir. J'ai peur que cela provoque une brouille définitive entre nous. C'est vrai qu'il est vraiment casse-pieds, psychorigide et tout ce que tu voudras, mais c'est mon frère.

Une rafale de vent balaya la rue, soulevant les mèches brunes de Pam. Gabe eut envie de l'embrasser et de lui faire l'amour là, sur-le-champ. Cela lui évitait de penser à ce qu'il s'apprêtait à faire. Mais elle lui souriait tranquillement, et cet encouragement muet lui redonna de la force pour affronter la réalité.

Des pensées contradictoires se bousculaient dans sa tête. Oui, il voulait mettre en pratique ses idées, obliger Ethan à entrer enfin dans le XXIe siècle. Pourtant, ce qu'il allait faire – se glisser dans le bureau de son frère et prendre une recette secrète pour la remettre à un inconnu – allait à l'encontre de tout ce qu'on lui avait appris depuis sa plus tendre enfance. La famille était la valeur suprême, et il devait honorer et défendre son héritage envers et contre tout. Mais n'était-ce pas ce qu'il s'apprêtait à faire ?

Il posa les doigts sur ses yeux et les pressa légèrement.

— Tu sais, depuis la mort de notre père, c'est Ethan le chef de famille. Il a pris ses responsabilités et s'est occupé de tout. Il m'a envoyé à l'université pendant qu'il prenait l'entreprise familiale en main.

— Mais il ne manquait pas une occasion de te rabaisser, lui rappela Pam. Combien de fois m'as-tu raconté qu'il refusait systématiquement toutes tes propositions ?

Gabe fit la grimace. C'était vrai, il s'était senti humilié parfois. Mais il savait que la tâche était rude pour son frère. Il ne s'agissait pas seulement de l'héritage de la famille Hart, il fallait traiter avec les acheteurs, les banques, le marketing, et tout le reste. Et Ethan avait fait face avec brio. Dans ce contexte, le geste qu'il s'apprêtait à faire pouvait-il être autre chose qu'une trahison ?

— Je ne sais peut-être pas bien les vendre, suggéra-t-il.

— C'est pareil dans toutes les familles, Gabe. Moi, mon frère me rendait folle aussi. Mais maintenant, il faut te lancer, oublier tes scrupules. Ton heure est venue, dit Pam en serrant très fort sa main.

— Tu as raison, dit Gabe en levant encore une fois les yeux sur le bâtiment abritant la société familiale.

C'était un immeuble en briques, qui tranchait avec l'architecture de Newport Beach. Une construction en briques dans une région sismique était sans doute un risque, se dit-il silencieusement. Mais son grand-père avait fait ce choix car cela donnait une image de robustesse et de fiabilité à l'époque où la société prenait tout juste son envol. Et il n'avait pas fait un mauvais calcul car excepté quelques vitres brisées lors du dernier tremblement de terre, l'immeuble était toujours debout. Tout comme la société.

Mais résisterait-elle à la tempête que risquait de déclencher son geste ? N'allait-il pas mettre en péril la cohésion familiale, condition indispensable à la bonne marche de l'entreprise ?

À l'inverse, s'il ne mettait pas son plan à exécution, il allait en vouloir toute sa vie à Ethan et leur relation serait détruite à jamais.

Alors que faire ? Il n'avait pas de réponse.

— Gabe ?

La voix de Pam le tira de ses pensées.

— Oui ?

— Tu ne fais rien *à* Ethan. Tu fais ça *pour* lui.

Il esquissa un bref sourire. Il savait très bien que ce n'était pas comme ça que son frère interpréterait les choses.

Mais Pam insista.

— Je te l'ai déjà dit, je comprends et je respecte ton sentiment de loyauté envers ta famille. Mais parfois, il faut faire ce qu'on pense être juste, quoi qu'en dise la famille. C'est l'occasion de prouver ta valeur, pas seulement à Ethan, mais aussi à toi-même.

Pam avait raison et Gabe le savait, mais il n'était pas rassuré pour autant. S'il n'essayait pas maintenant, par tous les moyens, de créer de nouvelles saveurs, il le regretterait toute sa vie. Si lui-même n'y croyait pas, comment pourrait-il convaincre Ethan ?

Pam posa doucement sa main sur la joue de Gabe.

— Mais si tu ne te sens pas de faire ça…

— Ça me fait peur, c'est vrai, dit-il en posant un baiser plein de fougue sur la paume de sa main. Mais je crois que je n'ai pas le choix.

— Tu es sûr, Gabe ? dit-elle en se mordant la lèvre inférieure, manifestement inquiète elle aussi. Quoi que tu fasses, je te soutiendrai. Si tu veux attendre un moment plus opportun, ce n'est pas un problème pour moi. Il ne faut pas que tu te sentes obligé parce que je connais quelqu'un qui pourra exploiter la recette. Je ne veux pas te forcer la main.

— Tu ne me forces pas la main, dit-il pour la rassurer. Je reste persuadé que nous devons essayer de nouvelles saveurs. Et c'est maintenant ou jamais. Je ne le fais pas pour moi, mais pour l'entreprise.

Pam le regarda longuement, puis hocha la tête.

— OK alors. Je suis avec toi.

Il la prit par l'épaule et la serra fermement contre lui, puis l'entraîna vers l'entrée de l'immeuble. Il savait qu'Ethan n'était pas au bureau car sa voiture n'était pas sur le parking. La voie était libre.

En voyant Gabe depuis sa loge, le gardien se leva pour lui ouvrir, puis il referma derrière eux.

— Bonsoir, monsieur Hart, dit le gardien. Je ne vous attendais pas à cette heure-là.

— Je ne serai pas long, Joe, dit Gabe en guidant Pam vers l'ascenseur. Je vais juste récupérer un dossier dans mon bureau.

— Très bien, monsieur, dit Joe en retournant à son poste.

À l'étage, la lumière s'alluma automatiquement et ils traversèrent des couloirs dont les murs étaient recouverts de photos de chocolats géantes aux couleurs vives. Le parquet grinça légèrement sous leurs pas.

Les bureaux étaient plongés dans le silence. On aurait dit que l'immeuble était abandonné. Leurs pas résonnaient, les lumières étaient en veilleuse et dans cette atmosphère étrange, Gabe s'attendait à voir surgir son grand-père ou un autre ancêtre, l'air réprobateur. Il chassa ces images et continua jusqu'au bureau d'Ethan.

La recette originale avait bien entendu été scannée et rangée dans un fichier crypté dont seuls Ethan et Gabe connaissaient le code. Le document était également sauvegardé à plusieurs endroits.

Le document original était conservé à la banque et

Ethan, en homme prudent qu'il était, gardait une copie dans un coffre-fort mural de son bureau. Exactement comme leur grand-père l'avait fait. Comme si enfermer cette recette garantissait le succès éternel de l'entreprise. Une sorte de superstition familiale.

Et Gabriel s'apprêtait à la dérober.

- 4 -

Sadie était déjà en retard, mais elle décida tout de même de passer chez son frère avant de retourner à Dana Point. De toute façon, c'était plus ou moins sur son chemin. Cela faisait un petit détour, certes, mais elle avait besoin de parler avec Gina.

Mike et Gina habitaient dans une subdivision de Foothill Ranch. Les maisons étaient grandes, mais très serrées les unes contre les autres. Les rues du quartier étaient étroites et sinueuses et il n'y avait quasiment pas de trottoirs. Il était impossible de se garer. Toutes les maisons avaient des petites cours à l'arrière, mais les enfants jouaient tous ensemble dans la rue. Son frère et sa belle-sœur se plaisaient dans ce quartier animé.

Quand elle arrivait dans leur rue, avec ces grosses maisons beiges toutes semblables alignées comme des soldats, Sadie avait toujours l'impression d'être dans le film *Poltergeist*.

— Quelle surprise ! s'exclama Gina en ouvrant la porte.

Elle serra Sadie dans ses bras puis la fit entrer à l'intérieur.

— Tu as échappé à ton geôlier ?

Sadie sourit. Mike et Gina ne portaient pas vraiment Ethan dans leur cœur.

— Oui, et la journée a été mouvementée ! C'est pour ça que je suis là. J'avais besoin de te parler.

— Oh ! tu me mets l'eau à la bouche, j'ai hâte de savoir, dit Gina en ramenant ses cheveux noirs derrière les oreilles.

Elle portait un jean délavé, une vieille chemise blanche de Mike qui lui descendait à mi-cuisse, et elle était pieds nus. Son dernier-né n'avait que trois semaines et elle avait déjà retrouvé la ligne.

— Viens, asseyons-nous près du feu et raconte-moi tout ça.

— Avec plaisir, dit Sadie en jetant un regard dans l'escalier qui montait à l'étage. Les enfants sont déjà couchés ?

— Je croise les doigts, dit Gina en mettant son index sur sa bouche. Les garçons ont passé l'après-midi au parc et ils se sont endormis d'un coup. La petite, normalement, est partie pour quatre heures. On devrait être tranquilles. Tu veux un verre de vin ?

— Oh oui, j'en ai bien besoin.

Sadie jeta son sac sur la table de la salle à manger et suivit Gina dans la cuisine. À travers la fenêtre au-dessus de l'évier, elle aperçut Einstein, le chat roux, qui dormait sous un buisson.

La petite cour était jonchée de jouets d'enfants, il y avait un trampoline dans un coin et des petites baskets près de la porte. Une maison vivante et joyeuse. Pour Sadie, elle représentait l'image même du bonheur familial. Exactement ce dont elle rêvait.

— Alors, que se passe-t-il ? reprit Gina en lui tendant un verre.

Elle prit le sien et toutes deux se laissèrent tomber sur le canapé confortable face à la cheminée où un feu de bois crépitait doucement.

Sadie fit le récit de sa journée, ne laissant aucun détail de côté. Elle guettait les réactions de Gina et fut soulagée de voir qu'elles correspondaient aux siennes.

— Eh bien, quelle histoire ! dit sa belle-sœur quand Sadie eut terminé. Il y en a des choses à dire, je ne sais pas par où commencer.

— Tu as l'embarras du choix, dit Sadie en se levant pour aller chercher un paquet de chips dans le placard.

— Bon, commençons par l'argent. Ethan n'y est pas allé avec le dos de la cuillère. En fait, sans le vouloir, il te facilite les choses pour démissionner.

— C'est vrai, dit Sadie en se rasseyant. Je crois qu'il n'a pas réalisé ce qu'il faisait.

— Quand il va comprendre, il risque de mal réagir. Mais c'est super pour toi, dit Gina en prenant la main de son amie. Grâce à cet argent, tu vas pouvoir faire une pause avant de reprendre un autre travail. Et te racheter une nouvelle voiture avant que celle-ci ne te lâche. Parce que c'est un peu une ruine, non ?

C'était vrai, hélas.

— Oui, j'y ai tout de suite pensé.

— Tu auras enfin du temps libre, tu ne passeras plus tous tes dimanches dans cette foutue fabrique de chocolats. Et on pourra peut-être enfin te présenter Josh, l'ami de Mike, ajouta-t-elle avec un clin d'œil. Il est vraiment sympa, tu verras. Et très beau, de beaux yeux, de belles fesses…

— Eh, tu regardes les autres hommes alors que tu es mariée ?

— Pourquoi je m'en priverais ? dit Gina, le regard gourmand. Trêve de plaisanterie, Josh a intégré l'équipe des pompiers il y a un mois et Mike l'apprécie beaucoup.

En tant que pompier professionnel, Mike avait des horaires particuliers. Il travaillait quatre jours d'affilée sans rentrer à la maison, puis avait quatre jours de repos. Comme il passait beaucoup de temps avec ses collègues, il les connaissait bien. Mais c'était la première fois que Gina évoquait l'un d'eux en particulier.

— Vous voulez me le présenter, vraiment ? C'est nouveau ça.

— Ça fait un moment qu'on y pense, oui, mais jusqu'à présent tu passais ton temps au travail, dit Gina en secouant doucement la tête. Tu es même partie en pleine cérémonie du mariage de Megan parce que ton patron te réclamait, rappelle-toi.

Sadie grimaça.

— Justement, j'en ai reparlé à Ethan aujourd'hui. C'était un de mes arguments pour ma démission.

Gina replia ses jambes sous elle et s'enfonça dans le canapé.

— Ma chérie, tu as enfin l'occasion de profiter de la vie, de lever le pied. Qu'est-ce qui te chiffonne tant alors ?

— Ça se voit tant que ça ?

— Oui, tu as un vilain pli entre les yeux. Il faut te détendre, prendre les choses du bon côté.

Instinctivement, Sadie passa sa main sur son front.

— Je ne suis pas inquiète, je suis…

Elle soupira.

— Je ne sais pas ce que j'ai. Cette journée était si bizarre…

— Ça c'est vrai, dit Gina en riant. Tu donnes ta démission, un bébé vous tombe sur les bras sans prévenir, tu aides ton patron à s'en occuper, et puis il y a tout cet argent.

— Et en plus, ajouta Sadie, depuis que j'ai annoncé ma démission, Ethan me regarde différemment.

Gina ne put s'empêcher de sourire.

— Tu veux dire qu'il a remarqué que tu étais une femme ?

— Exactement, dit Sadie en prenant une gorgée de vin. Et c'est plutôt agréable, je dois dire.

Gina se frappa le front de la main.

— Bon sang ! Mais oui !

— Quoi donc ?

— Sadie, tu as démissionné parce que tu en avais assez de ce travail qui te prenait tout ton temps, c'est bien ça ?

Elle se pencha vers son amie et lui prit la main.

— Il y a peu de temps, tu m'as dit que tu voulais

trouver un homme qui te plaise et arrêter de fantasmer pour rien sur Ethan.

C'était assez humiliant de réentendre ses propres paroles dans la bouche de son amie. Mais c'était pour cela qu'elle était venue voir Gina. Pour avoir son avis, pour connaître la vérité. Même si elle était dérangeante. Mike et Gina avaient une relation très complice entre eux, c'étaient de véritables partenaires dans la vie. Sadie les enviait. Ils riaient ensemble, s'aimaient, se disputaient parfois mais se ressoudaient toujours pour faire face à l'adversité. À plusieurs reprises, Sadie avait surpris le regard que son frère posait sur Gina quand celle-ci ne le voyait pas. C'était comme ça qu'elle aurait voulu qu'on la regarde. Avec amour et admiration.

— C'est vrai, admit Sadie en regardant son verre d'un air rêveur. Mais…

— Tu as toujours ta liste ? demanda Gina.

— Bien sûr.

Sadie avait mis deux longues années pour établir cette liste.

— Tu arrives à combien de critères maintenant ?

— J'en suis à cinq, dit Sadie, toujours pensive.

Quand elle avait établi la liste des qualités qu'elle attendait chez un homme pour lui plaire, elle était arrivée à vingt points. C'était beaucoup trop. Elle avait réussi à réduire la liste à cinq éléments essentiels.

— Allons-y, je t'écoute.

Sadie savait où voulait en venir son amie. Elle voulait lui prouver qu'Ethan *n'était pas* l'homme qu'il lui fallait. Et elle avait sans doute raison. Elle avait vécu quelques bons moments au cours de cette journée si particulière. Elle avait vu Ethan en proie à la panique, et partagé avec lui autre chose que le travail. Elle l'avait vu piquer un coup de sang et renvoyer Alice, puis prendre en charge, malgré lui, un enfant propulsé par surprise dans sa vie.

Aujourd'hui, ils avaient formé une équipe différente de d'habitude.

Ce n'était pas comme au bureau, où ils se connaissaient par cœur, où chacun avait son rôle bien défini. Ils avaient fait face ensemble à une situation inédite. Ils n'étaient plus un patron et son assistante, mais simplement Ethan et Sadie. Un homme et une femme. Et cela lui avait plu. Mais il fallait qu'elle consulte sa liste. Dans ce cadre différent, Ethan répondait-il à tous les critères ?

— D'accord, dit-elle en dépliant les doigts au fur et à mesure qu'elle énumérait les qualités requises. Sexy. Audacieux. Sens de l'humour. Disponible. Aimer les enfants.

— Hum hum, dit Gina, l'air songeur. Et Ethan coche combien de cases ?

— Sexy…

Sa voix se troubla malgré elle.

— Non, c'est bon, Ethan n'est pas un homme pour moi, reprit-elle, la gorge nouée.

— Sadie, ne me raconte pas d'histoires. Je sais que tu es folle de ce type. Mais ce qu'il te faut c'est un homme qui soit fou de toi.

— Je sais, mais…

— Pas de *mais*, l'interrompit Gina en levant la main. Ethan ne peut pas t'offrir ce que tu recherches.

— Et si ce que je cherchais, c'était juste une aventure ?

Gina sourit et retira ses lunettes.

— Tout le monde cherche ça. Mais le sexe seul, ce n'est pas suffisant, tu le sais très bien.

— Non, ça ne suffit pas, répéta Sadie comme pour se convaincre.

Mais la simple idée de faire l'amour avec Ethan lui provoquait des picotements partout, jusque dans les endroits les plus intimes. Elle reprit une gorgée de vin pour tenter de chasser ces images de son esprit. Mais en vain.

— En même temps, ce n'est pas une mauvaise idée,

dit Gina avec un haussement d'épaules. Si tu penses que ça peut te faire du bien, fonce. Et sans arrière-pensée. Ça ne t'engage à rien, surtout maintenant que tu ne travailles plus pour lui. Tu as le droit de te faire plaisir, Sadie.

Une vague de chaleur monta en elle à cette pensée. Coucher avec Ethan… Elle ne s'était jamais permis de l'envisager jusqu'à présent. Et pourtant, Dieu sait qu'elle en avait envie. Et si Gina avait raison ? Pourquoi ne pas profiter de cette situation « entre deux », où elle ne travaillait plus pour lui, mais était encore avec lui ? Même si elle savait qu'elle ne ferait pas sa vie avec cet homme qui l'attirait comme un aimant depuis le début, pourquoi ne pas jouir de l'instant présent et suivre tout simplement son instinct ?

— Bien, dit Gina, je vois que l'idée fait son chemin. Mais ne réfléchis pas trop longtemps, il faut battre le fer pendant qu'il est chaud.

Sadie se renversa sur le dossier.

— Parfois ça me gêne que tu me connaisses si bien.

— Mais non, c'est amusant.

À ce moment, le babyphone qui était sur la table basse se mit en route et un pleur de bébé interrompit leur conversation. Gina soupira.

— La récréation est finie. Tu es sûre que tu ne veux pas rester ce soir et aller à la rescousse d'Ethan demain matin ? Mike ne revient pas avant deux jours, tu me tiendrais compagnie.

— C'est tentant, dit Sadie. Mais il m'a proposé 25 000 dollars de plus si je revenais avant qu'Emma se réveille.

Gina éclata de rire.

— Il est vraiment désespéré, n'est-ce pas ? OK, alors vas-y. Mais sache que quand tu auras un nouveau boulot, tes neveux seront ravis de passer plus de temps avec toi.

— Je les emmènerai à Disneyland, promit Sadie en

se penchant pour embrasser sa belle-sœur. Et je viendrai camper ici quand Mike ne sera pas là.

— Ce sera super.

— Je te remercie, dit Sadie, vraiment.

— Je n'ai pas fait grand-chose.

— Si, tu as épousé mon idiot de frère juste pour devenir ma belle-sœur et mon amie, plaisanta-t-elle.

— Tout à fait. Et je l'ai épousé pour le sexe aussi.

— Naturellement.

Sadie aurait pu reprendre directement le chemin de Dana Point. Mais elle décida de faire un crochet par le bureau pour récupérer le dossier Donatello. Comme la réunion avait été repoussée au lendemain, ils pourraient revoir le dossier dans la soirée.

Joe lui ouvrit la porte et elle se dirigea vers l'ascenseur. Elle n'avait pas beaucoup de temps. Elle était restée plus longtemps que prévu avec Gina, mais cette visite lui avait fait du bien. Elle savait qu'elle pouvait compter sur elle dans les moments difficiles. Cela faisait deux ans que Gina la poussait à quitter son travail qui lui prenait trop de temps. Elle avait raison, et Sadie le savait, même si elle avait mis longtemps à le reconnaître.

En sortant de l'ascenseur, elle jeta un coup d'œil circulaire aux couloirs et aux bureaux sagement alignés. Ce décor avait été son quotidien, son univers, pendant cinq longues années. Ce n'était pas la première fois qu'elle se retrouvait là seule, une fois que tout le monde était parti. Elle ne comptait plus les soirées qu'elle avait passées à travailler juste avec Ethan dans l'immeuble silencieux.

Mais cette fois, c'était différent. Non seulement parce qu'elle était complètement seule, mais aussi parce que bientôt, elle quitterait définitivement cet endroit. Bientôt, elle sortirait de la vie d'Ethan. À cette pensée, elle eut un pincement au cœur, mais elle se dit qu'elle avait pris la bonne décision. Elle avait vraiment besoin de temps à elle.

Elle prit la direction du bureau d'Ethan. Les lumières

étaient en veilleuse, les box calmes et une légère odeur de café imprégnait encore l'air. Les souvenirs l'assaillirent.

— Ça va faire bizarre de ne pas revenir ici tous les jours, murmura-t-elle tout bas.

Elle trembla en entendant sa voix se perdre dans le silence. Elle chassa cette impression étrange, poussa la porte du bureau et s'arrêta net.

— Gabe ! Qu'est-ce que vous faites ici ?

Surpris, celui-ci sursauta, puis se mit à rire en la voyant.

— Bon sang, vous m'avez fait peur !

À côté de lui se tenait une belle jeune femme aux longs cheveux noirs et aux yeux bruns. Elle se rapprocha de Gabe en voyant entrer Sadie.

— Bonjour, dit-elle, je m'appelle Pam. Pam Cassini.

— Oui, désolé, je ne vous ai pas présentées, dit Gabe en passant un bras autour de ses épaules. Mais vous êtes entrée si vite, Sadie… Je ne vous ai pas entendue arriver. Et vous, que faites-vous ici ?

— Je venais prendre un dossier pour l'emporter chez Ethan.

Gabe parut surpris.

— Vous allez chez lui ?

— Oui, dit-elle en se dirigeant vers un placard.

Elle ouvrit la partie du haut, passa en revue les dossiers suspendus et en sortit une chemise. Puis elle referma le placard. Bien entendu, tous les dossiers étaient sous forme numérique dans l'ordinateur d'Ethan, et également dans le *cloud*. Mais ils gardaient aussi un dossier papier, c'était plus sûr et surtout plus facile à consulter.

— C'est une longue histoire, reprit-elle, Ethan vous racontera. Mais en résumé, il a été nommé tuteur légal d'une petite fille de six mois.

— Quoi ? Ethan avec *un enfant* ? s'écria Gabe, choqué. J'ai du mal à y croire.

Effectivement, Ethan était tout sauf un père idéal. Sadie sourit.

— Je vais l'aider, évidemment. Mais vous, pourquoi êtes-vous ici à cette heure ?

Gabe jeta un regard furtif à Pam, puis haussa les épaules.

— Je voulais montrer nos bureaux à Pam, et c'est d'ici qu'on a la plus belle vue.

C'était vrai. Mais pas la nuit. Étrange, se dit Sadie, mais cela ne la regardait pas. Gabe avait le droit d'être au bureau après les heures de fermeture. N'y était-elle pas elle aussi ?

— Bien, dit-elle en agitant le dossier, il faut que j'y aille. À demain, Gabe. Ravie de vous avoir rencontrée, ajouta-t-elle à l'adresse de Pam, qui la salua poliment.

Elle était dans le hall d'entrée, se demandant encore ce que pouvait bien faire Gabriel à cette heure tardive dans le bureau d'Ethan, quand son téléphone sonna.

— Merci, Joe, dit-elle au gardien qui lui ouvrit.

Une fois dehors, elle regarda l'écran de son portable. Elle sourit et décrocha.

— Oui, Ethan ?

— Où êtes-vous ? lança-t-il d'une voix autoritaire. Elle commence à faire du bruit. Je crois qu'elle va se réveiller.

— Je suis sur le chemin, dit Sadie en mentant.

La situation était vraiment cocasse. Sadie adorait voir cet homme d'ordinaire si calme, si posé, ayant réponse à tout, complètement perdu face à un… bébé. Elle entra dans sa voiture et mit le moteur en marche.

— Je serai là d'ici une vingtaine de minutes. Et ne me proposez pas d'argent pour que j'arrive plus vite !

— Non, mais ne traînez pas.

Toujours amusée, Sadie prit la direction de la Pacific Coast Highway. L'autoroute était saturée, comme d'habitude.

— Elle s'est rendormie, dit Sadie une demi-heure plus tard. Je l'ai prise dans mes bras et lui ai tapoté le dos, ça l'a calmée.

— Bien, dit Ethan en attrapant une bière dans le réfrigérateur. Vous voulez boire quelque chose ?

Boire oui, et d'autres choses encore, pensa Sadie. À commencer par faire l'amour avec lui, comme le lui avait suggéré Gina. Elle avait l'habitude de le voir en costume plutôt strict, avec chemise et cravate, et découvrit avec plaisir qu'il était tout aussi sexy avec un jean et une chemise ouverte par-dessus. C'était un autre style et cela laissait plus de place à la fantaisie de son imagination. Son cœur s'accéléra dans sa poitrine.

— J'aimerais bien manger quelque chose, dit-elle. J'ai faim.

— J'ai fait livrer un repas chinois. Il attend dans la cuisine.

— Parfait.

Sadie se mit à la recherche d'assiettes pour mettre la table et ouvrit une demi-douzaine de portes avant de les trouver.

Ethan sortit des couverts en argent, ouvrit une bouteille de vin, servit aussi de l'eau. Quelques minutes plus tard, ils étaient attablés l'un en face de l'autre, sous une lumière tamisée.

La cuisine était immense, à l'image de la maison. Les murs étaient blancs, les éléments gris et le comptoir, qui mesurait au moins vingt mètres, était en granit noir. Tout était si propre qu'on avait l'impression que personne n'utilisait jamais cette pièce. Ce qui était sans doute le cas. Alice avait précisé qu'elle n'était pas cuisinière et Sadie était certaine qu'Ethan n'avait jamais touché une casserole de sa vie.

De la table, on pouvait admirer le parc à travers la grande fenêtre, et au loin, l'océan. La nuit, de petites lampes solaires éclairaient faiblement les buissons et les massifs de fleurs, balisant le chemin qui menait jusqu'à la falaise.

— Il faudra faire installer une barrière au bout de

la pelouse, dit Sadie en pensant au bébé. Quand Emma commencera à courir partout, il faudra la surveiller. La falaise est dangereuse.

— J'y ai déjà pensé, répondit Ethan en se servant du poulet à la citronnelle. Tout à l'heure, j'ai appelé l'entrepreneur qui a agencé le parc il y a quelques années. Il doit venir demain pour prendre des mesures.

— Vous avez fait vite, dit Sadie, impressionnée.

Ethan esquissa un petit sourire.

— Je ne sais peut-être pas changer un bébé, mais je sais comment le protéger.

— *La* protéger.

— Oui, la protéger.

Il prit une bouchée et posa son regard sur Sadie.

— Pourquoi avez-vous mis tant de temps ?

Elle se concentra quelques secondes sur son plat, du bœuf au brocoli – Ethan l'avait choisi expressément en se rappelant que c'était l'un de ses mets favoris quand ils dînaient ensemble au bureau.

— Je suis passée chez mon frère au retour, il fallait que je parle à Gina.

— De votre démission ?

— Oui, dit-elle. Entre autres choses.

Elle se tut. Elle n'allait pas lui raconter que celle-ci lui avait suggéré de passer la nuit avec lui, juste pour le sexe. Mais depuis que Gina lui avait mis cette idée en tête, elle y pensait sans arrêt et la perspective devenait de plus en plus séduisante.

— Et qu'en a pensé Gina ?

Sadie leva les yeux et croisa son regard. Le spot lumineux placé au-dessus de la table éclairait étrangement son visage, créant des ombres inquiétantes, qui le mettaient en valeur tout en révélant une autre image de lui. Elle en fut bouleversée. Depuis qu'elle le connaissait, il lui avait toujours fait cet effet. Il lui suffisait de le regarder pour littéralement se décomposer. Heureusement, avec le temps, elle avait appris à maîtriser ses émotions et à faire en sorte qu'il n'en sache rien. C'était humiliant de perdre ainsi ses moyens face à un homme qui ne l'avait jamais regardée autrement que comme son assistante. Jamais comme une femme.

— Elle pense que j'ai bien fait, dit-elle finalement en prenant une gorgée de vin. Que j'ai raison de démissionner.

— Elle se réjouit de vous voir sans emploi ?

Sadie souleva les sourcils, étonnée par la remarque.

— Elle sait que je ne resterai pas longtemps au chômage. Ce qui lui fait plaisir, c'est de savoir qu'on va pouvoir se voir plus souvent.

Il lâcha sa fourchette qui, en tombant, fit tinter l'assiette en porcelaine.

— Vous parlez comme si vous étiez au bagne. Vous n'étiez pas si mal traitée tout de même.

— Hum… Vous m'avez quand même empêchée d'assister au mariage de ma cousine.

— Ce n'est arrivé qu'une seule fois, protesta-t-il.

— Non, j'ai d'autres exemples. Je n'ai jamais pu aller voir Gina à la maternité quand elle a accouché.

— Et tout cela serait ma faute ?

Le ton de sa voix montrait clairement qu'il n'était pas d'accord.

— En partie, dit Sadie.

Elle but une grande gorgée d'eau avant de continuer.

— De la mienne aussi d'ailleurs, dit-elle en le regardant dans les yeux. J'aurais pu refuser de rester travailler en dehors des heures de bureau. J'aurais pu refuser de quitter un mariage en plein milieu de la cérémonie.

Il la regarda longuement. Comme elle aurait voulu connaître ses pensées en cet instant ! Mais il s'enfonça dans sa chaise et son visage était maintenant dans l'ombre, impénétrable.

— J'ai tout accepté parce que j'aimais mon travail.

C'était la vérité. Mais ce n'était pas la seule raison

qui l'avait poussée à accourir au moindre claquement de doigts d'Ethan. Il y avait autre chose.

Elle aimait sa compagnie. Elle aimait travailler, discuter avec lui.

Cela ne la gênait pas de travailler tard le soir car ils étaient ensemble, réglaient des problèmes, échafaudaient des plans pour l'avenir de la société. Elle était persuadée qu'il y avait entre eux autre chose qu'une simple relation professionnelle. Elle se disait qu'un jour, il finirait par la considérer autrement. Mais ce n'était jamais arrivé.

— Et j'ai accepté que mon travail prenne toute la place dans ma vie.

— Je vous en remercie, marmonna Ethan.

— Je n'ai pas fini, ajouta Sadie en pointant sa fourchette vers lui. Vous êtes comme moi, Ethan, votre travail, c'est toute votre vie.

Elle parcourut la cuisine du regard, si propre qu'on aurait dit un appartement-témoin.

— Je me trompe ? Regardez votre maison, elle est vide et vous n'y êtes jamais.

— Si, de temps en temps. Et j'apprécie son calme.

Elle sourit en repoussant son assiette. Dans la pénombre de cette grande cuisine, si près de lui, elle se sentait en confiance. Ils étaient seuls, personne ne pouvait les interrompre, c'était le moment de lui dire ce qu'elle avait sur le cœur depuis des années.

— Vous vous cachez, Ethan.

— Moi, me cacher ! Qu'est-ce qui vous fait dire ça ? s'exclama-t-il en riant un peu fort. C'est ridicule.

Elle secoua la tête lentement.

— Pas du tout. Depuis votre divorce, vous vous êtes complètement replié sur vous-même.

Malgré la pénombre, elle vit ses traits se crisper. Son rire se figea.

— Ce n'est pas notre sujet.

— Bien sûr que non. Ce n'est jamais le sujet. Vous refusez d'en parler.

Elle croisa les bras sur la table et se pencha vers lui.

— Mais ce soir, c'est moi qui vais en parler.

— Vous vous croyez tout permis parce que vous avez démissionné, dit Ethan.

Elle hocha la tête.

— C'est vrai. Comme je vous l'ai dit, c'est une sorte de libération.

— Très bien, vous êtes en droit de dire ce que vous voulez. Mais je ne suis pas obligé d'écouter.

— Vous vous cachez encore ? dit-elle avec un petit sourire.

— Je ne me cache pas. C'est juste que je n'ai pas forcément envie de parler de moi.

Elle s'appuya contre le dossier de sa chaise et reprit son verre de vin.

— Qu'est-ce qui vous intéresse alors ?

— Mon entreprise.

— Et ?

— Et quoi ? C'est tout, dit-il en se levant.

Il déposa son assiette dans l'évier, se retourna et la regarda.

— Mes ancêtres ont fondé cette compagnie il y a plus de cent ans et aujourd'hui c'est à moi de la faire prospérer. C'est ce que je fais. Et depuis quand devrais-je me justifier devant vous ?

— Depuis que j'ai démissionné et que je n'ai plus peur de me faire renvoyer par mon patron, répondit Sadie en se levant elle aussi.

— Je peux encore vous mettre dehors.

— Mais vous ne le ferez pas, dit-elle en désignant le babyphone posé sur l'îlot central.

Il serra les mâchoires, faisant saillir les muscles de son cou.

— Vous vous croyez à l'abri, n'est-ce pas ?

— Oui, tout à fait, affirma-t-elle en s'adossant au comptoir avec assurance.

Elle inclina légèrement la tête et remarqua un éclair dans les yeux d'Ethan.

— Vous savez que vous me devez encore un mois de travail ? dit-il.

— Bien sûr, mais ce n'est pas officiel.

— Mais je vous paie très cher pour ça.

— Je le vaux bien, dit-elle avec malice.

De nouveau cet éclair dans ses yeux. C'était très bref, mais cela provoqua en elle une sorte de flash. Une boule de feu prit naissance au creux de son estomac, puis descendit plus bas. Elle sentit dans son entrejambe un battement profond et sourd en croisant son regard. Elle eut toutes les peines du monde à ne rien laisser paraître.

— Je suppose que oui.

La voix d'Ethan était plus basse et ses yeux plus sombres, soudain remplis d'une émotion qu'elle ne sut décrypter.

Elle aurait donné cher pour savoir ce qu'il pensait en cet instant. Il reprit la parole :

— C'est étrange…

— Il s'est passé beaucoup de choses étranges aujourd'hui, répondit-elle doucement. De quoi voulez-vous parler exactement ?

— Je crois que c'est la première fois que je vous vois dans une autre tenue que celle du travail.

Sadie baissa les yeux. Elle portait un jean, un T-shirt à manches longues et des ballerines noires. Pas franchement une tenue faite pour attirer le regard. Il semblait pourtant captivé.

— Et moi je ne vous avais jamais vu en jean. Je n'imaginais même pas que vous en aviez. En fait, je crois que c'est la première fois qu'on est ensemble dans un contexte autre que le travail.

Et c'était si sexy de le voir pieds nus, se dit-elle. *Attention, Sadie, ressaisis-toi !*

— Faux, dit Ethan en posant ses mains sur le comptoir, de part et d'autre d'elle. Il y a eu ce voyage à Dublin l'été dernier.

— C'était un voyage d'affaires, murmura-t-elle.

Il était si près qu'elle sentait la chaleur de son corps irradier. Pourquoi faisait-il cela ? Oh ! elle n'avait pas envie qu'il s'arrête…

— Vous vous souvenez quand nous avons bu un verre dans ce pub après la réunion ?

— C'était encore le travail, dit-elle, tandis qu'il se penchait vers elle, de plus en plus près.

Elle eut alors une vision, beaucoup plus intime : son corps sur le sien, sa bouche sur la sienne…

— Pas vraiment, tout le monde chantait, vous vous rappelez ?

Sadie essayait de reprendre ses esprits, de revenir à la conversation.

— Oui, je me rappelle, admit-elle, essayant de se remémorer cette soirée en Irlande, qui avait été un de ses meilleurs moments durant ces cinq années de travail avec Ethan.

— Vous ne pouvez nier que vous vous êtes amusée ce soir-là.

— Je ne nie rien.

— Et ce soir, vous vous amusez ? insista-t-il en se rapprochant encore d'elle.

— Je pourrais. Si je savais où vous voulez en venir, dit Sadie en le regardant dans les yeux. Et vous, vous vous amusez ?

— Oui, je passe un bon moment, dit-il en la dévisageant avec insistance.

— Que cherchez-vous au juste ? demanda Sadie, regrettant aussitôt sa question.

Être si près de lui, sentir son souffle sur elle, son regard planté dans le sien, elle en rêvait depuis des années. Alors pourquoi poser cette question stupide ? Elle n'avait qu'à profiter de l'instant, se laisser aller…

— Vous êtes nerveuse ? demanda Ethan en retour.

— Je ne sais pas.

— Alors j'arrête.

— Non, je ne suis pas nerveuse.

— Très bien, reprit-il avec un trait d'humour dans la voix.

Ses traits étaient tendus tandis qu'il la fixait, on aurait dit qu'il la voyait pour la première fois. Il se pencha sur elle.

Elle ne pouvait plus respirer. Mais peu importe. Elle entendait le bruit assourdissant de son cœur qui battait à tout rompre dans sa poitrine. Son sang bouillonna dans ses veines. Une vague de chaleur l'envahit, en même temps qu'une sensation qu'elle connaissait bien. Elle le désirait depuis toujours, et maintenant qu'il était là, si près, une joie intense explosait en elle, comme des milliers de feux d'artifice.

— Ça fait longtemps que j'en ai envie, murmura Ethan.

— Moi aussi…

— Ah bon ? dit-il avec un petit sourire. Je n'ai rien fait parce que vous étiez mon employée. Mais maintenant que vous ne l'êtes plus…

— C'est au moins un avantage… Allez-vous m'embrasser, oui ou non ?

— Ne dites plus rien, Sadie.

Et il posa ses lèvres sur les siennes.

- 5 -

Le premier contact fut électrique. Sadie sentit son corps tout entier se tendre comme un arc. Ethan accentua sa pression, l'obligeant à renverser la tête. Elle se laissa faire. De sa langue, il ouvrit ses lèvres. Elle fondit sous cette caresse intime. C'était encore plus merveilleux que dans ses rêves les plus fous.

Il la serra plus fort contre lui et elle sentit ses mains qui se posaient d'abord doucement, puis avec plus d'assurance, sur son corps. Partout. Il lui saisit le bas du dos et la plaqua contre lui, provoquant chez elle une montée de désir presque insoutenable.

Elle se colla encore plus contre lui, si c'était possible, enroula ses bras autour de son cou et s'abandonna à leur baiser ardent et sensuel, prélude à bien d'autres choses.

Faire l'amour avec Ethan.

Elle y était presque et cette perspective lui arracha un gémissement tandis qu'Ethan détachait sa bouche de la sienne pour la glisser le long de son cou.

Elle allait enfin réaliser son fantasme.

Et puis soudain, le bébé cria.

Comme pris en faute, ils se séparèrent brusquement. Ethan s'écarta un peu et Sadie vit à son expression qu'il était aussi décontenancé qu'elle. Pas par cette interruption intempestive, mais par l'intensité de leur étreinte. Même dans ses délires les plus fous, Sadie n'avait jamais imaginé qu'elle réagirait ainsi au premier contact avec lui. Non qu'elle n'eût pas d'expérience en matière de sexe. Elle avait eu plusieurs amants. Mais aucune de ses expériences, même la plus réussie, ne tenait la comparaison avec ce qu'elle venait de ressentir dans les bras d'Ethan.

Le bébé poussa un nouveau cri, retransmis par le babyphone posé à côté d'eux sur le comptoir. Emma se rappelait à eux et ils n'échapperaient pas à leur devoir.

— Il faut que j'aille voir, dit Sadie, un peu sonnée.

— Oui, oui, allons-y, bredouilla Ethan en lui emboîtant le pas.

Sadie frissonna. Hors des bras d'Ethan, loin de son corps incandescent, elle ressentit instantanément un grand froid. Elle n'aurait su dire si elle était contrariée ou soulagée.

S'ils n'avaient pas été interrompus, ils auraient terminé au lit, elle n'en doutait pas. Mais maintenant que l'excitation retombait, elle mesurait les risques et le piège dans lequel elle serait tombée. Il l'avait payée pour rester un mois de plus. S'ils couchaient ensemble pendant tout ce temps – perspective très agréable au demeurant –, quelle serait la nature de leurs relations ? Pourrait-elle continuer à travailler avec lui comme si de rien n'était ? Finalement, heureusement que le bébé s'était manifesté juste à ce moment, Sadie la remercia intérieurement, car elle nageait en pleine confusion.

La petite Emma les avait involontairement obligés à réfléchir à ce qu'ils étaient en train de faire. Était-ce vraiment ce qu'ils voulaient ? Pour Sadie, cela ne faisait aucun doute, elle le désirait de tout son corps. En était-il de même pour lui ?

— Très bien, nous…

— Nous parlerons de ça plus tard, coupa-t-il.

Elle hocha la tête en signe d'approbation et sortit de la cuisine. Ethan la suivit dans l'escalier. Sadie était surprise qu'il accepte sans broncher de l'aider dans cette tâche.

Mais ce qui occupait son esprit avant tout, c'était de savoir quand ils pourraient reprendre là où ils s'étaient arrêtés.

Au bout de quelques jours seulement, ils étaient déjà installés dans une sorte de routine. Une routine qui ne plaisait pas du tout à Ethan. Non seulement le bébé dérangeait toutes ses habitudes et demandait une attention de tous les instants, mais la présence de Sadie jour et nuit dans sa maison le mettait dans tous ses états. Le souvenir de leur baiser, qui l'avait laissé sur sa faim, l'obsédait. Il voulait autre chose.

Il la voulait tout entière.

C'était étrange comme tout pouvait basculer en quelques jours. Lui qui avait horreur du changement et de l'imprévu, s'en accommodait finalement assez bien. Mais depuis qu'il avait embrassé Sadie, il ne pouvait plus dormir. D'autant plus qu'elle occupait la chambre juste en face de la sienne.

Ils n'avaient pas trouvé l'occasion de parler d'eux depuis ce moment magique mais si bref. La tension montait en lui, telle la vapeur d'une cocotte-minute. Et son désir pour elle ne faisait que grandir.

Cinq ans. Cinq longues années passées à ses côtés sans imaginer un seul instant l'effet que pourrait produire sur lui un simple baiser. S'il en avait eu la moindre idée, il l'aurait renvoyée sur-le-champ et l'aurait séduite dans la foulée.

Il secoua la tête pour essayer de chasser ces pensées insensées et tenta de se concentrer sur le travail. Mais étrangement, la campagne de publicité pour la fête des Mères ne l'intéressait absolument pas.

Il y avait trop de distractions autour de lui. Il était déconcentré. Avec Sadie, ils avaient rencontré deux candidates pour la place de gouvernante, mais aucune des deux ne les avait convaincus. Pour l'instant, ils laissaient Emma à la crèche de l'entreprise pour la journée, mais c'était une solution provisoire. Il ne pouvait pas emmener le bébé tous les jours avec lui au travail, et la ramener tous les soirs. C'était beaucoup trop contraignant. Il avait des obligations de chef d'entreprise, des horaires irréguliers et imprévisibles.

De plus, il avait besoin de se poser, de réfléchir. Et de remettre de l'ordre dans sa vie.

Et puis il y avait Sadie. Il attendait la fin de la journée avec impatience pour rentrer chez lui et se retrouver seul avec elle. Et en même temps, il craignait que cette situation un peu particulière n'engendre des problèmes. Qu'adviendrait-il si elle se méprenait sur ses intentions ? Si ce qu'elle recherchait n'était pas juste du sexe mais une relation durable ? Si, avec la présence du bébé dans la maison, elle avait l'impression qu'ils formaient une famille ? En tout cas, lui ne voulait pas ça. Surtout pas.

Il avait déjà expérimenté le mariage, la vie à deux, et cela n'avait pas marché. Cette vie-là n'était pas faite pour lui, il avait bien retenu la leçon. Il aimait sa tranquillité et détestait se sentir convoité comme un bon parti. Si les femmes voulaient l'épouser juste pour son argent, elles seraient forcément déçues car il n'était pas un mari idéal. Son ex-femme en avait fait les frais.

En l'épousant, Marcy se voyait déjà faire de grands voyages, aller de réception en réception, rencontrer des célébrités... Mais ce n'était pas le style de vie d'Ethan et elle était allée de déception en déception. Il avait accepté de divorcer presque avec soulagement. À quoi bon insister et poursuivre cette hypocrisie ? Marcy n'était pas heureuse, il ne chercha pas à la retenir.

Grâce à ce mariage éclair, Ethan avait compris une chose : il était fait pour vivre seul. Il n'était donc pas prêt à renouveler l'expérience. Sa vie solitaire lui convenait parfaitement. Il aimait la compagnie des femmes, mais seulement occasionnellement. Il ne voulait pas en avoir une avec lui vingt-quatre heures sur vingt-quatre. Même si elle était aussi sexy que Sadie.

Même s'il la désirait de tout son corps, il devait se méfier. Il l'avait observée quand elle s'occupait du bébé. Elle le prenait dans ses bras, le berçait avec tendresse.

Elle était très maternelle. Il était clair qu'elle voulait des enfants. Se marier, fonder une famille.

Lui, ce qu'il voulait c'était juste passer quelques nuits torrides avec elle.

— Bon, ça suffit, marmonna-t-il pour lui-même en repoussant sa chaise.

Il n'arrivait pas à penser à autre chose qu'à Sadie. Cela ne pouvait pas durer, il fallait qu'il se sorte son image de la tête. Il se planta devant la baie vitrée et observa l'océan, espérant que ce panorama grandiose parviendrait à l'apaiser. Il passa la main dans ses cheveux et de nouveau, la silhouette de Sadie se dessina devant ses yeux.

Quelqu'un frappa à la porte du bureau, la porte s'ouvrit, mais il ne prit pas la peine de se retourner.

— Ethan ?

Le son de la voix provoqua en lui une décharge électrique. Il ferma les yeux quelques secondes.

— Qu'y a-t-il, Sadie ?

— Je venais juste vous apporter le dossier Donatello. Le rendez-vous est dans une heure et…

Il jeta un regard rapide sur le côté.

Elle s'avança vers le bureau et déposa le dossier.

— Vous vous souvenez ? J'étais passée prendre ce dossier pour l'emmener chez vous parce que je pensais que nous pourrions y travailler… Et je l'ai oublié parce que le rendez-vous a été repoussé, et puis ce soir-là… nous… Enfin bref…

Oui, il se rappelait. Comment oublier ? Sa simple présence provoquait en lui des réactions violentes, une puissante onde de désir traversait son corps à la vitesse d'un éclair et le laissait tremblant comme une feuille.

— Je crois que nous avions des raisons d'oublier…

— Mais nous n'en avons pas reparlé depuis.

Il eut un rire moqueur.

— Et vous croyez vraiment que cela pourrait arranger les choses d'en parler ?

— Je n'ai pas parlé d'arranger quoi que ce soit.

Il s'arrêta pour reprendre sa respiration.

— Vous savez parfaitement que ce qui s'est passé ce soir-là n'est pas sans conséquence.

— Oui, je sais, dit-elle en se mordant la lèvre, ce qui le fit tressaillir.

Mais Ethan ne voulait pas parler. Il voulait la caresser, la goûter, explorer son corps… Il revint à son bureau et posa les yeux sur le dossier.

— Merci, je le relirai pour la réunion.

— D'accord, dit-elle sans bouger.

— Autre chose ?

— Oui, dit-elle en s'avançant vers lui. J'aimerais que vous me disiez ce que vous avez sur le cœur.

— Je ne vois pas de quoi vous parlez.

— Si, vous voyez très bien.

Elle portait un pantalon noir, un chemisier blanc et une veste courte rouge, très ajustée, qui attirait irrésistiblement son regard vers ses seins. Il les avait presque touchés quand ils s'étaient embrassés l'autre nuit et ses mains le démangeaient.

— Laissez-moi, Sadie, grommela-t-il entre ses dents. Ce n'est pas le moment.

— Avec vous, ce n'est jamais le moment. Mais je suis fatiguée d'attendre. Je veux qu'on parle maintenant.

— Ici ? Dans mon bureau ?

— Pourquoi pas ? C'est ici que nous nous rencontrons le plus souvent, non ? fit-elle remarquer.

— Nous pouvons parler ce soir à la maison.

— Non, ce soir, il faudra s'occuper d'Emma. Là, elle est à la garderie, alors profitons-en, nous ne serons pas dérangés.

Elle croisa les bras, rehaussant ainsi sa poitrine, et Ethan se demanda si elle le faisait exprès pour le tenter.

— Très bien.

Il fit le tour de son bureau, s'assit sur un coin face à elle et la regarda droit dans les yeux.

— Allez-y, je vous écoute.

— OK, dit-elle en laissant retomber ses bras. J'ai réfléchi ces derniers jours. J'ai même beaucoup réfléchi.

— Moi aussi.

Surtout la nuit, quand il n'arrivait pas à dormir. L'image de Sadie lui revenait en boucle, il sentait encore le goût de sa bouche sur ses lèvres et son odeur subtile le poursuivait.

— Tant mieux, dit Sadie, mal à l'aise, cherchant ses mots. En fait, j'aimerais savoir si vous pensez la même chose que moi.

— Et donc, qu'est-ce que vous pensez ? dit Ethan en retenant son souffle.

Si elle ne voulait pas coucher avec lui, il ne rentrerait pas à la maison. Il ne supporterait pas de la savoir à quelques pas de sa chambre sans pouvoir la toucher.

— Je pense que nous ne devrions pas dormir ensemble.

— Il ne s'agit pas de *dormir* ensemble, dit-il en appuyant sur le mot.

— Je sais, dit-elle en faisait une petite moue à laquelle Ethan réagit immédiatement. Mais…

Mais quoi ?

— Mais je le répète, ce n'est probablement pas une bonne idée.

— Oui, admit-il à contrecœur, c'est ce que je me disais aussi.

— Oh ! dit-elle, cachant mal sa déception. Mais même si ce n'est pas raisonnable, je me disais qu'on pourrait quand même essayer.

En entendant ces mots, Ethan bondit, la prit dans ses bras et la serra contre lui.

— Moi aussi, souffla-t-il en pressant sa bouche sur la sienne avec avidité, comme s'il avait attendu ce moment depuis une éternité.

Ce fut comme la première fois. Ethan avait l'impression

d'être consumé par une flamme. Il n'avait jamais connu une telle sensation, une telle urgence auparavant. Il s'était dit qu'un désir si impérieux s'expliquait par le fait qu'il n'avait pas fait l'amour depuis longtemps. Il passait tout son temps au travail et ne prenait même plus le temps de sortir pour s'amuser et faire des rencontres.

Mais en vérité, c'était Sadie qui lui faisait cet effet. Il n'avait jamais désiré si fort aucune femme. Il voulait croire qu'une fois qu'ils auraient fait l'amour, les choses se tasseraient. Mais quelque chose lui disait qu'au contraire, plus il ferait l'amour avec elle, plus il la désirerait. Tant pis.

Il ne pensait qu'à l'embrasser, qu'à sentir la douceur de ses lèvres, ses seins pressés contre sa poitrine… Il voulait juste savourer cet instant, s'abandonner à elle et ne pas penser à la suite.

Il ne se lassait pas de la caresser. Sa bouche sur la sienne, et cette chaleur qui montait, montait… Il ne pouvait plus attendre. Sadie s'agrippait à lui, parcourait son dos de ses mains. Ce simple geste provoqua immédiatement une érection presque douloureuse. Toute pensée rationnelle l'abandonna, tant le désir était aveuglant. Perte totale de contrôle. Cela ne lui était jamais arrivé. Tout ce qu'il sentait, c'était ses mains sur le corps de Sadie.

S'arrachant à sa bouche, il se pencha pour déboutonner fébrilement sa veste au décolleté si provocant.

— Ethan…

— Je veux toucher ta peau…, grommela-t-il.

— Oh oui…

Il esquissa un rapide sourire, heureux de constater qu'elle était dans le même état que lui. Soulagé qu'elle ne lui ait pas demandé d'arrêter. Il en aurait été incapable. D'une main tremblante, il déboutonna à présent son chemisier jusqu'à découvrir, émerveillé, son soutien-gorge rose pâle.

— Très joli… mais il me gêne.

— Il s'ouvre par-devant.

— Parfait.

Il le dégrafa rapidement, libérant ses seins magnifiques.

Au premier contact de ses mains, Sadie eut le souffle coupé. Il les caressa doucement, puis s'attarda sur les pointes, qui se dressèrent immédiatement tandis que le désir la submergeait.

Ethan capta son regard brillant tout en continuant à jouer avec cette zone si sensible. Il sentait sa réaction aussi bien que si c'était la sienne. Elle appuyait son bassin contre lui et se balançait doucement au rythme de ses caresses. Toute la pièce respirait le désir et la sensualité. La chaleur était palpable, ils étaient prêts à s'embraser.

Il la souleva et l'assit sur le bureau. Puis il se pencha et posa une main sur un de ses seins et prit l'autre dans sa bouche. Ethan semblait s'enivrer de son goût et de son odeur. Son corps n'était plus qu'un bloc de désir.

— Ethan…, dit-elle d'une voix rauque tandis qu'elle attrapait ses cheveux à pleines mains comme pour ne pas tomber sous les assauts.

Il lécha délicatement son mamelon, puis le prit à pleine bouche, faisant monter l'excitation entre eux, à la limite du supportable.

Sadie… Il la désirait depuis si longtemps sans se l'avouer. Elle lui avait toujours plu, mais il avait tout fait pour ignorer cette attirance, pour enfouir son désir tout au fond de lui. Aujourd'hui, il pouvait enfin le libérer et il n'en était que plus puissant.

— Ethan, murmura-t-elle, haletante, ne t'arrête pas, je t'en supplie…

— Je n'en avais pas l'intention, dit-il en continuant de plus belle à caresser ses seins de la main, de la bouche, jusqu'à ce qu'elle s'agrippe à la table, prête à défaillir de plaisir.

Il savait comment la satisfaire et posa sa main libre entre ses jambes. En sentant sa main chaude au travers de son pantalon, elle sursauta, rejeta la tête en arrière et avança son bassin vers lui. Il voulait frôler son sexe, le stimuler jusqu'à ce qu'elle jouisse.

Il ne pouvait plus attendre pour lui faire ce cadeau. Elle semblait prête pour la suite. Lui aussi. Tous deux n'étaient plus que les esclaves consentants de leurs instincts les plus primaires.

Les premiers signes de l'orgasme la secouèrent et elle enfouit sa tête sur son torse. Il entendit le long gémissement étouffé qui s'échappa de ses lèvres et comprit qu'elle s'était retenue pour que personne ne l'entende. Elle s'arrêta au bout de quelques secondes. Ethan se redressa et reprit son souffle. Elle le regarda d'un air perdu tandis qu'il reculait légèrement.

— Qu'est-ce que tu fais ? lui demanda-t-elle, pantelante.

— Je reviens tout de suite, dit-il d'une voix basse, surpris d'avoir réussi à prononcer une phrase intelligible.

— Tu me laisses ? s'écria-t-elle.

Elle était furieuse. Et c'était normal, se dit Ethan. Lui non plus n'avait pas vraiment envie de s'arrêter en si bon chemin.

— Attends, dit-il en allant fermer le loquet de la porte. Je ne voudrais pas que quelqu'un arrive à l'improviste. Nous n'avons pas fini…

— Oh non…

Elle secoua la tête et passa sa langue sur ses lèvres. Ethan sentit son sexe se dresser.

— Bien alors, où en étions-nous ? dit-il en allant prendre une boîte de préservatifs dans un tiroir.

Sadie ne le quittait pas des yeux.

— Je vois que tu as pensé à tout. J'aime les hommes prévoyants.

Il ne releva pas la remarque et exprima tout haut ce que tous deux pensaient tout bas.

— Je les ai achetés ce matin. Je savais bien qu'à un moment ou à un autre, nous en arriverions là.

— Bien vu.

— Mais je ne pourrai pas attendre ce soir.

Il faisait tout pour avoir l'air de contrôler la situation, mais son regard brûlant et sa voix gutturale trahissaient un état d'émotion extrême.

Sadie était offerte, magnifique. Ses boucles blondes retombaient sur son visage, ses seins tendus se déployaient dans toute leur splendeur, et sa bouche était entrouverte.

— Moi non plus, dit-elle en se mordant la lèvre d'un geste sans équivoque.

Elle se redressa et lui lança un regard de défi.

— Arrêtons de parler, Ethan. Je sens que je vais exploser. Viens, je veux te sentir en moi, maintenant…

Il prit un préservatif et déchira l'emballage.

— Laisse-moi faire, dit Sadie en tendant la main vers lui.

Il s'approcha et elle saisit le petit rouleau de latex. De ses doigts agiles, elle ouvrit son pantalon, descendit la braguette et dégagea son pénis dressé.

Au moment où elle le prit dans sa main, Ethan émit un grognement sourd. Trop longtemps. Cela faisait trop longtemps qu'il n'avait pas eu cette sensation. Mais ce n'était pas que ça, et il ne le savait que trop bien. Sadie n'était pas n'importe quelle femme et, qu'il l'admette ou non, il ressentait quelque chose de plus fort avec elle, de différent. Il n'avait jamais réagi de cette manière à un simple contact. Les doigts de Sadie autour de son sexe, allant et venant doucement, l'envoyaient déjà au-delà de ce qu'il avait imaginé.

Elle s'arrêta à l'extrémité, l'excita un peu, puis recommença ses va-et-vient sur toute la longueur. Elle le couvait d'un regard brûlant de désir. C'en était trop.

— Vas-y, Sadie, mets-moi ce préservatif, vite…

Elle eut un sourire de triomphe, celui qu'avaient toutes les femmes quand elles sentaient que leur amant était à leur merci. Puis le désir reprit le dessus. Elle déroula le latex le long de son pénis tout en poursuivant ses caresses tentatrices. Quand elle eut fini, la respiration d'Ethan s'était accélérée et tout son corps était tendu comme un arc. C'en était presque douloureux. Son sang pulsait dans ses veines et il sentit qu'il ne pourrait plus se retenir longtemps.

— C'est bien, dit-il dans un grognement de frustration.

Il dénoua le pantalon de Sadie qui en tombant révéla sa culotte rose assortie au soutien-gorge. D'un coup de pied, elle envoya tout balader, y compris les chaussures.

Il posa sa main sur son sexe nu. Elle frémit, puis murmura son prénom dans un hoquet. Il fit glisser ses doigts, la caressa, l'explora. Quand il s'arrêta sur son clitoris, elle se cabra et ouvrit ses jambes plus largement pour lui faciliter la tâche.

Ethan la fixait, guettant les éclairs dans ses yeux révulsés tandis que son bassin allait et venait sous ses caresses. C'est alors qu'elle jouit une seconde fois. Elle se mordit la lèvre très fort pour ne pas crier.

Il admira son contrôle, mais il voulait qu'elle s'abandonne totalement. Il voulait l'entendre crier son nom, il voulait aller encore plus loin.

Quand les derniers tremblements de Sadie retombèrent, il balaya d'un geste ample la surface du bureau et tous les objets giclèrent à travers la pièce pour retomber sur le tapis qui recouvrait le parquet. Puis il la fit s'allonger sur le bureau.

Il la regarda comme un homme affamé aurait salivé devant la table d'un banquet. Et c'était bien ça, il mourait de faim. Les rayons de soleil qui entraient par la fenêtre illuminaient sa peau satinée. Ethan finit de se déshabiller à la hâte sans pouvoir détacher les yeux de son corps parfait.

Elle s'accrocha au rebord de la table tout en laissant son regard plongé dans le sien.

— Je suis prête, Ethan. Vas-y maintenant.

Il prit le temps de l'embrasser du regard puis il s'allongea sur elle. Il se frotta, elle gémit et épousa ses mouvements pour l'encourager.

— Maintenant, Ethan…, balbutia-t-elle, le souffle court.

Et il la pénétra. En une longue caresse, il fut en elle. Elle l'accompagna d'un mouvement des hanches et il émit un grognement de plaisir.

Puis il commença à aller et venir en elle, de plus en plus vite, de plus en plus fort. Il voulait la rejoindre dans le plaisir. Il ne la quittait pas des yeux. Elle haletait de plus en plus fort.

Il avait l'impression que son cœur allait exploser dans sa poitrine. Il sentit son orgasme monter, même si elle se mordit une fois encore les lèvres pour ne pas crier trop fort. C'était le moment. Alors il capitula et parvint au paroxysme du plaisir en étouffant un râle.

Quelques minutes – ou quelques heures – plus tard, quand les battements de son cœur eurent repris leur rythme normal, Ethan réalisa ce qu'ils venaient de faire. Il n'avait *jamais* fait l'amour dans son bureau. Il avait fallu que ce soit Sadie pour que tous les interdits disparaissent. Il se demanda s'il pourrait retravailler dans cette pièce après ce qui s'était passé. Il aurait toujours devant lui l'image de Sadie nue, offerte à lui sur la table.

Il s'écarta d'elle avec précaution, puis l'aida à se relever. Elle protesta mollement en se mettant debout. Ethan grimaça.

— Sadie, je t'ai fait mal ?

Elle écarta ses cheveux qui retombaient sur ses yeux et le regarda avec avidité.

— Pas du tout ! Je me sens très bien !

Rien que de la voir ainsi, lui donnait envie de recommencer. Comment avait-il pu passer à côté d'une telle femme pendant toutes ces années ? Il savait qu'elle était efficace dans tout ce qu'elle faisait, qu'elle avait de nombreuses qualités, mais là, il était bluffé.

À présent qu'il avait découvert cette facette, comment allait-il pouvoir s'en passer ?

Sadie commença à rassembler ses vêtements éparpillés

dans la pièce, et Ethan l'imita. Quand ils furent rhabillés, il la prit dans ses bras.

— C'était merveilleux…

— Oui, confirma-t-elle avec un large sourire. Merveilleux et complètement dingue !

Il lui caressa doucement le cou.

— Et cette conversation que nous devions avoir ? Si on s'y mettait ?

— D'accord, dit-elle en plantant ses yeux dans ceux d'Ethan, ce qui lui fit perdre tous ses moyens pendant quelques secondes.

Impossible de se concentrer quand elle le regardait. Tout ce qui l'intéressait, c'était de recommencer. De ne jamais plus s'arrêter de lui faire l'amour.

— Vas-y, commence, dit-elle en s'accroupissant pour ramasser les papiers et les stylos qui avaient voltigé par terre, ce qui irrita Ethan.

— Laisse, ce n'est pas à toi de faire ça.

— Je suis encore ton assistante, Ethan.

Quand elle eut tout ramassé, il l'aida à se relever. Elle reposa les objets sur le bureau et donna une petite tape sur le bois verni.

— Je ne vais plus jamais voir ce bureau de la même manière, dit-elle avec un petit rire.

Ethan ne savait plus quoi penser. Il avait côtoyé cette jeune femme pendant cinq ans, ils avaient travaillé ensemble presque jour et nuit, et il avait soudain l'impression de ne pas la connaître. Elle n'avait pas l'air de regretter quoi que ce soit, et ne semblait pas gênée le moins du monde par leur soudaine intimité. Elle était même parfaitement à l'aise. Il enviait sa désinvolture. Car lui se demandait s'ils n'avaient pas fait une énorme erreur. Il détestait ce sentiment d'incertitude. D'ordinaire, il savait toujours ce qu'il fallait faire, même dans les moments les plus difficiles. Cette situation hors norme le perturbait au plus haut point.

— Il ne faut pas te sentir gêné, lui dit doucement Sadie.

Elle s'approcha de lui et posa sa main sur son épaule.

— Ce que nous avons fait, nous en avions envie tous les deux. Tu ne me dois rien et je ne te demande rien. Donc pas de panique, tout va bien.

Un peu vexé, Ethan tenta de se ressaisir et lui adressa un sourire contrit.

— Je ne panique pas. Je veux juste que tu ne t'imagines pas des choses après ce qui s'est passé entre nous.

Elle eut un petit rire.

— Ethan, je te fréquente tous les jours depuis cinq ans. Si quelqu'un sait que tu es un célibataire acharné, c'est bien moi. Et puis j'ai démissionné, n'oublie pas !

Elle enroula une mèche autour de ses doigts et ajouta :

— Dans quatre semaines, je serai partie et cet incident sera oublié.

Sur ces mots, elle traversa la pièce, ouvrit la porte et sortit en lui faisant un petit signe de la main, le laissant seul. L'air était encore imprégné du parfum de Sadie et Ethan se répétait en boucle les paroles de Sadie :

Dans quatre semaines, je serai partie.

Quatre semaines, c'était très court.

- 6 -

Gabriel avait tout arrangé.

C'était Jeff Garrett qui mettrait au point les nouvelles saveurs. Il était pâtissier chez Heart Chocolates depuis plusieurs années, c'était un excellent professionnel, et il était ambitieux. Ce serait l'occasion pour lui, à terme, de donner un coup de pouce à sa carrière. Et de cette manière, Gabriel n'était pas obligé de divulguer la recette à l'extérieur de l'entreprise. Tout s'arrangeait parfaitement. Il ne lui restait plus qu'à trouver une cuisine professionnelle qu'il pourrait louer pour quelques jours.

— Je ne comprends toujours pas pourquoi tu n'as pas contacté le pâtissier que je connais, dit Pam, visiblement en colère.

Gabe, lui, ne comprenait pas pourquoi ce choix la contrariait tant. Depuis qu'il lui avait exposé son nouveau plan, elle lui faisait la tête.

— Parce que je ne le connais pas.

— Moi, si.

— Peut-être, dit Gabriel. Mais Jeff a l'avantage de travailler dans notre entreprise. Il a fait des stages auprès d'un grand chocolatier belge et il aspire à plus de responsabilités. C'est une chance pour lui de faire ses preuves.

Il s'arrêta et sourit.

— À ce sujet, nous avons beaucoup de points communs, Jeff et moi.

Pam le regarda d'un œil noir.

— Ce n'est pas drôle, Gabe. En tout cas, pas pour moi.

— Oui, je vois, dit-il en scrutant son visage. Mais je ne comprends pas en quoi ça te dérange.

Elle secoua la tête et réfléchit quelques instants.

— On avait un projet ensemble, et d'un seul coup, tu changes tout et tu me mets hors du coup. Qu'est-ce que je suis supposée dire à mon ami maintenant ?

Elle se souciait des sentiments de son ami ? De son orgueil professionnel ? C'était à mille lieues des préoccupations de Gabe.

— Dis-lui la vérité, dit Gabe en la regardant droit dans les yeux. Cette recette est un secret familial et je ne souhaite pas la confier au premier venu.

— Je suis la première venue ? Contente de le savoir ! s'exclama Pam en rejetant ses longs cheveux noirs derrière ses épaules. C'est moi qui compte, Gabe, pas le pâtissier. Je croyais que tu me faisais confiance.

Elle tourna les talons.

Gabe la rattrapa par le bras, l'obligeant à se tourner vers lui, et plongea son regard dans ses grands yeux bruns.

— Je te fais confiance, tu peux me croire.

— Bien sûr ! lança-t-elle avec dépit. Et c'est comme ça que tu me le prouves.

Gabriel ne savait plus quoi penser. Depuis qu'il avait annoncé à Pam qu'il avait modifié ses plans, elle était furieuse contre lui. Et ne se gênait pas pour le lui montrer.

Ils étaient dans le penthouse de l'hôtel, où ils étaient censés célébrer la réussite de leur projet. Gabriel avait commandé le dîner dans un des meilleurs restaurants de la ville, et une bouteille de champagne les attendait au frais dans son seau à glace. Mais ils n'avaient rien touché et le dîner refroidissait tout doucement dans leurs assiettes. L'humeur n'était pas à la fête.

Gabe se réjouissait à l'avance de ce dîner en tête à tête, qui se serait terminé, à n'en pas douter, dans le lit. Mais visiblement, ses plans tombaient à l'eau.

Pam, furieuse, traversa la pièce à grands pas et alla

se poster sur le balcon, face à l'océan. Gabe la suivit. Depuis qu'il la connaissait, c'était la première fois qu'il la voyait en colère. Elle était impressionnante, mais aussi très excitante. Ses yeux lançaient des éclairs et il trouvait ça très sexy. Il aurait juste voulu connaître la cause de son état émotionnel.

— Je ne comprends pas pourquoi tu as changé nos projets, reprit-elle.

— Parce que je crois que mon idée est meilleure, je te l'ai dit. Je préfère garder la recette à l'intérieur de l'entreprise.

Elle était de profil, mais il vit sur son visage que la fureur retombait peu à peu.

— Je suis désolée, dit-elle tout à coup. Mais j'ai été surprise par ta décision, Gabe. Tu ne m'avais rien dit.

— C'est vrai, dit ce dernier en la prenant par le bras et en l'obligeant à se tourner vers lui. Je ne pensais pas que cela te toucherait autant. Il ne s'agit pas d'un manque de confiance, Pam.

— Tu es certain ? dit-elle en dégageant son bras.

Elle posa une main sur la balustrade en métal et de l'autre, repoussa ses cheveux qui revenaient obstinément sur son visage à cause du vent.

Il leva les bras en signe d'exaspération. Comment pouvait-elle souffler le chaud et le froid de la sorte ?

— Nous sommes une équipe, Pam. Rien n'a changé.

— Ce n'est pas l'impression que j'ai, dit-elle d'un air têtu. Au contraire, tout a changé.

— Qu'est-ce que tu me reproches au juste ? demanda-t-il en enfonçant les mains dans les poches de son jean. Qu'est-ce qui te met autant en colère ? Ton pâtissier est un parfait inconnu pour moi. C'est normal que je préfère quelqu'un que je connais, non ? Jeff est talentueux et je l'ai sous la main. Quel est le problème ?

— OK, dit-elle, balayant l'argument d'un geste de la main. Mais maintenant c'est moi qui suis obligée d'expliquer à mon pâtissier que finalement, ce n'est pas lui qui créera une nouvelle ligne de chocolats.

— Il ne l'aurait pas fait de toute façon, fit remarquer Gabe. Il aurait seulement fabriqué des échantillons. Rien de plus. Mais si ça marche, Jeff aura une promotion dans l'entreprise et Ethan sera obligé de reconnaître que j'avais raison depuis le début ! Et j'aurai le plaisir de recevoir ses excuses.

Pam ne semblait pas convaincue.

— Tout ceci n'a pas de sens, reprit Gabe, la mine sombre. Je ne vais quand même pas m'excuser d'essayer de protéger ma famille au lieu de comploter dans son dos !

— Eh, dit Pam, c'est *toi* qui voulais lancer cette nouvelle ligne, je te rappelle. Personne ne t'a forcé. Je ne suis pour rien là-dedans. J'ai même essayé de t'en dissuader au début.

Gabriel s'approcha d'elle. Il posa les mains sur ses épaules et sentit la colère qui vibrait en elle. Cette femme le rendait fou.

— Chérie, tu as raison, je suis le seul responsable de toute cette histoire. C'est pour ça que je veux m'en sortir sans ton aide. Tu m'as dit que tu comprenais ma loyauté envers ma famille.

— Bien sûr.

— Donc tu es capable de comprendre pourquoi j'ai pris cette décision.

Pam hésita quelques secondes avant de répondre :

— Je comprends, Gabe. Mais tu aurais dû m'en parler avant.

— Je n'ai pris ma décision qu'aujourd'hui, dit-il pour sa défense. Et ça ne fait qu'une demi-heure qu'on s'est retrouvés. Quand aurais-je pu te le dire ?

— Au moment où tu as commencé à avoir l'idée, par exemple.

Gabriel ne pouvait pas croire que c'était ce changement

seul qui mettait Pam de si mauvaise humeur. Il y avait autre chose.

— Qu'y a-t-il, Pam ? Pourquoi m'en veux-tu à ce point ?

En bas, l'océan était sombre, mais on distinguait quelques traces d'écume sur la crête des vagues qui scintillaient sous la lune. Des couples marchaient au bord de l'eau et des feux de joie brillaient ici et là le long de la plage.

— Que veux-tu dire ?

— Je suis sûr qu'il y a autre chose que cette histoire de pâtissier qui te tracasse.

Un étrange sentiment, comme une pointe de suspicion, se glissa en lui alors qu'il prononçait ces mots. Un sentiment désagréable. Il voulait tout savoir, il pouvait tout entendre. Mais face à une colère aussi irrationnelle, il ne savait que penser.

Pam comptait beaucoup pour lui. Elle était sa confidente, son amie, sa conseillère. Toujours à ses côtés, toujours à l'écoute. Si quelque chose avait changé, il voulait le savoir.

— Alors dis-moi ce qui se passe.

— Il n'y a rien à dire, répondit Pam en prenant son portable dans son sac pour vérifier l'heure. Je dois y aller. C'est l'anniversaire de mon père aujourd'hui et on fait une petite réunion de famille.

— Tu ne m'en avais pas parlé.

— Eh bien je te le dis maintenant.

— Mais j'ai commandé un dîner, et du champagne.

— Je sais, mais ça ne me dit rien. Je ne suis pas d'humeur à boire du champagne.

Elle retira sa main de la sienne et il se sentit vide et froid d'un seul coup.

— Bon sang, Pam, dis-moi ce que tu as en tête !

— Rien du tout, je t'assure.

Et sans attendre la réponse de Gabe, elle saisit son sac, ignorant la table dressée pour un dîner en amoureux.

— Pam…

Elle s'arrêta, se retourna et le regarda sans parler. Dans

ses yeux, il pouvait lire la déception. Ses lèvres étaient serrées et elle se tenait très raide.

— Quoi ?

Il ne savait pas ce qui se passait, ni ce que Pam lui reprochait. C'était très frustrant. Elle se tenait là, devant lui, à quelques centimètres, et pourtant elle était très loin déjà. Mais tant qu'elle ne voudrait pas lui dire ce qu'elle avait sur le cœur, il ne pouvait pas faire grand-chose.

— Tu seras là quand nous préparerons les nouveaux chocolats ?

Elle sourit un peu, mais son regard était toujours aussi sombre.

— Bien sûr, dit-elle. Je veux voir comment ça se passe.

— Bien, dit-il. Je t'appelle demain.

— Oui, Gabe, à demain.

Elle sortit. Gabe se demanda si cette affaire n'allait pas ruiner sa relation avec Pam aussi sûrement qu'avec Ethan.

— Ils veulent plus d'argent, c'est clair, dit Ethan à Sadie en s'asseyant derrière son bureau.

Elle sentit une boule se former dans sa gorge. Quelques jours plus tôt, elle était là, étendue nue sur cette table, et vivait un des moments les plus excitants de sa vie. À ce souvenir, un frisson délicieux lui parcourut l'échine. Difficile de se concentrer sur le travail…

— Sadie ? Tu m'écoutes ?

— Hein ? Pardon…, bredouilla-t-elle. Oui, bien sûr. Ils veulent plus d'argent.

— J'étais persuadé que nous allions conclure l'affaire aujourd'hui. Le père est prêt à vendre, c'est sûr. Mais son fils a réussi à le faire douter.

Ethan reposa son stylo sur le bureau d'un geste nerveux et se leva.

— C'est au tour des avocats maintenant. Ils vont essayer de trouver un terrain d'entente…

— Pourquoi n'essaies-tu pas toi-même ? demanda Sadie.

— Je ne m'occupe pas des négociations, c'est le travail de mes avocats. Je les paie pour ça, dit-il avec impatience.

Elle secoua la tête.

— Oui, je sais, c'est la procédure habituelle. Mais avec les Donatello c'est différent.

— Comment ça ?

Il rajusta la veste de son costume et enfonça les mains dans ses poches. Ethan était vraiment l'archétype du patron puissant et intimidant. Mais Sadie, désormais, l'avait vu sous un autre jour. Elle savait comment il était dans l'intimité et ce sentiment lui procurait un immense plaisir. Une onde de chaleur monta en elle.

— Sadie ?

Ce n'était clairement pas le moment de penser à ça.

— Oui, en fait, dans le cas des Donatello, on est vraiment dans une affaire de famille.

— Oui, je sais. Et ce sont les enfants qui freinent. Ils font monter les enchères et en même temps, ils disent à leur père de ne pas vendre, dit Ethan, la mine sombre. Sans eux, on aurait déjà signé depuis longtemps. Je ne comprends pas pourquoi ils font la fine bouche. Nous leur offrons un excellent prix pourtant.

Étrangement, Ethan ne faisait pas le parallèle entre l'entreprise familiale des Donatello et la sienne. Les enfants de Richard Donatello se battaient pour conserver leur héritage, leurs traditions familiales, exactement comme lui. Comme lui, ils tenaient à leur entreprise comme à la prunelle de leurs yeux. Ethan aurait dû comprendre leurs réticences.

— Bien sûr, dit Sadie en haussant les épaules. Mais réfléchis à ce que tu ressens pour ton entreprise. Tu fais tout ce qui est en ton pouvoir pour la faire prospérer, et tu ferais n'importe quoi pour la maintenir dans la famille si quelqu'un voulait la racheter. Alors mets-toi à leur place au moins un instant.

— Ce n'est pas la même chose, dit-il avec condescendance. D'accord, Donatello est un chocolatier réputé, mais c'est une toute petite affaire, ils n'ont qu'un magasin.

— Exactement comme Heart Chocolates au début.

— C'était il y a longtemps, fit-il remarquer.

Parfois, quand elle discutait avec Ethan, Sadie avait l'impression de se battre contre des moulins. C'était une vraie tête de mule. Il ne voulait *jamais* admettre qu'il avait tort.

— La maison Donatello existe depuis cinquante ans, reprit-elle. Et elle est assez florissante pour que tu veuilles la racheter.

— Oui, parce qu'ils ont un excellent emplacement à Laguna, une belle clientèle, et qu'ils sont très présents sur Internet.

— Tout à fait, dit Sadie, se demandant s'il faisait exprès de ne pas comprendre. Mais n'oublie pas d'où vous êtes partis. Ce que je veux dire c'est que le magasin Donatello en est au stade où vous étiez il y a cent ans. Ils travaillent dur, en famille. Ils sont en train de construire leur réputation, patiemment, pierre après pierre.

Ethan fronça les sourcils, mais Sadie vit qu'elle avait visé juste. Elle continua :

— Est-ce vraiment inenvisageable d'augmenter notre offre ? Le jeu en vaut vraiment la chandelle, non ? Si tu veux acheter cette entreprise, c'est qu'elle a de la valeur. Si tu montres que tu respectes le travail accompli par Richard Donatello, peut-être que ses enfants y réfléchiront à deux fois, tu ne crois pas ?

— Peut-être, confirma Ethan, songeur.

— Regarde, Ethan… Tu as bien décidé de m'offrir 150 000 dollars pour me retenir un mois de plus.

— Oui… Mais c'était personnel. Là, ce sont les affaires.

Il regarda par la baie vitrée. Devant lui les nuages sombres défilaient à l'horizon au-dessus d'une mer gris acier.

— Pas uniquement, fit remarquer Sadie. Oui, il s'agit d'affaires, mais aussi de famille. C'est leur histoire familiale, Ethan. Et leur héritage compte autant pour eux qu'il compte pour toi.

Il resta silencieux pendant quelques secondes, puis hocha la tête.

— Très bien. Tu as gagné. Je vais y réfléchir.

Sadie savait qu'il ne fallait plus insister.

— Je suis contente. Pour en revenir à un plan plus personnel…

— Je n'ai pas de temps pour un coup rapide, Sadie, si c'est ça que tu veux dire.

Elle se figea, comme si elle avait reçu une gifle. Elle vit cependant qu'il regrettait ses paroles.

— Je ne t'ai rien demandé.

— C'est vrai, dit-il en soupirant, l'air gêné. Je suis désolé, ce n'est pas ce que je voulais dire.

— Oh ! tu as été très clair pourtant, dit-elle sèchement.

Les paroles d'Ethan l'avaient choquée. Pourquoi avait-il employé des termes aussi blessants ? Ce qu'ils avaient vécu ensemble ne méritait pas ce qualificatif, ce n'était pas un « coup » en passant. C'était insultant, pour elle et pour lui. Ils avaient vécu un moment magique, partagé des émotions intenses, mais apparemment, pour lui, c'était du passé.

— Je ne voulais pas parler de ça, Ethan. J'allais te dire que l'agence nous envoyait une nouvelle candidate pour le poste de gouvernante ce soir.

— Oh ! dit-il. Très bien.

Apparemment, il ne voulait pas revenir sur sa méprise. Pour lui l'incident était clos et elle en prit acte. Elle était capable elle aussi de faire comme si rien ne s'était passé. N'avait-elle pas caché ses sentiments pour ce mufle pendant cinq longues années après tout ?

— Elle s'appelle Julie Cochran. Elle a un enfant de cinq ans qu'elle élève seule. Elle a des références solides, c'est une bonne cuisinière, et elle a vraiment besoin de travailler. Et en plus, elle peut s'occuper d'enfants.

Il la regarda les yeux écarquillés.

— Tu veux dire qu'il y aura *un autre enfant* chez moi ?

Sadie réprima un soupir. Elle croyait qu'ils avaient progressé ces derniers jours sur ce sujet. Hélas, il n'en était rien.

— Je pense que cette petite fille n'a pas la peste et qu'elle saura se tenir. Il ne devrait pas y avoir de problème.

— Très drôle.

— Ce qui l'est moins, c'est que Julie est seule avec son enfant et qu'elle a vraiment besoin de ce travail. L'agence dit que c'est une de leurs meilleures candidates…

— Alors pourquoi est-elle au chômage ?

— La vieille dame dont elle s'occupait jusqu'à présent vient de mourir.

— Oh ! dit Ethan en fronçant les sourcils.

— Ethan, tu cherches quelqu'un qui soit polyvalent. Eh bien cette personne a l'air tout à fait qualifiée. La maison est assez grande pour la loger avec sa fille. Franchement, je crois qu'on ne trouvera pas mieux, ajouta-t-elle pour achever de le convaincre.

— Sans doute. Mais la présence d'un deuxième enfant dans la maison ne me fait pas rêver, grommela Ethan. J'en ai assez d'un qui n'est même pas le mien.

Sadie le regarda avec étonnement. Elle avait pourtant l'impression qu'il avait accepté la présence de la petite Emma. Il commençait à l'aider dans les soins quotidiens, la veille il lui avait donné le bain. Ensuite, ils l'avaient mise au lit ensemble. Alors quel était le problème ?

— Bon sang, Sadie, ne me regarde pas comme ça !

— Comme ça comment ? Je suis horrifiée ? Déçue ?

— Les deux, grinça-t-il entre ses dents.

— Je n'arrive pas à savoir après qui tu en as… Emma ou moi ?

— Aucune des deux. Je n'en veux à personne.

— Je suis contente de le savoir, dit Sadie. Je crois que tu ne te rends même pas compte de ce que tu dis.

— Sadie…

— Il ne s'agit pas de moi, Ethan. L'important, c'est Emma. Cela ne fait qu'une semaine qu'elle est chez toi, dit-elle en faisant le compte dans sa tête. C'est très peu.

Et pour cela, il fallait un peu de temps. Elle pouvait le comprendre. Mais quelle excuse avait-il pour l'avoir insultée, *elle* ?

— Il faut qu'elle s'habitue à toi. Et toi à elle. Laisse-lui une chance.

— C'est ce que je fais, non ?

— Je n'en suis pas certaine, nuança Sadie. C'est ce que je croyais. Tu es très doux avec elle. Mais quand je t'entends parler comme ça, je me demande si c'est une bonne chose que tu la gardes chez toi.

Il parut surpris.

— Que puis-je faire d'autre ? J'ai fait une promesse à son père.

— Cette promesse date de dix ans, Ethan. Tu ne savais pas ce que cela impliquait à l'époque. S'occuper d'un enfant, ce n'est pas juste l'héberger et le confier à une nourrice, dit Sadie en le regardant droit dans les yeux. Emma a besoin d'autre chose que de soins physiques. Elle a besoin d'être aimée. Et si tu ne te sens pas capable de lui offrir de l'amour et de la tendresse, il faudra envisager de la faire adopter par une famille qui saura l'aimer.

Il était sonné.

— Tu crois vraiment que je ferais ça ?

— Cinq minutes plus tôt, j'aurais dit non, admit Sadie. Mais à t'écouter te plaindre comme tu le fais, je crois que oui.

— OK, merci pour ta franchise, dit-il en faisant les cent pas comme un lion en cage. Mais je vois que je ne peux pas compter sur ton soutien.

— Je pourrais te retourner le compliment, répliqua-t-elle. C'est bien toi qui as parlé d'un « coup rapide », non ?

Il s'arrêta de marcher et lui lança un regard où elle put lire des remords mais aussi de l'agacement. Étrange combinaison.

— Tu sais bien que ça ne voulait rien dire. C'était des mots en l'air.

— Tu es sûr ?

— Oui, je suis sûr, dit-il en haussant le ton. On se connaît depuis trop longtemps pour que tu puisses croire que je pensais vraiment ce que je disais.

Pourquoi se mettait-il en colère ? Sadie se dit qu'il devait y avoir autre chose que le bébé, ou la gouvernante, ou les changements impromptus dans sa vie si bien organisée – trop peut-être d'ailleurs. Il devait avoir autre chose sur le cœur.

— Qu'y a-t-il, Ethan ? demanda-t-elle en se radoucissant.

— Rien.

— OK, dit-elle en croisant les bras sur sa poitrine. Tu ne m'as pratiquement pas adressé la parole depuis que nous sommes sous le même toit. Tu pars le matin sans prononcer un seul mot et quand tu es obligé de me parler pour le travail, tu es froid et distant. Et aujourd'hui, insultant.

— Je me suis excusé.

— Encore heureux.

Elle décroisa les bras et posa les mains sur ses hanches.

— Mais pourquoi m'évites-tu ?

— Je suis très occupé.

— Moi aussi, figure-toi, dit-elle en s'avançant vers lui. Car c'est moi qui amène Emma à la garderie. Moi qui vais la faire manger à midi, et je suppose, moi qui vais la ramener à la maison ce soir. Toi, tu es le grand absent, Ethan. Tu peux m'expliquer pourquoi ?

Il détourna les yeux.

— Parce que les choses sont différentes depuis que nous avons fait l'amour.

— Différentes comment ? demanda Sadie, surprise.

— Eh bien, tout a changé. J'ai bien réfléchi et je pense que nous avons fait une énorme erreur.

En entendant ces mots, elle sentit la colère monter en elle. Elle ne supportait pas de l'entendre dénigrer ce qui s'était passé entre eux.

— Une erreur ? Vraiment ?

— Oui, une erreur, répéta Ethan en la regardant droit dans les yeux. Et je ne crois pas que nous aurons l'occasion de recommencer. Nous avons bien d'autres problèmes à régler en ce moment.

— Depuis combien de temps prépares-tu ce discours ?

— Quoi ?

Sadie enrageait. C'était donc pour cela qu'il l'ignorait ostensiblement depuis ce fameux après-midi ? Les hommes étaient parfois si stupides. Il regrettait ce qu'ils avaient fait, considérant sans doute que c'était un moment d'égarement qui resterait sans suite. Et il croyait que le mépris et l'insulte suffiraient à la tenir à distance. Mais c'était mal la connaître.

— Tu n'es pas seul en cause, Ethan, dit-elle en s'efforçant de garder son calme. Nous étions deux pour faire ce que nous avons fait. Et tu n'as pas à décider seul de ce qui va se passer sans m'en parler.

Il sourit faiblement.

— Si tu voulais m'écouter…

— Ah parce que maintenant tu veux bien me parler ? Et moi je devrais rester là à t'écouter sans rien dire ?

— Je n'ai pas dit ça…

— Je te le demande, Ethan, as-tu déjà tout décidé ou ai-je encore voix au chapitre ?

— Bien sûr que tu as voix au chapitre, dit-il en riant un peu fort, se replaçant derrière son bureau, comme pour mettre une barrière entre eux.

Pourtant, cette lourde pièce d'acajou, il y a peu, avait servi à tout autre chose…

— C'est très généreux à toi, Ethan.

— Tu n'as pas l'air convaincue par ce que tu dis, dit-il, l'air dubitatif.

— Bien vu. Mais la vraie question est : pourquoi tu ne m'as pas parlé avant pour me faire part de ta vision des choses ?

Il se gratta la joue, comme s'il cherchait ses mots.

— C'est un peu compliqué.

— Je ne crois pas, non, dit Sadie, de plus en plus agacée. C'est toi qui rends les choses compliquées. Il faut arrêter de penser comme ça.

— C'est ça, dit Ethan avec un petit rire. Je vais arrêter de penser.

— Tu penses trop, Ethan, c'est ça ton problème. Nous avons fait l'amour sur ce bureau, tu te rappelles ? dit Sadie en posant les mains sur le bois verni.

Un éclair traversa le regard d'Ethan.

— Pourquoi ne pas voir les choses simplement ? Nous sommes deux adultes consentants et nous avons pris du plaisir ensemble. Qu'y a-t-il de compliqué là-dedans ?

— Tu te répètes.

— Oui, et je le ferai encore s'il le faut, affirma Sadie en le toisant du regard pour bien lui montrer qu'elle ne lâcherait pas l'affaire. Car tu n'as pas l'air de vouloir m'écouter. Je ne te demande rien, tu sais. Tu ne me dois rien, et je n'ai besoin de personne pour continuer mon chemin.

Il se passa la main dans les cheveux. Il semblait désemparé.

— Je ne veux pas que notre aventure – appelle ça comme tu voudras – soit une source de désordre.

— Ça le sera.

Il lui lança un regard furieux.

— La vie est une source de désordre, dit-elle en soupirant. Ce truc est arrivé, c'est comme ça. Mais la terre va continuer à tourner. Je ne vais pas me traîner à tes pieds pour obtenir des miettes d'attention de ta part.

— Je n'ai jamais pensé ça, protesta Ethan.

— Et ne t'inquiète pas, je ne vais pas te demander de m'épouser. Car tu n'es pas l'homme qu'il me faut.

Il parut offensé malgré lui.

— C'est-à-dire ?

— J'ai établi une liste de critères auxquels un homme doit répondre s'il veut me plaire. Et tu n'en remplis qu'un seul.

Elle s'arrêta, repensant à ce qu'ils avaient fait ici, sur un bureau en plein milieu de l'après-midi, et elle se dit qu'il n'était pas seulement sexy, mais aussi audacieux.

— Bon, disons deux.

— Combien y a-t-il de points sur cette liste douteuse ?

— Cinq, dit-elle. Et deux sur cinq, ce n'est pas assez pour moi. Donc tu peux me croire quand je te dis que tu ne risques rien. Tu n'es pas mon type d'homme.

— Parfait.

Il semblait toujours extrêmement vexé.

Tant mieux, se dit Sadie. Ça lui ferait du bien de voir qu'il n'était pas le *sex-symbol* qu'il pensait être. Qu'il pouvait ne pas plaire à toutes les femmes.

— Donc si tu es d'accord, je vais retourner à mon travail, dit-elle en ouvrant la porte. Tu seras là ce soir pour l'entretien de Julie ?

— Oui.

— Bien. Et quand tu auras digéré cette conversation, nous pourrons peut-être nous retrouver au lit une de ces nuits…

Elle n'attendit pas la réponse.

Inutile.

Elle referma la porte et s'appuya un instant dessus. Les bureaux bruissaient de toutes sortes d'activités, les téléphones sonnaient, les claviers d'ordinateur cliquetaient. Mais elle n'entendait rien.

Son esprit était entièrement occupé par cet homme qu'elle s'apprêtait à quitter.

- 7 -

— Alors, ton impression ?

Ethan leva le regard vers Sadie et vit une lueur de fierté dans ses yeux.

— Tu avais raison. Julie devrait faire l'affaire.

— *J'avais raison.* Ça me fait plaisir de l'entendre de ta bouche.

— Attention, ne t'habitue pas aux compliments, dit-il en arquant un sourcil.

Sa remarque fit rire Sadie et le son cristallin de sa voix lui alla droit au cœur. Après leur conversation tendue de l'après-midi, il était persuadé qu'elle allait lui faire payer son intransigeance par des silences butés ou des regards glaciaux. En tout cas, toutes les femmes qu'il avait connues avaient réagi ainsi. Histoire de bien lui faire comprendre qu'il avait tort.

Mais il aurait dû se douter que sur ce plan aussi, Sadie était différente. Elle se comportait comme si rien ne s'était passé, comme s'ils ne s'étaient pas disputés quelques heures plus tôt.

— Hum, je me méfie, dit-elle en souriant. Tout semble s'arranger comme par magie : tu augmentes ton offre pour Donatello, tu acceptes d'engager Julie malgré sa petite fille… Que se passe-t-il tout à coup ?

Effectivement, il avait proposé une somme plus importante pour le rachat des chocolats Donatello. Il n'avait pas encore de réponse, mais il pensait qu'il avait bien fait de suivre le conseil de Sadie. Elle avait vu juste.

Le magasin de Donatello était petit, certes, mais il était implanté au même endroit depuis quarante-cinq ans. C'était une affaire familiale, tout comme la sienne, et il se devait de respecter ce point. Il avait un peu honte de ne pas y avoir pensé lui-même. Ou plutôt, d'avoir négligé sciemment cet aspect.

Quant à Julie, il n'avait eu aucun mal à prendre la décision. Évidemment, cela signifiait qu'il hébergerait un deuxième enfant chez lui, mais tant pis. La petite Ali était adorable. Il n'était pas parfaitement à l'aise avec cette situation, mais au moins, Julie était une personne de confiance et avec elle, la maison serait bien tenue et le bébé choyé.

— C'est sa recette de poulet pour le dîner qui m'a convaincu, reconnut-il.

— Oui, on s'est régalés. Tu comprends maintenant pourquoi elle a insisté pour nous préparer le repas. Pour nous montrer ses talents de cuisinière. C'est un vrai plus pour elle.

Sadie s'enfonça dans le canapé et posa ses pieds sur la table basse. Elle avait de petits pieds élégants. C'était craquant. Ethan secoua la tête pour chasser les pensées coquines qui arrivaient déjà.

— Oui, dit-il, songeur. Du coup, je me demande comment j'ai pu supporter Alice pendant si longtemps.

— Parce que tu n'aimes pas changer peut-être ?

Il surprit une lueur espiègle dans son regard.

— Sans doute, admit-il.

Pour quelqu'un qui n'aimait pas le changement, il avait eu son compte de nouveautés dernièrement.

Et la plupart étaient dues à la présence de cette jeune femme assise en face de lui. Mais en y réfléchissant, depuis cinq ans, beaucoup de choses tournaient autour d'elle. Sans qu'il s'en rende compte, elle était devenue un élément incontournable dans sa vie. Au travail en tout cas, et c'était ce qui comptait le plus pour lui, il ne pouvait plus se passer d'elle. Et il le réalisait seulement maintenant. Comment avait-il pu être aveugle à ce point ?

Il jeta un regard circulaire dans la pièce vide, puis revint sur Sadie, confortablement allongée sur les coussins du canapé. Ils étaient seuls dans la maison. Le bébé qui dormait à l'étage, et Julie et sa fille ne viendraient s'installer que le lendemain.

Malgré tout ce qu'il avait pu dire cet après-midi dans le bureau, il désirait Sadie si fort qu'il en avait mal. Au diable les règles, les plans. Si elle le désirait aussi, pourquoi se priver ?

— Maintenant que Julie va s'installer ici, je suppose que tu n'auras plus besoin de moi ? dit-elle. Je n'ai pas besoin de rester le mois entier, n'est-ce pas ?

Ça non plus, il n'y avait pas pensé. Le feu qui brûlait doucement dans la cheminée se reflétait dans ses yeux bleus et créait des ombres sur son visage aux traits fins. Il lui restait trois semaines à passer avec elle et il n'avait pas envie d'y renoncer. Il ne voulait pas se priver de sa présence.

— Il faut encore trouver une nourrice, dit-il fermement.

— Mais… C'est Julie qui va s'en charger, jusqu'à ce que tu sois capable de le faire seul…

Ethan se leva d'un bond, s'avança vers elle et la tira par le bras pour qu'elle se lève.

— Je t'ai payée très cher pour que tu restes un mois. J'ai encore besoin de toi.

— Pour quoi faire ? dit-elle sans détourner les yeux.

Il ne pouvait détacher son regard de son visage, tout près du sien. Autant lui dire la vérité.

— Parce que je ne suis pas prêt à me passer de toi.

— Pour quoi faire ? répéta-t-elle avec un petit sourire qui lui titilla les sens.

— Tu veux vraiment que je t'explique ?

— Oui, bien sûr, dit-elle en penchant imperceptiblement la tête.

— Très bien.

Il avala sa salive, sentant le désir monter une nouvelle fois en lui. Son cœur battait très vite dans sa poitrine et son corps se tendit.

— La vérité, Sadie, c'est que je te désire follement. À chaque seconde qui passe. Et j'ai besoin de te sentir à mes côtés.

— Ah… Tu te décides enfin à me parler franchement. C'est une bonne chose.

— Oui, une vraie bénédiction, grommela-t-il.

Elle enroula les bras autour de son cou.

— Alors qu'est-ce qu'on attend ?

— Bonne question.

Quand il la souleva dans ses bras, elle sentit un frisson délicieux parcourir tout son corps. Il la serra contre sa poitrine et elle vit s'allumer dans ses yeux l'étincelle du désir. Fini les faux-semblants, il laissait enfin parler son instinct. Ce qui s'était passé entre eux n'était pas le fruit du hasard, mais d'une attirance réciproque qu'Ethan ne pouvait plus nier.

Il s'était passé plusieurs jours depuis leur étreinte dans le bureau et Sadie commençait à se demander si cela se reproduirait. Elle connaissait bien Ethan et savait que depuis ce fameux jour, il se torturait l'esprit, analysait ce qui s'était passé et envisageait toutes les possibilités pour la suite, y compris celle de ne plus jamais la toucher. C'était quelqu'un de droit, d'entier, qui avait une ligne de conduite forte dans sa vie. Et qui n'en déviait pas si facilement.

Mais ce soir il la tenait dans ses bras et la couvait d'un regard plein de promesses. Oui, elle l'aimait toujours, comme au premier jour. Et il en serait toujours ainsi, même si elle le quittait. Même si elle trouvait un autre homme pour faire sa vie. Une partie d'elle resterait toujours auprès de lui.

— Tu dis que je pense trop, mais tu fais la même chose.

Je vois presque les petits rouages s'actionner dans ta tête, dit Ethan en montant l'escalier. Tu as changé d'avis ?

— Pas du tout, dit-elle, ne voulant surtout pas qu'il devine le fond de sa pensée. Je me demandais juste combien de temps il te faudrait pour monter cet escalier.

— Nous allons voir ça, dit-il avec un sourire.

En une poignée de secondes, ils étaient à l'étage.

— Pas mal, dit Sadie en caressant sa nuque.

Il prit une longue respiration et entra dans la grande chambre.

— Et attends de voir la suite…

Ces mots provoquèrent une montée d'adrénaline chez Sadie. Elle caressa la joue d'Ethan.

La chambre du bébé était silencieuse. Emma dormait profondément. Sadie pria pour qu'elle ne se réveille pas. Surtout pas maintenant. Elle avait hâte de s'abandonner dans les bras d'Ethan et ne voulait plus rien savoir du monde qui l'entourait.

Elle regarda autour d'elle. C'était la première fois qu'elle entrait dans la chambre d'Ethan. Durant toutes ces années, elle était venue de nombreuses fois chez lui, mais c'était pour le travail et en général, ils s'installaient dans son bureau au rez-de-chaussée, ou parfois sur la terrasse s'il faisait beau.

Là, elle pénétrait dans son intimité.

La pièce était vaste, comme tout le reste de la maison. Un immense écran de télévision était accroché sur le mur face au lit. Des hautes fenêtres s'ouvraient sur la partie arrière du parc, et on apercevait l'océan au loin. De jour, la vue devait être magnifique. À cette heure, il faisait déjà sombre et les dernières lueurs du jour éclairaient faiblement la surface noire de la mer à l'horizon.

Sous la télévision se trouvaient une cheminée et deux confortables fauteuils lui faisant face. Le reste du mobilier était composé d'une grande commode sur le côté et de deux tables de chevet de chaque côté du lit. Celui-ci était recouvert d'une couette bleu marine et d'une montagne d'oreillers bleus et gris.

— C'est joli, dit-elle.

C'était un peu pauvre comme commentaire, mais elle était incapable d'en dire davantage, tellement elle était excitée. La chambre était confortable, mais froide. Aucune trace de la personnalité d'Ethan Hart. On aurait dit une chambre d'hôtel. Et c'était un peu le cas, car Ethan y passait très peu de temps. Il y stockait ses vêtements et y dormait, c'est tout.

Il n'y avait aucune photo de famille, rien ne traînait sur la commode, ni photo, ni vieilles clés oubliées. Ethan avait encore moins de vie personnelle que Sadie ne l'avait supposé. Mais elle allait peut-être changer le cours des choses.

— Merci, dit-il. Je suis content que ça te plaise.

Il la déposa sur le lit, où elle s'enfonça avec délice.

— Hum, c'est bien moelleux.

— Tant mieux.

Elle se débarrassa de ses chaussures qui tombèrent sur le sol avec un bruit mat. Puis elle posa la main sur les boutons de sa chemise. Ethan ne la quittait pas des yeux et suivait tous ses gestes avec grande attention.

— Tu vas me faire saliver en déboutonnant ta chemise très lentement ?

— Ça te plaît ?

Elle connaissait la réponse et sentait son impatience monter en même temps que la sienne.

— J'adore, répondit-il tout en tirant impatiemment sur sa chemise, dont les boutons tombèrent un à un sur le parquet.

Elle respira profondément. Il devait avoir une salle de musculation quelque part dans sa grande maison, se dit-elle en voyant saillir les muscles parfaits de son torse. Puis il retira son pantalon et son caleçon. Et se redressa face à elle. Elle en eut le souffle coupé. Son torse musclé n'était pas son seul attrait physique, loin de là.

— À toi maintenant, murmura-t-il en se penchant pour ouvrir son jean et le faire glisser le long de ses jambes. Hum, si j'avais su que tu avais des dessous de dentelle noire, je n'aurais pas attendu si longtemps pour te déshabiller, ajouta-t-il avec un sourire de connaisseur.

Sous son regard de braise, Sadie se sentait belle. Puissante. Elle se redressa pour s'asseoir et retira complètement sa chemise déboutonnée, faisant apparaître un soutien-gorge noir assorti à la culotte.

— Tu es belle, murmura Ethan. Mais tu es encore trop couverte.

— Je te laisse faire, dit-elle avec un sourire mutin.

Il s'approcha et elle se leva pour se mettre à sa hauteur. Il dégrafa le soutien-gorge. Ses seins nus apparurent alors devant ses yeux éblouis et il les prit dans ses mains pour les caresser.

Sadie renversa la tête, électrisée par le contact chaud de ses mains douces sur sa peau. Tout son corps le réclamait. C'était si bon.

Elle ouvrit les yeux et vit son désir dans son regard.

— J'en avais tellement envie, dit-elle dans un souffle.

— Moi aussi… Mais je n'osais pas.

Sadie sourit. C'était tout Ethan.

— J'aime te l'entendre dire, dit-elle en prenant son visage en coupe pour l'embrasser.

Alors il l'allongea sur le lit et la couvrit de son corps. Il posa sa bouche sur la sienne. Leurs langues se mêlèrent dans une danse sensuelle et la frénésie s'empara d'eux. Sadie passa les mains sur les bras d'Ethan, puis sur ses larges épaules. Elle entra ses ongles dans sa peau, comme si elle voulait le garder là à jamais, couché de tout son poids sur elle. Ethan la caressait lentement, ses doigts s'accrochèrent à l'élastique de sa culotte et il tira dessus. Elle souleva les hanches pour l'aider. Elle ne supportait plus aucun obstacle entre eux, pas même ce petit morceau de dentelle.

Il posa son visage sur sa poitrine, puis parcourut tout son corps avec sa bouche. La sensation était délicieuse, follement érotique. On aurait dit qu'il voulait la manger, l'avaler tout entière, lui arracher son âme pour s'en repaître. Et tandis qu'elle soupirait et se tordait sous lui, il arriva à son point sensible et y glissa ses doigts.

C'était encore meilleur que la première fois. Parce qu'ils étaient là, dans cette maison, et qu'elle pouvait crier tant qu'elle voulait ? Parce qu'elle l'aimait et qu'elle allait bientôt le quitter ?

Mais quelle importance ? Tout ce qui comptait, c'était *lui*. Le prochain baiser, la prochaine caresse. L'instant présent. Elle coupa court à toutes ces questions. Elle voulait que cet instant dure toute la vie. Son corps sur le sien, ses mains sur sa peau nue.

— Tu sens bon, dit-il dans un souffle, tandis qu'il suivait toutes ses courbes de ses lèvres et de sa langue.

Il remonta jusqu'à son cou. Elle pencha sa tête pour qu'il puisse se nicher là et redescendit ses mains le long de son dos.

— Et moi je me sens bien avec toi.

Il releva la tête pour la regarder.

— Moi aussi, merci.

Elle rit. Elle n'avait jamais remarqué jusqu'à présent qu'il avait le sens de l'humour. Sadie aimait cette complicité entre eux. Au-delà du sexe, de leurs corps en émoi, ce sentiment de proximité était tout ce qu'elle désirait. Entre eux, tout allait de soi, tout était facile.

Avec leurs rires complices, leurs soupirs et leurs désirs qui se nourrissaient l'un l'autre, leurs échanges allaient bien au-delà de simples contacts physiques.

Ethan se redressa et tendit le bras vers la table de nuit. Elle savait ce qu'il allait prendre, mais elle était impatiente.

— Vite, Ethan.

— Nous avons toute la nuit, Sadie. Prenons notre temps.

Toute la nuit. N'était-ce pas merveilleux ? Mais elle ne pouvait plus attendre. Elle s'appuya sur les coudes et secoua la tête pour chasser les mèches de cheveux de son visage.

— Mais là, dépêche-toi. On prendra notre temps après.

Il mit le préservatif en place et se retourna vers elle.

— Je suis prêt.

Il s'approcha d'elle, saisit ses jambes et les posa sur ses épaules. Sadie se tortilla et ajusta ses hanches pour lui faciliter la tâche. Elle avait l'impression que sa vie était suspendue à un fil et qu'elle allait exploser si elle n'était pas satisfaite à la seconde.

Alors il se recula et posa sa bouche sur son sexe. Elle crut défaillir. Elle était entièrement à sa merci. Tout ce qu'elle était capable de faire, c'était de gémir et de le supplier de continuer ce délicieux supplice. Mais il faisait durer le plaisir. Elle saisit alors ses cheveux à pleines mains pour le serrer contre elle. Il continuait sans relâche à la caresser de ses lèvres, de sa langue, jusqu'à ce petit bouton si sensible. Au moment où il arriva à cet endroit, elle se raidit d'un coup, comme électrifiée.

Elle bougea encore les hanches dans un ultime sursaut. Il s'arrêta, puis reprit encore plus vite. Sadie haletait, ne le quittait pas des yeux car elle ne voulait rien perdre de cet instant.

Sa bouche continuait à la tourmenter, il sentait l'orgasme monter, mais le retenait encore, portant le supplice de Sadie à son comble.

Juste avant qu'elle ne cède enfin à une ultime vague de plaisir, Ethan la fit tomber sur le lit et entra en elle en une longue poussée. Sadie eut l'impression que son corps volait en éclats. Mais ce n'était pas terminé et il se mit à aller et venir, de plus en plus vite, de plus en plus fort.

Elle était clouée sur le lit par sa force, mais elle ne

voulait pas que la torture cesse. Elle s'agrippa de toutes ses forces au drap.

— Ethan !

— Viens, ordonna-t-il d'une voix rauque. Viens, Sadie, encore, pour moi !

Elle secoua la tête. Si elle jouissait encore, elle ne s'en remettrait peut-être jamais. Mais cela revenait, elle ne pouvait résister. Elle cria encore son nom et savoura la sensation de son corps qui allait et venait dans le sien.

Elle sentait venir le plaisir et fit l'effort d'ouvrir les yeux pour regarder Ethan. Elle croisa son regard brûlant. Il reprit alors, toujours plus loin en elle et une nouvelle fois, elle cria son nom comme une prière.

Ethan ne lui laissa pas le temps de reprendre son souffle. Il se mit sur le dos en l'entraînant avec lui. Elle s'assit sur lui et posa ses mains sur sa poitrine musclée.

Il était si loin en elle qu'elle aurait voulu le garder pour toujours. Ethan posa ses mains sur les hanches de Sadie.

— À toi maintenant.

Elle se mit à bouger sur lui et cette fois, c'était elle qui donnait le tempo, qui créait le rythme qui allait emmener Ethan au bord de la folie. Elle voyait la passion dans ses yeux, sentait ses mains qui serraient ses hanches de toutes leurs forces. Elle se balançait doucement, essayant de contrôler la montée de leur plaisir. Elle sentait venir un nouvel orgasme et tentait de le retenir pour attendre Ethan.

Et quand elle le sentit prêt, elle se laissa emporter. Pendant des secondes, des minutes peut-être, ils furent hors du temps, hors du monde, leurs corps explosant de plaisir à l'unisson. Puis elle se laissa retomber sur lui et se blottit dans ses bras.

— C'était..., commença Sadie, reprenant avec peine son souffle. C'était...

— Tais-toi, dit Ethan en lui caressant le dos.

Elle était toujours allongée sur lui, totalement alanguie.

— Je crois que je ne peux plus bouger, dit-elle après un long silence.

Jamais dans sa vie elle n'avait connu une telle expérience.

Ethan était l'homme qu'elle avait toujours attendu. Et l'homme qu'elle ne pourrait jamais avoir.

Elle sentit son cœur se serrer, alors que son corps était pleinement satisfait, encore frémissant.

— Ça tombe bien, dit Ethan. Je n'ai pas spécialement envie que tu bouges.

Elle souleva un peu son visage et lui sourit.

— On ne va pas rester comme ça toute la nuit. J'ai faim, moi.

— On peut commander une pizza, dit-il. Regarde, j'ai mon téléphone juste là.

— Et le livreur va nous trouver comme ça, dans cette position ? Un peu embarrassant, non ? se moqua-t-elle en levant la tête.

— Pas de problème, je vais nous recouvrir avec la couette. Comme ça, il ne verra pas tes jolies fesses.

Son cœur fit un bond dans sa poitrine.

— Jolies ? Merci.

— Oui, très jolies, dit Ethan en la caressant. Et elles sont à moi.

Elle frissonna à ces mots, si doux à entendre. Mais elle ne devait pas se méprendre. Il parlait de l'instant présent. En aucun cas il n'envisageait du long terme. En réalité, il ne trouvait peut-être pas ses fesses si jolies. Il devait dire ça à toutes les femmes avec qui il couchait. Ce serait une folie de vouloir construire quelque chose à partir de si peu. Et pourtant…

Mais elle penserait à ça plus tard.

— Ton lit est tout de même plus confortable que le bureau, dit-elle avec humour.

Elle vit un éclair passer dans ses yeux et il resserra son étreinte.

— Oui, mais j'ai un faible pour ce bureau maintenant, dit-il avec un clin d'œil.

— Moi aussi, admit-elle.

— Tu as froid ?

— Un peu…

Elle poussa un petit cri quand il la fit rouler avec lui et se positionna sur elle.

— C'est mieux ?

— Oui, dit-elle en poussant un soupir tandis qu'il recommençait à jouer avec ses seins. Comme ça, je n'ai plus froid.

— Tant mieux. Je vais te réchauffer encore, anonça-t-il en la couvant du regard.

Elle avala sa salive et tenta de calmer les battements de son cœur qui s'emballait à cette nouvelle perspective. Elle sentait les mains d'Ethan partout. À chaque caresse, elle frémissait, à chaque contact, elle gémissait. Chaque baiser attisait encore sa faim.

Les yeux fermés, elle était à l'écoute de la moindre de ses sensations. Elle entendit à nouveau le tiroir de la table de nuit. Entendit le bruit de l'emballage qu'il déchirait. L'entendit respirer fort tandis qu'il plaçait le préservatif. Puis il revint vers elle, la retourna sur le ventre et lui ouvrit les jambes. Elle tourna la tête sur le côté et attrapa les barreaux du lit. Elle regarda par-dessus son épaule et le vit derrière elle. Elle se sentit alors fondre complètement sous l'effet d'un désir si intense, si irrépressible que cela lui fit mal.

Comment pouvait-elle le désirer autant ?

— Prends-moi, Ethan…

Les yeux d'Ethan lancèrent des flammes. Sa mâchoire était crispée. Lui aussi était possédé par son désir pour elle. Il entra en elle et elle oublia tout.

Elle accompagna ses mouvements avec son bassin. Il caressait ses fesses, puis passa une main sous elle et toucha délicatement sa poitrine. Il était insatiable, infatigable, et semblait ne jamais vouloir s'arrêter. Il lui arrachait tout ce qu'elle avait, et lui offrait tout en retour. Leurs corps ondoyaient ensemble, remplissant la pièce d'une atmosphère incandescente.

Il était tout pour elle. Elle était tout pour lui. Leur rencontre était magique et ensemble, leurs corps créaient un feu d'artifice qui montait au ciel et retombait en une pluie d'étincelles sur eux. Elle jouit sous ses caresses, cria son nom et bientôt il la suivit et retomba de tout son poids sur elle.

À bout de souffle, ils s'enroulèrent l'un contre l'autre, elle calée contre son dos, et épuisés, ils sombrèrent aussitôt dans un sommeil de plomb.

Pour Ethan, les jours qui suivirent furent… compliqués. Non seulement il avait deux nouvelles personnes sous son toit, la nouvelle gouvernante et sa fille de cinq ans, mais avec Sadie, toutes les barrières étaient tombées. Elle passait désormais toutes les nuits dans sa chambre. Pourquoi faire encore semblant de dormir chacun de son côté ?

Toutes les nuits, ils faisaient l'amour avec frénésie et leur plaisir semblait plus fort à chaque fois. Il ne se lassait pas de la caresser. Il la désirait tout le temps. Il se réveillait au milieu de la nuit et la cherchait. Elle était devenue indispensable, essentielle dans sa vie. Il n'aurait su dire quand ni comment cette transformation s'était faite.

Ce matin, en allant dans sa salle de bains, il avait trouvé toute une batterie de lotions et de produits de maquillage alignés sur la tablette au-dessus du lavabo. Dans la douche, son shampoing au citron embaumait la cabine. Le placard de sa chambre était envahi par des vêtements féminins, et des chaussures à talons s'alignaient à côté des siennes. En voyant cela, il paniqua.

Cela faisait longtemps qu'il n'avait pas partagé sa vie avec une femme. Et la dernière fois, cela s'était si mal terminé qu'il s'était juré de ne jamais plus recommencer. Mais cette fois, c'était différent, se dit-il pour se rassurer. La situation était provisoire. Ce rapprochement n'était pas le début d'une relation mais plutôt la fin d'une collaboration.

D'après leur contrat, ils avaient encore presque trois semaines à passer ensemble. Aucun des deux n'avait évoqué le fait qu'il y avait désormais une gouvernante, et que finalement, Ethan n'avait pas besoin d'une nourrice tout de suite, puisqu'il s'occupait lui-même de la petite Emma.

Il n'avait plus besoin de Sadie. Alors pourquoi lui avait-il demandé de rester ?

— Parce que je n'ai plus envie qu'elle parte, se murmura-t-il à lui-même en faisait pivoter la chaise de son bureau pour regarder la mer.

D'un côté, cela l'ennuyait un peu de la voir s'installer chez lui, dans sa chambre, et envahir sa salle de bains. Mais les nuits avec elle étaient devenues une vraie addiction. Plus il faisait l'amour avec elle, plus il aimait ça. Il ne pouvait imaginer se passer d'elle.

Et puis il y avait Emma.

La petite fille avait peu à peu gagné une place dans son cœur et cela l'affolait. Il ne pensait pas être capable de ressentir quelque chose pour un bébé. Il tenait à respecter la promesse qu'il avait faite à Bill et faisait ce qu'il fallait. Mais il n'avait pas l'habitude des enfants et les avait toujours tenus à distance.

Aujourd'hui, la petite Emma lui ouvrait les yeux et il se demandait s'il ne s'était pas trompé. Même s'il avait du mal à reconnaître ses erreurs, il se rendait bien compte qu'il était en train de changer.

La nuit précédente, il avait réfléchi à tous les événements qui avaient bouleversé son quotidien dernièrement. Il avait entendu Emma pleurer dans le babyphone et s'était levé pour aller voir alors que Sadie ne s'était même pas réveillée. Dans la pénombre, il s'était rendu au chevet de la petite fille. Celle-ci avait les yeux grands ouverts. Elle l'avait regardé longuement et lui avait souri.

Sa poitrine s'était gonflée d'émotion devant ce petit être si fragile qui dépendait entièrement de lui. Cette enfant était entrée par effraction dans sa vie et il n'était pas préparé à éprouver un sentiment si fort pour elle.

Emma. Sadie. Elles avaient tout changé dans sa vie, à tel point qu'il avait du mal à se rappeler comment il vivait avant leur arrivée.

La seule chose qui n'avait pas bougé, c'était son travail. Sa société. Pour l'instant, il n'entendait plus parler de Gabriel et de ses idées farfelues. Il aurait peut-être dû s'en inquiéter. Mais il n'était pas mécontent de faire une petite pause.

Un coup discret à la porte le tira de ses pensées. Sadie passa la tête dans l'entrebâillement.

— Ethan, Mme Gable, du service de l'enfance, est là.

Bien. La pause n'avait pas duré longtemps. Il se demanda si c'était une visite de routine, ou si cette femme venait pour lui retirer Emma.

Si tel était le cas, elle en serait pour ses frais. Emma faisait désormais partie de sa vie et il n'avait pas du tout l'intention de s'en séparer.

- 8 -

— Fais-la entrer.

Melissa Gable pénétra dans le bureau d'un pas décidé. Elle était très intimidante, dut reconnaître Ethan, avec sa veste noire stricte, sa chemise blanche, sa jupe droite et ses hauts talons. Et son visage imperturbable parachevait l'impression d'autorité qu'elle dégageait. La plupart des gens devaient trembler en la voyant arriver chez eux. Mais Ethan n'était pas inquiet. Il n'avait rien à se reprocher et ne s'en laisserait pas conter.

Tandis qu'il se levait pour l'accueillir, elle sortit un dossier de son grand sac noir.

Il lui serra la main et lui indiqua le siège en face de son bureau. Il se rassit et attendit. Ce ne fut pas long.

— Je viens de passer à la crèche de votre entreprise pour voir Emma, annonça Mme Gable.

— Comment saviez-vous qu'elle était là ? demanda Ethan, surpris. Elle aurait pu être à la maison avec une nourrice.

— Je ne savais pas, mais j'ai vérifié, par conscience professionnelle.

— Et ?

Il avait l'habitude des négociations et savait très bien que si l'on voulait garder la maîtrise du débat, il fallait laisser parler la partie adverse et en dire le moins possible.

— Elle semble heureuse et en bonne santé, convint Mme Gable. Par ailleurs, je vous félicite pour la mise en place de cette crèche. Malheureusement, tous les employeurs ne sont pas autant à l'écoute des besoins de leurs salariés.

— En effet, dit Ethan en hochant la tête. Je tiens à ce que mes employés se sentent bien dans l'entreprise. Et s'ils n'ont pas de souci pour faire garder leurs enfants, ils seront d'autant plus productifs.

Bon sang, ce discours lui paraissait à présent déplacé. Oui, c'était sans doute ce qu'il avait en tête quand il avait créé cette crèche pour ses employés. Mais depuis qu'Emma était arrivée dans sa vie, il comprenait combien il était important pour les gens de savoir que leurs enfants étaient juste à côté et qu'ils pouvaient passer les voir dans la journée. Lui-même y allait de temps en temps.

— Alors…, reprit-elle en consultant ses notes. Je me suis entretenue avec le personnel de la crèche. D'après eux, Emma est bien nourrie, propre et en pleine santé.

Ce discours irrita Ethan au plus haut point.

— Vous vous attendiez au contraire ?

— Non, mais parfois, même les personnes les mieux intentionnées ont du mal à s'organiser du jour au lendemain comme vous l'avez fait.

Elle passa à une autre page et la lut rapidement.

— Je suis également passée à votre domicile et votre gouvernante m'a montré la chambre d'Emma. Elle est très bien aménagée et…

Elle vérifia encore.

— Julie, c'est ça ? Julie m'a assuré que l'enfant était bien traitée et heureuse.

— Donc tout va bien, dit Ethan, tapotant sur son bureau du bout des doigts.

Le bureau sur lequel il avait fait l'amour avec Sadie. Cette pensée calma un peu son impatience.

— Cela vous surprend ? continua-t-il.

Mme Gable referma le dossier et le remit dans son sac.

— Excusez-moi, monsieur Hart, mais vous sembliez très contrarié quand je vous ai remis ce bébé. Je me devais de vérifier si tout se passait bien.

Il sourit. Elle avait raison. Ce bébé, il n'en voulait pas.

Il en voulait même à Bill de lui avoir extirpé cette folle promesse. Mais les choses avaient évolué et aujourd'hui, l'enfant faisait partie de sa vie. Non seulement il assumait sa responsabilité, mais désormais, il n'avait plus envie de s'en séparer.

Il se remémora les paroles de Sadie : « Si tu ne te sens pas capable de lui offrir de l'amour et de la tendresse, il faudra envisager de la faire adopter par une famille qui saura l'aimer. » Il avait réfléchi depuis. Il avait appris à connaître cette petite fille. Il avait été touché par le contact de son petit corps chaud contre le sien quand il la portait, par ses petits doigts qui s'enroulaient autour des siens, par le sourire qu'elle lui adressait quand il venait la voir dans son petit lit.

Oui, il l'aimait désormais.

Même s'il n'avait jamais pensé qu'une telle chose pouvait lui arriver. Mais c'était ainsi. Il ne la confierait à personne d'autre.

— Monsieur Hart ?

— Emma va rester avec moi, dit-il, s'arrachant à ses pensées. Je suis en train de chercher une nourrice et en attendant ma gouvernante, Julie, nous aide à nous occuper d'elle.

— *Vous* aide ?

— Mon assistante, Sadie Matthews, s'occupe d'Emma aussi.

— Très bien, dit Mme Gable en se levant et en lui tendant la main. Je vois que vous avez la situation bien en main. Je vais faire mon rapport à mes supérieurs, disant que je suis tout à fait favorable à ce que l'on vous confie l'enfant pour un placement permanent. Et si vous souhaitez l'adopter légalement, je serai ravie de vous aider dans vos démarches.

Agréablement surpris, Ethan se leva pour la saluer.

— Je vous en remercie.

Après son départ, Sadie se glissa dans la pièce, referma la porte et s'adossa dessus.

— Alors ? Comment ça s'est passé ? Qu'a-t-elle dit ?

Il sourit devant l'impatience de Sadie.

— Emma peut rester avec moi, résuma-t-il.

— C'est vrai ? dit Sadie, les yeux brillants.

Il était heureux de recevoir son approbation, de voir qu'elle était fière de lui et du chemin qu'il avait accompli.

— Je suis contente, Ethan.

— Pourquoi ? demanda-t-il en la dévorant des yeux.

— Parce que je pense qu'Emma te fait beaucoup de bien.

— Tu dis ça pour te moquer de moi ?

— Pas du tout, dit Sadie en haussant les épaules. Tu penses que je te raconte des histoires ?

— Non, répondit-t-il en la déshabillant du regard.

Elle portait son « uniforme » de travail : pantalon noir, chemisier et blazer court. Même dans cette tenue elle était plus sexy que n'importe quelle femme en lingerie fine ou en bikini. Chaque fois qu'il posait les yeux sur elle, il était dans tous ses états.

Il la désirait. À chaque instant de la journée, à chaque seconde qui passait.

Elle était imprévisible, incontrôlable. Mais qu'elle rie aux éclats ou qu'elle soit en fureur, elle restait désirable. Pour lui, c'était un plaisir permanent de vivre à ses côtés.

— Ce n'est pas si difficile que ça, finalement ?

Lisait-elle dans ses pensées ?

— Quoi donc ?

— L'amour.

La façon dont elle prononça ce mot le fit frissonner. Il se raidit. Sa voix se fit soudain grave.

— Qui a parlé d'amour ?

Sadie pencha la tête sur le côté.

— Moi. Mais c'est toi qui aurais dû en parler, Ethan. Car ce bébé, tu l'aimes.

— Oui, je l'aime *bien*, nuança-t-il.

Dire qu'il l'aimait c'était aller trop loin pour lui. Mais quelle importance ? Emma faisait partie de sa vie, il s'occupait d'elle avec tendresse, affection et faisait tout pour son bonheur. Que demander de plus ?

— C'est difficile pour toi d'admettre que tu éprouves de l'amour pour quelqu'un, n'est-ce pas ?

— Non, ce n'est pas ça, dit-il fermement. C'est un sentiment que je préfère tenir à distance.

— C'est vraiment triste pour toi…

Ethan se rembrunit.

— Je te remercie.

— Ethan…, dit-elle en s'approchant de lui. Dans deux semaines, je ne serai plus là. Que se passera-t-il après ?

Deux semaines. Il ne voulait même pas y penser. Le temps passait trop vite. Il n'y avait pas qu'Emma qui avait envahi sa vie. Il y avait aussi Sadie, et il n'arrivait même pas à imaginer qu'elle allait bientôt partir. Il fallait qu'il trouve un moyen de la retenir. Il ne voulait pas la perdre. Mais pour l'instant, il n'avait pas d'idée.

Bien entendu, le mariage n'était pas envisageable. Impossible pour lui de renouveler cette expérience désastreuse.

— Tu n'es pas obligée de partir.

— Nous en avons déjà parlé, Ethan.

— Je ne veux pas que tu partes, dit-il abruptement.

— Pardon ? Qu'est-ce que tu dis ?

— Je dis que nous sommes bien ensemble, Sadie.

Il s'avança, lui prit les mains et les serra très fort.

— Nous formons une super équipe, tu ne trouves pas ? Ce serait dommage de se séparer.

— Ethan…, dit-elle, les yeux brillants et la voix pleine d'émotion.

— Les choses ont changé entre nous, Sadie, reprit Ethan. Tu le sais aussi bien que moi. Nous sommes devenus très proches. Reste, Sadie.

Il ne supportait pas l'idée de la voir partir.

Elle ne répondit pas, semblant considérer la question.

— Ces deux dernières semaines, nous avons un peu moins travaillé, n'est-ce pas ?

— Tu trouves ? dit-elle en fronçant les sourcils.

— Oui, insista-t-il en retenant ses mains alors qu'elle essayait de se dégager. Si tu restes, tu pourras travailler le temps que tu voudras, tu pourras prendre autant de congés que tu voudras, et je ne te dérangerai plus pendant tes obligations familiales.

— Hum…

— Et comme ça, nous pourrons rester ensemble, conclut-il en l'attirant contre lui.

— Comme maintenant, dit-elle doucement.

— Exactement, dit-il en la regardant dans les yeux. Sadie, ces deux semaines nous ont rapprochés, n'est-ce pas ?

— Oui.

— Alors pourquoi tout changer ?

Elle lui adressa un petit sourire et secoua la tête. Ethan vit dans ses yeux quelque chose qui lui déplut.

— Parce qu'il n'y a pas que le sexe et le travail qui comptent dans ma vie.

— Et qu'est-ce que tu veux de plus ? demanda Ethan, même s'il devinait déjà la réponse.

— *L'amour*, répondit-elle en le regardant avec une telle intensité qu'il en fut effrayé. Je veux aimer quelqu'un. Je veux être aimée. Et je veux une famille.

— Tu as Emma, hasarda-t-il, pensant à son attachement grandissant pour la petite fille. Tu aimes cette enfant, je le vois bien.

— Oui, c'est vrai, elle est adorable. Mais ce n'est pas mon enfant, Ethan, dit-elle en secouant la tête. Pour elle, je ne serai jamais qu'une étrangère, une sorte de tante éloignée qui vient la voir de temps en temps.

— Alors viens vivre avec nous.

Elle prit une respiration avant de répondre :

— Donc tu veux que je vive avec toi, que je couche avec

toi, que je t'aide à élever Emma et aussi que je travaille pour toi ?

— Est-ce si désagréable ? demanda-t-il d'une voix grave. Pour l'amour du ciel, Sadie, c'est ce que tu fais depuis deux semaines déjà ! Tu ne veux pas continuer ?

— Non, ce n'est pas assez.

— Pour moi c'est parfait.

— Pas pour moi, dit-elle en retenant avec peine la colère qui montait en elle. Si je veux construire ma vie telle que je la souhaite, je dois te quitter. Pour toi, je ne suis qu'une maîtresse.

— Et ça ne te suffit pas ?

Il lui lâcha les mains et se sentit vide d'un seul coup.

— Non. Je veux autre chose. Je mérite mieux.

Il ne dit rien. Elle avait raison. Mais il ne pouvait pas lui offrir ce qu'elle voulait. Il ne l'épouserait pas.

— Bien, dit-il en retournant s'asseoir à son bureau. Dans ce cas, dépêche-toi de te trouver un remplaçant pour le travail. De mon côté, je vais trouver une nourrice pour Emma.

— Ethan, j'aimerais…

Il l'ignora.

— Appelle-moi le marketing. J'aimerais voir si tout est bouclé pour la campagne de la fête des Mères.

— Très bien.

— Et apporte-moi un café quand tu auras une minute.

— Bien sûr.

Elle sortit en faisant claquer ses talons sur le sol.

Dans le bureau silencieux, Ethan se renversa sur sa chaise et se dit qu'il devrait désormais s'habituer à cette sensation de vide qui l'étreignait déjà.

— Tu as couché avec un homme, c'est ça que tu veux m'annoncer ?

— Oui, dit Sadie en prenant le verre de vin que Gina venait de lui servir. Et pas qu'une fois.

— Enfin, dit Gina en soupirant d'aise. Et qui est l'heureux élu ?

— Ethan.

Gina reposa précipitamment son verre, posa la main sur sa poitrine et toussa bruyamment. Sadie voulut lui porter secours en la tapotant dans le dos, mais Gina la repoussa.

— Plusieurs fois ? Tu es folle ! s'écria-t-elle quand elle eut repris sa respiration.

Cela faisait deux semaines que Sadie se disait la même chose. Oui, c'était une folie, mais elle s'en fichait.

— Tu sais, en fait, il est…

— Ne dis rien, l'interrompit Gina en reprenant une gorgée de vin. Je sais que je t'avais dit de coucher avec lui, mais c'était pour que tu arrêtes une bonne fois pour toutes de fantasmer sur lui. Pas pour que tu commences une relation régulière et que tu tombes encore plus amoureuse de lui.

Pourtant, c'était bien ce qui était arrivé. Et même après la conversation pénible qu'ils avaient eue l'après-midi au bureau, elle ne regrettait rien. Bien sûr, il avait été clair, il ne voulait pas entendre parler d'amour, ni de mariage. Il ne voulait prendre aucun risque et ne pouvait lui offrir ce qu'elle désirait. Elle pouvait comprendre ses raisons, même si elle aurait voulu l'obliger à ouvrir les yeux et à voir ce qu'ils pourraient construire ensemble. Si seulement il voulait bien y croire.

Elle avait quitté le bureau juste après leur conversation et était venue directement chez Gina. Ethan pouvait tout à fait se charger de ramener Emma à la maison et de préparer son repas. Cela lui ferait du bien de faire toutes ces tâches seul. Il devait s'habituer à ne plus compter sur elle. Cette pensée lui brisa le cœur. Elle ne serait plus là pour voir grandir Emma. Elle ne dormirait plus avec lui. Ne ferait plus l'amour avec cet homme. Ne se réveillerait plus dans ses bras. Et elle ne travaillerait plus pour lui. Il allait terriblement lui manquer.

— J'ai besoin de sucré, annonça Gina en se levant pour aller fouiller dans un placard de la cuisine.

Elle revint avec un paquet de biscuits au chocolat.

— C'est ma réserve personnelle. Personne ne la connaît, ni Mike, ni les enfants. Mais avec toi je veux bien partager, dit-elle avec un clin d'œil.

— Tu es une sainte, la gratifia Sadie en se servant dans le paquet que lui tendait Gina.

Tout en grignotant, elle regarda autour d'elle. La cuisine de Gina était propre et accueillante. Murs blancs, placards rouge vif et plans de travail en granit. Une rangée de biberons séchait dans l'égouttoir, et une pile de petits bavoirs étaient pliés à côté. On était à mille lieues de la cuisine immense et impersonnelle d'Ethan. Mais, maintenant que Julie habitait sur place, l'endroit allait peut-être prendre vie et devenir plus chaleureux.

— Si j'étais une sainte, dit Gina, je ne t'aurais pas conseillé de coucher avec Ethan.

Sadie regarda sa belle-sœur.

— Tu n'aurais pas pu m'en empêcher, quoi qu'il arrive.

— Hum. Mais je ne t'ai jamais dit de tomber amoureuse.

Sadie rit et prit un autre gâteau.

— On ne peut pas aller contre ses sentiments, Gina.

— Et tu espères que cette affaire de coucherie va se changer en conte de fées, je le lis dans tes yeux.

— Oui, c'est ma faiblesse, reconnut Sadie.

Car bien sûr, au fond d'elle, c'était ce qu'elle appelait de tous ses vœux. Même si elle savait qu'il n'y avait pratiquement aucune chance que cela se réalise. Et leur entrevue très tendue de tout à l'heure n'allait rien arranger. Pourtant, elle n'avait pas totalement renoncé.

— Je garde espoir, malgré tout, dit-elle. Même si mon côté rationnel me dit que c'est perdu d'avance. Mais tu sais, finalement, il remplit presque tous les critères de ma liste.

— Ah bon…, dit Gina en prenant un peu de vin.

— Sexy, c'est sûr, commença Sadie. Audacieux…

Elle hésita puis se remémora la nuit dernière sous la douche. Elle rougit de plaisir à cette pensée.

— … on peut le dire. Et puis il passe du temps avec moi et il adore Emma.

— Est-ce qu'il le reconnaît ?

— Non, mais moi je le sais.

Il refusait de prononcer ce mot, mais elle voyait bien qu'il avait des sentiments profonds pour l'enfant. Il était de plus en plus à l'aise avec elle. La petite fille avait su gagner son cœur et c'était très émouvant de les voir ensemble. Ethan était en train de s'ouvrir au monde. Aux autres. Alors pourquoi pas à *elle* ?

— Et le sens de l'humour ?

— Oui, ça marche aussi, insista Sadie. Il ne le montre pas toujours, mais il en a.

— Sadie, tu avais dressé cette liste pour te prouver qu'Ethan n'était pas l'homme qu'il te fallait. Et maintenant, tu t'arranges pour qu'il rentre dans toutes les cases. Attention, tu risques d'être déçue.

— Je sais.

Nerveuse, Sadie reposa son verre, se leva, et se planta devant les biberons du bébé. Elle voulait des enfants à elle. Un mari. Un travail qu'elle aimait. Était-ce si compliqué ?

— Nous sommes toujours à la recherche d'une nourrice, dit-elle sans regarder Gina. Quand on aura trouvé, je m'en irai.

— Mais ça te fend le cœur, dit Gina.

— Oui, avoua Sadie avec un sourire triste. Hélas, je l'aime. Comme toi tu aimes Mike.

— Alors pars tout de suite. Ne te fais pas de mal inutilement.

— Tu as raison. Je sais que c'est une situation sans issue. Alors au moins j'aurai passé un mois génial avec lui.

— Un mois, ce n'est pas grand-chose.

— C'est toujours mieux que rien, dit Sadie, les yeux dans le vague.

Gabriel observait le chocolatier en train de préparer les échantillons qu'ils allaient présenter à Ethan.

Contrairement à ce que l'on croyait généralement, la fabrication de chocolat d'exception relevait plus de la science que de l'art, se disait-il. Même s'il ne fallait pas négliger la part de créativité.

Trouver la bonne température pour le chocolat de manière à ce qu'il soit brillant et assez dur pour se casser net quand on mordait dedans. Mixer correctement la ganache pour introduire les arômes au bon moment. Ces arômes qui, espérait-il, convaincraient Ethan de lancer une nouvelle ligne. Quand la ganache était prête, les différents éléments pour le garnissage devaient être préparés et découpés à la main et l'enrobage des petits carrés était une opération très délicate. Habituellement, on utilisait des moules pour obtenir les différentes formes mais dans ce laboratoire de location, ils manquaient de matériel et Jeff Garrett était obligé de tout faire à la main.

Jeff était second en chef chez Heart Chocolates. Il était talentueux et avait de l'ambition. Ce soir, il jouait son va-tout, tout comme Gabriel. Son chocolat, noir et au lait, était prêt. Sur le plan de travail en marbre s'alignaient les petits tas de ganache et de truffe, prêts à être recouverts, marqués puis décorés. Il avait hâte de mettre la touche finale, de faire parler son talent artistique. Ses chocolats devaient briller comme des diamants.

— Hum, ça sent bon, dit Gabe à voix basse pour ne pas déconcentrer Jeff, occupé à mélanger les dernières épices.

— Oui, répondit Pam, sans quitter des yeux les petites boules de chocolat étalées sur le marbre, comme fascinée. Tu as toujours la recette avec toi ? demanda-t-elle. Juste au cas où il devrait recommencer.

— Ne parle pas de malheur, dit Gabe en regardant sa montre. Jeff est là-dessus depuis plusieurs heures déjà. On n'a plus beaucoup de temps…

— Mais la recette est en sécurité, n'est-ce pas ?

— Oui, bien sûr, dit Gabe en se tournant vers elle. Ne t'inquiète pas.

— C'est juste que… je sais combien c'est important pour toi.

Pam observait Jeff en train de tremper de la truffe parfumée à la lavande dans du chocolat au lait à l'aide d'une fourchette à chocolat. Il sortit le petit carré de la casserole, le déposa délicatement sur le marbre froid et fit tourner le chocolat sur le dessus pour former une petite pointe. Il répéta l'opération cinq fois.

Un peu plus loin se trouvaient des écorces de chocolat noir parfumées à la framboise et à la noix de coco et nappées de chocolat blanc.

Plus loin encore, des truffes parfumées au thé Earl Grey enrobées de poudre de cacao, ainsi que des bonbons au citron et cassis recouverts de chocolat blanc. Et enfin, dernière innovation, une ganache de chocolat noir infusée au café de Sumatra – le préféré d'Ethan – et à la liqueur d'orange.

Toutes ces créations étaient plus appétissantes les unes que les autres. Jeff acheva de les décorer, les transformant en véritables œuvres d'art.

— Le pâtissier que je connais aurait procédé différemment pour les écorces, dit Pam un peu sèchement. Il aurait fait en sorte que le rouge des framboises ressorte sur le chocolat blanc.

Gabe lui lança un regard impatient.

— Les créations de Jeff sont parfaites.

— Oh ! elles sont très belles, dit Pam en haussant les épaules. Mais je pense qu'un pâtissier plus expérimenté aurait fait encore mieux.

Bon, se dit Gabe, elle était encore vexée qu'il n'ait pas choisi la personne qu'elle connaissait. Elle était un peu étrange depuis leur discussion de l'autre soir. Il avait tenu à ce qu'elle soit là parce qu'elle était à l'origine de leur projet. Avec elle, il se sentait plus fort pour affronter Ethan. Mais depuis qu'il avait décidé de choisir Jeff, elle avait changé d'attitude.

— Qu'est-ce qui te gêne, Pam ? Jeff a été formé avec des maîtres chocolatiers belges. Il travaille pour nous depuis quatre ans, il a envie de monter dans la hiérarchie et il est très impliqué dans ce projet.

— Je sais, mais tu n'as même pas rencontré mon pâtissier. Tu ne lui as pas donné sa chance.

— Ce n'était pas la peine, dit Gabe un peu agacé.

C'était peut-être l'idée de Pam, mais c'était lui avant tout qui était concerné. Son entreprise, sa vie. Elle par contre n'avait rien à perdre dans l'affaire.

Elle le regarda avec dureté.

— Je te le redis, Gabe, je croyais qu'on était ensemble pour ce projet. Qu'on prenait les décisions *à deux*. Mais toi, tu as changé les règles d'un seul coup, sans m'en parler. Tu crois que ça me fait plaisir ?

Il poussa un soupir et essaya de se mettre à sa place. Il dut reconnaître que dans le cas inverse, si Pam avait pris des décisions seule de son côté, il n'aurait pas apprécié non plus. Mais il en revenait toujours à la même conclusion : c'était sa vie, pas la sienne.

— Je sais que tu voulais m'aider, dit-il, essayant de rester calme. Je comprends que tu sois contrariée. Mais c'est mon entreprise, et je dois faire les meilleurs choix.

Il aimait Pam, mais parfois il avait du mal à la comprendre.

— Je sais, Gabe, je comprends. C'est juste que…

Elle ne termina pas sa phrase et détourna le regard vers Jeff.

À l'aide d'un aérographe, le pâtissier dessinait minutieusement de petits arcs-en-ciel sur les chocolats au lait. Puis il changea de cartouche pour dessiner des cœurs rouges sur les caramels au miel enrobés de chocolat noir.

— C'est très beau, lui dit Gabe.

Jeff s'arrêta un instant.

— Merci, répondit-il avec un sourire. Il me reste à poser une deuxième couche de chocolat noir sur les chocolats à la framboise et au piment, puis à les décorer d'un trait de chocolat blanc et je serai prêt.

Prêt à affronter Ethan. Mais Gabe avait confiance. Certes, son frère allait exploser quand il apprendrait que Gabe avait emprunté la recette originale, mais ces nouveaux chocolats étaient tellement beaux, tellement appétissants qu'il ne pourrait pas résister. Il devait à tout prix convaincre son frère d'accepter ces nouveautés, ou sinon la vie avec lui deviendrait un véritable enfer.

— Quand vas-tu montrer les chocolats à Ethan ? demanda Pam.

— Demain, répondit Gabe, secouant la tête d'un air pensif. C'est bon pour vous, Jeff ?

— Oui, répondit l'homme, concentré sur les derniers chocolats. Les boîtes sont là, il n'y a plus qu'à les emballer. Ce sera fait pour demain.

— Très bien. Soyez à mon bureau demain à 10 heures, avec les chocolats. Puis nous irons voir Ethan. Tu seras là ? demanda-t-il à Pam.

— Bien sûr, dit-elle en levant le menton. Je te l'ai déjà dit, je suis avec toi.

Gabe la prit par les épaules pour la serrer contre lui. Elle était très tendue, mais à son contact, elle se laissa un peu aller. Ils surmonteraient cette épreuve, il en était convaincu. Quand tout serait terminé, il prendrait le temps de discuter avec elle pour comprendre son attitude. Mais pour l'heure, il devait se concentrer sur son affaire. Son avenir, ainsi que celui de Heart Chocolates, se jouait là. Ethan devrait accepter, coûte que coûte.

Dans le cas contraire, non seulement il perdrait toute crédibilité dans l'entreprise, mais il perdrait aussi son frère.

*
* *

Le lendemain matin, Ethan était déjà de mauvaise humeur quand Gabriel entra dans son bureau. Il n'avait pas fermé l'œil de la nuit car Sadie n'était pas avec lui. Pour la première fois depuis qu'elle avait emménagé chez lui, elle avait dormi dans la chambre d'amis. Il se rendit compte, à son grand dam, à quel point il dépendait d'elle.

C'était insupportable de la savoir à deux pas de lui, de l'autre côté du couloir. Il savait pourtant ce qu'il fallait faire pour la faire revenir, mais il ne pouvait pas.

Ne voulait pas, plutôt. Elle voulait une relation stable, une famille. Elle voulait qu'il s'engage. Et c'était au-dessus de ses forces.

Pourtant, il avait changé ces derniers temps, non ? Il avait fait d'énormes efforts pour sortir de sa coquille. Il l'avait accueillie dans sa maison, puis dans sa chambre, et leur liaison était la plus longue qu'il ait jamais eue avec une femme – excepté avec son ex. Ethan savait qu'il n'avait pas été un bon mari. Pourquoi vouloir renouveler cette désastreuse expérience ? Il appréciait beaucoup Sadie, il aimait sa compagnie, alors pourquoi vouloir tout gâcher en l'épousant ? Non, elle pouvait penser ce qu'elle voulait, le traiter de lâche, de salaud, peu importe. Elle serait malheureuse avec lui s'ils s'enfermaient dans le mariage.

Elle trouverait un autre homme. Cette idée lui fit mal au ventre. Un autre homme dormirait à ses côtés, lui ferait un enfant… Il serra les dents et ferma les poings. Elle sourirait à un autre, l'embrasserait, le…

— Ethan, dit Gabriel, interrompant sa rêverie, il faut qu'on parle.

— Et tu as besoin de tout ce monde pour me parler ? demanda-t-il.

Son regard se posa tour à tour sur son frère, sur Sadie, puis Jeff Garrett, un des pâtissiers de son équipe. En les voyant tous alignés face à lui, il eut un mauvais pressentiment.

— De quoi s'agit-il, Gabe ? dit-il d'un ton glacial.

— Jeff et moi nous t'avons apporté quelque chose. Nous aimerions que tu nous donnes ton avis.

Jeff s'avança vers le bureau et y déposa précautionneusement trois boîtes de chocolats.

Ethan sentit son sang bouillir dans ses veines, mais il resta de marbre. Gabe avait osé. Il avait comploté dans son dos et avait fabriqué des échantillons pour sa nouvelle ligne de chocolats.

Debout derrière son bureau, il regarda Sadie.

— Tu étais au courant ?

— Non, s'offusqua-t-elle en fusillant Gabriel du regard.

— Laisse Sadie, elle n'a rien à voir là-dedans, s'empressa-t-il de dire. C'est mon idée, et celle de Pam, ajouta-t-il en croisant les bras sur sa poitrine, jambes légèrement écartées, comme s'il se préparait à un combat.

Il se tourna vers la porte et fit signe à la jeune femme qui était restée en retrait de s'avancer.

— Viens, chérie. La réunion est commencée.

Ethan la regarda et fronça les sourcils.

— Qui est-ce ?

— Pam Cassini, dit Gabe. Elle est avec moi.

Incroyable. Il avait osé mêler sa petite amie à cette affaire. Ethan la regarda plus attentivement. Elle lui rappelait quelqu'un, mais il n'aurait su dire qui. Il remit cette question à plus tard car pour l'instant, il avait des choses bien plus importantes à tirer au clair.

Sadie se rapprocha de lui. Reconnaissant de son soutien, il lui fit un petit signe de tête, puis se tourna vers son frère.

Gabe se tenait dans un rayon de soleil qui arrivait derrière Ethan à travers la baie vitrée, prêt à recevoir la sentence.

— Bon Dieu, Gabe, qu'est-ce que tu as encore inventé ?

- 9 -

Gabe releva le menton et regarda Ethan droit dans les yeux.

— J'ai loué une cuisine professionnelle et Jeff a confectionné quelques échantillons des nouvelles saveurs dont je t'avais parlé.

Ethan tourna les yeux vers Jeff. À juste titre.

— Vous savez que je pourrais vous renvoyer pour ça, lança-t-il sans préambule.

Jeff avala sa salive, la gorge nouée.

— Oui, monsieur, je sais. Mais je suis d'accord avec Gabriel. Je pense qu'il est temps d'innover.

Surpris par son aplomb, Ethan eut un geste de recul.

— Vous pensez que Heart Chocolates se repose sur ses lauriers ? C'est bien ça ?

— Non, il n'a pas dit ça, intervint Gabriel. Et ne t'acharne pas sur lui non plus, Ethan. L'initiative vient de moi seul.

— Je m'en doutais, dit Ethan, d'une voix si calme qu'elle inquiéta Gabe.

Car l'expression de son visage démentait ses paroles. Mais Gabe avait l'habitude des colères froides de son frère.

La réaction d'Ethan n'échappa pas à Sadie, qui glissa sa main dans la sienne et la serra, pour lui assurer son soutien. Ce geste suffit à faire tomber provisoirement la tension en lui et l'aida à reprendre ses esprits.

— Qu'avez-vous fait exactement ? demanda-t-il, soulagé d'avoir réussi à se contrôler.

— Je viens de t'expliquer.

— Oui, mais comment avez-vous fabriqué le chocolat ? À partir de quelle recette ? questionna Ethan sans lâcher son frère des yeux. Pour fabriquer des chocolats Heart, il faut la recette Heart.

À l'instant où il prononçait ces paroles, Ethan lut la réponse dans les yeux de Gabriel. Et la colère remonta d'un coup, comme si elle sortait d'un volcan.

— Tu as *pris* la recette ?

— Je fais partie de la famille, Ethan. Elle est à moi aussi, répondit Gabe. C'est *notre* recette, et oui, je l'ai prise dans le coffre-fort et j'ai fait une copie.

Ethan devint écarlate. La recette originale n'était jamais sortie du coffre-fort.

— Comment as-tu osé…

Sadie lui pressa la main.

— J'ai croisé Pam et Gabe dans ton bureau le soir où Emma est arrivée, dit-elle. Je ne t'en ai pas parlé parce que j'ai oublié, et cela ne m'a pas paru important.

Sa tête allait exploser. Ethan fixa les grands yeux innocents de Sadie et vit qu'elle le suppliait du regard de ne pas perdre patience. C'était beaucoup lui demander. Mais pour elle, il allait essayer. Il prit une longue respiration avant de se tourner vers son frère.

— Qu'as-tu fait de l'original ?

— À ton avis ? répondit Gabe.

Il avait l'air offensé par la remarque et cela étonna Ethan.

— Comment pourrais-je savoir ? s'exclama ce dernier. En entendant sa voix, il fit un effort surhumain pour baisser le ton.

— Puisque tu as été capable de voler cette recette dans le coffre-fort, qui sait si tu ne l'as pas mise en ligne !

— Ne sois pas ridicule, dit Gabe en se dirigeant vers le mur à côté du bureau.

Il tourna plusieurs fois le cadran et la porte du coffre s'ouvrit.

— La voilà, ta recette. Elle est à sa place. Tu croyais vraiment que j'allais prendre le risque de la divulguer et de mettre l'entreprise en péril ?

— Ce n'est pas précisément ce que tu as fait ? cria de nouveau Ethan.

Sadie tenta une nouvelle fois de le calmer avec sa main, mais il la remarqua à peine. C'en était trop. Son propre frère l'avait trahi. Certes, ils se disputaient souvent, mais il ne l'aurait jamais cru capable d'un tel acte.

— Pas du tout ! répondit Gabe en haussant lui aussi le ton. J'ai pris la recette, mais la personne qui l'a utilisée travaille déjà pour nous et je lui fais entièrement confiance. Donc je n'ai trahi aucun secret.

Ethan serra les dents pour se retenir de le frapper.

— Le problème, ce n'est pas Jeff.

L'intéressé poussa un soupir de soulagement.

— Très bien, dit Gabe en joignant les deux mains pour le supplier. Je suis un traître et je mérite d'être puni. Mais attendons demain pour ça. Aujourd'hui, je te demande de goûter ces chocolats.

Ethan le regardait sans bouger. Gabe voulait lui faire croire que ce qu'il avait fait n'était pas grave ?

— Tu es sérieux ? Après ce que tu m'as fait, tu crois encore que je vais valider ton truc ?

— Tu n'as même pas essayé, Ethan. Laisse-moi une chance au moins, dit Gabe en passant les mains dans ses cheveux. J'aurais préféré faire tout ça avec ton aval, mais tu n'as jamais voulu m'écouter. Tu es têtu comme une mule, tu ne veux jamais rien changer…

— Donc tout est ma faute ?

— Eh bien, si c'est toi qui le dis…

— N'exagère pas, Gabe.

— Pourquoi ne veux-tu jamais examiner mon point de vue ? dit Gabe, d'une voix lasse.

On sentait le découragement dans ses paroles. Ethan

pouvait le comprendre car lui aussi était fatigué de ces disputes récurrentes.

— Je ne cherche pas à faire sombrer l'entreprise, reprit Gabe. Au contraire, je cherche à lui donner un coup de pouce, à trouver le petit plus qui fera la différence. Et toi, tu ne veux rien savoir.

— Toi non plus tu ne prends pas en compte mon point de vue. Je refuse de changer et de suivre les modes. Notre entreprise a toujours marché en gardant la même ligne. Pas en suivant le vent comme des girouettes.

— Mais il faut parfois se mettre à la page, se moderniser, insista Gabe. Il faut vivre avec son temps.

Sadie tenta d'intervenir, mais personne ne l'écouta.

— Les garçons…

— Je n'ignore rien du tout du progrès, dit Ethan. Mais je refuse de prendre des risques que je juge inutiles.

C'est alors que Pam intervint pour la première fois depuis le début de la conversation.

— J'ai proposé à Gabriel de faire appel à un pâtissier que je connais. Mais il a refusé, il ne voulait pas que la recette sorte de l'entreprise. C'est pour cela que nous avons travaillé avec Jeff.

Ethan avait vraiment l'impression de la connaître, et cela l'agaçait de ne pas se rappeler où il l'avait déjà rencontrée. En tout cas, elle soutenait Gabe. Un peu apaisé, Ethan hocha la tête. Il serra la main de Sadie, sans se demander pourquoi il avait tant besoin de la toucher comme un talisman.

Gabe se dit que le pire était passé. Il fit signe à Jeff, qui s'approcha du bureau et ouvrit délicatement les boîtes contenant les chocolats. Ses créations.

— Ils sont très beaux, murmura Sadie.

Effectivement, admit Ethan en son for intérieur. Ils étaient artistiquement présentés, tous décorés de couleurs différentes.

— Merci, dit Jeff en souriant, satisfait de cette première réaction.

— Et ils sont délicieux, ajouta Gabe. Je vous en prie, il faut les goûter maintenant.

Malgré sa colère, Ethan ne pouvait s'empêcher d'admirer son jeune frère. Il avait sa propre vision et, en dépit de nombreux obstacles, avait tout mis en œuvre pour réaliser son projet. Il n'allait pas jusqu'à approuver le vol de la recette, mais Gabe n'avait pas reculé devant les difficultés et avait pris d'énormes risques.

— Et si je ne les aime pas ?

— Ça, ce n'est pas possible, dit Gabe en souriant.

— Il a l'air très sûr de lui, dit Sadie à Ethan, tout en lançant un clin d'œil à Gabe.

— Comme toujours, marmonna Ethan.

Gabe se rapprocha de Pam et passa un bras autour de ses épaules. Jeff étala une serviette blanche sur le bureau. Tous le regardaient faire sans rien dire. Un silence presque religieux s'installa dans la pièce.

— Bien, c'est le moment de vérité, dit Ethan. Sadie, tu vas les goûter avec moi, je voudrais avoir aussi ton avis.

Elle lui répondit par un sourire lumineux qui lui fit chaud au cœur. Puis il se pencha vers les chocolats. Il en choisit un blanc décoré d'un petit arc-en-ciel.

— C'est de la truffe parfumée à la lavande, expliqua Jeff. Et le vôtre, ajouta-t-il en s'adressant à Sadie, est une écorce de chocolat noir à la framboise et à la noix de coco saupoudrée de chocolat blanc.

— Intéressant, murmura Ethan en cassant doucement le chocolat en deux.

Satisfait par la cassure nette de la couche extérieure, il le porta à son nez pour tester l'odeur. C'était à la fois épicé et doux. Encore un bon point. Mais restait le plus important : le goût.

Il mordit dedans et laissa la ganache fondre sur sa langue tandis que les saveurs se diffusaient l'une après l'autre dans sa bouche. Même s'il avait du mal à l'admettre, c'était parfait. Son frère avait vu juste.

Il leva les yeux vers Gabe. Un sourire triomphant éclairait son visage.

— C'est génial, non ?

Ethan approuva de la tête.

— Oui. Ça dépasse mes attentes, je dois reconnaître.

Jeff poussa un nouveau soupir de soulagement. Il avait risqué gros lui aussi. En s'associant au projet de Gabe, il jouait son avenir dans l'entreprise.

— Sadie ?

Elle avala le chocolat et secoua la tête, visiblement impressionnée.

— Cette écorce est vraiment délicieuse. On sent bien la framboise, mais ça ne masque pas le goût du chocolat, et la noix de coco ajoute une touche d'acidité très légère. C'est très surprenant en fait.

Jeff acquiesça avec fierté, et Gabe ne cachait plus sa joie.

Ils goûtèrent tous les échantillons un à un pendant que Jeff et Gabe expliquaient pourquoi ils avaient choisi tel ou tel ingrédient et comment ils avaient marié les différentes saveurs.

— Le dernier est au café de Sumatra et à la liqueur d'orange, annonça Gabe.

— Hum, je vois, dit Ethan. Tu as choisi mon café préféré. Pas bête.

— Moi je préfère goûter celui-là, dit Sadie en prenant un chocolat au citron et cassis.

Depuis le début de la dégustation, Pam était restée étrangement silencieuse. Ethan se dit qu'après tout, elle n'était pas vraiment concernée par cette affaire. Elle était là juste pour soutenir Gabe.

— Je dois reconnaître que vous avez fait du beau travail, finit par dire Ethan, un peu contrit.

Il avait perdu la bataille et devait se rendre à l'évidence. Gabe avait réussi son coup. Encore un nouveau changement dans sa vie. Finalement, il ne s'en portait pas plus mal. Et ces chocolats étaient parfaits. Le temps était peut-être venu, comme le suggérait Gabe, de se diversifier. De sortir de son confort. Pour lui et son entreprise.

— Ce qui veut dire ? interrogea Gabriel, tendu comme un arc.

Ethan regarda Sadie, puis Gabe.

— Ce qui veut dire que nous allons en discuter en privé. Pam, voulez-vous sortir du bureau et nous attendre dehors avec Jeff un moment, s'il vous plaît ?

— Elle n'est pas obligée de sortir, dit Gabe.

— Ça ira, dit Pam avec un sourire. Je vais attendre dehors.

Quand Pam et Jeff furent sortis, Ethan s'assit sur le bord de son bureau.

— Tu as gagné, Gabe. Je n'apprécie pas la méthode, mais le résultat est là. Les chocolats sont très réussis.

Gabe porta la main sur son cœur.

— Doucement, je vais avoir une attaque ! dit-il avec humour.

— Attends, je n'ai pas fini, dit Ethan.

— Alors nous allons la lancer, cette nouvelle ligne ? demanda Gabe en reprenant son sérieux.

— Ça dépend, dit Ethan en prenant la main de Sadie et en l'attirant vers lui.

Gabe leva les sourcils et son sourire s'effaça d'un coup.

— Ça dépend de quoi ?

— Je ne veux pas lancer une nouvelle ligne avec seulement cinq ou six offres. C'est trop peu. Pourriez-vous, toi et Jeff, en créer encore autant ? Une douzaine de nouvelles saveurs, je pense que ce serait bien.

— Bien sûr, Jeff a encore plein d'idées et…

Gabe s'arrêta.

— Tu nommes Jeff chef de projet alors ?

— Je crois qu'il le mérite bien.

— Oh que oui. Et tu vas voir, il n'a pas fini de t'étonner, dit Gabe, les yeux brillants d'excitation.

— Alors allez-y, vous avez mon feu vert, dit Ethan. Soyez inventifs. Ensuite vous me présenterez vos échantillons et nous déciderons ensemble lesquels nous lancerons sur le marché.

— Parfait. Merci Ethan, dit Gabe en prenant les boîtes sur le bureau.

— Laisse-nous le reste, dit Ethan en l'arrêtant.

Gabe sortit pour annoncer la bonne nouvelle à Pam et Jeff. Ethan et Sadie restèrent seuls dans le bureau.

— Bravo, tu as bien fait, dit Sadie en prenant son visage dans ses mains.

— Il m'a poussé à bout, je dois dire. Mais il a réussi à mettre au point des goûts et des textures très novateurs…

Il secoua la tête et soupira.

— Il n'a pas choisi la meilleure méthode pour y arriver, mais je reconnais que j'ai ma part de responsabilité là-dedans. Je ne lui ai pas laissé le choix.

— Eh bien, voilà une sacrée remise en question, dit Sadie, un peu moqueuse. C'est un grand moment.

— Eh oui, tout arrive, dit-il en lui prenant la main.

— Mais tu n'étais pas obligé de les nommer, lui et Jeff, responsables du projet.

Il eut un sourire malicieux.

— Tu plaisantes ? Gabe a voulu sa nouvelle ligne, il l'a, alors maintenant, c'est à lui de jouer. Il a toutes les cartes en main.

— Tu lui accordes ce qu'il veut, mais tu lui mets tout de suite la pression. Tu es machiavélique.

— Oui, je sais, confirma-t-il en l'attirant plus près. Tu m'as manqué la nuit dernière.

— Toi aussi.

— Je ne voulais pas te fâcher, dit-il.

— Je sais, dit-elle avec un sourire enjôleur.

Il plongea son regard dans ses grands yeux expressifs où il aimait se noyer.

— Je ne suis pas parfait, Sadie, je ne peux pas t'offrir tout ce que tu voudrais, mais sommes-nous obligés de nous séparer pour ça ?

Elle inclina légèrement la tête sur le côté, faisant glisser ses mèches blondes sur son front.

— Non, Ethan, profitons du temps qu'il nous reste ensemble.

— D'accord, dit-il en posant ses lèvres sur les siennes.

En sortant du bureau d'Ethan, Gabe était sur un nuage. Le monde lui appartenait. S'il avait réussi à convaincre Ethan de lancer une nouvelle ligne de chocolats, alors il pouvait tout faire.

Il aperçut Pam près de l'ascenseur, en grande discussion avec Jeff. D'après leurs grands gestes et les éclats de voix qui parvenaient jusqu'à lui, leur conversation ne devait pas être amicale.

Intrigué, il les rejoignit, ignorant les regards des employés et les discussions qui s'arrêtaient à son passage.

— Je vous dis que je ne peux pas faire ça, disait Jeff à Pam. Ce document appartient à la société.

— Mais ce n'est plus un secret, puisque vous l'aviez entre les mains hier. Je vous demande juste de me dire…

— Que se passe-t-il ? demanda Gabe en s'adressant à Pam.

Mais c'est Jeff qui répondit.

— Pam veut que je lui donne la recette des chocolats Heart.

— Pardon ? s'exclama Gabe, choqué.

Il ne comprenait pas. Elle savait que cette recette était un secret familial. Elle avait bien vu Ethan se mettre en colère en apprenant que lui-même en avait fait une copie.

— Que veux-tu faire de cette recette ? lui demanda-t-il.

Elle prit une grande respiration puis le regarda droit dans les yeux.

— J'en ai besoin pour l'entreprise de mon père.

— Comment ça, Pam ?

Il avait baissé la voix pour que personne n'entende. Jeff s'était éclipsé mais il ne s'en était même pas rendu compte. Tout à coup, tout s'éclaircit. Il se souvint de l'insistance de Pam pour fabriquer ces fameux échantillons. Et pour placer le pâtissier qu'elle connaissait. Et aussi de sa colère quand il avait décidé de choisir Jeff pour mener à bien son projet.

Bon sang, il n'aurait jamais dû lui faire confiance.

L'ascenseur arriva et les portes s'ouvrirent. Pam voulut s'y engouffrer, mais Gabe la retint par le bras.

— Oh non, Pam, tu ne vas pas partir comme ça. Tu me dois des explications. Quel jeu joues-tu avec moi ? Tu fais semblant depuis le début ? Tu es sortie avec moi dans le seul but d'obtenir cette recette ?

Il eut un rire de dépit en comprenant qu'elle l'avait manipulé depuis de départ. Tout ce qui l'intéressait, c'était cette fameuse recette. Il n'avait été qu'un jouet entre ses mains.

— Tu es très forte, je dois le reconnaître. Tu as obtenu tout ce que tu voulais de moi en me faisant croire que tu m'aimais. Je comprends maintenant pourquoi tu tenais tant à placer ton propre pâtissier.

Elle donna un grand coup d'épaule pour se dégager et regarda Gabe avec dégoût.

— Oui. C'était mon frère en fait. Il est chef pâtissier. Comme ça, il aurait eu accès à votre recette.

Furieux, incrédule, Gabe ne comprenait plus.

— Mais pourquoi ? Qu'est-ce que tu as contre notre famille ?

Les portes de l'ascenseur se refermaient. Pam passa la main au milieu pour les arrêter.

— Mon nom de famille n'est pas Cassini, Gabe. C'est *Donatello.*

— Quoi ?

Tout s'effondra autour de lui. Assommé, il repensa à toutes les fois où il avait parlé affaires avec elle. Il lui avait raconté combien son frère tenait à mettre la main sur le magasin de Laguna et ne lui avait rien caché des négociations autour du rachat.

Oui, il s'était confié à elle en toute innocence.

Gabe la regarda comme s'il la voyait pour la première fois. Comment avait-il pu aimer cette femme ? Qui était-elle vraiment ? Une espionne industrielle ?

— Alors tu m'as menti pendant tout ce temps ?

— Non, pas totalement…, admit-elle.

Pour la première fois, sa voix se brisa et les larmes envahirent ses yeux sombres.

— Cassini est le nom de ma mère.

— Oh très bien ! dit Gabe en secouant la tête, comme s'il voulait chasser un mauvais rêve.

Sa gorge se serrait tandis qu'il regardait la femme qu'il aimait. En qui il avait cru voir un soutien, une partenaire.

— Tu travailles vraiment dans les relations publiques ?

— Non. Je travaille dans le chocolat. Avec ma famille. Comme toi.

— Bien sûr, murmura-t-il entre ses dents.

Pas étonnant qu'elle ait été si bien informée sur le sujet.

— Tu voulais empêcher le rachat de l'entreprise de ton père ? Et tu voulais vraiment causer notre perte ?

— Ton frère a acculé mon père, dit-elle, la voix pleine de ressentiment. Il ne peut pas lutter contre une entreprise de la taille de Heart Chocolates. Il n'a pas le choix, il doit se résoudre à vendre, juste parce que Ethan a jeté son dévolu sur notre magasin et son emplacement.

De grosses larmes coulaient sur ses joues, mais elle ne les remarquait même pas.

— Nos parents possèdent ce magasin depuis quarante-cinq ans, Gabe. Avec mon frère, nous y avons grandi. C'est toute notre vie.

Ému par les larmes de Pam, Gabe fut tenté de la prendre dans ses bras pour la consoler, lui dire que tout allait s'arranger. Mais il n'était pas certain que ce soit une bonne idée. Il ne savait plus quoi penser lui-même de toute cette affaire.

Il était tombé amoureux de Pam Cassini. Mais cette femme existait-elle vraiment ?

— Mes sentiments pour toi sont sincères, Gabe, je t'assure. Mais mon père passe avant toi. Tout ce que j'ai fait, c'est pour lui.

Elle pénétra dans l'ascenseur sans le quitter des yeux.

— Je t'aime, Gabe…

Et les portes se refermèrent.

— Pam… Je t'en prie…

Mais il était trop tard.

Quelques heures plus tard, dans la voiture, Ethan, Sadie et Gabe continuaient à parler de Pam. Depuis qu'elle avait tout avoué à Gabe, c'était leur unique sujet de conversation.

— Elle a fait ça pour son père, Ethan, répétait-il pour la énième fois, au nom de la loyauté envers sa famille. Tu peux comprendre ça, non ?

— Oui, dit Ethan, en jetant un regard rapide à son frère dans le rétroviseur.

Il avait été aussi choqué que lui par ces révélations. Il comprenait enfin pourquoi cette jeune femme lui disait quelque chose. Elle ressemblait beaucoup à son père.

— Elle a eu tort sur toute la ligne. Comme toi, elle a choisi la mauvaise méthode pour parvenir à ses fins. Ça vous fait au moins un point en commun, ironisa-t-il.

Sadie intervint.

— Ethan, tu n'es pas juste. Pam a menti, c'est vrai. Et Gabe aussi, je suppose, mais…

— Tu vois.

— C'est vrai. Mais tous les deux avaient de bonnes raisons.

Depuis que Gabe était revenu tel un possédé dans le bureau d'Ethan pour lui répéter ce que Pam venait de lui dire, il n'était plus lui-même. Il parlait sans arrêt et on ne pouvait plus l'arrêter. Ethan jeta un coup d'œil à Sadie et surprit une expression de tristesse sur son visage. Était-elle envieuse de ce que Gabe ressentait pour Pam ?

— Je ne m'attendais pas à ce que tu prennes les choses aussi calmement, dit Gabe à son frère. Je pensais que tu serais vraiment furieux.

— Moi aussi, je suis surprise, renchérit Sadie en scrutant Ethan du regard.

Même sans quitter les yeux de la route, Ethan sentit qu'elle guettait sa réaction. Il comprenait que ses proches soient déroutés par son attitude. Ces événements se seraient produits un mois plus tôt, tout aurait été différent. Il serait rentré dans une colère noire contre Gabe et Pam. Mais aujourd'hui, c'était différent. Dernièrement, lui-même s'était laissé déborder par ses émotions, alors comment le reprocher à Gabe ?

— Disons qu'il y a eu de nombreux changements récemment dans ma vie et que je suis devenu un peu plus compréhensif, dit-il, apercevant un sourire furtif sur les lèvres de Sadie. Je n'approuve pas, évidemment, mais je peux comprendre les motivations de Pam.

Bientôt, il sortit de l'autoroute et s'engagea dans une petite rue du village de Laguna. Une centaine de mètres plus loin, il s'arrêta devant une maison de style Craftsman. Un grand arbre se dressait devant l'habitation. Sous le large porche se balançaient deux rocking-chairs séparés par une petite table basse, et de nombreuses plantes grasses étaient disposées un peu partout. Ethan arrêta le moteur et se tourna vers Gabe.

— C'est pour cela que nous sommes ici, reprit-il. Pour discuter cartes sur table avec le père de Pam.

— OK, dit Gabe, de plus en plus nerveux. Qu'est-ce qu'il a dit quand tu as appelé ?

— Il n'a pas paru surpris. Apparemment, Pam a tout avoué à ses parents quand elle est rentrée chez elle. Richard a hâte de tirer tout ça au clair et de trouver une solution.

— Tant mieux, non ? dit Gabe en s'extirpant de la voiture et en se plantant devant la maison, comme s'il essayait d'apercevoir la femme qu'il aimait à travers les murs.

Ethan le suivit en le regardant. Il espérait sincèrement trouver une issue à cette situation délicate, mais il était sur ses gardes. Il n'avait aucune idée de l'état d'esprit dans lequel se trouvait la famille Donatello. Il regarda Sadie venir vers lui. Il était content qu'elle ait accepté de les accompagner. Car désormais, il avait besoin d'elle bien plus que lorsqu'elle n'était que son assistante. Mais c'était une autre question et il verrait cela plus tard.

Ethan prit la main de Sadie, une fois de plus. Se rendait-il compte qu'il répétait ce geste de plus en plus souvent, comme un automatisme ? Comment allait-il s'en passer à l'avenir ? Il préférait ne pas y penser.

C'est Richard Donatello qui leur ouvrit lui-même la porte et les fit entrer. Sa fille lui ressemblait énormément, se dit Ethan une fois de plus. La maison était confortable et spacieuse.

Richard les fit passer dans la salle à manger, où toute la famille les attendait : la femme de Richard, son fils et sa fille, Pam.

— Je vous remercie de nous recevoir, commença Ethan.

— C'est normal. Je vous en prie, asseyez-vous, invita Richard en désignant les chaises autour de la table. C'est moi qui vous remercie de ne pas avoir dénoncé Pam à la police.

— Papa ! s'exclama Pam.

— Ils étaient en droit de le faire, lui dit son père avec un regard sévère.

Pam se rembrunit et regarda Gabe à la dérobée.

— Je vous présente mon épouse Marianna, et mon fils Tony, continua Richard. Pam m'a raconté toute l'affaire, et je tenais à vous présenter mes excuses.

— Papa..., répéta Pam.

Mais son père l'arrêta d'un simple regard.

Sadie comprenait Pam. Elle aimait Gabe et avait dû faire face à un conflit de loyauté. Mais elle avait, bien sûr, choisi sa famille. Quoi de plus normal ? La famille primait.

— Vos excuses ne sont pas nécessaires, dit Ethan tout en serrant la main de Sadie. Pam a agi par honnêteté envers vous. Mon frère et moi, nous sommes bien placés pour comprendre ce qu'est l'esprit de famille.

— Merci, dit Richard en hochant la tête.

Il regarda Gabe, puis sa propre fille.

— Tu n'aurais pas dû faire ça, Pam. Et toi, Tony, tu n'aurais pas dû la suivre.

— Ouais, je sais, papa. Mais on voulait t'aider, c'était pour sauver la boutique, dit Tony pour se défendre.

Sadie observait les personnes autour de la table et se demandait comment tout cela allait se terminer. La tension était palpable, cependant on sentait dans cette famille des liens si forts qu'on pouvait presque les voir, tels des fils dorés qui reliaient chaque membre de la famille avec les autres.

— Notre proposition de rachat n'est pas hostile, expliqua Ethan, nous ne sommes pas des prédateurs.

— Bien sûr que si, l'interrompit Pam. Nous sommes une petite entreprise familiale, nous n'avons pas les armes pour nous battre contre Heart Chocolates.

— Pam, intervint doucement sa mère, il ne s'agit pas d'un combat. M. Hart est venu nous voir il y a quelques mois et nous a fait une offre pour acheter le magasin. Nous en avons discuté tous ensemble et après quelques négociations, nous avons décidé d'accepter, ajouta-t-elle en adressant un regard complice à son mari.

— Mais vous avez accepté parce que vous ne pouviez pas faire autrement, protesta Pam en regardant ses parents l'un après l'autre. C'était le pot de terre contre le pot de fer. C'est pour ça que je voulais cette recette. Avec ça nous aurions été en position de force. Nous aurions pu faire une sorte de troc et nous n'aurions pas été obligés de vendre le magasin.

— Tu aurais fait du chantage ? s'exclama Richard, sidéré.

— Pour aider ma famille, oui. Et j'en suis fière, dit Pam.

Puis, s'adressant à Gabe :

— Ce n'était pas contre toi, Gabe. Je ne voulais pas te mentir. Mais je n'avais pas d'autre solution pour sauver notre magasin.

— Ta mère et moi, nous ne voulons plus garder ce magasin, annonça son père d'un ton solennel.

Le silence tomba sur la petite assemblée. Tout le monde était abasourdi, excepté Ethan, semblait-il.

— Qu'est-ce que tu racontes ? dit Tony, incrédule. Ce magasin a toujours été à nous, vous y avez travaillé toute votre vie, et moi aussi…

— Justement, trop c'est trop, confirma sa mère avec un petit sourire.

— Je ne comprends plus rien, dit Gabe.

— Moi non plus, ajouta Pam.

Sadie serra la main d'Ethan pour lui exprimer sa solidarité. Mais il était souriant et semblait confiant.

— Tu te souviens que tu m'avais suggéré d'aller voir Richard moi-même au lieu de lui envoyer mes avocats ? chuchota-t-il en se penchant vers elle.

— Oui…

— Eh bien, j'ai suivi ton conseil, dit-il en lui lançant un clin d'œil. Tu vas voir…

Et tous les deux se retournèrent vers l'assistance.

— Je vais prendre ma retraite, annonça Richard en

regardant toutes les personnes présentes l'une après l'autre. Avec Marianna, nous voulons profiter de la vie tant que nous le pouvons encore.

— Mais tu es trop jeune pour t'arrêter ! protesta Pam, choquée.

— Justement, intervint Marianna. Nous ne voulons pas attendre d'être en déambulateur pour nous arrêter. Nous avons envie de voyager, de nous faire plaisir tant que nous sommes encore valides ! Pam, ton père a travaillé dur toute sa vie, il est temps pour lui de se reposer.

— C'est tout à fait ça, dit Richard en approuvant de la tête.

— Mais le magasin…, dit Pam en regardant son père.

Richard protesta d'un geste de la main.

— Ce magasin nous a permis de gagner notre vie correctement et de vous payer des études à tous les deux. Nous avons aimé y travailler ensemble, Marianna et moi, puis avec vous, les enfants. Mais à présent, nous passons la main.

La complicité évidente de ce couple faisait envie à Sadie. Ils avaient avancé ensemble dans la vie, avaient construit une vraie famille, et fait fructifier ensemble leur petite entreprise. Et ils s'aimaient toujours après toutes ces années.

— Avec la somme que Heart Chocolates va nous donner pour acheter l'emplacement, la clientèle et le site Internet, annonça Richard, eh bien… je pourrai payer à votre mère tous les voyages dont elle rêve depuis des années. Nous partons en croisière en mai prochain. En première classe. Pour notre trentième anniversaire de mariage, nous allons visiter l'Europe.

— L'Europe ? répéta Tony, étonné.

Sadie soupira. C'était si romantique… C'était si merveilleux de s'aimer et d'avoir encore envie de passer du temps ensemble.

— Oui, l'Europe, dit Marianna en lançant un regard

brillant de joie à son fils. Et nous comptons bien en profiter. Nous allons nous lever tard tous les matins et nous amuser tous les soirs…

— J'ai hâte d'y être, ajouta Richard en regardant Ethan.

— Alors j'ai fait tout ça pour rien…, murmura Pam.

C'était un moment très intime. Sans la main d'Ethan qui ne la lâchait pas, Sadie se serait sentie de trop dans ce conseil de famille. Mais Ethan et elle étaient unis en cet instant. Il voulait qu'elle soit là et c'était tout ce qui comptait pour elle.

— Je me sens stupide, poursuivit Pam en regardant Gabe. Je suis vraiment désolée. Je ne voulais pas te mentir, ni trahir ta famille.

— Je sais, dit Gabe en se levant pour la rejoindre de l'autre côté de la table. Je t'aime, Pam Cassini Donatello.

Elle se leva pour se blottir contre sa poitrine, et soupira lorsqu'il passa ses bras autour d'elle.

— Moi aussi je t'aime, Gabe.

— N'est-ce pas merveilleux ? s'exclama Marianna. Je crois bien qu'un mariage s'annonce…

— Maman ! gronda Pam.

Gabe, lui, se contenta de sourire.

Ethan regardait son jeune frère avec une certaine réserve et Sadie pouvait presque l'entendre penser : *Pas le mariage Gabe, tout mais pas ça.* Et son cœur se serra quand elle pensa que pour elle, il n'y aurait pas de fin heureuse. Elle et Ethan allaient bientôt se séparer et chacun suivrait son chemin. Il ne lui resterait plus que des souvenirs. Cette idée était insupportable.

Ethan se tourna vers Richard.

— Donc nous sommes toujours d'accord sur les conditions ? Pas de changement de dernière minute ?

— Non, il ne vaudrait mieux pas, répondit Marianna à sa place. Car notre croisière est déjà réservée.

— Je n'ai qu'une parole, dit Richard. Et je ne voudrais pas décevoir ma femme. Juste une dernière requête :

j'aimerais que vous engagiez mon fils, Tony. C'est un excellent chocolatier.

— Papa !

— Entendu, promit Ethan.

Et les deux hommes se serrèrent la main.

Une demi-heure plus tard, Ethan et Sadie quittèrent ensemble la maison des Donatello. Gabe était resté avec Pam et Sadie était persuadée que Marianna allait leur parler de ce mariage qu'elle attendait avec impatience. Elle les enviait tellement… mais elle essaya de penser à autre chose. Elle n'épouserait pas Ethan, mais cela ne voulait pas dire qu'elle ne trouverait pas un autre homme avec qui elle serait heureuse.

— Je suis contente que tout se soit arrangé, dit-elle à Ethan qui lui ouvrait la portière de la voiture.

— Et moi donc, renchérit-il en jetant un regard sur la maison. Gabe est amoureux. Je ne croyais pas que ça arriverait un jour.

Sadie ouvrit la bouche pour parler, puis se ravisa. Et finalement se lança. Que risquait-elle après tout ?

— Pourquoi ? Tout le monde peut tomber amoureux dans la vie.

Ethan secoua la tête.

— Pas forcément. Ce qu'il y a entre nous, Sadie, c'est différent. Je ne voudrais pas te faire de mal.

Elle sentit un frisson glacial traverser son corps.

— Alors ne le fais pas.

Ethan la prit dans ses bras et la serra pendant une longue minute qui lui parut une éternité. Sadie respirait son parfum, sa chaleur l'enveloppait comme un manteau. Elle s'accrochait à lui, s'imprégnait de sa force comme si c'était la dernière fois qu'elle le voyait. Comme si c'était un adieu. Elle était encore là, mais lui s'éloignait déjà. Bientôt, il serait hors de portée.

Il recula soudain et la regarda. Ses yeux étaient aussi sombres qu'une forêt à la tombée de la nuit.

— Sadie, ce n'est pas si facile, tu sais.

— Rien n'est jamais facile dans la vie, Ethan, chuchota-t-elle dans un souffle.

Détachant à regret son regard de son visage, elle se glissa dans la voiture et il referma la portière. Il s'installa à son tour mais au lieu de démarrer, il se tourna vers elle et la regarda avec intensité.

— Je sais que rien n'est facile.

Elle connaissait ce ton. Elle l'avait entendu maintes fois au cours de leurs cinq années de collaboration. Il lui ordonnait implicitement de le comprendre, et mettait fin à toute discussion. Elle ne cilla pas.

— Peut-être, mais c'est plus facile de fuir que de se battre pour obtenir ce que l'on veut.

Ethan rougit.

— C'est pour toi que je fais tout ça, dit-il, essayant de se reprendre.

— Faire quoi, Ethan ? Fuir ? M'éjecter de ta vie ? Excuse-moi mais je ne t'ai jamais demandé ça.

— N'insiste pas, c'est inutile. Je suis assez grand pour comprendre ce qui se passe tout seul. Je sais très bien à quoi tu aspires. Je suis un très mauvais mari, Sadie, j'en ai déjà fait l'expérience. J'ai fait souffrir Marcy, et je ne veux pas que ça recommence avec toi.

Sadie laissa échapper un petit rire.

— Tu crois que ça ne dépend que de toi ?

— Oui, dit-il en bouclant sa ceinture et en démarrant dans un crissement de pneus. Et tu devrais me remercier, ajouta-t-il en marmonnant.

— Pardon ? dit Sadie en se tournant vers lui. Je devrais te remercier de me briser le cœur ?

— Bon sang, mais tu ne comprends pas ? C'est justement ce que je veux éviter.

— Eh bien c'est raté. Car vois-tu, c'est trop tard. Je t'aime déjà, idiot.

- 10 -

La voiture fit une embardée. Ethan reprit le contrôle et se gara sur le côté de la chaussée.

— Non, Sadie, pas de ça, je t'en prie…

— Tu n'as pas à me dire ce que je dois dire ou pas, rétorqua Sadie.

— Mais qu'est-ce que tu crois ? Je ne veux pas que tu m'aimes, Sadie. Je n'ai rien fait pour ça !

— Ce ne sont pas des choses qu'on commande, figure-toi. Et tu n'es pas tout-puissant, tout patron que tu es.

Elle était sûre qu'il réagirait mal à cet aveu. Comme la plupart des hommes. Ils ont tous un moment de panique, malgré la fierté d'apprendre qu'ils sont l'objet d'un amour. Ethan, lui, se débattait comme un tigre pris au piège.

— C'est exactement ce que je voulais éviter avec toi, Sadie, dit-il d'une voix anormalement grave.

— Peut-être. Mais contrairement à ce que tu crois, tu ne contrôles pas tout sur cette terre.

Il tourna la tête pour la regarder.

— Tu le prends sur ce ton ?

— Tu préférerais que je pleure ?

— Non, bien sûr.

— Alors, souris quand je plaisante.

En réalité, elle était prête à exploser tellement sa poitrine lui faisait mal. Mais elle aurait préféré mourir plutôt que de pleurer devant lui. Cela aurait été le comble de l'humiliation.

— Vraiment ? Tu me crois d'humeur à rire ?

— Moi je le suis, dit-elle tout en inclinant la tête. Je ris du ridicule de cette situation, dans laquelle j'aime un homme depuis cinq ans, mais qui ne s'en est jamais aperçu.

— Cinq ans…

Son expression ahurie était presque drôle.

— Tout aussi ridicule que le fait que je dise à cet homme que je l'aime et qu'il m'ordonne de me taire.

— Sadie…

— Oui, je ris car tout cela est grotesque.

Son cœur saignait, mais elle ne voulait pas qu'il le sache. Elle pleurerait plus tard, quand elle serait seule. Peut-être même ne pleurerait-elle pas du tout.

Elle savait depuis le début qu'aimer Ethan ne mènerait nulle part. Mais elle n'avait pas pu s'en empêcher, alors désormais elle allait payer le prix de sa folie. Elle avait vu aujourd'hui que son frère, lui, était capable d'aimer une femme et de le lui dire. Mais pas Ethan. C'était ainsi, et elle devait l'accepter. Et partir.

— Ethan, nous nous étions mis d'accord pour que je parte dès que nous aurions trouvé une nourrice pour Emma, dit-elle en essayant de paraître calme. Alors faisons au plus vite et oublions cette pénible conversation, d'accord ?

— Sadie…

— Sérieusement, Ethan, coupa-t-elle en lui lançant un regard désapprobateur, j'en ai assez de tout ça. Je ne veux pas t'entendre dire que tu es désolé, ou fâché, ou je ne sais quoi. Je t'ai dit ce que je ressentais, ce sont *mes* sentiments, et je ne veux pas que tu me dises quoi faire ou comment penser.

— Très bien, dit-il, mâchoires serrées.

— Bien, dit Sadie en se tournant du côté de la route. Maintenant rentrons, j'ai envie de voir Emma.

La petite fille aussi allait bientôt sortir de sa vie. Quoi qu'il lui en coûte, Sadie allait tout mettre en œuvre pour lui trouver rapidement une nourrice, et ainsi être libre de tout engagement. Elle ne pouvait plus rester avec Ethan maintenant qu'elle lui avait avoué ses sentiments. La dernière chose qu'elle voulait de lui était sa pitié.

Ainsi Sadie l'aimait.

Ethan était tiraillé par des émotions contraires. Il était heureux et paniqué à la fois. Et se sentait un peu coupable aussi. Pourtant, on ne pouvait pas dire qu'il l'avait encouragée dans ce sens. Il avait même été très clair. Il relâcha ses épaules, comme s'il voulait se débarrasser d'un fardeau trop lourd. Bien sûr, elle se sentait maintenant humiliée. Mais elle aurait plus souffert s'il lui avait menti et laissé croire à la possibilité d'une relation durable entre eux.

Face à la mer grise, derrière la baie vitrée de son bureau, il secoua la tête, se répétant mentalement qu'il avait fait le bon choix. De faibles rayons de soleil perçaient les nuages et faisaient briller la surface de l'eau par endroits, comme des flashs dorés. Devant ce paysage, il aurait dû se sentir mieux. Y voir plus clair. Mais il n'en était rien.

Deux jours avaient passé depuis que Sadie lui avait avoué son amour. Et qu'ils avaient réglé le problème de Pam et Gabe. Mais le leur semblait insoluble. Depuis, ils vivaient comme deux étrangers sous le même toit, et l'atmosphère à la maison était pesante.

Emma, quant à elle, était devenue le rayon de soleil de sa vie. Il mesurait l'ironie de la situation. C'était l'arrivée de cette petite fille qui avait bouleversé son existence bien réglée et entraîné toute une série d'événements, et maintenant que tout allait de travers, elle était sa seule consolation.

En deux jours, il avait rencontré quatre candidates au poste de nourrice, mais il n'arrivait toujours pas à se décider. Pourtant, plus vite ce serait fait, plus vite Sadie pourrait partir. Et tout rentrerait dans l'ordre.

Sadie pourrait partir. C'était la seule solution. Pourtant, cela ne le satisfaisait pas.

Il se retourna en entendant un petit coup à la porte.

— Oui ?

Sadie entra et Ethan sentit sa poitrine se serrer. Mais ce n'était rien. Juste un réflexe. Il ne l'avait pas touchée depuis plusieurs jours et il était en manque. Ils avaient eu du bon temps ensemble, c'était normal que son corps réagisse ainsi en la voyant, non ? Cela n'avait rien à voir avec ses grands yeux bleus. Ou avec la manière dont elle prenait Emma dans ses bras le matin. Ou avec son parfum, son goût. Le son de sa voix, son rire, sa peau…

— Qu'y a-t-il, Sadie ?

Son ton renfrogné le surprit lui-même.

— Je vais m'absenter cet après-midi pour emmener Emma chez le docteur. C'est Rick qui me remplacera.

Ethan se raidit.

— Elle est malade ?

— Non, dit Sadie en inclinant la tête – et Ethan savait maintenant qu'elle le faisait exprès –, c'est juste une visite de contrôle.

— Ah, bien, dit-il, soulagé. Rick saura faire ?

Sadie leva le menton.

— Oui, nous avons travaillé ensemble ce matin, et il devrait s'en sortir. Si tu te montres patient avec lui.

Puisqu'il n'était désormais plus en froid avec Gabe, il n'y avait plus de raison pour que Rick ne puisse pas remplacer Sadie à son départ. Il ne serait pas aussi bon qu'elle, mais tant pis, il faudrait faire avec.

— Je n'ai aucune raison de le ménager, grommela Ethan. Et s'il n'y arrive pas, nous trouverons quelqu'un d'autre.

— Il y arrivera, Ethan. Mais ne sois pas désagréable avec lui, laisse-lui le temps de prendre ses marques.

Il secoua la tête, peu convaincu.

— Tu te crois toujours autorisée à dire tout ce que tu penses, n'est-ce pas ?

— Plus que jamais, affirma Sadie sans trembler. Bien, je dois y aller.

Et Ethan resta seul avec sa mauvaise humeur.

L'après-midi même, ils embauchèrent la nourrice.

C'était une personne très qualifiée. Sadie fut obligée de le reconnaître, même si cela lui faisait mal. Tout était parfait chez Teresa Collins. Son CV, ses références, sa formation dans une école renommée et Emma l'avait immédiatement adoptée. Autre point positif, à quarante ans passés, il y avait peu de chances qu'elle les abandonne pour fonder sa propre famille. Non, décidément, elle était parfaite.

Debout dans le jardin derrière la maison, Sadie réfléchissait à tout cela. Elle vit que le parc avait été clôturé d'un mur de brique surmonté d'un grillage, le tout sur 1,45 mètre environ. Emma ne risquerait pas de s'échapper.

Elle allait grandir dans une belle maison, entourée d'adultes affectueux : Julie et sa fille, sa nounou, et Ethan bien sûr. Il ne manquerait qu'elle. Mais comme Emma était encore petite, elle l'oublierait vite.

À sa place, c'est la nounou qui allait profiter de ses merveilleux sourires, entendre ses premiers mots et assister à ses premiers pas. Sadie se demanda si Ethan continuerait à s'impliquer autant dans l'éducation d'Emma. Allait-il, par facilité, prendre du recul et se reposer entièrement sur la nourrice ?

Mais tout était sa faute. Elle n'aurait pas dû accepter de rester un mois de plus. Elle n'aurait jamais dû s'installer chez lui, et encore moins se perdre entre ses draps. Non, rectifia-t-elle, sur ce dernier point, elle n'avait pas de regret. Son seul regret était qu'ils n'avaient pas fait l'amour depuis plusieurs jours.

Il ne s'était plus rien passé depuis qu'elle lui avait dit qu'elle l'aimait, comme si elle n'existait plus à ses yeux.

— Sadie ?

Elle se retourna et vit Ethan qui arrivait vers elle. Son cœur chavira. Il fallait vraiment qu'elle parte, et vite. Sinon, elle ne répondrait plus de rien.

— Qu'est-ce que tu fais ici ? demanda-t-il quand il fut près d'elle.

— Oh ! je regardais le mur. Ils ont fait du beau boulot.

— Oui. Ça gâche un peu la vue, mais au moins Emma sera en sécurité.

Elle se tourna vers lui en repoussant les mèches de cheveux que le vent rabattait sur son visage.

— Tu voulais me dire quelque chose, Ethan ?

— J'ai installé Teresa dans la chambre à côté de celle d'Emma. Ce sera plus pratique.

— Tu as bien fait.

— Et j'ai demandé à Julie d'emballer tes affaires.

Sadie sentit une boule se former dans sa gorge. Elle respira longuement l'air frais venu de l'océan.

— C'est un peu brutal…

Mais pas surprenant. Se plongeant dans les yeux verts d'Ethan, elle ne trouva pas la moindre trace de l'homme avec qui elle avait passé les trois dernières semaines. Cet homme avait disparu, enfoui bien loin dans le tréfonds de son âme sans doute. Ethan était redevenu le patron froid et distant qu'elle avait toujours connu. Un homme qui ne montrait jamais ses émotions. Il était clair que pour lui, leur histoire était terminée.

— C'est mieux comme ça, dit-il en mettant ses mains dans ses poches.

— De ton point de vue, en tout cas, dit Sadie. Disons que c'est plus facile.

Il était livide. Impossible de savoir ce qu'il pensait en cet instant.

— L'accord était que tu restes jusqu'à ce que nous trouvions une nourrice. C'est fait maintenant et…

— Il est temps que tout revienne à la normale, c'est ça ?

Elle allait partir aujourd'hui de toute façon.

— Oui.

Ses mâchoires étaient crispées, signe qu'il n'était pas du tout à l'aise.

— Tu as raison, Ethan, je vais partir.

Il hocha la tête, manifestement soulagé. Elle rit doucement.

— Qu'est-ce qui est si drôle ?

— La situation. Je t'aime depuis toujours, Ethan.

Il fit une petite grimace et Sadie sentit comme un coup de poignard dans la poitrine. Mais elle tenait à lui dire le fond de sa pensée.

— Je te connais et je sais que tu vas fuir face à Emma comme tu l'as fait avec moi.

— Je ne fuis pas, protesta-t-il en fronçant les sourcils.

Elle leva la main pour lui demander le silence, car elle voulait pouvoir aller jusqu'au bout sans craquer.

— Si, tu as toujours fui tes sentiments. Mais ce n'est pas ce qui m'inquiète le plus.

— Tu n'as pas à t'inquiéter pour moi.

Le vent ramena ses cheveux sur son front et il sembla tout à coup plus abordable. Plus vulnérable.

— Oh ! je ne pourrai sans doute pas m'en empêcher, mais c'est mon problème, pas le tien.

Elle avait envie de pleurer à le voir ainsi planté devant elle. Quel gâchis de se séparer !

— Je voudrais que tu me promettes de ne pas laisser tomber Emma. Et d'être toujours présent auprès d'elle, continua-t-elle.

— Et pourquoi donc ?

— Parce que je sais que tu vas être tenté par la solution de facilité : te reposer entièrement sur Teresa. Mais surtout ne fais pas ça. Ce n'est pas bon pour la petite. Elle a besoin de toi et tu ne dois pas la décevoir.

— Sadie…

Elle secoua la tête. Elle ne voulait plus rien savoir. Car il ne lui dirait jamais ce qu'elle désirait entendre. Il ne lui dirait jamais qu'il l'aimait. Qu'il avait besoin d'elle. Qu'il oubliait ses échecs du passé et qu'il voulait tout recommencer avec elle.

— Bonne chance, Ethan, dit-elle en reprenant le chemin de la maison.

Elle espérait que Julie aurait terminé de ranger ses affaires et qu'elle pourrait partir tout de suite, tant qu'elle en avait encore la force. Car son cœur lui criait de rester.

La semaine suivante, Sadie fit la grasse matinée, repeignit son salon, acheta de nouvelles plantes et rendit visite à ses neveux et sa nièce. Elle but avec Gina, pleura sur son épaule, puis rentra dans son appartement vide en se disant que c'était mieux ainsi.

Elle eut de nouveau des insomnies. Alors elle jardina, déménagea des meubles, réaménagea des pièces et joua avec les enfants. Elle fit tout son possible pour se fatiguer, mais peine perdue, impossible de dormir. Son lit était vide et son cœur en miettes.

— Bien, je crois qu'on a assez attendu, dit Gina en leur servant un verre de vin à chacune.

Sadie but une gorgée et regarda à travers la porte vitrée la silhouette de son frère dans la fumée du barbecue. Ses fils sautaient à côté dans le trampoline en criant.

— D'accord, dit-elle en voyant Mike agiter un gant pour dissiper la fumée. Allons dehors, je crois que les tacos sont prêts.

— Je ne parlais pas de Mike et de ses tentatives calamiteuses de grillades, dit Gina. Je parlais de toi et de ta tête des mauvais jours.

Sadie se redressa, un peu vexée.

— Je ne fais pas la tête, je suis un peu dans les nuages, c'est tout.

— Peut-être, mais j'en ai assez de te voir comme ça. Et j'ai décidé de te sortir de ta torpeur.

Sadie jeta un regard surpris à sa belle-sœur.

— C'est-à-dire ?

— Je vais te présenter à Josh. Le collègue pompier de Mike, tu te souviens ?

— Oui oui, dit Sadie.

Elle se rappelait que Gina lui avait déjà parlé de ce célibataire. Mais comment s'intéresser à lui quand elle ne pensait qu'à Ethan, nuit et jour ?

— Je t'ai arrangé un rendez-vous demain après-midi avec lui pour prendre un café.

Cette nouvelle affola Sadie. Ce n'était pas bon signe. Elle n'était pas du tout prête pour un rendez-vous. Elle ne dormait plus. Elle avait des cernes sous les yeux et se sentait toujours triste.

— Oh ! Gina, je ne crois pas que ce soit une bonne idée.

— Sadie, tu boudes… Enfin tu es dans les nuages depuis plus d'une semaine à cause d'Ethan. Tu ne peux pas rester comme ça.

— Mais qu'est-ce que je pourrais faire ? demanda Sadie, désemparée.

— Je ne sais pas moi, tu l'aimes non ? Alors bats-toi pour lui.

Les paroles de Gina firent écho aux siennes. Elle avait dit à peu près la même chose à Ethan la dernière fois qu'elle l'avait vu.

— Je croyais qu'il ne te plaisait pas, dit Sadie.

Gina balaya l'argument d'un geste.

— C'est surtout de te voir si triste qui ne me plaît pas. Mais si tu l'aimes, vas-y, fonce.

Sadie secoua la tête.

— Non, je sais que c'est perdu d'avance.

— Ah non, ne dis pas ça avant d'avoir essayé, dit Gina. Désolée, j'avais promis à Mike de ne pas me mêler de tes histoires.

— C'est réussi ! cria Mike depuis l'extérieur.

— Ne fais pas attention à lui, marmonna Gina.

Puis elle reprit :

— Bien, le problème est simple. Si tu ne veux pas

te battre pour Ethan, alors il est temps de l'oublier, de regarder les autres hommes autour de toi. Il y en a des millions sur terre, tu as le choix. Moi je te propose Josh, alors pourquoi ne pas essayer ? Le rendez-vous est pris, tu n'as plus qu'à y aller.

Pourquoi tout le monde autour d'elle voulait-il diriger sa vie à sa place ?

— Tu lui as dit aussi ce qu'il devait commander pour moi ?

— Bien sûr. Un café. Tu n'as pas écouté ?

Sadie ne put s'empêcher de rire. Gina était une incorrigible optimiste. Difficile de lui résister.

— OK, à quelle heure ?

— 16 heures. Comme ça si ça se passe bien, vous aurez du temps pour dîner ensuite.

— Ah. Et tu as prévu la suite aussi ?

— Oh ça, je te laisse voir avec lui !

— Elle a donné à Josh une liste de restaurants ! cria Mike en tentant de dompter les flammes qui s'échappaient du barbecue.

— Quelques suggestions, c'est tout, répondit Gina.

— Je te remercie, Gina, c'est gentil de penser à moi, dit Sadie, sincèrement touchée par la gentillesse de sa belle-sœur.

Cela lui faisait du bien de se savoir aimée et entourée. Grâce à Mike et Gina, l'épreuve qu'elle traversait lui semblait un peu plus supportable. Mais malgré toutes ses bonnes intentions, Gina ne pouvait imaginer à quel point elle était loin de ces histoires de rendez-vous.

— Mais, reprit-elle…

— Ne dis pas non, chérie, coupa Gina en lui serrant la main. Laisse une chance à Josh. Vous verrez bien ce que ça donne. Et puis qui sait ?

*
* *

Ethan était soulagé.

Fini les problèmes. Tout était rentré dans l'ordre et il allait enfin pouvoir se concentrer sur son travail. Sadie n'était plus là pour le distraire de ses dossiers.

Mais son souvenir le hantait. Il sentait sa présence dans chaque pièce de la maison. Elle avait laissé son parfum sur l'oreiller qu'elle utilisait. Elle avait oublié une bouteille de shampoing dans sa douche. Il aurait pu la jeter, mais il ne l'avait pas fait. Il entendait encore l'écho de son rire et dès qu'il fermait les yeux, son image apparaissait.

Au bureau, ce n'était pas mieux. Il avait toute la journée devant les yeux ce fameux bureau sur lequel ils avaient fait l'amour la première fois. À chaque instant, il s'attendait à entendre un petit coup sur la porte et à la voir passer la tête dans l'entrebâillement. À sa place, c'était Rick qui occupait la petite pièce à côté de son bureau. Il n'arrivait pas à la cheville de Sadie question efficacité – mais il savait bien que son jugement était totalement partial.

N'empêche, deux jours plus tôt, ils avaient perdu un chargement entier de chocolats lors du déraillement d'un train à Denver. Sadie aurait réglé le problème en moins d'une heure. Là, Ethan avait dû prendre lui-même les choses en main car Rick s'était laissé déborder par la situation.

Mais c'était normal qu'elle lui manque, non ? C'était elle qui organisait tous les aspects de sa vie sans relâche depuis cinq ans. Avec elle, tout roulait, il n'avait besoin de s'occuper de rien. Alors évidemment, cela faisait un grand vide.

— Mais qu'est-ce que tu racontes ? marmonna-t-il en jetant son stylo en travers du bureau. Ce n'est pas l'efficacité de Sadie qui te manque, c'est *elle*. C'est tous les aspects de sa personnalité.

— Tu parles tout seul maintenant ?

Ethan leva les yeux et vit Gabe entrer dans la pièce.

— Et toi tu ne frappes plus aux portes ?

— Non, je suis un rebelle, dit Gabe en prenant une

chaise pour s'asseoir en face de lui. Je voulais te dire que Jeff est en train de terminer les derniers échantillons de notre nouvelle ligne. Ce sera prêt d'ici une semaine environ.

— Parfait, dit Ethan en reprenant son stylo et en se replongeant dans la lecture des papiers devant lui. Merci.

— Eh bien, dit Gabe en riant, c'est agréable de parler avec toi. Il me semble que tu n'étais pas si ronchon avant. Je veux dire avant le départ de Sadie.

Ethan leva les yeux et fusilla son frère du regard.

— Je n'ai pas envie de t'écouter.

— Tant pis, je parlerai quand même.

— Laisse tomber, Gabe, dit Ethan en reposant son stylo, ça ne te regarde pas.

Gabe haussa les épaules.

— Tu m'as aidé quand j'ai eu des problèmes avec Pam. Alors si tu as besoin de moi…

— Je n'ai besoin de personne.

Il allait très bien avant toute cette histoire avec Sadie, et il s'en remettrait. Il n'avait pas besoin d'aide.

— Pam et moi on s'est fiancés.

Ce n'était pas une surprise. Ethan était heureux pour son frère, mais il n'avait pas envie d'entendre parler de fiançailles ou de mariage en ce moment.

— Félicitations. Maintenant tu peux me laisser.

Gabe croisa les jambes, bien décidé à ne pas bouger. Furieux, Ethan se retint pour ne pas le faire sortir par la force.

— Tony, le frère de Pam, a commencé à travailler avec Jeff, dit Gabe.

— Je sais.

— Il est très doué. Bien sûr, c'est Jeff qui reste responsable de la nouvelle ligne. Mais Tony apporte sa touche.

Gabe hocha la tête et poursuivit :

— Nous avons fait un appel d'offres pour les travaux de rénovation du magasin Donatello.

— Je suis au courant aussi.

Ils avaient décidé d'utiliser la boutique pour lancer leur nouvelle ligne. Gabe et Pam s'occupaient de la partie administrative et de la publicité, et Jeff et Tony de la partie créative. Ce serait un bon test, et si ça marchait, ce dont Ethan ne doutait pas, ils pourraient ouvrir d'autres boutiques. Il aurait bien voulu en parler à Sadie. Avoir son avis, ses idées, ses suggestions. Elle avait une bonne vision des choses et ça aussi, ça lui manquait terriblement.

— J'ai vu Sadie hier.

Ethan releva brusquement la tête.

— Ah, je vois que ça, ça t'intéresse, dit Gabe, le regard taquin.

Évidemment. Il avait l'impression que cela faisait une éternité qu'il ne l'avait pas vue.

— Comment va-t-elle ?

— Bien. Elle avait l'air détendue. Elle faisait du shopping avec sa belle-sœur à Bella Terra. Tu sais, le centre commercial de Huntington Beach.

— Oui, je connais, bougonna Ethan.

Donc elle s'amusait, elle faisait les boutiques, et rencontrait des hommes sans doute. Pourquoi s'en priverait-elle, d'ailleurs ? Elle avait tout son temps désormais. Ou alors elle voyait quelqu'un qu'elle avait rencontré avant de partir de chez lui ? Mais comment, et quand l'aurait-elle rencontré ? Et surtout, *qui* cela pouvait-il être ?

L'idée même de la savoir dans les bras d'un autre lui glaça le sang. Pourtant, c'était lui qui lui avait dit de partir. Il fallait faire avec maintenant.

Mais comment avait-elle pu le quitter aussi facilement ? Pour lui, rien n'était facile dans cette histoire.

— Quand vas-tu enfin admettre qu'elle te manque ?

— Et toi, quand vas-tu arrêter de te mêler de ce qui ne te regarde pas ?

— Je continuerai à m'en mêler tant que je te verrai faire n'importe quoi, Ethan. Sadie n'est pas Marcy.

Ethan prit une longue inspiration et essaya de contenir la

colère qui montait en lui. Il détestait qu'on lui rappelle son passé. Mais Gabe avait raison. Sadie était très différente de Marcy. Elle n'avait pas hésité à lui dire ce qui n'allait pas, alors que Marcy avait accumulé la rancune en silence. Elle ne lui avait jamais dit qu'elle était malheureuse. Pourtant, c'était sa faute à lui si leur mariage n'avait pas marché. Il l'avait négligée et il le savait. Sadie, elle, n'aurait pas supporté qu'il l'ignore.

Mais ce n'était pas Sadie le problème, c'était *lui*. Alors si son premier mariage s'était soldé par un échec, pourquoi n'en serait-il pas de même avec un second ?

— Et toi non plus, tu n'es plus le même, dit Gabe, comme s'il lisait dans ses pensées. Avec Sadie, tu as changé.

Changer. Toujours ce mot qui lui faisait horreur. Même si les récents événements lui avaient appris que le changement pouvait parfois avoir de bons côtés.

— Ce que je dis, reprit Gabe, c'est que tu devrais peut-être essayer d'arranger les choses. Il n'est pas trop tard.

— J'ai bien peur que si, murmura Ethan, se rappelant le regard de Sadie au moment où elle était partie.

Il l'avait pratiquement mise à la porte. Pourquoi accepterait-elle de revenir ?

— Peut-être, mais tu ne peux pas savoir avant d'avoir essayé.

- 11 -

Josh était un garçon très sympathique. En d'autres circonstances, Sadie aurait apprécié sa compagnie. Il était beau, bien bâti, il avait un sourire charmant et le sens de l'humour. En bref, il avait tout ce qu'elle cherchait chez un homme. Mais il n'était pas *Ethan*.

Attablée face à lui dans le café, Sadie l'écoutait parler de son travail de pompier et de ses collègues. Mais son esprit était ailleurs. Elle pensait à Ethan. Se demandait ce qu'il faisait en ce moment. Ce qu'il ressentait. Est-ce qu'elle lui manquait ? Ou au contraire, était-il soulagé d'être débarrassé d'elle ? Cette pensée la fit frissonner.

— Sadie ? appela Josh en voyant ses yeux dans le vague. Tout va bien ?

— Oui, oui, ça va, excuse-moi, bredouilla-t-elle. C'est juste que je suis… un peu fatiguée.

Le soleil entrait par la baie vitrée et venait taper sur la table rouge. De l'autre côté de la rue s'étendait l'océan, scintillant doucement sous les pâles rayons d'un soleil d'hiver. Malgré le froid, la promenade le long de la plage était noire de monde. Les Californiens aimaient profiter de la plage par tous les temps.

Sadie aurait bien aimé, elle aussi, profiter de ce beau paysage. Mais elle n'y arrivait pas. Gina avait raison, elle avait assez ruminé. Combien de temps encore allait-elle se morfondre sur une histoire qui n'avait même pas commencé ? Allait-elle passer le reste de sa vie à pleurer et vieillir seule avec ses chats ? La meilleure façon d'oublier un homme était d'en rencontrer un autre, non ? Eh bien, elle en avait un devant elle et il n'était pas mal du tout, essaya-t-elle de se convaincre.

— Nous pouvons remettre à un autre jour, si tu préfères, dit Josh.

— Non, ça ira, répondit-elle en essayant de repousser ses idées noires pour se concentrer sur lui. Voyons, dis-moi ce qui t'a poussé à devenir pompier professionnel ?

— Hum, c'est risqué de demander à un homme de parler de lui. Ça peut nous entraîner loin.

— Je prends le risque, dit Sadie en riant.

Josh se lança donc et cette fois, Sadie l'écouta avec attention.

Mais tout à coup, son regard fut attiré vers la porte. Ethan entrait dans le café, portant Emma dans ses bras. Son cœur fit un bond. Suivant son regard, Josh regarda derrière lui, puis se retourna vers elle.

— Que se passe-t-il ? On dirait que tu as vu un revenant ?

— Un revenant..., répéta-t-elle le cœur battant, la bouche sèche.

Elle était perdue. Qu'allait-il se passer maintenant ?

Ethan s'approcha de la table et ignora totalement Josh.

— Ne fais pas ça, chérie.

— Qu'est-ce que tu dis ? dit Sadie en s'étranglant.

— Je sais que ce n'est pas simple entre nous, continua Ethan. Mais nous avons un enfant. Tu ne peux pas partir comme ça. J'ai besoin de toi. Et Emma aussi.

Horriblement gênée, Sadie fixa Ethan. Elle n'en croyait pas ses yeux. Comment osait-il ? Et d'abord, comment avait-il su qu'elle était là ? C'était Gina qui avait dû lui dire. Mais pourquoi débarquait-il comme ça sans prévenir, en oubliant les règles de politesse élémentaires ?

— De quoi s'agit-il ? demanda Josh, interloqué. Qui est cet homme ? Et cet enfant ? Gina m'avait dit que tu étais célibataire...

— Tu ne lui as pas parlé de nous ? lança Ethan, qui

semblait hors de lui. Même si tu es en colère, Sadie, tu ne peux pas laisser tomber cet enfant. Il faut que tu reviennes avec nous.

— Pour l'amour du ciel ! supplia Sadie en lançant un regard furieux à Ethan.

Puis se tournant vers Josh :

— Ce n'est pas ce que tu crois. Cet enfant n'est pas le mien…

Mais au même moment, Emma tendit les bras vers Sadie avec un grand sourire. Instinctivement, Sadie la prit et l'embrassa. Elle était douce et chaude et c'était si bon de la prendre dans ses bras. Comme elle lui avait manqué !

— OK, dit Josh, je ne comprends rien à votre histoire, mais je vous laisse.

Il se leva et jeta un billet sur la table pour régler la note.

— Bonne chance en tout cas.

Quand il fut loin, Sadie leva les yeux vers Ethan en fronçant les sourcils.

— Pourquoi as-tu fait ça ?

— Disons que je voulais me débarrasser de lui et j'ai choisi la manière radicale, dit-il avec un petit sourire, en se laissant tomber sur le siège en face d'elle.

— On peut dire que tu as réussi ton coup, répondit Sadie en essayant d'avoir l'air en colère.

Mais elle avait du mal, avec Emma qui lui faisait des risettes, apparemment ravie de la retrouver.

— C'est Gina qui t'a dit où j'étais ?

— Oui, mais elle a commencé par me faire une belle leçon de morale, reconnut Ethan. Elle n'a pas la langue dans sa poche.

Sadie ne put s'empêcher de rire. Elle n'était pas surprise. Connaissant sa belle-sœur et son franc-parler, celle-ci n'avait pas dû mâcher ses mots. Mais sous ses dehors un peu abrupts, c'était une incorrigible romantique. La preuve.

La serveuse arriva et versa une tasse de café à Ethan.

Elle servit également Sadie de nouveau en les regardant de travers.

— Pourquoi voulais-tu me voir, tout à coup ? demanda Sadie. Et pourquoi as-tu amené Emma ?

— Quand on se prépare au combat, on fait le plein de munitions, répondit Ethan, énigmatique.

— De quel combat parles-tu ? Je ne comprends pas.

— C'est simple : je te demande de revenir.

Leurs regards se croisèrent. Sadie retint son souffle.

— Revenir où ?

— Au travail.

Elle accusa le coup. C'était donc seulement ça.

— C'est hors de question.

— Je savais que tu refuserais, dit Ethan en posant les mains autour de sa tasse. C'est pourquoi je t'offre de doubler ton salaire.

Sadie eut l'impression de recevoir un second coup sur la tête. Quand elle avait vu Ethan entrer dans le café, elle avait eu l'espoir qu'il était venu lui dire qu'il l'aimait. Qu'il voulait l'épouser et vivre avec elle pour le restant de ses jours. Mais recommencer à travailler avec lui, c'était impossible.

— Non, Ethan. Inutile d'insister, je ne reviendrai pas.

À contrecœur, elle rendit Emma à Ethan, malgré les pleurs de la petite fille qui s'accrochait à elle. Puis elle prit son sac sur la banquette et se leva.

— Si tu es venu pour ça, Ethan, tu as perdu ton temps.

— Non, je ne suis pas venu que pour ça.

Il se leva, laissa un autre billet sur la table et la suivit dehors.

— Il y a une autre raison. Viens, nous n'allons pas faire ça ici.

— Faire quoi ? dit-elle en s'arrêtant net sur le trottoir, refusant d'aller plus loin s'il ne lui disait pas ce qu'il avait en tête.

La circulation était dense, le vent soufflait en rafales et elle plissait les yeux pour le regarder, gênée par le soleil.

Ethan regarda autour de lui. La foule était compacte sur les trottoirs et le bruit des voitures assourdissant.

— Ce n'est pas l'endroit idéal, mais tant pis. Il faut que je te parle, c'est urgent.

L'émotion était trop forte. Bientôt, Sadie ne pourrait plus retenir ses larmes. Elle n'avait aucune idée de ce qu'il voulait lui dire. Elle voulait juste qu'il fasse vite et qu'il la laisse rentrer chez elle où elle pourrait pleurer tout son soûl.

— Prends la petite, lui dit-il en lui tendant l'enfant. Bon, je t'offre le double de ton salaire et tu refuses.

— Je ne veux plus de ton argent, Ethan.

— Et si je t'offrais autre chose à la place ?

Elle soupira longuement et arrangea les cheveux d'Emma qui rebiquaient sur son front.

— Quoi donc ?

— Un autre genre d'engagement.

Il fouilla dans sa poche et en sortit une petite boîte en velours bleu. Il l'ouvrit.

Sadie resta immobile, aveuglée par le reflet du soleil sur l'énorme diamant niché dans l'écrin. Son cœur s'arrêta un instant, puis repartit comme un cheval au galop. Elle regarda longuement la bague, fascinée, puis leva les yeux sur Ethan. Ses yeux étaient remplis d'amour et il lui sembla qu'ils brillaient plus que le diamant.

— Sadie, veux-tu m'épouser ?

Le monde s'effaça autour d'eux.

Elle n'entendait plus rien, ni les voitures, ni les gens. Seuls existaient les mots d'Ethan, ces mots qu'elle attendait depuis si longtemps, et qu'elle n'espérait plus.

— Je sais que je suis maladroit, reprit-il. Je n'osais pas t'avouer mes sentiments parce que j'avais peur de faire une bêtise. Mais je me trompais. Je t'aime, Sadie. Je t'aime tellement que je ne peux plus vivre loin de toi.

Sadie ne dit rien et prit le temps de savourer ces paroles. Emma posa sa tête sur son épaule, comme si elle observait ce qui se passait et attendait avec impatience le dénouement.

— La nuit dernière, j'ai réalisé quelque chose, continua Ethan. La seule erreur que je pouvais faire serait *de ne pas t'épouser.* Avec toi, je me sens bien. Tu me fais rire, tu me fais réfléchir, et tu as su te rendre indispensable. Et aujourd'hui, je ne peux plus me passer de toi.

— Oh ! Ethan…

Les larmes embuaient ses yeux et elle battait des paupières pour essayer d'y voir plus clair.

— J'aurais dû te dire tout ça avant, reconnut Ethan. Mais si tu acceptes, je te dirai que je t'aime tous les jours, jusqu'à ce que tu me dises stop.

— Non, je ne me lasserai jamais de l'entendre, murmura-t-elle.

Les yeux d'Ethan s'emplirent à leur tour de larmes, comme s'il voulait lui montrer toute la vérité et l'intensité de son amour.

— Tu m'épouses et tu reprends ta place au bureau, d'accord ?

Elle éclata de rire.

— Sérieusement, dit-il, reviens travailler avec moi. Comme ça, je t'aurai sous la main pour t'embrasser toute la journée. Et puis Rick n'est vraiment pas à la hauteur.

Sans s'arrêter de rire, Sadie secoua la tête pour chasser les mèches blondes qui lui cachaient les yeux.

— J'ai renvoyé Teresa, annonça Ethan de but en blanc.

Surprise, Sadie redressa Emma dans ses bras.

— Comment ça ? Je croyais qu'elle était parfaite.

— Oh ! personne n'est parfait, dit Ethan. Et puis j'avais besoin d'une nourrice au cas où je me retrouverais seul avec Emma. Mais si tu reviens et qu'on se marie, tu pourras t'occuper d'elle et de tous les enfants que nous aurons ensemble. Et Julie pourra t'aider, non ?

— Oui…

« Les enfants que nous aurons ensemble. »

— Si nous nous marions…

— Stop, coupa Sadie en se jetant dans ses bras.

Elle n'avait pas besoin d'en entendre davantage. Il avait dit l'essentiel. Tout ce dont elle rêvait depuis cinq ans.

Il la serra contre lui et elle sentit son cœur cogner très fort. Sa chaleur les enveloppait, elle et Emma. C'était le plus beau moment de sa vie.

— Alors c'est oui ? demanda-t-il en caressant ses cheveux.

— C'est oui. Pour tout, dit-elle en se dressant sur la pointe des pieds pour l'embrasser. Je veux tout, toi, Emma, et d'autres enfants. Et mon travail.

— Dieu soit loué !

— Mais ça ne va pas être facile, plaisanta-t-elle tandis qu'il lui glissait la bague au doigt.

— On fera face, la rassura-t-il en attrapant Emma et en passant son bras libre autour des épaules de Sadie. Tu sais, quand nous raconterons à nos enfants comment je t'ai demandée en mariage, il faudra inventer une histoire plus romantique.

— Oh non ! dit Sadie, tandis qu'ils marchaient à travers la foule. Pas la peine, c'était parfait.

Il l'embrassa et dit :

— Je promets d'être un bon mari et un bon père.

— Je n'ai pas de doute là-dessus, dit Sadie en lui souriant. Et je serai à tes côtés tout au long du chemin, tu peux compter sur moi.

BRENDA HARLEN

Un shérif pour sauveur

Traduction française de
FRANÇOISE HENRY

PASSIONS

HARLEQUIN

Titre original :
DOUBLE DUTY FOR THE COWBOY

Prologue

La semaine avait été calme à Haven et Connor Neal, l'adjoint du shérif, se réjouissait de constater que cette tendance semblait vouloir se prolonger au cours du dernier long week-end de l'été. Il venait de garer son véhicule de patrouille devant le Diggers' Bar and Grill et déambulait le long de Main Street.

Une foule se tenait devant le Mann's Theater : des amateurs de cinéma qui attendaient que le flot des spectateurs de la première séance s'écoule pour entrer. Des ouvriers sciaient et tapaient du marteau dans le Stagecoach Inn, rénovant le vieux bâtiment qui devait rouvrir au nouvel an. Une demi-douzaine de véhicules stationnait près du Trading Post ; quelques personnes s'attardaient en bavardant devant des cafés au Daily Grind.

Connor salua de la main Glenn Davis, le propriétaire du magasin de bricolage, puis reprit sa marche. En rebroussant chemin vers le Diggers', il surprit le bruit caractéristique de quelqu'un qui vomissait. Apparemment, son rôle de patrouilleur s'étendrait ce soir à celui de chauffeur pour au moins un habitant en état d'ébriété, ce qui valait mieux que le laisser circuler ivre dans les rues. Il espérait seulement que celui ou celle qui s'installerait sur son siège arrière aurait soigneusement vidé son estomac d'abord.

Suivant le bruit, il contourna le bâtiment et découvrit un postérieur très joliment moulé dans une courte jupe bleu marine sous l'ourlet de laquelle s'étiraient de longues jambes au galbe parfait. Et une sensation familière lui permit d'identifier immédiatement la propriétaire de ces jambes sexy. Il avait cette réaction chaque fois qu'il se trouvait à proximité de Regan Channing.

Prenant appui d'une main sur le mur de briques, elle se releva lentement, et Connor vit qu'elle portait un élégant chemisier d'un bleu légèrement plus clair que celui de la jupe. Ses longs cheveux blonds étaient souplement attachés derrière sa tête. Elle se retourna et ses yeux, intrigant mélange de vert et de gris, s'écarquillèrent sous l'effet de la surprise.

Elle était pâle, avait les traits tirés, mais ses pommettes aristocratiques et ses lèvres pleines et parfaitement modelées conservaient leur grâce. Peu importait qu'elle ait vomi dans les buissons, Regan Channing restait, en tout cas aux yeux de Connor, la plus belle fille de Haven, Nevada.

Elle tira un mouchoir de son sac et s'essuya les lèvres.

Il lui laissa le temps de se ressaisir avant de demander :

— Tu vas bien ?

— Non.

Elle secoua la tête, ses beaux yeux pleins de larmes.

— Mais merci de poser la question, ajouta-t-elle.

Il attendit un peu mais, comme elle ne semblait pas avoir l'intention de s'étendre sur le sujet, il reprit :

— Tu veux que je te ramène chez toi ?

— Inutile. J'ai ma voiture.

— Peut-être mais, à mon avis, il vaudrait mieux que tu la laisses ici.

— Je me sens mieux, je t'assure.

— Je suis heureux de l'entendre, mais je ne peux pas te laisser conduire dans ton état.

— Mon état ? répéta-t-elle, visiblement choquée. Comment sais-tu…

Elle s'interrompit brusquement et secoua la tête.

— Tu ne sais pas. Tu penses que je suis ivre.

— C'est généralement le cas des gens qui vomissent

aux alentours du point d'abreuvement préféré de la ville, fit-il remarquer.

Elle acquiesça de la tête.

— C'est vrai. Mais je ne suis pas ivre. Je suis enceinte.

- 1 -

Six mois et demi plus tard

Regan remua prudemment dans le lit.

Elle avait l'impression que tous les muscles de son corps étaient douloureux, mais c'était sans doute normal après vingt-deux heures de travail pour mettre au monde deux petites jumelles. Malgré sa souffrance, elle sentit un sourire étirer ses lèvres quand son regard se posa sur le berceau installé près de son lit d'hôpital et qu'elle vit Piper et Poppy, blotties l'une contre l'autre comme elles l'étaient dans son ventre.

L'infirmière avait plaidé pour qu'on les place dans le même lit, suggérant que cela rassurerait les bébés et les aiderait à dormir mieux et plus longtemps. Regan ignorait si leur intimité physique était responsable de la qualité de leur sommeil ou si elles étaient simplement épuisées par l'épreuve de la naissance, mais elle remerciait le ciel qu'elles dorment aussi profondément.

Elles n'étaient d'ailleurs pas les seules, constata-t-elle en apercevant une silhouette familière affaissée dans un fauteuil près de son lit.

— Connor ?

Instantanément réveillé, il se pencha vers elle.

— Tu as besoin de quelque chose ?

Elle secoua la tête.

— Quelle heure est-il ?

Il consulta sa montre.

— 11 heures passées de quelques minutes.

Elle avait donc dormi moins de deux heures. Malgré tout, elle se sentait un peu mieux maintenant qu'elle avait fermé les yeux. Pas exactement reposée, mais mieux.

Son mari ne l'ayant pas quittée un instant durant le travail, elle s'étonna.

— Que fais-tu encore ici ?

Les épais sourcils bruns surmontant des yeux d'un marron chaud se soulevèrent.

— Où voudrais-tu que je sois ?

— À la maison, suggéra-t-elle. Là où tu aurais pu te reposer dans un vrai lit.

Il haussa ses larges épaules et ce geste étira les coutures de son sweat-shirt Columbia Law, un cadeau de son frère qu'il avait précipitamment passé quand elle l'avait réveillé pour lui annoncer la rupture de la poche des eaux.

— Je ne t'aurais quittée pour rien au monde.

Sa gorge se serra, et Regan maudit tout bas les hormones qui la maintenaient dans un état de montagnes russes émotionnelles depuis huit mois. Depuis cette soirée si lointaine où elle avait parlé de sa grossesse à Connor, il avait été là pour elle à chaque étape.

Il lui avait tenu la main lors de sa première échographie, quand tous deux avaient reçu le choc d'apprendre qu'elle attendait des jumeaux ; il l'avait coachée durant chaque contraction quand elle luttait pour mettre leurs enfants au monde. Il avait même coupé les cordons ombilicaux, un geste qui les liait encore plus étroitement que les alliances de platine échangées six mois plus tôt.

— Je parie que tu es incapable de quitter de vue les filles, plaisanta-t-elle.

— Peut-être aussi.

Il posa tendrement sa main sur la sienne.

— Parce qu'elles sont aussi belles que leur maman.

Elle repoussa une mèche de cheveux de son visage.

— Je n'oserais pas me regarder dans une glace en ce moment, avoua-t-elle.

Elle avait conscience de ne pas s'être lavé les cheveux, ni même douchée après avoir transpiré durant le dur labeur de l'accouchement.

— Tu es belle, répéta Connor d'un ton convaincu.

Elle détourna le regard, ne sachant comment réagir. Au cours des derniers mois, elle s'était mise à espérer que le mariage contracté pour le bien de leurs bébés pourrait un jour devenir davantage qu'un arrangement.

Tout à coup, un mouvement dans le berceau attira son attention.

— On dirait que Poppy se réveille.

Il suivit la direction de son regard et sourit devant la bouche du bébé, qui s'ouvrait dans un bâillement démesuré.

— Tu es sûre qu'il ne s'agit pas de Piper ?

— Non, avoua-t-elle.

Il n'était pas facile de distinguer les jumelles. Les cheveux de Poppy étaient légèrement plus foncés que ceux de sa sœur et Piper avait une marque de naissance en forme de demi-lune près du nombril. Mais comme elles étaient habillées, la tête coiffée d'un bonnet, aucun signe permettant de les distinguer n'était visible.

Connor laissa échapper un petit rire.

— Tu crois qu'elle a faim ? demanda Regan d'un air inquiet.

L'infirmière l'avait encouragée à pratiquer l'allaitement à la demande, c'est-à-dire à mettre les bébés au sein chaque fois qu'ils se réveillaient et réclamaient, mais la montée de lait ne s'étant pas encore produite, elle s'inquiétait que ses enfants aient faim.

— Je vais changer sa couche et nous aviserons, proposa Connor.

Elle apprécia qu'il ne recule pas devant la tâche. Bien sûr, l'art d'être parents étant nouveau pour tous les deux, changer les couches représentait davantage une découverte qu'une besogne ingrate. Mais avec deux enfants, cela changerait probablement assez vite, se dit-elle, et le père dévoué que Connor était pour le moment pourrait se lasser avant la fin de la semaine. Quoi qu'il en soit, elle lui fut reconnaissante de lui épargner de se lever et de mettre en mouvement son corps endolori.

— Elle est minuscule, dit-il en soulevant avec précaution un des petits paquets bordés de rose.

Ça avait été ses premiers mots, prononcés d'une voix étouffée par le respect et la crainte, quand Piper, tout juste née, avait été placée dans ses bras.

— Le Dr Amaro n'est pas de cet avis, lui rappela-t-elle.

En réalité, le médecin avait noté que les bébés étaient de bonne taille pour des jumelles nées quinze jours avant la date prévue. Piper pesait 2,7 kg et mesurait 47 cm ; Poppy atteignait les 2,8 kg et mesurait 46 cm. Malgré tout, le médecin avait préconisé que Regan passe quelques jours à l'hôpital avant de rentrer à la maison avec ses enfants afin de s'assurer qu'elles se nourrissaient correctement et prenaient du poids.

Cependant, Regan était d'accord avec Connor : le bébé paraissait minuscule, surtout blottie comme elle l'était dans les grandes mains de son père.

— Et tu avais raison, dit-il tout en dégrafant la grenouillère de l'enfant pour accéder à sa couche. C'est Poppy.

Au cours de sa grossesse, Regan s'était souvent sentie hors de son élément et totalement submergée par la perspective de la maternité. Contrairement à certaines de ses amies qui, lorsqu'elles étaient jeunes, cherchaient à gagner un peu d'argent de poche, elle n'avait jamais pratiqué le baby-sitting. Elle aimait bien les enfants, mais n'en avait aucune expérience.

Elle avait eu des contacts avec sa nièce, la fille de Spencer, son plus jeune frère. Mais Dani était déjà une petite fille de presque quatre ans, qui marchait et parlait la première fois qu'elle l'avait rencontrée. Un bébé, c'était autre chose. Et malgré les mois qu'elle avait passés à se préparer pour la naissance de ses enfants, elle ne se sentait pas prête.

Heureusement, Connor ne semblait pas souffrir des mêmes doutes. En ce moment, il réchauffait la lingette entre ses paumes avant de plier d'un geste habile la couche mouillée pour laver doucement le bébé.

— Aurais-tu emprunté le poupon de plastique qu'on nous proposait durant les cours prénataux pour s'entraîner ? demanda-t-elle.

— Non, répondit-il en riant tout en glissant une couche propre sous les fesses de Poppy.

— Alors comment se fait-il que tu te sentes déjà aussi sûr de toi ?

— Mon frère Deacon a huit ans de moins que moi, lui rappela-t-il. Et j'ai assez changé ses couches quand il était petit pour me rappeler les bases.

Dans l'album de bébé de Brielle, il y avait une photographie de Regan donnant le biberon à sa petite sœur installée sur ses genoux. Elle n'avait toutefois aucun souvenir de l'événement. Jamais elle n'avait été responsable des soins à donner à ses frères et sœur. Cette routine revenait à Celeste, la femme de ménage de la famille. Parce que Margaret et Ben Channing passaient la plupart de leurs journées dans les bureaux de Blake Mining.

Cependant, la mère de Connor n'avait pas bénéficié de l'aide d'une cuisinière et d'une femme de ménage à domicile. D'après ce qu'on racontait en ville, Faith Parrish occupait trois emplois à temps partiel pour faire vivre sa famille, laissant souvent son plus jeune fils à la garde de l'aîné. Le père de Deacon avait été présent durant environ une douzaine d'années mais, de l'avis général, il était un poids mort, et son départ avait été un soulagement pour Faith. Malheureusement, tout ce que Regan savait de l'enfance de Connor provenait d'allusions et de rumeurs, car après six mois de mariage, son mari demeurait muet comme une tombe sur son parcours familial.

Ce qui ne la dissuada pas de demander :

— Ton père n'aidait pas beaucoup, n'est-ce pas ?

— Mon beau-père, rectifia-t-il machinalement. Et, non, il ne participait pas à la vie de la famille. Il était beaucoup trop occupé pour ça.

— Occupé à quoi ?

Elle avait entendu dire qu'à la suite d'une grave chute, il était resté handicapé du dos et incapable de travailler.

— À regarder la télé en vidant des bières, répondit-il tout en enduisant les fesses de Poppy de crème afin de protéger sa peau délicate avant de fixer les pattes autocollantes de la nouvelle couche.

— Je suppose qu'il ne t'a pas beaucoup manqué quand il est parti, avança-t-elle.

Connor souleva le bébé et le maintint tendrement contre sa poitrine pour le lui apporter.

— Ne plus être maltraité ne m'a sûrement pas manqué.

Le sang de Regan se glaça dans ses veines.

— Ton beau-père te battait ?

— Seulement quand il était ivre.

Ce qui signifiait la plupart du temps, comprit-elle.

— Pourquoi est-ce que je l'ignore ? demanda-t-elle tout en dégrafant sa chemise pour mettre le bébé au sein.

Il haussa les épaules et se détourna, comme pour préserver sa pudeur.

Si le sujet de leur conversation n'avait pas été si sérieux, Regan aurait ri à l'idée de dérober la vue de sa poitrine à un homme qui avait regardé le bébé qui tétait son sein venir au monde entre ses jambes écartées.

— Je n'aime pas en parler, dit-il, face aux rideaux tirés de la fenêtre.

— Alors pourquoi m'en parles-tu maintenant ? l'interrogea-t-elle avec curiosité.

Bonne question, reconnut Connor en son for intérieur.

Il avait essayé de refouler ces moments de son existence dans le passé. Il n'aimait pas penser à cette sombre période où Dwayne Parrish vivait avec sa mère, son frère et lui dans un bungalow de location délabré. Pour Dwayne, diriger sa famille d'une main de fer n'était pas une image, mais un point d'honneur qui s'exerçait le plus souvent aux dépens de son beau-fils.

Il se retourna, conscient que s'il devait avoir cette conversation avec sa femme, il lui fallait affronter son regard.

— Parce que je crains parfois qu'après avoir vécu avec lui pendant sept ans, j'aie été contaminé par son tempérament colérique, avoua-t-il enfin.

Regan secoua la tête.

— Impossible !

— Nous ne sommes mariés que depuis six mois. Comment peux-tu en être sûre ?

— Parce que je te connais, dit-elle. Tu es doux et généreux.

— Je l'ai frappé une fois en retour.

Elle ne parut ni choquée, ni même surprise par cet aveu.

— Seulement une fois ?

— Je n'ai jamais eu l'intention de contre-attaquer.

Enfant, il se croyait puni à cause de son mauvais comportement. Le temps qu'il grandisse suffisamment pour se poser des questions, il était si habitué à être frappé qu'il s'y attendait toujours plus ou moins.

— En tout cas, pas avant qu'il ne s'attaque à Deacon.

Son petit frère avait environ sept ans quand il avait accidentellement heurté une bouteille de bière posée par terre, près du fauteuil de Dwayne, renversant son contenu sur le sol. Le père de Deacon avait immédiatement réagi par un chapelet d'injures et, d'un revers de la main, avait frappé l'enfant avec une telle violence qu'il l'avait projeté à terre.

— Tu ne t'es pas défendu, mais tu as défendu ton frère…

— Il fallait que quelqu'un s'en charge. Ce n'était qu'un enfant.

— Quel âge avais-tu ?

— Quinze ans.

— Tu étais encore un enfant, fit-elle remarquer. Qu'est-ce qu'il… Comment ton beau-père a-t-il réagi ?

— Il était furieux que j'aie osé intervenir. Et il a exprimé sa colère avec ses pieds et ses poings tandis que Deacon sanglotait, recroquevillé dans un coin. Heureusement, un voisin a dû comprendre qu'il y avait un problème et a prévenu le shérif.

Faith était arrivée à peu près en même temps que l'homme de loi. Il doutait que sa mère eût trouvé la force de mettre son mari dehors si Jed Traynor n'avait été là avec son badge et son fusil. Mais les choses s'étaient passées ainsi, et Dwayne avait choisi d'emballer ses affaires et de partir plutôt que de passer la nuit, ou peut-être quelques années, derrière les barreaux.

— Il est parti ce soir-là et n'est jamais revenu.

— Est-ce à ce moment-là que tu as souhaité servir un jour la loi ? demanda Regan.

— Tout à fait. Je sais que ça paraît ringard, mais j'ai eu le désir de protéger les plus faibles.

Elle secoua la tête.

— Je ne trouve pas cette idée ringarde, et c'est grâce à cette décision que je suis sûre que tu feras un excellent père.

— Parce que je me suis élevé contre mon beau-père ?

— Parce que tu n'as pas hésité à te mettre en danger pour protéger un être que tu aimais, expliqua-t-elle.

— Il n'y a rien que je ne ferais pour mon Deacon, reconnut Connor.

Y compris, apparemment, mentir à sa femme sur les raisons pour lesquelles il l'avait épousée.

- 2 -

Tout en montant les marches menant à la porte d'entrée de la modeste maison à un étage qu'elle habitait depuis qu'elle avait épousé l'adjoint du shérif, Regan songeait qu'elle ferait mieux de s'habituer aux surprises. Depuis huit mois, sa vie avait été une suite d'événements inattendus.

Cela avait commencé par le signe positif dans la petite fenêtre du test de grossesse. Ensuite, révélation encore plus bouleversante, deux cœurs qui battaient avaient été détectés lors de la première échographie qu'elle avait passée. Le troisième choc, le plus gros peut-être, avait été la demande en mariage inattendue de Connor Neal, suivie de son « oui » tout aussi surprenant.

Elle ne connaissait pas très bien Connor quand ils avaient échangé leurs vœux, et si elle n'avait pas été enceinte, elle n'aurait jamais accepté de l'épouser. Mais bien que le mariage ait requis un certain nombre de compromis de leur part à tous deux, Connor s'était révélé un mari dévoué.

Il avait été attentif à ses désirs et à ses besoins, indulgent face aux montagnes russes de ses émotions et dévoué à ses envies irrésistibles de femme enceinte. Il avait suivi les cours de préparation à l'accouchement, peint la chambre des bébés, assemblé leur mobilier et cherché avec empressement les sièges de sécurité pour la voiture. Et durant les huit jours qu'elle avait passés à l'hôpital après la naissance des enfants, il n'avait pratiquement pas quitté son chevet.

Mais quand elle était enfin rentrée à la maison, après avoir répondu aux manifestations de joie du chien qui remuait la queue comme si elle revenait après deux mois d'absence, une autre surprise l'attendait.

La salle de séjour était pleine de fleurs, de ballons et de serpentins. Il y avait même une banderole où l'on pouvait lire :

« BIENVENUE À LA MAISON,
MAMAN, PIPER ET POPPY ! »

Elle regarda Connor, stupéfaite.

— Quand as-tu…

— Ce n'est pas mon œuvre, répondit-il en déposant les sièges-autos des petites près de la porte.

Baxter vint immédiatement mener l'enquête, c'est-à-dire qu'il renifla sous toutes les coutures les petits êtres humains, mais recula avec obéissance quand Connor leva la main.

— Mais alors, qui…

Le reste de la question demeura en suspens tandis que le regard de Regan découvrait au-delà des ballons roses et blancs une silhouette familière.

— Seigneur ! Brielle…

Sa sœur lui sourit, les yeux humides.

— Surprise !

Avant que Regan puisse ajouter un mot, Brielle l'étreignait avec force. Elle tint bon, submergée par tant d'émotions qu'elle hésitait entre le rire et les larmes. Elle savait seulement qu'elle était très heureuse d'avoir sa sœur à la maison.

— Je n'ai pas été prévenue de ta visite, dit-elle quand elle eut réussi à s'éclaircir suffisamment la gorge pour parler.

Elle regarda Connor.

— Pourquoi ne m'as-tu pas avertie de son arrivée ?

Puis, se tournant à nouveau vers Brielle :

— Pourquoi ne m'as-tu pas dit que tu venais ?

— Quand je t'ai parlé au téléphone, je n'étais pas certaine de pouvoir me libérer. Mais j'avais tellement envie de vous voir, toi et tes bébés, que j'ai décidé que si pour cela je devais démissionner de mon poste, eh bien, je le ferais.

Regan tressaillit. Elle savait combien sa sœur aimait son métier d'institutrice dans la section maternelle d'une prestigieuse école privée de Brooklyn.

— Je t'en prie, dis-moi que tu n'as pas démissionné !

— Ne t'inquiète pas, répondit Brielle en riant. Je serai de retour en classe lundi matin.

Autant dire qu'elles avaient moins de quatre jours à passer ensemble avant le départ de sa sœur pour New York. Quatre jours, c'était court, mais davantage que le temps qu'elles avaient passé ensemble depuis que Brielle avait déménagé, sept ans plus tôt, et Regan voulait en savourer chaque minute.

— Eh bien, tu es là maintenant.

— Et j'ai demandé au reste de la famille qui a déjà vu les bébés de nous laisser un peu de temps, avec Connor, Piper et Poppy, bien sûr.

Elle s'approcha pour examiner de plus près les petites endormies.

— Si jamais elles s'éveillent…, ajouta-t-elle.

— Elles vont bientôt se réveiller, assura Connor. Et tu passeras beaucoup de temps avec elles.

— Promis ? demanda Brielle.

Il rit.

— Considérant qu'aucune n'a dormi plus de trois heures d'affilée depuis leur naissance, je fais cette promesse en toute connaissance de cause. Mais, pour le moment, je vais les emmener à l'étage afin que ta sœur et toi rattrapiez tranquillement le temps perdu.

Regan le remercia d'un sourire alors qu'il quittait la pièce avec les petites, Baxter sur les talons. Quand il fut sorti, elle se tourna vers sa sœur.

— Qu'aimerais-tu ? As-tu faim ? As-tu soif ?

— J'ai mangé un sandwich dans l'avion, mais puisque

tu me le proposes, j'aimerais une tasse de thé pour accompagner les gâteaux que j'ai achetés au Daily Grind en venant de l'aéroport.

— Tu t'es arrêtée acheter des gâteaux ?

— C'est Spencer qui est venu me chercher. Et je l'ai supplié de s'arrêter au Daily Grind parce que j'adore leurs cookies aux flocons d'avoine avec des éclats de chocolat !

— J'en ai l'eau à la bouche ! dit Regan. Cependant, je n'ai plus l'excuse des envies incontrôlables de la grossesse pour m'accorder des extras.

— Quand on allaite, il faut aussi un supplément de calories.

— Dans ce cas, quel genre de thé désires-tu avec tes gâteaux ? demanda-t-elle tout en se dirigeant vers la cuisine.

Brielle la ramena à sa chaise.

— Ton mari t'a conseillé de te détendre.

— D'accord. Je te laisse faire.

Sa sœur emplit d'eau la bouilloire électrique et la reposa sur son socle.

— Où sont les tasses ?

— Dans le placard à côté de l'évier. Et le thé est sur l'étagère au-dessus.

Brielle ouvrit le placard et énuméra les différentes saveurs.

— Chai épicé, menthe, myrtille, airelle et orange, vanille-amande, pomme et poire et camomille apaisante.

Brielle la regarda.

— Ça fait beaucoup de sortes de thés.

— J'étais accro au café, dit-elle. Le contenu de ce placard reflète mes efforts désespérés pour remplacer ma boisson favorite.

— Tu as trouvé quelque chose ?

Regan secoua la tête.

— Non, mais il me semble que vanille-amande irait bien avec les cookies.

— Ça me va, dit Brielle.

Elle sortit la boîte et deux tasses du placard.

Connor entra dans la cuisine, un babyphone à la main.

— Baxter n'a pas fait sa pro-me-na-de matinale, alors, si ça ne vous ennuie pas, je vais le sortir.

— Bien sûr, dit Regan. Mais pourquoi épelles-tu le mot ?

— Parce que tu sais comme il s'excite quand je le prononce normalement.

Regan savait. En fait, Connor n'avait même pas besoin de prononcer le mot pour que l'animal comprenne ; il lui suffisait de tendre la main vers la laisse suspendue à une patère près de la porte pour que Baxter se mette à courir en rond et aboie frénétiquement. Mais, aujourd'hui, le chien n'était nulle part en vue.

Brielle recula de quelques pas et regarda vers l'escalier.

— La première porte de l'étage est-elle celle de la chambre des bébés ?

— C'est celle de la grande chambre. Mais nous y avons installé le berceau pour le moment.

— Il est couché devant la porte, constata Brielle.

— Et tu crains qu'il ne soit jaloux des bébés ? demanda Regan à son mari.

— Il a été abandonné avant que je l'adopte, répliqua Connor. J'ignore donc s'il a eu des contacts avec des enfants auparavant, ou comment il se comportait avec eux s'il en a eu.

— De quelle race est-il ? s'enquit Brielle.

— C'est un bâtard.

— Un puggle, croisé beagle et carlin, précisa Regan. Mais Connor refuse d'admettre qu'il a un chien de race.

— Il n'a pas de papiers, c'est donc un bâtard.

— Ses origines expliquent peut-être pourquoi il se montre si protecteur vis-à-vis des bébés, dit Brielle. Les beagles sont des chiens de berger, et maintenant Piper et Poppy font partie de son troupeau.

— Depuis quand en connais-tu si long sur les chiens ? demanda Regan.

— Je ne suis pas si calée sur le sujet, répliqua Brielle. Mais pendant quelques mois, l'année dernière, je suis sortie avec un véto qui avait un beagle. Un dachshund aussi, et un grand danois.

— C'est un assortiment éclectique, fit remarquer Connor.

— Il avait également trois chats.

— Un instant, dit Regan. Comment se fait-il que tu sois sortie avec ce type plusieurs mois et que je n'en aie jamais entendu parler ?

— Parce qu'il n'y avait rien à dire.

Connor appela son chien, préférant visiblement sortir plutôt que d'écouter les exploits amoureux de sa belle-sœur.

Obéissant, Baxter descendit en trottinant l'escalier. Néanmoins, arrivé à la dernière marche, il hésita. Et quand Connor prit la laisse, il remua la queue, mais tourna la tête en direction de la chambre où les enfants dormaient.

— Piper et Poppy sont en sécurité, promit Connor. Leur maman et tante Brielle vont veiller sur elles pendant que nous nous promenons.

Bien sûr, le chien ne comprenait probablement pas les paroles de son maître, mais il sembla suffisamment rassuré pour lui permettre d'attacher la laisse à son collier.

— Je ne serai pas long, dit Connor.

Mais avant de sortir, il tendit la main par-dessus le comptoir pour allumer la bouilloire électrique.

Brielle regarda sa sœur.

— Combien de temps m'aurais-tu laissée attendre que l'eau bouille avant de me dire qu'il y avait un interrupteur ?

— Un certain temps.

En riant, Connor se dirigea vers la porte.

— Alors, raconte-moi quand et comment tu as rencontré le superbe adjoint du shérif ! s'exclama Brielle quand il fut sorti.

Tout en parlant, elle versa l'eau bouillante dans deux tasses.

— Je connais Connor depuis le lycée. Il a un an de

plus que moi, mais nous fréquentions le même cours de maths parce que j'avais pris de l'avance dans mon cursus.

— Je me souviens maintenant, dit Brielle. C'était un garçon maigrichon et maussade que tu aidais dans cette matière.

Regan fut reconnaissante à sa sœur de ne pas avoir identifié Connor comme le fils naturel de « Faith l'infidèle », un cruel surnom qui avait suivi la mère de Connor jusqu'à la tombe. Elle n'avait jamais rencontré Faith Neal, devenue ensuite Faith Parrish, mais connaissait sa réputation.

Durant ses dernières années, Faith avait travaillé dur pour élever deux enfants auxquels elle était totalement dévouée. Malheureusement, les gens ne se souvenaient que de l'adolescente indisciplinée qui sortait en douce la nuit venue, avait de mauvaises fréquentations, fumait des cigarettes et autres produits.

Certains disaient qu'elle cherchait désespérément l'amour qu'elle n'avait pas reçu chez elle. D'autres, moins charitables, en faisaient un objet de moqueries. Si un homme souffrait de revers, on l'encourageait en termes plus crus à « aller voir du côté de chez Faith ». Le conseil était généralement suivi de rires gras et de la repartie : « Tous les autres l'ont eue, pourquoi pas toi ? »

— Il est drôlement baraqué, fit remarquer Brielle. Est-ce que ce sont ses larges épaules qui t'ont tapé dans l'œil ? Ou la fossette sexy de son menton ? Parce que je doute que ce soit le décor de sa cuisine.

Regan prit un cookie dans la boîte posée sur la table.

— Cette pièce est un désastre pour l'œil, n'est-ce pas ?

— À moins que des placards de mélamine blancs munis de poignées de plastique rouges soient le chic du chic du rétro ?

— Connor économise pour rénover la cuisine.

— Il économise ? répéta Brielle d'un ton amusé. Cela voudrait-il dire qu'il ne t'a pas épousée pour ton argent ?

— Il m'a épousée parce que j'étais enceinte, répliqua

Regan. Parce que, quand une femme a un enfant six mois après qu'on lui a passé la bague au doigt, il est inutile de tourner autour du pot.

— Eh bien, au moins, tu as choisi un homme qui a le sens des responsabilités.

Regan marmonna un vague acquiescement.

— Si tu me l'avais demandé, je serais venue à ton mariage, dit sa sœur en prenant un cookie.

— Nous sommes allés nous marier à Reno.

— Est-ce que cela compte pour un mariage ?

Elle secoua la tête.

— Les mariages sont longs à planifier, et je ne voulais pas me dandiner en remontant l'allée jusqu'à l'autel. Or je me dandinais déjà avant la fin de mes cinq mois.

— Forcément. Tu portais deux bébés.

Brielle mâchonna un morceau de cookie avant de demander :

— Qu'ont pensé les parents de votre fugue à Reno ?

— De façon surprenante, ils nous ont soutenus. Peut-être étaient-ils juste contents que leurs deuxième et troisième petits-enfants ne naissent pas hors des liens du mariage.

Leur premier petit-enfant était la fille de Spencer, mais celui-ci n'avait connu l'existence de Dani que lorsque sa mère avait été tuée dans un tragique accident. Il avait abandonné sa carrière sur le circuit de rodéo pour en assumer la garde, puis avait déménagé à Haven avec la petite fille et était tombé amoureux de Kenzie Atkins qui avait été la meilleure amie de Brielle au lycée.

— Ils ont été moins heureux d'apprendre que j'étais enceinte, confia-t-elle à sa sœur. « Quand je pense que tu étais supposée être la plus sensée », a dit papa, mot pour mot.

Brielle grimaça.

— C'est dur, mais il est vrai que tu as toujours été la plus intelligente.

— Les crétins n'entrent pas à Columbia, souligna Regan.

— Exact. Mais aucun des étudiants que j'ai rencontrés à Columbia n'était aussi intelligent que toi.

Brielle prit un autre cookie dans la boîte.

— Qu'a dit maman ?

— Tu la connais. Toujours pratique et cherchant une solution aux problèmes.

Sa sœur se rembrunit.

— Parce qu'un bébé est un problème à résoudre et non un miracle à fêter ?

— Je préfère penser qu'ils étaient heureux d'apprendre qu'un bébé allait arriver, mais qu'ils se souciaient de mon statut de mère célibataire et de ma réputation, dit-elle, sans en être tout à fait convaincue.

— Et puis Connor est arrivé pour assurer la légitimité de ses enfants et tout est rentré dans l'ordre, dit Brielle d'un ton dubitatif.

— Eh bien, papa était content que Connor prenne ses responsabilités, du moins de son point de vue. Maman n'a pas caché qu'elle trouvait que Connor et moi n'étions pas bien assortis.

— Et toi, qu'en penses-tu ? Es-tu heureuse du tour qu'ont pris les choses ?

— Je n'aurais jamais cru pouvoir être aussi heureuse, répondit-elle, sincère.

Leur mariage n'était peut-être pas idéal, mais elle était certaine d'avoir fait le bon choix pour ses filles et espérait qu'il finirait par se révéler bon également pour son mari et elle.

— J'en suis heureuse, dit Brielle.

Ce fut le ton employé par sa sœur qui alerta Regan.

— Dans ce cas, pourquoi n'as-tu pas l'air réjoui ?

Brielle haussa les épaules.

— Je suppose que c'est parce que tous les gens qui m'entourent font des enfants. Deux de mes collègues sont en congé maternité, une troisième doit accoucher à la fin de l'été et une autre vient d'annoncer qu'elle est enceinte.

— Ça fait beaucoup de bébés. Mais tu es encore un peu jeune pour sentir ton horloge biologique te rappeler à l'ordre, fit remarquer Regan.

— Je ne suis pas pressée. J'espère seulement avoir un jour comme toi un mari qui m'aime et des enfants que nous aurons faits ensemble. Encore que je préférerais qu'ils viennent un par un.

Regan parvint à sourire malgré la tristesse qui lui serrait le cœur et le remords de n'être pas complètement honnête avec sa sœur.

— Ton temps viendra, j'en suis certaine.

— Peut-être, mais jusque-là, je suis ravie de me consacrer à tes adorables enfants.

— Tu pourrais t'y consacrer bien plus si tu ne vivais pas à des milliers de kilomètres, ne put-elle s'empêcher de faire remarquer.

— Je sais. Mais j'aime New York, mon travail, mes collègues et mes élèves. Et puis j'ai un bel appartement que je partage avec des amies très sympathiques. Mais il y a des moments où Haven me manque. Où tu me manques, où Kenzie me manque et… Eh bien, Kenzie et toi me manquez.

Cette fois, Regan sourit de meilleur cœur.

— Reviens donc.

Brielle secoua la tête.

— Il n'y a qu'une école primaire à Haven, et le poste d'institutrice de maternelle est pourvu.

— C'est ce qui te retient ? demanda Regan d'un ton sceptique. La question du travail ?

— C'est un aspect à prendre en compte, dit Brielle.

Mais soudain, comme un bruit émanait du babyphone, elle demanda :

— N'est-ce pas une de mes nièces que j'entends ?

Regan rit alors même que ses seins réagissaient au bruit du bébé qui s'agitait.

— Tu sais, la plupart des gens ne se réjouissent pas forcément d'entendre un bébé se réveiller !

— Mais les tantes gâteau sont toujours heureuses d'aider avec les câlins.

— Et les couches à changer ?

— Tout ce que tu voudras, promit Brielle.

- 3 -

Dès que Connor sortit avec Baxter, le chien flaira le sol et s'élança, pressé de découvrir tout ce qu'il y avait à voir et à sentir. Tous les matins, ils suivaient un trajet précis, et il existait une promenade plus longue, qu'ils faisaient en général le soir. Au bout de la rue, instinctivement, Baxter tourna vers l'est pour suivre le trajet le plus long.

— Nous allons faire court cet après-midi, annonça Connor.

Même s'il appréciait ces deux promenades quotidiennes presque autant que le chien, il ne voulait pas laisser Regan seule trop longtemps alors qu'elle sortait tout juste de l'hôpital.

C'était bête, il en avait conscience, d'autant que sa sœur était là pour l'aider. Seulement, il avait été présent à chaque minute des vingt-deux heures de travail de l'accouchement. Il avait également été là les huit jours qui avaient suivi, et il se sentait un devoir de protection vis-à-vis de la nouvelle maman et des bébés.

Baxter lui adressa un regard qui, venant d'un humain, aurait pu être qualifié de désapprobateur, mais il obéit. Connor se mit à courir, le chien bondissant pour compenser la promenade écourtée par un exercice plus intense.

Connor salua de la main Cal Thompson et adressa un signe de tête à Sherry Witmer qui sortait des sacs à provisions de son coffre. Il avait fallu du temps, mais il commençait enfin à se sentir intégré au quartier dans lequel il avait emménagé trois ans plus tôt.

Certains de ses voisins feignaient encore de ne pas le voir. Des gens comme Joyce Cline, professeur de musique à la retraite dont la désapprobation contre ce « mauvais garnement de Neal » remontait à l'époque du lycée. Et Rick Beamer, avec la fille duquel Connor était sorti exactement deux fois, plus de douze ans auparavant.

Il était toutefois heureux de constater que Joyce Cline et Rick Beamer représentaient une minorité dans le voisinage. Le jour de son emménagement, il commençait à peine à déballer ses cartons que Darlene et Ron Grassley venaient sonner à sa porte pour se présenter et lui offrir un plat de poivrons farcis. Une heure plus tard, Lois Barkowsky était passée lui apporter une assiette de brownies maison, prenant la précaution de préciser qu'ils n'étaient pas du « genre rigolo », même si l'usage récréatif de la marijuana était désormais légal au Nevada. Connor lui avait dit qu'il connaissait la loi et l'avait remerciée pour ses gâteaux.

Au cours des quelques semaines qui avaient suivi, il avait appris à connaître la plupart des habitants de Larrea Street. Quand il avait adopté Baxter et s'était mis à se promener régulièrement, il avait rencontré des gens qui vivaient un peu plus loin.

Estela Lopez était une de ces personnes, et quand Baxter et lui tournèrent sur Chaparral Street, ils la virent se diriger vers eux. À soixante-dix-neuf ans elle demeurait active, marchant tous les matins avant le petit déjeuner et tous les soirs après le repas, et apparemment d'autres fois dans l'intervalle.

— Oh ! quel plaisir de vous voir, s'exclama-t-elle, visiblement ravie de la rencontre.

Au mot « plaisir » qu'il associait à celui de « friandise », Baxter prit instantanément la position assise. En riant, Estela fouilla la poche de son manteau à la recherche d'un de ces biscuits qu'elle avait toujours sous la main et le lui tendit. Le chien l'engloutit aussitôt.

Estela adorait les chiens et avait malheureusement dû

dire adieu à son Jack Russell âgé de dix-sept ans l'hiver précédent. Se jugeant trop âgée pour prendre la responsabilité d'un nouvel animal, elle préférait distribuer son amour et ses biscuits aux chiens du voisinage.

— Comment allez-vous, madame Lopez ? s'enquit Connor.

— Je suis pressée de voir des photos de vos petites.

Connor sortit diligemment son portable.

— Elles sont rentrées de l'hôpital aujourd'hui.

— Huit jours plus tard, dit Estela en secouant la tête. Je me souviens de l'époque où ils vous mettaient dehors un jour ou deux après l'accouchement. Bien sûr, la plupart des gens n'avaient pas les moyens de rester plus longtemps.

Problème qui, ils le savaient tous deux, n'existait pas pour sa femme dont la famille avait non seulement payé la note d'hôpital, mais aussi fait un don important à la maternité en remerciement des soins donnés à Regan et aux bébés.

Il fit défiler différentes photos de Piper et Poppy : quelques-unes où elles apparaissaient individuellement, d'autres où elles figuraient toutes les deux, et deux avec leur mère.

— Ce qu'elles sont mignonnes ! s'exclama Estela. Et Regan n'a vraiment pas l'air d'une femme qui a passé vingt heures et quelques à mettre ses enfants au monde.

— Vingt-deux heures, précisa Connor. Elle l'a fait, comme un brave petit soldat.

— Vous êtes un homme chanceux, adjoint Neal.

— Je sais, assura-t-il.

Baxter donna des petits coups de museau sur la jambe d'Estela comme pour lui rappeler sa présence. Elle se pencha et lui gratta complaisamment la tête.

— J'ai entendu dire que votre belle-sœur était venue de New York vous rendre une visite-surprise.

— Eh bien, votre audition est excellente, répondit-il en souriant.

— Je buvais un café avec Dolores Lorenzo au Daily Grind quand Brielle est entrée acheter une douzaine de cookies d'avoine aux éclats de chocolat, expliqua Estela.

— Les préférés de Regan.

— J'ai failli ne pas la reconnaître. Brielle, je veux dire. Bien sûr elle n'est pas souvent revenue depuis son départ pour l'Est. Et même quand elle a pris l'avion pour assister au mariage de Spencer et Kenzie, elle n'est restée que deux jours.

— Elle ne restera que quelques jours cette fois également.

— Habite-t-elle chez vous ou la belle maison sur la colline ?

La belle maison sur la colline était une expression fréquemment utilisée pour décrire l'imposante demeure de pierre et de briques de ses beaux-parents, qui s'élevait sur Miners' Pass, la rue la plus cossue de la ville.

— Avec nous, dit-il. Elle souhaite passer le plus de temps possible avec Regan et les jumelles.

— Bien sûr. Moi-même je suis impatiente de jeter un œil sur ces petites chéries. Mais je vais d'abord laisser à votre femme le temps de prendre ses marques. Bien que mes enfants soient grands maintenant, ainsi que la plupart de mes petits-enfants, je me souviens combien c'était stressant les premiers jours d'essayer de répondre aux innombrables demandes que la maternité impose, et je n'avais qu'un bébé à gérer à la fois.

— Regan sera ravie de vous voir, surtout quand elle aura pu se reposer.

— Ne comptez pas sur moi pour attendre le deuxième anniversaire de Piper et Poppy ! dit-elle en sortant de sa poche un nouveau biscuit pour Baxter.

— Par pitié, ne me dites pas qu'il faudra attendre aussi longtemps pour que les filles fassent leurs nuits !

— Sans doute pas, convint Estela. Mais répondre aux besoins des bébés demande une certaine forme d'endurance… que je n'ai plus. Aussi vais-je rentrer mes vieux os au chaud.

Elle prit l'allée de sa maison, mais après quelques pas se retourna.

— Ne laissez surtout pas ces bébés épuiser votre énergie, prévint-elle avec un clin d'œil malicieux, parce que les jeunes mamans ont des besoins auxquels il faut aussi répondre.

— Je m'en souviendrai, promit Connor.

Il attendit d'être sûr que sa voisine soit en sécurité chez elle pour reprendre sa route.

De toute façon, songea-t-il soudain, si sa femme éprouvait de tels besoins, il serait le dernier au courant.

Car bien que Regan et lui se présentent en public comme de jeunes mariés heureux, derrière les portes closes, ils menaient des vies presque séparées. C'était un arrangement peu orthodoxe pour de futurs parents, mais il avait fonctionné pour eux.

Jusqu'à ce que son frère lui rende visite pour les vacances de Noël. Parce que, naturellement, Deacon s'attendait à dormir dans sa chambre. Comment aurait-il pu soupçonner que l'amour n'était pas invité au mariage de son frère ? Encore qu'il ait l'esprit suffisamment aiguisé pour établir un rapport entre la rapide expansion du ventre de sa belle-sœur et leur mariage précipité.

Mais Connor ne voulait pas que son frère connaisse la vérité.

Aussi, durant les seize jours et les quinze nuits où Deacon avait séjourné chez eux, Connor s'était installé dans la grande chambre afin de donner toutes les apparences d'un mariage normal.

Le jour, ce n'était pas tellement un problème, d'autant que Regan continuait de passer de longues heures à travailler au département financier de Blake Mining. Mais la nuit, tandis qu'il était obligé de partager un lit avec sa femme, Connor avait subi une véritable torture.

Il avait fait de gros efforts pour rester de son côté du lit et ignorer le parfum qui se dégageait des cheveux de Regan répandus sur l'oreiller tout proche du sien ainsi que le doux bruit de sa respiration qui soulevait et abaissait ses seins à un rythme régulier. C'était toutefois impossible de prétendre qu'elle n'était pas là, d'autant qu'elle se retournait et s'agitait constamment.

Elle s'était excusée auprès de lui de son agitation, lui expliquant qu'il lui devenait de plus en plus difficile de trouver une position confortable alors que son ventre s'arrondissait. Tout en sachant que sa prise de poids la complexait, il la trouvait superbe. D'ailleurs personne n'aurait pu nier qu'elle était vraiment magnifique !

Bien sûr, il l'avait toujours trouvée belle, et même un peu intimidante. Mais la grossesse avait ajouté un éclat naturel à ses joues et de la chaleur à son sourire, la faisant paraître plus douce et plus humaine. Et tandis que les semaines se transformaient en mois, il avait compris qu'il était en grand danger de tomber amoureux de la femme qu'il avait épousée.

Durant une de ces nuits interminables où son frère était chez lui, Connor faisait semblant de dormir pour que Regan se détende quand il avait entendu sa respiration se bloquer. Puis, lentement, elle avait expiré l'air de ses poumons.

— Est-ce que ça va ? avait-il demandé, rompant le silence tout en se tournant vers elle.

— Ça va, avait-elle répondu.

Puis elle lui avait pris la main et l'avait appuyée sur son ventre.

Il avait été si surpris par la spontanéité du geste qu'il avait failli ôter sa main. Et puis, il l'avait senti, le subtil petit coup contre sa paume.

Il avait instinctivement posé son autre main sur le ventre de Regan et son cœur s'était rempli d'émerveillement et de joie.

— Ce sont… tes bébés ?

— *Nos* bébés, avait-elle rapidement rectifié. Ou du moins l'un d'eux.

Elle déplaça sa main.

— Voici l'autre.

— Oh…

Il n'avait pu retenir un sourire devant cette preuve que de petits êtres humains grandissaient à l'intérieur du ventre de Regan. Naturellement, il les avait vus lors de l'échographie, mais ressentir de façon tangible leurs mouvements n'était pas du tout la même chose que de les observer sur un écran.

— Ils semblent avoir décidé que l'heure du coucher de maman est leur moment de jeu, avait-il commenté.

— D'après les livres sur le sujet, il n'est pas rare qu'une femme enceinte soit plus consciente des mouvements de son enfant la nuit.

— Ou pour les bébés d'être plus actifs la nuit tandis que le jour les gestes de leur mère les bercent.

— Tu as lu mes ouvrages de puériculture ! avait-elle constaté.

— Je meurs d'impatience de faire la connaissance de tes, enfin, de *nos* petits.

— Je ne sais pas à quel point ils sont encore petits, avait dit Regan. Tout ce que je sais, c'est que moi, je suis énorme.

— Tu es belle.

— Tu n'as pas besoin de me rassurer. On dirait que j'ai avalé un ballon de plage.

— Tu ressembles à une femme enceinte et tu es belle.

Dans la pénombre, leurs regards s'étaient rencontrés et étaient restés un long moment rivés l'un à l'autre.

Ensuite, Connor n'aurait su dire qui avait fait le premier pas. Il savait seulement que Regan s'était retrouvée dans ses bras et qu'ils avaient échangé un baiser beaucoup plus ardent qu'il n'aurait pu s'y attendre.

Parce que, oui, il y avait eu des moments où il s'était demandé s'il était possible que leur mariage soit davantage qu'une signature sur un morceau de papier.

Il y avait eu des moments, quand leurs regards ne se quittaient plus, où il avait songé qu'elle ne s'opposerait peut-être pas à ce qu'il l'embrasse et que, peut-être même, elle le souhaitait.

Mais il s'était toujours contenu parce qu'il savait que s'il se trompait et que son attirance n'était pas partagée, la situation deviendrait très désagréable.

Mais à cet instant, tous deux s'étaient abandonnés.

Elle s'était agitée pour se blottir plus près de lui, aussi près que son ventre le permettait. Il avait touché ses seins à travers le tissu de la chemise de nuit. Ses pouces en avaient caressé les pointes déjà durcies, et elle avait poussé un petit cri de plaisir.

— Encore, s'il te plaît, l'avait-elle imploré.

Il n'avait pu répondre, car elle l'avait de nouveau embrassé.

Il l'avait alors caressée, soulignant les formes pulpeuses de son corps, découvrant les caresses qu'elle aimait tout particulièrement à sa façon de se cambrer et de soupirer.

Leurs lèvres ne s'étaient pas séparées tandis que leurs mains s'exploraient mutuellement avec fièvre. La rencontre avait été aussi sexy et passionnée que surprenante et elle les aurait certainement menés à faire l'amour si Connor ne s'était soudain rappelé que leur mariage n'était qu'une façade et qu'il avait lu dans les livres que, durant leur grossesse, les femmes enceintes subissaient des changements hormonaux susceptibles d'accroître ou, au contraire, de diminuer leur appétit sexuel. Si l'on ajoutait à cela la proximité forcée de leur arrangement nocturne et l'excitation des fêtes, il était bien obligé de se demander dans quelle mesure ces facteurs influaient sur leurs réactions.

Mais était-ce si important de savoir ce qui motivait leur

actuel désir ? Ne suffisait-il pas qu'elle le désire autant qu'il la désirait ?

Malheureusement, son corps et son esprit étaient en désaccord sur les réponses à apporter à ces questions.

Et, lui rappelant le marché passé avec le père de Regan, sa conscience était sortie victorieuse du conflit.

Parce que, même si faire l'amour relevait de la décision de Regan, ce ne pouvait être un choix en connaissance de cause tant qu'il resterait des secrets entre eux.

Or il détenait un très gros secret.

Durant le reste de la période des fêtes, chaque soir, il s'était couché tard pour s'assurer que Regan serait endormie avant qu'il ne se glisse entre les draps de leur lit commun. Heureusement, Deacon avait regagné Columbia dès les premiers jours de janvier, laissant son frère et sa belle-sœur se retirer dans leurs chambres respectives. Cependant, il n'y avait pas eu de « retour à la normale » pour Connor : il lui était impossible d'oublier le baiser passionné qu'ils avaient échangé, ou de cesser de se demander où en serait actuellement leur mariage s'il n'avait pas calmé le jeu cette nuit-là.

Et voilà qu'avec la visite de la sœur de Regan, il allait de nouveau être contraint de partager le lit de sa femme.

Naturellement, il était hors de question qu'il se passe quoi que ce soit entre eux huit jours après l'accouchement. Mais la raison ne suffirait pas à empêcher son corps de réagir à la présence de son épouse auprès de lui, et il se préparait à des nuits où le manque de sommeil n'aurait aucun rapport avec les exigences de leurs bébés.

Quand Connor et Baxter revinrent de leur promenade, Regan et Brielle étaient installées sur le canapé de la salle de séjour, tenant chacune un bébé dans les bras.

— Tu n'es pas sorti très longtemps, remarqua Regan.

— Nous avons pris le chemin le plus court, expliqua-t-il en retirant la laisse du chien pour la suspendre à la patère.

Une fois détaché, Baxter se précipita sur son bol d'eau.

— As-tu croisé Mme Lopez ? demanda Regan.

— Oui. Elle a donné deux gâteaux à Baxter.

— Quel chien gâté ! dit-elle d'un ton affectueux. Et toi ? As-tu eu des friandises ?

Il secoua la tête.

— Tu as bien fait de prendre le chemin le plus court, annonça-t-elle, parce qu'il ne reste que deux cookies dans la boîte posée sur le comptoir.

— Seulement deux sur la douzaine que Brielle a achetée au Daily Grind ?

— Comment sais-tu où j'ai acheté des gâteaux ? demanda Brielle.

— Mme Lopez y buvait un café quand tu t'es arrêtée.

— Tu vis loin d'ici depuis si longtemps que tu as oublié les joies de la vie dans une petite ville ! commenta Regan.

— Parce que le fait que tout le monde sache tout de tes faits et gestes est une joie ? demanda Brielle.

— Avoir un congélateur plein de plats offerts par les voisines pour que tu puisses te consacrer à tes bébés est plutôt agréable.

— Je réserverai mon jugement sur ce point… jusqu'à la fin du dîner, dit Brielle. Cependant, n'essaie pas de me faire avaler un plat appelé « Surprise au thon » parce que je n'aime pas le thon et que je pense que nul ne devrait ingérer une nourriture dont le nom comporte le mot « surprise ».

— Pas de surprise au thon ce soir, assura Connor. Celeste a apporté un plat de lasagnes, du pain à l'ail et une salade verte.

Brielle jeta un regard à sa sœur.

— Maintenant, qui est gâtée ?

Regan se contenta de sourire.

Durant le dîner, Brielle les divertit en leur relatant des anecdotes de sa vie new-yorkaise. Bien que Regan soit en contact régulier avec sa sœur par téléphone et e-mail, sa présence physique lui avait manqué. Connor semblait écouter avec plaisir leurs échanges tout en frottant du pied le ventre de Baxter sous la table.

Aux yeux de Regan, le fait que sa sœur et le frère de Connor vivent tous deux à New York était une étrange coïncidence. Si les circonstances avaient été différentes, et s'ils ne venaient pas d'avoir deux nouveau-nés, elle aurait suggéré qu'ils aillent à New York rendre visite à leurs frère et sœur respectifs. Mais la situation étant ce qu'elle était, elle n'envisageait aucun voyage avec son mari dans un avenir proche.

— Il y a un restaurant italien près de chez nous, dit Brielle, le Nonna's Kitchen. Ma colocataire Grace jure qu'elle y mange les meilleures lasagnes de la terre.

Brielle piqua sa fourchette dans les lasagnes de Celeste.

— Je lui dirai que si elle le croit, c'est qu'elle n'a pas goûté celles de Celeste ! Mais j'avais moi-même oublié à quel point elles sont délicieuses.

— Son poulet chasseur est encore plus sublime, intervint Connor.

— Pommes et oranges, dit Brielle. Mais moi je dirais que les deux plats se valent.

Le temps que le repas se termine, Piper s'était réveillée et réclamait son dîner. Regan et Brielle allèrent donc s'occuper des bébés tandis que Connor rangeait la cuisine. En entrant dans la salle de séjour, il surprit Regan qui, une main devant la bouche, essayait d'étouffer un bâillement.

— Je suis désolée, dit-elle à sa sœur.

— C'est moi qui devrais m'excuser, dit Brielle. Tu es sortie de l'hôpital aujourd'hui. C'est un miracle que tu sois encore debout.

— Et puisque les petites dorment..., commença Connor.

— Je devrais dormir aussi, termina Regan. D'ailleurs, j'irai me coucher dès que j'aurai préparé le lit de Brielle dans la chambre d'amis.

— C'est fait, dit Connor.

— Tu n'aurais pas dû te donner ce mal, protesta Brielle. Je me serais volontiers contentée du canapé avec un oreiller et une couverture.

— Ce n'était pas une tâche exténuante, assura Connor.

Brielle l'embrassa sur les deux joues.

— Tu es sans conteste mon beau-frère préféré !

— Je suis le seul, fit-il observer.

— C'est bien pour ça que tu es mon préféré, repartit Brielle en riant.

Regan ne put s'empêcher de sourire devant l'échange de plaisanteries entre ces deux êtres qu'elle aimait. Elle était heureuse que Brielle ait immédiatement accepté Connor comme faisant partie de la famille, d'autant qu'il n'avait pas vraiment été accueilli à bras ouverts par son père et sa mère.

Mais, pour le moment, elle ne se souciait pas des relations de Connor avec ses parents, car un problème plus gros et plus immédiat se présentait à elle.

Ce soir, elle allait devoir partager son lit avec son mari.

- 4 -

— Ta sœur a-t-elle tout ce qu'il lui faut ? demanda Connor quand Regan entra dans la chambre quelques minutes plus tard.

— Il me semble.

Elle s'arrêta près du berceau afin de vérifier que les petites étaient bien installées.

— Je n'arrive pas encore à croire à sa présence ici, ajouta Regan.

— Tu es surprise que ta sœur veuille te voir et faire la connaissance de ses nièces ?

— Non, bien sûr. Mais je suis surprise que sa détermination à nous voir soit plus forte que son désir de rester au loin.

— J'ai dû rater un épisode…

Regan hocha la tête.

— Brielle est partie pour New York il y a sept ans et elle n'est rentrée à la maison que deux fois depuis. La première pour l'enterrement de ma grand-mère, la deuxième, quatre ans plus tard, pour le mariage de Spencer et Kenzie.

— Quel est le problème ?

— Je ne suis pas sûre d'être au courant de tout, mais même si je l'étais, ce ne serait pas à moi de te le raconter.

— D'accord. Mais quelles que soient ses raisons de rester à l'écart, elle est ici maintenant.

— Et j'en suis très heureuse. Cependant je n'aurais pas été froissée si elle avait décidé de loger chez nos parents où elle aurait disposé d'une demi-douzaine de chambres vides.

— Ici, elle peut mieux profiter du temps passé avec toi et les enfants.

— Je sais, dit Regan en baissant la voix. Je suis simplement mal à l'aise parce que je ne peux pas lui dire qu'elle t'a expulsé de ta chambre.

En réalité, c'était la chambre de son frère, mais Connor l'occupait depuis que sa femme avait emménagé chez lui début octobre.

— C'est l'affaire de quelques nuits, souligna-t-il, philosophe.

— Tu as raison.

Du tiroir d'une commode, elle tira une chemise de nuit.

Elle savait toutefois que son beau-frère devait revenir début mai, et pas seulement pour deux semaines cette fois-ci, mais pour tout l'été. Combien de temps Connor et elle seraient-ils capables de maintenir une distance physique tout en partageant un lit ? Et le souhaitaient-ils ?

Parce qu'à cet instant, alors que son corps souffrait encore de l'épreuve de l'accouchement, elle éprouvait du désir.

Pour se distraire de cette pulsion malvenue, elle se rendit à la salle de bains afin de se changer et se brosser les dents. Quand elle revint, elle vit que Connor avait enfilé un vieux T-shirt et un pantalon de pyjama. Les vêtements dissimulaient en grande partie son corps, sans réussir à atténuer l'impression de force et de puissance qu'il dégageait.

Elle estimait sa taille à plus d'un mètre quatre-vingt-dix parce que, même quand elle ajoutait des talons à son mètre soixante-dix, il la dépassait encore. Ses épaules étaient larges, ses pectoraux sculptés, ses bras forts. Il marchait à longues enjambées, se déplaçait avec autorité, en homme qui savait où il allait, et attirait les regards féminins tout le long du chemin.

Il avait un visage séduisant, mince et anguleux, avec une mâchoire carrée, des sourcils droits et un nez légèrement dévié. Ses lèvres, bien modelées, généralement pressées l'une contre l'autre, formaient une ligne fine.

De nombreuses personnes attribuaient son comportement sérieux au fait qu'il exerçait un métier de loi, mais Regan, qui le connaissait depuis le lycée, savait que son air sombre datait d'avant son entrée dans les forces de l'ordre. Le peu qu'il lui avait raconté de sa jeunesse confirmait qu'il n'avait guère eu d'occasions de sourire par le passé. Cependant, en dépit de son air souvent sévère et de son expression intimidante, le regard de ses yeux d'un marron chaud était invariablement doux et bienveillant.

Son mari était un homme bon, elle n'avait aucun doute là-dessus. C'était sur leur avenir commun qu'elle se posait toutes sortes de questions, et comme elle n'obtiendrait aucune réponse ce soir, se dit-elle, autant se mettre au lit et essayer de dormir.

Mais d'abord, elle alla vérifier une dernière fois si tout allait bien pour les bébés. Les petites filles dormaient paisiblement, chacune un bras tendu en direction de l'autre, si bien que l'extrémité de leurs doigts se touchait.

— Je suis sûre qu'elles seront les meilleures amies du monde, murmura-t-elle.

— Comme ta sœur et toi ?

— Nous ne sommes pas si proches. Bien sûr, quatre ans nous séparent alors qu'il n'y a que quatorze minutes entre Piper et Poppy.

Connor vint se placer derrière elle pour regarder par-dessus son épaule les bébés endormis.

— Sans parler du fait qu'elles ont été colocataires de ton ventre pendant trente-six semaines.

— Nous n'aurons probablement pas besoin de deux berceaux, constata-t-elle. Quand elles seront trop grandes pour partager celui-ci, nous leur achèterons des lits d'enfant.

— Et nous en descendrons un au rez-de-chaussée.

— Bonne idée.

— Il m'arrive d'en avoir une de temps en temps.

Elle renversa la tête contre son épaule et le regarda.

— Est-ce que se marier a été une bonne idée ?

— Une de mes meilleures, assura-t-il.

— Nous verrons si tu le penses toujours quand les filles te réveilleront plusieurs fois par nuit.

— Pour être réveillé la nuit, il faut d'abord dormir.

Elle hocha la tête et, après un dernier regard à ses enfants, se dirigea sur la pointe des pieds vers son côté du lit. Celui-ci, immense quand elle y dormait seule, paraissait rétrécir dès que Connor y entrait.

Durant les six derniers mois, il avait été une présence rassurante à son côté, et elle lui était sincèrement reconnaissante de tout ce qu'il avait fait pour elle et continuait de faire.

Avant sa grossesse, elle s'enorgueillissait d'être une femme forte et indépendante. Elle n'avait jamais reculé devant un défi, ne s'était pas laissé abattre par les obstacles. Elle n'avait besoin de personne pour lui tenir la main ou ranimer son courage. Cela jusqu'à ce que le signe « plus » apparaisse dans la petite fenêtre du test de grossesse.

Ce petit symbole avait bouleversé toute son existence. Elle s'était brusquement sentie effrayée, démunie et seule face à l'avenir.

Et puis, Connor l'avait accompagnée pour la première échographie, et de nouveau tout avait changé, mais dans le bon sens, cette fois.

Elle se rappelait avoir jeté un bref coup d'œil dans la salle d'attente de la clinique et remarqué que la plupart des sièges étaient occupés par des couples qui, têtes penchées l'une vers l'autre, échangeaient sans doute à voix basse leurs impressions sur leur entrée dans la parentalité. Et c'était merveilleux pour eux. Mais elle, Regan, n'avait pas besoin d'un mari, d'un petit ami ou d'un partenaire. Elle pouvait vivre cette expérience toute seule.

Elle était donc allée à la réception, avait décliné son identité et pris un siège, en femme célibataire au milieu de couples heureux.

Elle avait toutefois supporté la situation parce qu'elle était surexcitée pour deux. C'était sa première échographie, la première fois qu'elle verrait son bébé. Il y avait encore des moments où elle se demandait si sa grossesse était bien réelle ou si elle l'avait seulement rêvée. Aussi choquée et atterrée qu'elle ait été en lisant le résultat du test de grossesse, son cerveau ne semblait pas réussir à faire la connexion entre le petit signe « plus » et le concept de bébé.

Même après que le Dr Amaro avait confirmé les résultats de ce test, Regan avait encore du mal à accepter qu'une vie minuscule grandisse dans son ventre. Les nausées, les seins qui étaient devenus douloureux quelques jours plus tard étaient une preuve plus tangible, mais pas encore irréfutable.

Elle ne pouvait exclure que cette forme de déni soit liée à l'effroi que lui causait la perspective de l'accouchement et de la maternité, surtout en tant que mère célibataire.

Elle n'avait pas la moindre idée de ce que c'était que d'être mère. Chiffres, bilans, relevés de flux de coût étaient sa seconde nature, mais les bébés représentaient à ses yeux des entités totalement étrangères. Sa sœur avait toujours désiré se marier et avoir une pleine maisonnée d'enfants. Quant à elle, le rêve de sa vie avait été de travailler à Blake Mining. Ce n'était pas qu'elle ne veuille *absolument pas* d'enfants ; à vrai dire, elle n'avait jamais beaucoup réfléchi à la question. Et chaque fois qu'elle y avait réfléchi, elle avait toujours supposé que cela se produirait quand elle tomberait amoureuse et aurait épousé le père de ses futurs enfants.

Mais la vie savait se charger de bouleverser les plans tout tracés, la petite existence implantée en elle en étant la preuve.

Aussi, même si devenir mère célibataire n'avait jamais fait partie de ses projets, s'était-elle promis d'affronter avec courage les difficultés liées à sa situation. De toute façon, elle n'avait pas le choix.

Pour dissiper les larmes qui menaçaient de couler, elle avait saisi un magazine sur la table basse et s'était mise à le feuilleter distraitement, incapable de se concentrer.

— « Préparez votre enfant à la maternelle », avait soudain lu une voix familière par-dessus son épaule. Tu ne crois pas que tu devrais te préparer à l'accouchement avant de t'inquiéter des premiers pas de ton enfant à l'école ?

Elle avait refermé le magazine tandis que Connor s'installait sur le siège voisin du sien.

— Que fais-tu ici ? avait-elle demandé, surprise.

— Je ne voulais pas que tu vives ces instants toute seule.

— Mais comment savais-tu que je serais là ?

— Tu as mentionné ton rendez-vous quand nous nous sommes croisés au Trading Post.

— Et tu t'en es souvenu…, avait-elle murmuré, incrédule.

— Eh bien, on aurait dit que tu étais prête à t'effondrer dans le rayon des produits surgelés, et j'ai senti que tu étais angoissée à l'idée d'aller seule à ton rendez-vous. Alors j'ai noté la date dans mon agenda.

À l'idée qu'il ait fait le trajet jusqu'à Battle Mountain pour la soutenir, ses yeux s'étaient emplis de larmes de soulagement et de gratitude.

Parce que, pour le moment du moins, elle n'était plus seule.

— Je devrais probablement te dire que ça va, que tu ne dois pas te sentir obligé de rester, mais… je suis si contente de te voir !

Il lui avait pris la main pour enlacer ses doigts aux siens.

— Tout va bien se passer, avait-il assuré.

C'était une promesse qu'il n'aurait pas dû faire, avait-elle songé, car il ne saurait la tenir. Et pourtant, son moral était meilleur par le seul fait de sa présence. Connor Neal, ex-mauvais garçon devenu l'adjoint du shérif, si fort, si rassurant, représentait un roc auquel se cramponner dans la tourmente de ses émotions.

— Regan Channing !

Elle s'était levée, le cœur battant.

Connor lui avait serré la main.

— Tu vas m'accompagner ? avait-elle demandé.

— Le souhaites-tu ?

Elle avait hoché la tête, étonnée de constater qu'elle le désirait vraiment.

L'échographiste, qui s'était présentée sous le prénom de Lisa, les avait guidés vers la salle d'examen.

Elle avait tout de suite rassuré Regan en lui expliquant que le Dr Amaro n'avait aucun souci particulier concernant sa grossesse, et que cette première échographie servait à prendre les mesures de l'enfant afin d'estimer un peu plus précisément la date de l'accouchement.

Quand Regan s'était allongée sur la table et avait soulevé son chemisier, Lisa avait enduit son ventre de gel et appliqué une sonde, expliquant que les ultrasons renvoyés seraient convertis en images sur l'écran.

Regan avait pris la main de Connor et l'avait serrée tandis qu'anticipation et appréhension grandissaient en elle.

— J'ai vraiment besoin de faire pipi, avait-elle dit tandis que Lisa faisait naviguer la sonde sur son ventre.

— Désolée, avait commenté l'échographiste, une vessie pleine est une source d'inconfort pour la future mère, mais elle nous permet de recevoir une meilleure image de l'utérus et du bébé.

Lisa avait continué de manier la sonde tout en notant des mesures.

— Le cœur du bébé est puissant et régulier.

Regan avait essayé de se concentrer sur l'écran, mais c'était difficile à cause des larmes qui lui brouillaient la vue. Depuis qu'elle avait passé ce test de grossesse, elle était prompte à pleurer, quels que soient ses sentiments.

— En fait... Les deux cœurs sont puissants et réguliers, avait corrigé l'échographiste après quelques instants.

Regan avait tressailli.

— Je vous demande pardon ?

Lisa avait souri.

— C'est la réaction que j'obtiens couramment quand j'annonce à une femme enceinte qu'elle attend des jumeaux.

— Des jumeaux ? avait répété Regan, ahurie.

D'une main, Lisa avait fait glisser la sonde sur son ventre et de l'autre désigné l'écran.

— En voici un, dit-elle. Et voilà l'autre.

— Seigneur !

Regan avait regardé Connor, comme s'il pouvait miraculeusement donner un sens à ce qu'elle voyait et que son cerveau était incapable d'analyser.

— Il y a deux bébés, reprit Lisa.

— C'est ce que je vois, avait-il dit, visiblement aussi médusé qu'elle.

— Je ne peux pas avoir deux enfants, avait protesté Regan. Je ne sais déjà pas quoi faire avec un !

— Tu trouveras, avait-il assuré.

Tout en se laissant dériver vers le sommeil, elle songea qu'elle trouverait effectivement comment faire tant que Connor serait à ses côtés.

Allongé près de sa femme, Connor se remémora ce jour fatidique où il s'était rendu à Battle Mountain pour assister à la première échographie de Regan.

Elle lui avait demandé pourquoi il était venu et il avait répondu que, comme il l'avait sentie perdue à la perspective de cet examen, il voulait la soutenir. Il aurait pu ajouter : comme elle l'avait soutenu en l'aidant à faire ses devoirs de maths en terminale. Et peut-être aussi parce qu'il n'avait pas complètement oublié les sentiments qu'il avait éprouvés pour elle à l'époque.

Dans tous les cas, en constatant la panique de Regan

à la vue de deux minuscules formes floues sur l'écran, il avait été doublement heureux d'avoir pris un congé pour la matinée.

— On dirait que tu n'as pas encore digéré l'information, avait-il dit en sortant de la clinique avec Regan.

— C'est le moins que l'on puisse dire.

Il lui avait souri.

— Marchons un peu. Il y a un vendeur de glaces plus bas dans la rue.

— Je ne crois pas qu'une boule de glace aux éclats de chocolat et cookie soit la réponse.

— Étant donné les circonstances, je suggère que tu en prennes deux.

Les yeux de Regan s'étaient emplis de larmes.

— Ce n'est pas drôle.

— Tu as raison. Je te demande pardon.

Il avait sorti un mouchoir de sa poche et le lui avait tendu.

— Mais je dois avouer que c'était formidable de voir ces deux petits cœurs battre sur l'écran.

— Absolument, si *formidable* est synonyme de *terrifiant*.

— De quoi as-tu peur ?

— De tout.

Il avait glissé un bras autour de ses épaules et l'avait guidée le long de la rue.

— Viens.

Elle n'avait pas protesté, pas demandé où ils allaient, signe qu'elle était perdue dans ses pensées. Elle était toutefois sortie de sa léthargie quand ils s'étaient arrêtés devant le Scoops Ice Cream Shoppe.

— C'est inutile, avait-elle dit comme il en poussait la porte. Je ne suis pas de ces femmes qui noient leurs problèmes sous des montagnes de chocolat.

— En bien, moi, je suis de ces hommes qui considèrent qu'il n'y a pas de fête sans crème glacée.

— Que sommes-nous censés fêter ?

— Ça me paraît évident. Mais si pour le moment tu

te sens un peu dépassée par ta future maternité, nous pouvons fêter autre chose.

— Comme quoi ?

Il avait fait un geste vers le ciel.

— Le soleil brille.

— Tu fêtes chaque jour ensoleillé avec de la glace ?

— Je pourrais si nous avions un marchand de glaces comme celui-ci à Haven.

Regan avait réussi à sourire en s'approchant de la vitrine exposant les différents parfums.

Elle avait choisi une simple boule de glace aux pépites de chocolat avec morceaux de cookies présentée dans une coupe ; pour Connor, ce fut une boule de noix de pécan et marshmallows accompagnée d'une boule de chocolat dans un cornet. Ils s'étaient ensuite assis l'un en face de l'autre sur des banquettes de vinyle rouge devant une table en formica.

Durant quelques minutes, il avait savouré sa glace en silence, laissant à Regan le temps de démêler des pensées qui creusaient un pli entre ses sourcils.

— Tu ne manges pas ta glace ? avait-il demandé comme elle réduisait la préparation en bouillie avec sa cuillère.

Elle l'avait portée à sa bouche.

— Je commençais juste à m'habituer à l'idée que j'allais avoir un enfant et voilà qu'on m'annonce qu'en réalité je vais en avoir *deux*.

— Raison supplémentaire pour mettre au plus tôt ta famille au courant.

Il savait que jusqu'à présent, il était la seule personne dans la confidence.

Elle avait hoché la tête, puis avalé une nouvelle cuillerée de glace.

— Tu as raison, je le sais, mais je ne peux imaginer leur réaction. Non…, avait-elle ajouté après un instant, c'est faux. Je suis pratiquement certaine que mon père va se mettre dans tous ses états.

— Ton père a mauvais caractère ?

— De l'avis général, sûrement pas. Parce qu'il lui en faut beaucoup pour perdre son sang-froid, mais je pense que la grande nouvelle fera l'affaire.

Il s'était rembruni. Même dans une petite ville aussi paisible que Haven, il recevait son lot d'appels pour violences domestiques et savait mieux que personne que le pire auteur de maltraitances pouvait se présenter à l'extérieur comme une personne totalement bienveillante.

— Est-ce que… T'a-t-il jamais frappée ? avait-il demandé avec circonspection.

Regan avait ouvert de grands yeux.

— Seigneur ! Non… Voyons, jamais il ne… Je ne voulais pas dire… Non, bien sûr que non !

La spontanéité de sa réaction l'avait soulagé.

— Quand je dis qu'il va se mettre dans tous ses états, je suppose qu'il va crier un peu. Ou beaucoup. Mais ce qui me fait le plus mal, c'est que je vais le décevoir.

— Et ta mère ?

— Elle a l'esprit plus pratique, du genre : « Inutile de pleurer sur le lait renversé. » Elle va commencer par rencontrer les futures nounous pour que je puisse reprendre le travail le plus tôt possible, parce que, dans sa vie, rien ne compte plus que Blake Mining. Et alors, nous nous disputerons probablement parce que je ne connais peut-être pas grand-chose à l'éducation des enfants, mais je refuse qu'une étrangère élève le mien. Je ne dis pas que je resterai éternellement à la maison, mais je ne veux pas que mes enfants doivent passer au bureau pour me voir.

À son ton, il avait deviné qu'elle parlait d'expérience.

— Eh bien, la décision te reviendra, non ?

— Si tu le dis…

Il avait croqué le dernier morceau de son cornet.

— Es-tu prête à partir ?

Elle avait hoché la tête et pris son récipient presque plein pour le jeter à la poubelle.

Il l'avait accompagnée à sa voiture garée non loin de son pick-up.

— Je comprends que tu ne sois pas pressée d'affronter la réaction de tes parents, mais tu devrais leur en parler au plus vite, avait-il dit d'un ton encourageant. Avec deux bébés en route, tu auras besoin non seulement de leur soutien, mais aussi de leur aide.

— Tu as raison. Je voudrais juste…

— Quoi ?

Elle avait secoué la tête en soupirant.

— Rien.

— Tu ne devrais pas perdre ton temps à ne rien souhaiter, l'avait-il taquinée.

Elle avait esquissé un sourire.

— Que voudrais-tu ?

— Tu en as déjà tellement fait pour moi.

— Dis-moi. Je t'aiderai dans la mesure du possible.

Parce qu'il était apparemment la victime rêvée des damoiselles en détresse. À moins qu'il ne déteste voir cette damoiselle-là en détresse, car il semblait qu'il ne puisse rien lui refuser.

— M'accompagnerais-tu chez mes parents… quand je leur dirai ?

Naturellement, il avait accepté.

Et, dix jours plus tard, il l'épousait.

- 5 -

Il ne se sentait pas différent. Mais en conduisant pour rentrer à Haven, Connor avait vu luire l'anneau de platine à l'annulaire de sa main gauche, preuve tangible de son nouveau statut d'homme marié.

— Tu n'as pas dit un mot depuis que nous sommes sortis de la chapelle, avait-il dit en jetant un regard à sa femme, assise en silence près de lui, les mains croisées sur ses genoux. Tu regrettes déjà ?

— Et toi ? avait-elle demandé d'un air inquiet.

— Non. Enfin, pour dire la vérité, à certains moments durant le trajet je me suis demandé si nous ne commettions pas une erreur, ou si nous n'agissions pas trop précipitamment.

Cependant les contraintes de temps impliquées par leur situation exigeaient d'agir rapidement, pas seulement parce qu'une double grossesse se verrait plus tôt qu'une simple, mais à cause du marché qu'il avait passé avec celui qui était maintenant son beau-père, s'était dit Connor.

Il avait connu un moment d'hésitation quand l'officiant l'avait invité à embrasser *sa femme*, mais il s'était raisonné : il ne s'agissait que d'un baiser. Sauf que les douces lèvres de Regan avaient tremblé quand il les avait effleurées et qu'elle avait retenu son souffle en croisant son regard. À ce moment précis, quelque chose s'était passé entre eux.

À moins qu'il n'ait tout imaginé…

— Mais maintenant, avait-il repris, je ne doute pas que nous ayons fait ce qu'il fallait pour tes enfants.

— Et pour nous ?

— Nous ferons en sorte que ça marche.

Elle avait fait tourner son alliance sur son doigt.

— Je ne t'ai même pas demandé si tu avais une petite amie.

— Plus maintenant.

— Oh ! non. Ne me dis pas…

— Je plaisantais.

Elle avait poussé un soupir de soulagement.

— Ce n'est pas drôle.

— Désolé.

Quelques minutes s'étaient écoulées en silence.

— Pourquoi n'as-tu pas de petite amie ?

— Je ne suis pas sûr que ma femme approuve, avait-il répondu, pince-sans-rire.

— Toujours aussi drôle !

— J'ai eu des petites amies. Cette année, je suis sorti par intermittence avec Courtney Morgan.

— Pourquoi par intermittence ?

Il avait haussé les épaules.

— Nous passions de bons moments ensemble, mais nous savions tous les deux que ça n'irait pas plus loin.

— Comment crois-tu qu'elle réagira à l'annonce de notre mariage ?

— Probablement avec incrédulité parce que je lui ai dit dès le début de notre relation que je n'étais pas pressé de m'installer.

Ce qui était pure vérité à l'époque. Mais bien des choses avaient changé depuis ce premier rendez-vous avec Courtney Morgan.

— À mon avis, l'annonce de notre mariage surprendra moins les gens quand ils s'apercevront que je suis enceinte, avait dit Regan, une main sur son ventre. Et avec deux bébés là-dedans, ça ne tardera probablement pas à se voir.

— Il y aura pas mal de bavardages, c'est certain. Mais nous y ferons face ensemble.

Avant cela, ils devaient cependant faire face aux parents de Regan.

— Je me sens un peu coupable, avait-il avoué en garant son pick-up dans l'allée de béton estampé du 1202 Miners' Pass.

— Pourquoi ?

— Parce que tu quittes cette magnifique demeure pour venir vivre avec moi dans une maison minuscule.

— Ta maison est très bien. Encore que je n'émettrais aucune objection si tu décidais de rénover la cuisine. Je dirais même que je t'y encourage.

Il lui avait ouvert la portière du passager et tendu la main.

— Quand tu te mettras à cuisiner, j'y réfléchirai.

— Le fait que je ne cuisine pas ne signifie pas que je ne sais pas le faire, avait-elle prévenu. Celeste m'a enseigné les bases.

— C'est drôle. Soudain, ma vie d'homme marié me paraît un peu plus lumineuse.

Elle avait souri, mais la façon dont elle avait serré sa main tandis qu'ils gagnaient la porte en disait long sur son appréhension.

Il aurait aimé pouvoir la rassurer en lui disant que son père, en tout cas, n'émettrait aucune objection à leur mariage. Avant d'échanger ses vœux avec Regan, il avait fait une promesse à Ben Channing, et il était conscient que trahir cette promesse aurait des répercussions fâcheuses.

Et tout en écoutant le paisible souffle de sa femme près de lui, il savait que c'était aussi vrai aujourd'hui que le jour de leur mariage.

Sauf qu'à présent, il avait beaucoup plus à perdre.

Regan s'était endormie depuis peu quand des pleurs pénétrèrent la torpeur de son sommeil.

Immédiatement, elle sentit ses seins se tendre à cause d'une montée de lait et se prépara à nourrir ses bébés.

Quand l'une se réveillait et avait faim, l'autre ne tardait pas à suivre.

Elle s'assit au bord du lit et se leva.

Connor avait installé une veilleuse pour qu'elle n'ait pas à tâtonner dans le noir. Et comme elle atteignait le berceau, son cœur fit un bond quand elle s'aperçut qu'il n'y avait qu'un bébé à l'intérieur.

Elle tourna la tête, cherchant son mari dans la pénombre.

— Je suis là, dit Connor d'un ton rassurant.

Sa voix émanait du rocking-chair placé dans un coin.

— Poppy est avec moi, ajouta-t-il.

Avec un soupir de soulagement, elle ouvrit sa chemise de nuit et dégrafa son soutien-gorge d'allaitement pour mettre Piper au sein. Le bébé saisit avidement le mamelon et se mit à téter. Regan se retint de grimacer en se rasseyant sur le lit, l'enfant au creux du bras.

— Que fais-tu debout ? demanda-t-elle. C'est Poppy qui t'a réveillé ?

— Je ne dormais pas vraiment et, quand elle s'est agitée, j'ai décidé de la changer, puis je me suis installé dans le rocking-chair en espérant que tu pourrais dormir un peu plus.

— Ça a duré longtemps ?

— Quelques minutes plus tard, Piper pleurait.

Elle lui était néanmoins reconnaissante de sa tentative.

— Qu'ai-je fait pour mériter un homme tel que toi ? dit-elle en plaisantant.

Il se leva, revint vers le lit et s'assit près d'elle, Poppy dans les bras.

— C'est moi le plus chanceux. J'ai une magnifique épouse et deux superbes petites filles.

Elle sourit pour alléger l'atmosphère parce que le ton et les mots employés par Connor étaient chargés de sens.

— Tu veux dire une femme sous l'emprise de ses hormones et deux petites filles très exigeantes ?

Il lui prit le menton, la forçant à croiser son regard.

— Je pense ce que j'ai dit.

— Pas de regrets ?

Elle retint son souffle.

— Pas de mon côté, répondit-il sans hésiter. Et du tien ?

Elle secoua la tête.

— Des angoisses, des inquiétudes et des soucis, oui. Des regrets, non.

Tout à coup, Poppy commença à s'agiter et à geindre. Connor la fit passer d'un bras à l'autre et lui offrit son pouce à sucer. Ce qui satisfit l'enfant environ dix secondes jusqu'à ce qu'elle s'aperçoive qu'aucune nourriture n'en sortirait.

— Je suppose qu'elle a faim, elle aussi, commenta Regan.

— Elle attendra quelques minutes que sa sœur ait fini. Ou bien je peux descendre faire un biberon.

Regan secoua la tête tout en retirant Piper de son sein pour la caler contre son épaule.

— Osciller entre le sein et le biberon peut causer une confusion entre le mamelon et la tétine.

— *Peut* ne signifie pas que cela se produira, souligna-t-il.

Piper laissa échapper un rot d'une force surprenante pour un être aussi petit. Puis, avec un soupir, elle posa la tête sur l'épaule de sa mère et ses yeux se fermèrent tandis qu'elle voguait déjà vers le sommeil.

Regan posa un baiser sur le front de l'enfant avant de l'échanger avec sa sœur.

Connor emporta Piper jusqu'à la commode où il l'étendit sur le matelas à langer. Il y avait une table à langer dans la chambre des jumelles, mais comme elles dormaient dans la leur, c'était plus simple de les changer ici.

— Tout le monde vante le naturel de l'allaitement maternel, déclara Regan en découvrant son autre sein pour Poppy. Ça ne signifie pas pour autant que ce soit facile.

— C'est un choix personnel. Tu n'es pas obligée de continuer si tu n'en as plus envie.

— J'en ai toujours envie. Je crains seulement de ne pas faire assez bien.

— Ce n'est pas l'avis de la conseillère en allaitement de l'hôpital, lui rappela-t-il.

— Mais on dirait qu'elles mangent tout le temps, se lamenta Regan, et ce n'est que le huitième jour, et…

— Et quoi ?

Une larme roula sur sa joue.

— Et si je n'y arrive pas ?

Sa voix n'était qu'un murmure dans le silence de la pièce. Si elle parlait tout doucement, c'était qu'elle craignait qu'en émettant tout haut ses craintes, celles-ci ne se réalisent.

— Si tu n'arrives pas à quoi ? demanda doucement Connor.

Au cours des derniers mois, il avait appris que ses peurs et son manque d'assurance étaient bien réels, et il essayait de lui offrir un soutien sincère plutôt que de débiter des platitudes.

— À nourrir mes enfants, avoua-t-elle. Que se passera-t-il si mon corps ne produit pas assez de lait ?

Regan était sa femme ; avoir ce genre de conversation avec elle n'aurait pas dû le mettre mal à l'aise, songea Connor. Mais ils n'entretenaient pas une relation traditionnelle où l'on tombe amoureux après être sortis ensemble un certain temps. Eux n'étaient jamais sortis ensemble, et il l'avait épousée uniquement parce qu'elle était enceinte et ne voulait pas que ses enfants grandissent sans père. Par conséquent, les règles habituelles ne s'appliquaient sûrement pas dans leur cas.

Il tira un mouchoir d'une boîte près du lit et tamponna doucement la joue de Regan.

— Plus elles tètent, plus tu fabriques de lait, dit-il, répétant les paroles du médecin. Mais si tu crains qu'elles ne soient pas suffisamment nourries, nous pouvons supplémenter avec des biberons.

— Mais le Dr Amaro dit que le sein est meilleur…

Il aurait voulu qu'ils parlent de n'importe quoi, mais pas de *ça*.

Oui, l'allaitement au sein était naturel et peut-être que la plupart des hommes regardaient leur femme nourrir leur bébé sous l'angle de la simple fonction biologique, mais lui n'en faisait pas partie.

Il détourna son regard du renflement nacré du sein de Regan et s'éclaircit la gorge.

— Je me sens vraiment nulle, dit-elle en soupirant.

— Tu n'es pas nulle.

Une nouvelle larme roula sur sa joue.

— Mes mamelons me font mal.

Il ne voulait vraiment pas penser à ses mamelons. Ni à aucune autre partie de son anatomie d'ailleurs, parce qu'il ne pouvait empêcher son propre corps, depuis trop longtemps privé de relations sexuelles, de réagir à la présence de son épouse.

En toussotant, il essaya de s'éclaircir l'esprit.

— As-tu essayé la crème qu'on t'a donnée à l'hôpital ?

Elle secoua la tête.

— Pourquoi ?

— Parce que…

Elle renifla.

— J'ai oublié.

Il posa une Piper endormie dans son berceau et fouilla les différentes poches du sac de change à la recherche d'un échantillon de lanoline pure que le médecin lui avait donné.

Il le posa sur la table de nuit et prit son verre vide.

— Tu veux que je le remplisse ?

— Si tu veux bien.

Il se dirigea vers la porte, content d'avoir un prétexte pour ne plus avoir à détourner le regard tandis que Regan se massait les seins avec la crème.

Sur le seuil, il faillit trébucher sur Baxter et marmonna un juron.

— Que fais-tu là ? demanda-t-il à voix basse au chien.

Celui-ci leva la tête et remua la queue.

Avec un soupir, il s'accroupit et gratta la tête de l'animal.

— Oui, tu es un bon garçon. Mais tu es censé dormir sur *ton* coussin dans la salle de séjour, pas devant la porte de *ma* chambre.

Baxter se leva et s'étira.

— Salle de séjour, répéta-t-il en désignant l'escalier.

Le chien regarda cette direction, puis tourna la tête vers la chambre.

— Les bébés vont bien, assura-t-il.

Apparemment, Baxter le crut car quand Connor emprunta l'escalier, le chien trottina près de lui.

— Est-ce que je peux t'aider ? demanda Connor à sa belle-sœur quand, en revenant de sa promenade matinale avec Baxter, il la trouva en train de fouiller les placards de la cuisine.

— Tu as du café ? dit Brielle avec espoir.

Il désigna une carafe à demi pleine.

Elle secoua la tête.

— Non. Je parle de *vrai* café.

— Désolé, répondit-il. Je suis passé au décaféiné en même temps que Regan.

Brielle se rembrunit.

— Elle déteste le déca.

— Justement. Ainsi, elle n'est pas tentée de trop en boire.

— Je n'arriverais même pas à finir la première tasse, dit-elle. Comment peux-tu survivre à ça ?

Cependant, la question à peine posée, elle en trouva la réponse.

— Tu bois du vrai café au bureau du shérif, je parie !

— Bien sûr. Tu voudrais venir en boire une tasse ?

— Avec joie ! répondit-elle en branchant la bouilloire sans oublier cette fois d'actionner l'interrupteur. Mais je vais prendre une tisane et essayer de persuader mon corps qu'il n'est pas en manque de caféine.

— Prends un cookie, proposa-t-il en poussant la boîte vers elle.

Elle souleva le couvercle et se rembrunit.

— Il n'en reste qu'un. Je ne peux pas prendre le dernier.

— J'en ai monté deux à Regan tout à l'heure.

— Dans ce cas…

Elle s'empara du gâteau et mordit dedans.

— Ça ne remplace pas une tasse de bon café bien noir et bouillant, mais l'apport de sucre me donnera peut-être un coup de fouet.

— Les bébés t'ont-ils réveillée cette nuit ? demanda-t-il en remplissant sa propre tasse.

Brielle secoua la tête.

— Non, j'ai le sommeil plutôt lourd. Mais mon corps est resté à l'horaire de la côte Est, et je suis debout depuis 3 heures.

Lui aussi s'était réveillé à 3 heures, mais il s'était rendormi ensuite. Enfin, un peu. Il n'aurait pas cru qu'il apprécierait de partager un lit avec quelqu'un juste pour dormir, mais quand il parvenait à juguler un désir inapproprié pour sa femme, il se sentait réconforté par sa présence. Si les circonstances avaient été différentes, il se serait serré contre elle et l'aurait attirée dans son étreinte. Mais dans la situation qui était la leur, il restait de son côté du lit, se contentant de rêver d'abolir la distance instaurée entre eux.

— Et quand tu auras surmonté le décalage horaire, tu rentreras à New York.

— C'est fort probable.

Brielle versa l'eau bouillante dans sa tasse. Regan les rejoignit bientôt, serrant contre elle les pans de sa robe de chambre. Sa sœur sortit une deuxième tasse du placard, y laissa tomber un sachet de tisane et la remplit d'eau. Puis elle poussa la tasse vers Regan.

— Les bébés dorment encore ? demanda Brielle.

— Pas *encore*. Elles viennent à peine de s'endormir. Pour un bon moment j'espère.

Elle étouffa un bâillement.

— Tu ne les as pas entendues, cette nuit ?

Brielle secoua la tête.

— Combien de fois se sont-elles réveillées ?

Regan consulta Connor du regard. Il haussa les épaules.

— J'ai perdu le compte.

— Moi aussi, avoua-t-elle. Mais je suis presque sûre que l'une ou l'autre était constamment réveillée.

— J'ai la même impression, dit-il. C'est pourquoi tu devrais monter te reposer.

Elle le regarda en notant qu'il avait revêtu son uniforme.

— Je dois aller au lit, mais toi, tu vas travailler.

— Je retournerais immédiatement au lit si j'avais le choix !

— C'est justement pour ça que tu ne devrais pas te lever à chaque fois la nuit.

— Ça va, dit-il. Et aujourd'hui, tout ira bien pour tout le monde tant qu'on ne me demandera pas de sortir mon arme.

— Tu plaisantes, j'espère.

Il rit.

— Bien sûr. Et je m'arrêterai prendre des plats à emporter au retour pour que tu n'aies à te soucier de rien d'autre que de t'occuper des bébés et profiter de ta sœur.

— Ne disais-tu pas que le congélateur était plein de plats apportés par des amis et voisins ?

— Il l'est. Mais tu as mentionné que tu avais très envie d'une pizza de chez Jo.

— C'est vrai.

Elle ferma les yeux comme si elle se représentait la pâte dorée et croustillante surmontée de fromage fondu et elle poussa un gémissement de convoitise.

— J'en meurs toujours d'envie !

— Ce sera donc pizzas de chez Jo au menu ce soir.

Il se pencha pour gratter la tête de Baxter et se dirigea vers la porte. Puis il s'arrêta, revint poser un baiser sur la tête de Regan et salua sa sœur de la main avant de sortir.

— C'est un type bien, dit Brielle quand elles furent seules.

— C'est certain, approuva Regan avec conviction.

— Et cependant…

Refusant de mordre à l'appât, Regan but une gorgée de tisane pendant que sa sœur mangeait son dernier morceau de cookie.

Elle attendit encore une demi-minute avant de lâcher un soupir exaspéré et de demander :

— Et cependant quoi ?

— C'est justement ce que j'essaie de comprendre.

— Eh bien, tu me feras ton rapport quand ce sera fait.

— Ne me prends pas pour une idiote. J'ai beau être partie depuis longtemps, je te connais suffisamment pour savoir comment tu réagis face à un homme que tu apprécies *beaucoup*. Et je sais qu'il y a plus, ou peut-être moins, dans votre histoire que ce que tu veux bien faire croire.

— De quoi parles-tu ?

— Je parle de ta relation avec ton mari !

— Connor est formidable, affirma Regan.

Ce qui était vrai. Mais elle se sentait un peu coupable de ne pas être tout à fait honnête avec sa sœur.

— Dès que je lui ai dit que j'étais enceinte, il a été à mes côtés. Il a réorganisé son emploi du temps pour assister à la première échographie et il m'a même accompagnée chez les parents pour leur annoncer ma grossesse.

Brielle haussa les sourcils.

— Avant même de t'avoir passé la bague au doigt ? Bon sang, il est encore plus courageux que je ne le pensais ! Mais il me manque quand même une pièce du puzzle. J'additionne 2 et 2 et bizarrement j'arrive à 3.

— Tu n'as jamais été forte en maths, répliqua Regan en plaisantant.

— Raison pour laquelle je suis institutrice de maternelle et toi comptable ! Mais, en tant qu'enseignante, je sais quand un de mes élèves me cache quelque chose et je pourrais jurer qu'en ce moment, c'est ton cas.

— Tu as raison, répondit Regan, presque soulagée. Je te cache une chose que tout le monde ignore.

Brielle posa une main sur son bras dans un geste de soutien et d'encouragement.

— Connor m'a épousée parce que j'étais enceinte, mais pas de lui.

- 6 -

Connor comprenait parfaitement l'addiction de sa belle-sœur à la caféine. Et une tasse de café frais fut son premier objectif en arrivant au bureau du shérif.

— Je veux voir des photos ! s'exclama Judy Talon, l'assistante administrative du shérif dès qu'il eut franchi la porte.

— J'en ai. Mais d'abord, il me faut du café.

— Noir ? demanda Judy en se levant.

Quand Connor avait été engagé, Judy avait mis les choses au point : elle n'était ni la secrétaire, ni la servante de personne. Si elle n'avait pas d'objection à préparer le café, elle ne le servirait pas. Et en quatre ans, c'était la première fois qu'elle se proposait de lui en apporter une tasse.

Connor hocha la tête, plein de reconnaissance.

— Ce serait parfait. Merci.

Avec la tasse de café fumant, elle apporta un des beignets que l'adjointe Holly Kowalski apportait tous les vendredis matin.

— Merci, répéta Connor.

— On dirait que vous avez déjà eu une dure journée et il n'est pas encore 9 heures…

— C'est la nuit qui a été longue.

— Une des joies des jeunes parents, observa Judy.

— Mais ce sont de vraies joies, dit-il en débloquant l'écran de son téléphone pour lui montrer les photos promises.

— Oh ! les belles petites, s'exclama-t-elle en se penchant pour mieux les examiner. Elles sont si minuscules !

— Piper est née à 3 h 28, pesant 2,7 kg et mesurant 47 cm.

Du doigt, il désigna le bébé portant le bonnet rose à pois.

— Poppy a suivi quatorze minutes plus tard à 2,8 kg et 46 cm.

— Piper et Poppy ne sont pas des prénoms courants, fit remarquer Judy.

— Ils sont uniques ! Mais elles en ont d'autres plus traditionnels. Piper s'appelle Faith ; et Poppy, Margaret.

— Oh…, fit Judy en se penchant à nouveau sur le portable. Votre mère serait aux anges de savoir que vous avez donné son prénom à votre première-née.

L'assistante du shérif avait connu sa mère. Elles n'avaient pas été amies, mais Judy s'était toujours montrée gentille vis-à-vis de Faith, ce qui était loin d'être le cas des femmes de la ville. Elles fréquentaient la même église, du moins quand sa mère n'était pas réquisitionnée le dimanche matin pour travailler et qu'elle pouvait assister à l'office. Connor savait que Judy avait parfois encouragé Faith à prendre ses enfants et quitter son « bon à rien » de mari. Mais Faith Parrish avait toujours répondu qu'elle avait promis de rester aux côtés de Dwayne pour « le meilleur et pour le pire », et qu'elle avait l'intention d'honorer son serment.

— Elle serait fière aussi de l'homme que vous êtes devenu, ajouta Judy.

— Regardez celle-ci, dit-il en balayant l'écran pour lui montrer la photographie suivante, lui faisant ainsi comprendre qu'il ne souhaitait pas parler de sa mère.

Faith était décédée depuis presque cinq ans maintenant. Les médecins avaient attribué sa mort à une overdose accidentelle, émettant l'hypothèse que la tumeur de son cerveau avait pu lui brouiller les idées et la pousser à prendre trop de médicaments.

Connor pensait différemment. Il avait surpris une

conversation de sa mère avec une voisine au cours de laquelle elle évoquait le sombre pronostic de sa maladie et confiait qu'elle ne voulait pas que ses fils assistent à sa déchéance. Six semaines plus tard, dix jours après que Deacon avait obtenu son bac, elle n'était plus là.

Elle lui manquait encore chaque jour. Nul doute qu'elle aurait eu quelque chose à dire sur la situation délicate dans laquelle il s'était mis, mais il n'arrivait pas à imaginer quelle aurait été sa réaction.

Judy continuait de s'extasier sur les photos.

— C'est Regan, là, à l'hôpital ?

Il jeta un coup d'œil à l'écran.

— Oui.

— On dirait qu'elle revient d'une agréable promenade dans le parc, certainement pas qu'elle vient de mettre deux enfants au monde !

— C'est une battante, dit Connor. Mais ce n'était pas une promenade de santé…

— On dit que la tâche la plus éprouvante de l'homme est de couper le cordon.

— J'ai coupé les cordons, confirma-t-il.

Il avait été surpris quand Regan lui avait demandé s'il voulait bien le faire, et encore plus en prenant conscience qu'il l'avait fait. Et cela sans avoir été préparé à la signification de cet instant où le fait de rompre le lien tangible entre mère et enfant semblait créer un lien encore plus fort entre eux tous.

— Mon mari l'a coupé à la naissance de notre fils, dit Judy, mais il se trouvait en Afghanistan quand notre fille est née. Elle a vingt-quatre ans à présent et se plaint régulièrement d'attendre encore qu'il coupe le cordon !

— Ce doit être difficile pour un père de laisser partir ses petites filles, même si elles sont grandes.

— C'est probablement vrai, admit Judy. Heureusement que vous disposez d'un badge et d'une arme, parce que si ces petites filles deviennent aussi jolies que leur maman, vous allez avoir fort à faire pour tenir les garçons à distance.

— J'imagine.

— Hé ! regardez qui est de retour, s'exclama Holly, émergeant du local où l'on entreposait les preuves. Mes félicitations, papa adjoint !

Elle alla au bureau et en tira un gros paquet cadeau qu'elle posa dessus.

— Qu'est-ce que c'est ? demanda Connor, considérant le paquet avec méfiance.

Holly rit.

— Ce sera drôle de te regarder élever deux petites filles si la seule vue d'un tissu rose te fait si peur !

— Je n'ai pas peur, je suis… surpris.

— Surpris que j'offre un cadeau aux bébés de mon collègue ? demanda-t-elle, feignant d'être blessée.

— Oui. Je veux dire, non. Je…

— Si vous vous taisiez et ouvriez le paquet ? suggéra Judy.

Jugeant le conseil avisé, Connor explora le contenu du sac et en sortit deux couvertures. Il déplia la première, un patchwork de roses pâles et de violets doux. Le motif de la seconde couverture était différent, mais dans les mêmes tons.

— Merci, Kowalski. Nous aurons assurément l'usage de ces couvertures.

Judy secoua la tête d'un air navré.

— Ce ne sont pas des couvertures, mais des quilts faits main. Celui-ci…

Elle désigna celui que Connor tenait.

— Je reconnais un motif moulin à vent, mais celui-là…

Du bout du doigt, elle suivit une ligne de minuscules points et interrogea Holly du regard.

— Une étoile fracturée, répondit cette dernière.

— Ils sont superbes, dit l'assistante. J'aime beaucoup

que vous ayez utilisé les mêmes tissus avec des motifs différents de manière à coordonner les deux quilts.

Tout rembruni, Connor reporta son attention sur Holly.

— Tu les as *fabriqués* ?

— Kowalski n'est pas qu'une tireuse d'élite, déclara le shérif Reid Davidson en entrant dans le bureau.

— Je m'en doute, dit Connor.

— Pour dormir, Tessa ne se sépare jamais de celui que vous lui avez confectionné, dit Reid à Holly.

L'adjointe rougit sous le compliment.

— Je suis heureuse qu'il lui plaise.

Le shérif regarda Judy et Connor.

— Dites donc, quand vous organisez une fête de remise de cadeaux aux bébés de Connor, vous pourriez penser au patron.

— La poste a dû perdre votre invitation, répliqua Judy.

— C'est sûrement ça.

Connor replia les couvertures, non ! Les *quilts*, et les rangea dans le sac.

— Vous auriez pu prendre quelques jours de congé supplémentaires, Neal, lança Reid.

— La sœur de Regan étant là pour l'aider aujourd'hui, je me suis dit que je ferai aussi bien de venir faire un peu de paperasse.

Le shérif hocha la tête tout en remplissant sa tasse de café.

— Êtes-vous prête pour votre présentation à l'école primaire, Kowalski ?

— Aujourd'hui ? dit l'adjointe en feignant la surprise. C'est que j'ai un rendez-vous chez le dentiste et…

— Vous n'avez pas de rendez-vous, l'interrompit le shérif, et si vous en avez un, vous allez l'annuler parce que c'est noté sur votre calendrier depuis le début du mois.

Holly soupira.

— Vous pourriez envoyer Neal, suggéra-t-elle. Vous n'allez pas dépendre d'un jeune père privé de sommeil pour vous couvrir si vous devez interpeller un dangereux criminel.

Le shérif secoua la tête.

— Vous êtes la seule personne que je connaisse qui préfère affronter un dangereux criminel plutôt qu'une classe de CE1.

— Parce que personne ne m'en voudra de tirer sur un criminel.

— École élémentaire de Stoney Ridge, dit Reid. 11 heures. Et… Kowalski ?

— Oui ?

— Pensez à verrouiller votre arme avant de partir.

Connor toussota pour couvrir son rire.

Le shérif souleva le couvercle de la boîte à pâtisseries et jura.

— Bon sang ! Qui a pris ma torsade glacée ?

Kowalski n'essaya même pas de dissimuler son ricanement.

Regan retint son souffle. Comment allait réagir sa sœur à sa confession ?

— Une minute, dit Brielle en levant la main. Es-tu en train de me dire que Connor n'est pas le père des jumelles ?

— Il est leur père de toutes les façons qui comptent. Simplement, ils ne partagent pas le même ADN.

— Le sait-il ? demanda Brielle avec circonspection.

— Naturellement !

La réponse soulagea visiblement sa sœur tout en la laissant un peu désarçonnée.

— Mais s'il n'est pas le père et qu'il le sait, enfin, le père biologique, se hâta de rectifier Brielle, pourquoi t'a-t-il épousée ?

— Parce que j'étais une damoiselle en détresse et qu'il a le complexe du Chevalier blanc ? suggéra Regan.

Sa sœur secoua la tête.

— Je n'ai jamais rencontré de femme plus capable que toi de se tirer de n'importe quelle situation !

— J'apprécie ta confiance, mais tu n'étais pas là quand j'ai lu le résultat du test de grossesse pratiqué à la maison. Ou quand j'ai finalement mis maman et papa au courant.

Mais Connor était là. Tout au moins pour l'annonce faite à ses parents. Et elle l'avait remercié de sa gentillesse en le jetant dans la gueule du loup.

Suivant son conseil, elle avait dit la vérité à ses parents au sujet de sa grossesse, à un petit détail près…

« Peux-tu m'expliquer ce qui vient de se passer ? avait demandé Connor comme ils quittaient la maison de Miners'Pass. Pourquoi as-tu laissé croire à tes parents que j'étais le père de ces bébés ?

— Parce que s'ils avaient pensé que tu n'étais pas le père, ils m'auraient posé une tonne de questions sur lui et notre relation.

— Questions auxquelles je me doute que tu ne voulais pas répondre.

— Auxquelles je ne *pouvais* pas répondre, avait-elle dit en enfouissant son visage dans ses mains. À moins de reconnaître que j'avais eu une histoire avec un homme marié.

— Tu ignorais qu'il était marié, avait-il souligné, répétant ce qu'elle lui avait confié.

— Mais peut-être que j'aurais dû savoir. Peut-être que je n'ai pas posé assez de questions.

— C'est du passé maintenant.

— Je leur dirai la vérité, avait-elle promis.

— Quand ?

— Bientôt. Il me faut juste un peu de temps pour trouver les mots.

— J'ai une suggestion à te faire. Tu leur dis : "Connor n'est pas le père de mes enfants." »

Toutefois, elle n'avait pas eu le temps de rectifier l'erreur, car Connor avait apparemment changé d'avis. Au lieu de s'extirper du guêpier dans lequel elle l'avait placé, il avait proposé qu'ils se marient, s'y enfonçant un peu plus.

— J'étais complètement dépassée par les événements, confia-t-elle à sa sœur. Je détestais mentir aux parents, et je me demandais comment leur annoncer que j'allais avoir des jumeaux ! Et alors que je m'efforçais de me persuader que je ferais une mère célibataire potable, l'offre de Connor m'ouvrait de nouvelles perspectives.

— Malgré tout, se marier est un grand pas à franchir sans investissement préalable dans une relation, remarqua Brielle.

Regan hocha la tête.

— C'est que Connor a grandi sans père, à part les années où il a vécu avec son beau-père qui était un homme violent, et il ne supportait pas l'idée que Piper et Poppy soient sujettes aux murmures et spéculations sur leur origine comme lui l'avait été.

— C'est admirable. Mais, dans ce cas, il aurait pu offrir une alliance à n'importe quelle femme enceinte et célibataire.

— Je n'étais pas n'importe quelle femme, mais celle qui pouvait renforcer sa position dans la société.

Brielle fronça les sourcils.

— Tu n'insinues tout de même pas qu'il t'a épousée parce que notre mère est une Blake ?

— C'est un facteur qui a joué. Entrer dans une des familles les plus en vue de la ville reste le meilleur moyen pour une personne née dans les quartiers pauvres de gravir l'échelle sociale.

— Il te l'a dit ?

Regan acquiesça.

— Ça paraît un peu cynique, constata Brielle. D'un autre côté, je comprends mieux la situation. Il s'agit d'un arrangement commode pour les deux parties.

— Sauf que ce n'est pas toujours commode, confessa Regan.

— Parce que tu as des sentiments pour lui ?

— Oui. Enfin, non…

Elle soupira et finit par avouer :

— Je ne sais pas. J'éprouve toutes sortes de sentiments, mais j'ignore si ce sont des sentiments pour Connor ou si l'amour que j'éprouve pour mes filles rejaillit sur lui. Et peut-être que je lui suis tellement reconnaissante de ce qu'il a fait pour moi que je monte en épingle trois fois rien.

— Possible également que tu transfères tes sentiments pour le père biologique à celui qui en endosse le rôle, suggéra Brielle.

— Certainement pas ! affirma Regan. Je n'étais pas amoureuse de Bo Larsen.

— Comment se fait-il que tu te sois retrouvée dans son lit, alors ?

— Il était beau, charmant, et il y avait longtemps qu'un homme beau et charmant n'avait pas manifesté d'intérêt pour moi.

— Sait-il… que tu as des enfants de lui ?

— Non. Je lui ai fait part de ma grossesse parce que ça me semblait correct.

— Comment a-t-il réagi ?

— Il m'a donné de l'argent pour que j'avorte.

Brielle proféra un juron qui remettait en cause les origines de l'homme, et la vivacité de sa réaction fit sourire Regan.

— Je ne l'ai plus revu, ni ne lui ai parlé depuis.

— J'en conclus qu'il n'est pas de Haven.

— Non. Il devait passer quelques mois en ville pour son travail. À la fin de son contrat, il est retourné à Logan City et à sa femme.

Brielle ouvrit de grands yeux.

— Il était *marié* ?

Les joues de Regan s'empourprèrent.

— Il est marié. Mais je l'ignorais.

Elle déglutit.

— Il a une femme et… deux filles.

— Eh bien…

Elle hocha la tête tandis que lui revenaient les souvenirs de leur confrontation et de sa honte quand elle avait appris qu'il était marié.

— Quand l'as-tu découvert ? s'enquit Brielle.

— Quand je lui ai appris ma grossesse. Jusque-là, je ne me doutais absolument pas que j'étais *l'autre*.

— Oh ! ma chérie…, dit sa sœur, la prenant dans ses bras. Je suis si triste pour toi.

— Je me suis conduite comme une écervelée.

— Nous commettons tous des erreurs quand il s'agit d'amour.

Regan sourit à travers ses larmes.

— À part Connor, tu es la seule qui sache la vérité.

— Je serai muette comme une tombe, promit sa sœur. Mais je dois admettre qu'un point m'intrigue.

— De quoi s'agit-il ?

— Tes relations platoniques avec ton mari.

La remarque déclencha son radar. Elle connaissait trop bien sa sœur pour supposer qu'il s'agissait d'une question innocente.

— Pourquoi est-ce curieux ?

Elle n'avait aucune intention d'admettre qu'elle souffrait du fait que Connor semble décidé à se contenter d'amitié entre eux. Mieux valait entretenir ce qui existait plutôt que de désirer davantage, au risque de tout perdre.

— Parce qu'il me semble évident qu'il existe une réelle alchimie entre vous, alchimie dont vous feignez tous les deux de ne pas être conscients.

— La seule chose évidente pour moi, c'est que ton cœur romantique cherche une fin heureuse là où il n'y en a pas.

Cependant, tout au fond de son cœur, elle souhaitait ardemment que sa sœur ait raison.

- 7 -

N'ayant pas pensé à demander à Brielle ce qu'elle aimait, Connor commanda deux pizzas bacon, ananas et olives noires, la préférée de Regan, et une au pepperoni. Naturellement, quand il entra chez Jo prendre la commande, il dut à nouveau sortir son téléphone pour montrer les photos des bébés à toutes les personnes rassemblées autour du comptoir.

Le rituel l'amusait, et Jo refusa de prendre son argent « juste pour cette fois », suggérant qu'il le mette sur un fonds destiné à financer les études de ses filles parce qu'il n'était jamais trop tôt pour commencer à épargner. Elle avait raison, bien sûr, Connor le savait. Il savait aussi que même s'il commençait à épargner maintenant, les quelques sous économisés sur un maigre salaire de shérif adjoint ne représenteraient pas grand-chose.

Heureusement, les grands-parents maternels de Piper et Poppy avaient exprimé leur intention d'ouvrir un fonds d'études pour chacune d'elles comme ils l'avaient fait pour leur première petite-fille. Connor aurait aimé détester la façon dont les Channing étalaient leur fortune, mais ça aurait été passablement hypocrite étant donné qu'il avait déjà bénéficié de leur générosité.

Quand il rentra, il trouva sa femme et sa belle-sœur pelotonnées avec les petites sur le canapé de la salle de séjour. D'ordinaire, Baxter accourait à la porte dès qu'il entendait son pick-up dans l'allée, mais aujourd'hui, le chien n'avait pas quitté sa position de sentinelle devant le canapé.

— Le meilleur ami de l'homme, quelle blague, grommela-t-il.

Mais, en réalité, il n'avait rien à objecter à l'allégeance du chien aux nouveaux membres de la famille.

Baxter leva la tête pour renifler l'air, ou plutôt les pizzas, et poussa un aboiement étouffé. Connor posa les cartons sur la table basse et le chien se leva, le museau frémissant.

— Ce n'est pas pour toi !

Baxter posa sur son maître un regard implorant.

— Il a eu son dîner, intervint Regan. Ne le laisse pas te raconter des sornettes.

L'animal tourna la tête vers elle d'un air de reproche.

— Tu l'as eu, mon vieux. C'est la vérité, dit-elle en se levant pour mettre Poppy dans le parc. Et de toute façon, tu n'as pas droit à la nourriture des humains.

Baxter laissa échapper un son qui ressemblait remarquablement à un soupir et se laissa retomber au sol, la tête reposant sur ses pattes avant.

Connor alla chercher assiettes et serviettes à la cuisine. Quand il revint, il vit que sa belle-sœur n'avait pas changé de position sur le canapé.

— Avec un bébé dans les bras, ce sera plus facile de manger dans des assiettes, dit-il.

— Probablement, répondit Brielle. Mais je ne suis pas prête à lâcher ce petit bout de chou.

— Tes nièces seront encore là longtemps après que la pizza aura disparu, dit Regan, faisant glisser une part de pizza bacon, ananas et olives sur son assiette.

— C'est vrai, reconnut sa sœur.

Et elle se leva pour allonger Piper près de sa jumelle.

— Au fait, tu peux sauter la promenade du soir, lui dit Regan tandis qu'il garnissait son assiette.

— Pourquoi ?

— Nous avons emmené Baxter faire un tour avec les bébés cet après-midi.

Il fronça les sourcils.

— Le vent était un peu frais, non ?

— Ça n'a pas eu l'air de le gêner, rétorqua sa femme.

— Je pensais à Piper et Poppy, précisa-t-il.

— Elles portaient des bonnets, des moufles et étaient emmitouflées sous une couverture dans leur poussette. Même Mme Lopez a approuvé.

— Je parie qu'elle était enchantée de les voir.

— Et Baxter était au paradis des chiens parce qu'elle n'a pas arrêté de lui donner des gâteaux pendant que nous bavardions.

— Vous avez donc fait le tour le plus long.

— Et nous l'avons même rallongé. Comme Brielle n'arrivait pas à croire que l'hôtel Stagecoach Inn rouvrait, nous sommes allées jusque là-bas.

— Il est ouvert depuis plusieurs mois déjà, je crois, dit Connor.

— Depuis la Saint-Valentin, d'après la brochure qui promet l'expérience la plus romantique qui soit, précisa Brielle.

— Eh bien, l'investissement de Liam Gilmore semble payer parce qu'il y a toujours des voitures garées devant.

Brielle se figea, puis se tourna lentement vers sa sœur.

— Tu ne m'avais pas dit que Liam en était le propriétaire.

— Je ne savais pas que c'était important.

— Ça ne l'est pas, assura Brielle.

Cependant, son ton morne suggérait le contraire.

Naturellement, Connor était au courant du conflit opposant les Blake et les Gilmore, mais il pressentit que la réaction de sa belle-sœur avait pour cause des événements plus récents.

— Le nouveau restaurant du centre-ville a un succès fou, lui aussi, dit-il dans un effort pour détendre l'atmosphère.

— Y es-tu allé ? demanda Brielle.

— Impossible d'avoir une table sans réserver, et les réservations ne sont pas faciles à obtenir.

— Ce n'est pas surprenant. Quand je vivais ici, le seul endroit où l'on pouvait manger décemment était le Diggers'. Ou chez Jo si l'on voulait de la pizza, ajouta Brielle. Lesquelles, soit dit en passant, sont délicieuses.

— Et maintenant, au lieu de se rendre à Battle Mountain pour fêter une occasion spéciale, les habitants de la région viennent à Haven, dit Regan.

— Moi qui pensais que depuis sept ans rien n'avait changé ici, remarqua Brielle.

— Pour six de ces années, c'est vrai.

— Mais maintenant, j'ai un beau-frère, deux adorables nièces, et un rendez-vous avec la pédicure au spa demain après-midi pour ma sœur et moi.

— Vraiment ? s'exclama Regan, visiblement surprise.

— À 14 heures, confirma Brielle.

Regan poussa un soupir de bonheur.

— Je n'ai pas eu de pédicure depuis… depuis une éternité. Il faut dire que pendant très longtemps, je ne voyais plus mes pieds, alors, à quoi bon les bichonner ?

— Prendre soin de soi n'est pas forcément nécessaire, mais c'est toujours agréable. Et, après les soins, je voudrais jeter un coup d'œil à cet hôtel. Il me semble que c'est l'endroit idéal pour de jeunes mariés rêvant d'une escapade romantique.

Il ne fallait pas aller chercher très loin pour comprendre que Brielle faisait allusion à Regan et lui.

Connor échangea un regard embarrassé avec sa femme qui détourna la tête, les joues rouges. Parce qu'elle se refusait à imaginer une escapade amoureuse avec lui ? se demanda-t-il.

Ou au contraire, parce qu'elle ne l'imaginait que trop bien ?

*
* *

Le samedi, Regan et sa sœur se rendirent à leur rendez-vous au spa, puis Brielle insista pour préparer le dîner.

Dans sa sauce au vin blanc, le poulet était tendre à souhait et délicieux.

— Une recette de Celeste, confia Brielle.

Après le dîner, les deux sœurs bavardèrent jusque tard dans la soirée, essayant de profiter de chaque minute de ces retrouvailles dont le terme approchait.

Le dimanche, ils se rendirent chez les parents de Regan pour le brunch afin que toute la famille réunie célèbre la naissance des jumelles avant le départ de Brielle pour New York.

Connor aurait volontiers fait l'impasse sur l'événement. Il se sentait toujours un peu en porte-à-faux avec ses beaux-parents, à moins qu'il n'ait tout simplement pas l'expérience de telles réunions familiales. Mais comme il tenait à ce que Piper et Poppy grandissent avec le sentiment d'appartenir à une famille, il emporta les sièges des enfants à la voiture, s'efforçant d'oublier ses réticences.

Entre les deux bébés, Brielle serait un peu serrée à l'arrière, mais le trajet n'était pas long. Haven était une petite ville, bien qu'elle commence à s'étendre au-delà des limites depuis longtemps établies.

S'élevant sur deux étages de pierre et de briques, la maison des Channing était un modèle architectural de la récente expansion résidentielle. Pour un homme comme Connor qui avait grandi dans un milieu très modeste, elle était intimidante.

Il se gara sur l'allée de béton, derrière un pick-up qu'il reconnut comme appartenant à Spencer, le jeune frère de Regan, un ancien professionnel de rodéo devenu entraîneur de chevaux. Flanqué du logo Adventure Village, le pick-up garé devant celui de Spencer appartenait quant à lui à Jason, frère aîné de Regan, qui possédait des installations de loisirs à l'usage des familles. Jason était marié à Alyssa, originaire de la côte Ouest qui, pour des raisons inconnues, avait échangé le soleil et le surf de la Californie contre les montagnes arides du Nevada.

— On dirait que tout le monde est là, commenta Brielle.

Apparemment soulagée, elle glissa la bandoulière du sac de change sur son épaule.

— Je ne vois pas la voiture de Gramps, nota Regan.

— Il a peut-être décidé de rester au ranch pour veiller sur ses vaches.

De nouveau, Connor soupçonna un sens plus profond aux paroles de sa belle-sœur. Bien que Jesse Blake continue d'exploiter le Crooked Creek Ranch, son modeste troupeau était plus un hobby qu'un moyen d'existence maintenant que le noyau des affaires familiales s'était déplacé vers la mine.

Bien que Regan ait vécu dans la luxueuse demeure de ses parents avant leur mariage, elle appuya néanmoins sur la sonnette et attendit que la porte s'ouvre. Et bien qu'il soit habitué au formalisme qui régnait ici, cela causait toujours un choc à Connor quand la porte était ouverte par une femme de ménage en uniforme.

Apparemment, il n'était pas difficile de trouver une domesticité zélée quand on avait les moyens, songea-t-il tandis que Greta prenait leurs vestes. Et les moyens, Ben et Margaret les avaient assurément.

Si les Channing n'avaient pas été immensément riches, ils auraient certainement été taxés de parents négligents. Mais comme ils possédaient et exploitaient les mines qui employaient la moitié de la ville, on leur pardonnait d'être trop occupés pour assister aux réunions scolaires, fêtes, cérémonies de récompenses et remises de diplômes.

Si Ben et Margaret nourrissaient des regrets d'avoir manqué ces événements avec Jason, Regan, Spencer et Brielle, ils n'en avaient jamais rien dit. Il semblait cependant que ses beaux-parents faisaient davantage d'efforts pour s'impliquer dans la vie de leurs petits-enfants qu'ils ne l'avaient fait pour leurs enfants.

Ils avaient surpris Dani en lui offrant un poney pour ses quatre ans et surpris encore bien plus le père de Dani en assistant à sa fête d'anniversaire au lieu de se contenter d'expédier leur cadeau avec une carte exprimant leurs regrets de ne pas être présents.

Quand Piper et Poppy étaient nées, leurs grands-parents maternels n'avaient pas été les premiers à leur rendre visite à l'hôpital – cet honneur était revenu à Alyssa et Jason – mais ils s'étaient montrés le premier jour. Et, aujourd'hui, ils avaient organisé leur emploi du temps, parce que même le dimanche leur temps était compté, pour accueillir toute la famille. Au passage, il sembla à Connor que sa belle-mère était plus à l'aise pour s'extasier que pour prendre les petites dans ses bras.

Naturellement, c'était Celeste qui avait accompli tout le travail. Femme de ménage et cuisinière employée de longue date chez les Channing, elle était seule responsable du menu. Pour l'occasion, elle avait préparé un véritable festin comportant des plats typiques de petit déjeuner, tels que œufs Bénédicte, bacon, saucisses et crêpes, auxquels venaient s'ajouter un jambon cuit au four, un gratin de pommes de terre, un plat de haricots verts et un pain de maïs. Elle avait aussi innové pour le dessert, et sa salade de fruits agrémentée de mini-marshmallows avait remporté un vif succès auprès de Dani. Et pas seulement, car Connor avait noté que sa femme s'était resservie après avoir vidé son assiette au premier service.

Regan se lamentait fréquemment sur les six kilos qui refusaient de disparaître depuis l'accouchement, et elle se plaignait d'avoir toujours faim. Le médecin lui avait assuré que c'était normal lorsqu'on allaitait, et elle allaitait deux bébés !

Connor aurait aimé la réconforter en lui assurant qu'elle était magnifique, sauf qu'il ne tenait pas à s'appesantir sur le fait qu'il la trouvait désirable. Il refusait de reconnaître qu'il était très attiré par sa femme, qu'il appréciait beaucoup ses nouvelles formes et que la maternité apportait de la douceur à ses traits.

Durant le repas, la conversation roula sur des sujets nombreux et variés. Le récent voyage d'Alyssa et Jason en Californie durant les vacances de printemps, la visite-surprise d'un célèbre acteur à Crooked Creek et son intention de confier à Spencer l'entraînement de ses chevaux, les récits excités de Dani prenant des leçons d'équitation.

Connu sous le nom de Gramps, le grand-père maternel de Regan était venu avec la famille de Spencer qui vivait à présent dans la maison principale du ranch. Connor nota que le vieil homme ne participait guère aux conversations, mais veillait attentivement sur Dani, assise près de lui, remplissant son assiette, lui coupant ses crêpes et lui versant du sirop d'érable.

— Je n'arrive pas à croire que tu repartes bientôt pour New York, dit Jason à Brielle tout en plongeant sa fourchette dans sa tarte au citron. J'ai l'impression que tu viens d'arriver.

— Parce que c'est la vérité, commenta Spencer.

— Je suis là depuis quatre jours, leur rappela Brielle.

— Quatre jours entiers ! s'exclama son frère aîné. Tu abuses de l'hospitalité de Connor et Regan.

— Et, continua-t-elle, ignorant le sarcasme, il y a quinze enfants de six ans qui m'attendront à 8 heures et demie, lundi matin.

— Tu vois, certains ont de vrais métiers, dit Alyssa à son mari.

— Ce n'est pas parce que je ne pointe pas que je ne travaille pas dur ! rétorqua celui-ci, légèrement sur la défensive.

— Je sais, dit-elle d'un ton apaisant.

— La bonne nouvelle, c'est que je crois avoir presque convaincu Brielle de revenir en juin pour le baptême de Piper et Poppy, annonça Regan.

— Vraiment ?

Margaret regarda sa benjamine avec une expression de surprise mêlée d'espoir.

— Tant qu'il aura lieu fin juin, quand l'école est finie, dit Brielle.

— Il aura lieu fin juin, promit Regan.

— D'ici là, il sera temps de regarder les vols pour Thanksgiving, dit Kenzie. Parce qu'il faut réserver tôt.

Brielle secoua la tête.

— Je ne reviendrai pas en novembre.

— Il le faudra bien, dit son amie et désormais belle-sœur. Parce que tu as créé un précédent en venant faire la connaissance de Piper et Poppy, et ce serait injuste que tu ne viennes pas saluer ton prochain neveu ou nièce.

Le silence qui s'abattit sur la table fut rompu par la petite Dani qui s'exclama d'un ton surexcité :

— Je peux le dire maintenant ? Je peux le dire ?

Un doigt sur ses lèvres, Spencer lui enjoignit de se taire.

— Nous allons laisser à tante Brielle et aux autres le temps de digérer l'information.

Très mécontente, la petite fille croisa les bras sur sa poitrine.

— Mais tu m'avais promis que je pourrais raconter à tout le monde pour notre bébé !

— Et tu viens de le faire, intervint Gramps, assez amusé par l'échange pour ouvrir la bouche.

Au même moment, Brielle se ressaisit et se tourna vers Kenzie.

— Tu es enceinte ?

Un grand sourire illuminant son visage, son amie hocha la tête.

— Notre famille comptera un membre de plus début novembre.

— À moins que nous n'ayons deux bébés comme tante Regan, claironna Dani d'un ton plein d'espoir.

Connor et Regan échangèrent un regard. Ils trouvaient

amusant que beaucoup appellent de leurs vœux les naissances jumelles, oubliant la double tâche qui les accompagnait.

— Nous n'aurons pas deux bébés, déclara fermement sa belle-mère.

— Pas cette fois en tout cas, dit Spencer, adressant un clin d'œil complice à sa fille.

Dani soupira.

— Est-ce qu'on peut au moins avoir une fille ?

— Nous ne saurons qu'à la naissance si c'est une fille ou un garçon, prévint Kenzie.

— Quoi qu'il en soit, la nouvelle de l'arrivée d'un bébé, fille ou garçon, se fête, dit Ben.

— Elle mérite qu'on ouvre une bouteille de champagne, renchérit sa femme.

— Bonne idée, remarqua Brielle. Fêtons la grossesse de Kenzie avec un alcool qu'elle ne pourra pas boire.

— Nous ouvrirons aussi du champagne non alcoolisé ! répliqua sa mère.

Celeste apporta les bouteilles ainsi que des coupes pour tout le monde. Les bouchons sautèrent et la table bourdonna d'embrassades et de félicitations. Chargé de servir la boisson non alcoolisée, Spencer distribua des coupes à sa femme, à sa fille et à sa sœur qui allaitait.

— Puis-je en avoir aussi un verre ? demanda Alyssa.

— Pourquoi ? Tu es enceinte ? demanda Spencer en plaisantant.

— Une femme ne peut-elle décliner l'offre d'une boisson alcoolisée sans qu'on suppose qu'elle est enceinte ? rétorqua Alyssa.

— Tu as raison, dit Regan. Il est tout de même intéressant de noter que tu as répondu à une question en en posant une autre.

Les joues brûlantes, Alyssa quêta de l'aide du côté de son mari.

— Nous voulions attendre avant d'annoncer la nouvelle,

dit Jason. Mais, oui, nous allons nous aussi avoir un enfant avant la fin de l'année.

— Quand ? s'empressa de demander Kenzie.

— Fin novembre, répondit Alyssa.

Bien sûr, la nouvelle fut saluée de nouvelles étreintes et de nouvelles félicitations, et les coupes circulèrent autour de la table.

— Champagne ? demanda Margaret, tendant un verre à sa benjamine.

— J'ai vraiment besoin d'alcool, répondit Brielle. Parce que je commence à soupçonner qu'il y a quelque chose de spécial dans l'eau de cette ville et je ne veux pas prendre de risques.

- 8 -

Dire au revoir à sa sœur se révéla plus pénible que ce que Regan n'avait envisagé. Au cours des sept dernières années, elle avait eu des contacts réguliers avec Brielle par SMS, e-mails et réseaux sociaux, mais les visites avaient été rares et très espacées.

Pour sa part, elle était allée deux fois à New York. Brielle avait été heureuse de la recevoir dans son appartement, et ses colocataires n'y avaient vu aucune objection. Elles l'avaient même tout naturellement incluse dans leurs projets. Mais c'était là que le bât blessait. Elles semblaient avoir constamment des choses à faire, ce qui fit que Brielle eut peu de temps à lui consacrer en tête à tête.

Regan n'en voulait évidemment pas à sa sœur de ses amitiés. En réalité, elle appréciait sincèrement Lily et Grace, et elle-même avait des amies. Cependant, aucune n'était assez proche pour qu'elle lui confie ses secrets les plus intimes.

Les avait-elle partagés avec quelqu'un d'autre que Brielle ? Peut-être quand elle était plus jeune, mais dès qu'elle avait pris son poste à Blake Mining, elle s'était focalisée sur son travail à l'exclusion du reste. De toute façon, il y avait des secrets qui lui paraissaient impossibles à confier à des gens extérieurs à sa famille, comme la vérité sur les origines de Piper et Poppy.

Bientôt Ben et Margaret accompagnèrent Brielle à l'aéroport, les frères et sœur restant se dirent au revoir, et chacun partit de son côté. Sachant qui préférait quoi,

Celeste avait emballé les restes destinés à chaque famille, et c'est ainsi que Dani franchit la porte avec un récipient de salade de fruits aux marshmallows.

Regan et Connor furent les derniers à partir, car rassembler l'attirail des jumelles et les installer dans la voiture prenait du temps. Pour Regan et lui, la cuisinière avait préparé des assiettes de jambon cuit au four et de gratin de pommes de terre qu'il suffirait de réchauffer au micro-ondes pour leur dîner.

— Vous êtes sûre de ne pas vouloir venir habiter à la maison avec nous ? demanda Connor à Celeste, en guise de plaisanterie.

— Ne croyez pas que je ne suis pas tentée, répondit-elle, son regard nostalgique posé sur les bébés sanglés dans leurs sièges-autos. Mais, c'est promis, chaque fois que l'envie vous prendra d'amener les petites, vous ne repartirez pas le ventre vide !

Celeste étreignit une dernière fois Regan.

— Tu passais tellement de temps à travailler que je craignais que tu n'aies jamais l'occasion de tomber amoureuse d'un merveilleux garçon ! lui dit Celeste en aparté. Je suis heureuse de voir que mes craintes n'étaient pas fondées, et que Connor t'aime lui aussi.

Regan serra Celeste dans ses bras.

— Merci pour tout, se contenta-t-elle de répondre.

Car, s'il était impossible de nier que Connor soit un homme merveilleux, leur mariage n'était pas le conte de fées qu'imaginait Celeste, bien que Regan l'appelle désormais de tous ses vœux.

Baxter attendait à la porte, dansant d'excitation pour saluer leur retour. Et quand Connor sortit les sièges des enfants de la voiture, il ne cessa de tourner autour d'eux, reniflant et agitant la queue avec allégresse parce que ses petits humains préférés étaient enfin à la maison.

Quand les bébés endormis furent transférés de leurs

sièges au berceau de la grande chambre, Baxter se coucha immédiatement au pied de celui-ci.

— Quels sont tes projets pour la soirée ? s'enquit Connor quand il rejoignit Regan dans le salon.

— En faire le moins possible.

— Est-ce que tu permets que je me joigne à toi ?

Elle tapota le canapé près d'elle.

— Serais-tu partante pour un film ? demanda-t-il en s'emparant de la télécommande.

— Mets ce que tu veux. Parce que je ne suis pas sûre de rester suffisamment éveillée pour comprendre quelque chose.

Il sourit.

— Je n'ai donc pas besoin de me creuser la cervelle pour trouver un film que tu aimerais.

Elle lui rendit son sourire, heureuse de la camaraderie qu'ils partageaient. Ce n'était peut-être pas tout à fait la façon dont elle imaginait le mariage, mais elle n'avait pas de motif de se plaindre.

Il leur avait fallu un certain temps avant d'être à l'aise ensemble et chacun avait dû faire des ajustements. Ils avaient des intérêts communs : entre autres leur amour des chiens, des films d'action, des matchs de base-ball et de la pizza de Jo. Ils respectaient leurs goûts différents en matière de préférences musicales, de genres littéraires et d'appréciation de l'art. Plus important, ils parlaient et riaient ensemble, et Regan savait que Connor aimait Piper et Poppy tout autant qu'elle.

À part cette unique fois durant les vacances de Noël, trois mois plus tôt, il semblait complètement indifférent à son charme féminin. Ce dont elle n'aurait peut-être pas dû se plaindre, reconnaissait-elle, se rappelant une conversation entre deux collègues.

Celles-ci se plaignaient des attentes irréalistes de leurs maris respectifs. Comme si, après avoir travaillé toute la journée dans un bureau, puis couru après les enfants à la maison, les épouses ne désiraient rien d'autre que de satisfaire les fantaisies sexuelles de leurs partenaires.

« J'aurais sûrement plus d'énergie au lit s'il mettait le linge dans la machine et faisait une lessive pendant que je prépare le dîner, avait dit Becky. »

Sandra avait hoché la tête.

« Ou s'il passait l'aspirateur de temps en temps au lieu d'attendre que je le fasse. »

Regan avait écouté leur bavardage avec sympathie, mais sans avoir rien à ajouter. Connor faisait certainement deux fois plus de lessives qu'elle. Il suspendait même son linge délicat ainsi que recommandé dans la notice au lieu de tout jeter dans le sèche-linge. S'il répandait des miettes par terre, il laissait Baxter les nettoyer avant de songer à passer l'aspirateur, mais s'agissant des autres tâches ménagères, il était désireux de faire sa part, si ce n'est davantage.

Non, vraiment, elle n'avait aucune raison de se plaindre.

Sauf que… Était-il normal qu'un homme se désintéresse totalement du sexe ? Elle se sentait en droit de se poser la question même s'il y avait beaucoup de choses inhabituelles dans leur union.

Avant leur cérémonie de mariage impromptue, ils n'avaient pas discuté en détail des arrangements nocturnes, mais Connor avait libéré son lit pour elle, confirmant que l'intimité physique n'entrait pas dans le marché et n'était peut-être même pas désirée. Mais si les chambres séparées étaient de règle dans un mariage de convenance, Regan commençait à penser qu'ils feraient bien d'envoyer la règle au diable.

Bien sûr, elle était enceinte quand ils s'étaient mariés, et l'idée de faire l'amour à une femme qui portait l'enfant d'un autre refroidissait peut-être Connor. Ou alors, il n'était tout simplement pas attiré par elle, bien que leur baiser passionné de décembre démente cette théorie.

Elle renversa la tête en arrière et ferma les yeux tandis que le souvenir de ce baiser ravivait son désir.

— Tu seras mieux installée à l'étage si tu veux faire un somme, dit-il.

Aussitôt l'excitant souvenir se dissipa, laissant dans son sillage la sensation d'un désir insatisfait.

Elle retint un soupir de regret.

— Non, dit-elle en secouant la tête. Si je monte, je risque de réveiller les bébés. J'ai parfois l'impression qu'elles sont capables de détecter que leur garde-manger est à proximité.

— Tu les as allaitées avant que nous partions de chez tes parents, elles devraient se tenir tranquilles un petit moment.

Sans s'en rendre compte, elle dut laisser échapper un petit soupir mélancolique, car Connor lui demanda si elle se sentait bien.

— Oui, répondit-elle, quoique d'un ton pas très convaincant.

— Tu sais, j'ai conscience que ta sœur va te manquer, mais elle revient dans deux mois pour le baptême, et probablement à nouveau en novembre quand le bébé de Spencer et Kenzie sera né. Ou peut-être à Noël pour voir en même temps celui de Jason et Alyssa.

Elle hocha la tête.

— Tu as raison, Brielle va me manquer. Mais il y a… autre chose.

Il lui prit les mains.

— Qu'y a-t-il ?

Ses yeux s'emplirent de larmes.

— Tout le monde était si heureux d'apprendre que Spencer et Kenzie, puis Jason et Alyssa allaient avoir un bébé !

— Tu penses à la réaction de tes parents quand tu leur as annoncé ta grossesse ?

Elle hocha la tête.

— Évidemment, la situation était différente. Et même si je ne regrette rien parce que maintenant j'ai Piper et Poppy, je voudrais parfois savourer la joie de découvrir que je vais être mère. Au lieu de ça, j'étais trop occupée à m'angoisser sur ce que j'allais devoir assumer seule.

Connor lui serra doucement la main.

— Tu n'es plus seule maintenant.

— Je sais, dit-elle en souriant. Et je te remercie du fond du cœur. Grâce à toi, j'ai pu me préparer sereinement à la venue des bébés.

Il prit un air étonné.

— Quand as-tu été sereine ? Étais-je en ville ce jour-là ?

Elle lui donna un coup de coude dans les côtes, et il éclata de rire.

— Sérieusement, insista-t-elle, j'espère que tu sais à quel point je te suis reconnaissante pour tout.

— Nous avons conclu un arrangement commode pour tous les deux, lui rappela-t-il.

— C'est si romantique quand tu formules les choses ainsi ! dit-elle, un peu amère.

Il haussa les épaules.

— Le romantisme n'est pas trop mon truc.

— Ce n'était pas le mien non plus…

Elle leva la tête et croisa son regard.

— Mais, dernièrement, je me suis surprise à me demander si ça ne pourrait pas changer.

Et avant de réfléchir à toutes les raisons pour lesquelles elle n'aurait pas dû faire cette déclaration, elle se pencha et l'embrassa sur la bouche.

Ce n'était pas la première fois qu'ils s'embrassaient, ni même la deuxième, mais Connor avait réussi à oublier la saveur des lèvres de Regan. À présent, elle s'infiltrait dans ses veines telle une drogue, faisait tambouriner son cœur et s'affoler son pouls. Et comme un drogué redescendant de sa première euphorie, il en voulait encore.

Il sentit qu'elle s'abandonnait. Quand il caressa ses lèvres de sa langue, avec un doux soupir, elle se hâta de les écarter plus largement. Les mains sur sa nuque, elle glissa les doigts dans ses cheveux et le contact des ongles de Regan sur sa peau produisit sur Connor l'effet d'une décharge électrique faisant refluer tout son sang dans son pénis.

Il l'attira à lui et l'étreignit, écrasant ses seins pleins contre son torse.

Il la désirait plus qu'il n'avait désiré aucune autre femme. Mais elle n'était pas une autre femme ; elle était *sa* femme. À peine quinze jours s'étaient écoulés depuis la naissance de ses filles. Ils ne partageaient peut-être pas leur ADN, mais son nom figurait dans la rubrique « père » de leur acte de naissance. Et ce statut lui donnait des droits et des devoirs, mais c'était également un cadeau dont il voulait se montrer digne.

Avec un juron étouffé et un regret sincère, il recula.

Regan soupira lentement et, apparemment un peu déstabilisée, leva les yeux sur lui.

— Qu'y a-t-il ?

— Nous nous sommes mariés pour que tes enfants aient un père, lui rappela-t-il. Je n'espérais, ni n'espère actuellement, rien de plus.

Il lut dans son regard de la déception, ou peut-être de la peine, avant qu'elle ne détourne les yeux.

— Vois-tu quelqu'un d'autre ?

— Quoi ?

Il était affreusement choqué que Regan évoque cette possibilité.

— Mais non, enfin ! Bien sûr que non !

— Tu restes donc fidèle à une femme avec laquelle tu ne couches même pas ?

— Nous nous sommes fait des promesses lors de notre mariage, et je ne promets jamais rien à la légère.

Elle réfléchit un instant.

— Je suppose que je devrais apprécier. Mais ce que je voudrais vraiment savoir, c'est si je te plais.

La question le laissa pantois.

Comment pouvait-elle douter du désir qu'elle éveillait en lui ?

Mais après quelques instants de réflexion, il jugea que reconnaître l'intensité de son attirance causerait plus de tort que de bien.

— Malgré les sentiments que j'éprouve pour toi, il y a des moments où il est plus intelligent d'ignorer une attirance plutôt que de s'y abandonner.

— Si tu es attiré par la sœur de ton meilleur ami ou la petite amie d'un autre, c'est évident. Mais je ne vois pas où est le danger de se laisser aller à son désir envers sa propre femme.

— Chérie, tu es la femme la plus dangereuse que je connaisse, assura-t-il. Sans parler du fait que ce que nous commencerions maintenant serait condamné à demeurer inachevé.

— Il existe différentes façons de conclure, dit-elle.

Et, au cas où il aurait eu besoin d'être davantage convaincu, elle se pencha pour mordiller ses lèvres.

— Exact, dit-il d'une voix rauque.

Cette fois, il tendit les mains vers elle, glissa ses doigts sous ses cheveux pour lui saisir la nuque, la maintenant en place tandis qu'il dévorait ses lèvres.

Soudain, Regan se retrouva sur ses genoux où elle sentit la solide preuve de son désir qui attisa les braises du sien. Il lui caressait à présent les seins, les palpant doucement, ses pouces en effleurant les pointes érigées. Même à travers les bonnets de son soutien-gorge d'allaitement, elle ressentait intimement le contact, et des flèches de sensations allant de ses mamelons à son sexe l'excitèrent violemment.

Elle se cambra contre lui et, avide de plus de caresses, de plus de baisers, glissa une main entre leurs corps afin de détacher la ceinture de Connor. Baisser la fermeture Éclair requit plus de délicatesse, car le tissu du jean était tendu sur son érection. Elle y réussit finalement et glissa avec bonheur sa main sous son caleçon pour s'emparer de sa récompense.

Quand ses doigts se refermèrent sur son pénis, le grondement d'appréciation de Connor résonna en elle en même temps qu'elle crut entendre un bruit très lointain. Peut-être provenant du babyphone ? Mais elle ignora cette idée.

Mais soudain Baxter aboya, et le son ne fut plus ni vague ni distant. Elle tenta de l'ignorer mais, mécontent qu'elle ne se précipite pas dans l'escalier, il posa ses pattes sur le bord du canapé et poussa du nez contre son bras.

Elle ne put retenir un rire nerveux. Son mari maugréa.

Le chien la sollicita de nouveau, avec plus d'insistance cette fois.

Connor posa une main sur la sienne, interrompant son geste.

— Il vaut mieux que tu ailles voir les enfants, dit-il. Parce que, sinon, Baxter ne nous laissera pas en paix.

Il avait raison, bien sûr, et elle appréciait en général le zèle de l'animal. Juste un peu moins en cet instant précis.

— Je vais faire vite, promit-elle.

Mais les jumelles conspirèrent pour déjouer ses intentions.

Quand elle arriva dans la chambre, Poppy, tout à fait réveillée, exigea son attention. Après l'avoir changée, Regan s'installa dans le rocking-chair et mit l'enfant affamée au sein.

Naturellement, le temps que Poppy soit rassasiée, sa sœur s'était réveillée. Regan achevait de la changer quand Connor passa la tête par l'entrebâillement de la porte.

— Tout va bien ?

— Oui, mais les deux filles ont décidé que c'était l'heure du repas et je commence tout juste à nourrir Piper.

— Dans ce cas, je ferais aussi bien de sortir Baxter.

Il fait les cent pattes devant la porte en quémandant sa promenade.

Elle hocha la tête tout en se dirigeant vers le rocking-chair pour allaiter sa première-née. Quand celle-ci eut fini, Regan la déposa endormie dans le berceau près de sa sœur.

Après quoi elle s'étendit sur le lit, attendant avec impatience le retour de son mari… et s'assoupit quelques minutes plus tard.

- 9 -

Connor ne fut pas surpris de trouver sa femme endormie à son retour. Pour être honnête, il devrait même avouer qu'il était soulagé que Regan ait succombé à la fatigue. Après tout, n'était-ce pas avec cette arrière-pensée qu'il avait emmené Baxter faire une très longue promenade ?

Il avait besoin de s'éloigner pour calmer son furieux désir. Car, bien que Regan ait manifesté très explicitement qu'elle souhaitait autant que lui une intimité physique, il craignait d'avoir profité de sa vulnérabilité.

Les quinze derniers jours avaient été riches en émotions et l'humeur de la jeune femme n'avait cessé d'osciller comme la marée. Sauf que les mouvements de la marée étaient prévisibles, contrairement aux fluctuations de l'humeur de Regan. Une comparaison plus appropriée aurait été les montées le cœur battant et les plongeons à couper le souffle des montagnes russes, surtout celles où l'on est plongé dans l'obscurité.

Ces considérations n'atténuaient nullement son envie de Regan. En réalité, il était torturé par le désir de s'allonger près d'elle et de reprendre là où ils en étaient restés.

Se raisonnant, il prit la couverture pliée au pied du lit et en recouvrit doucement Regan : son désir frustré était le prix à payer pour le marché qu'il avait conclu. Parce qu'il savait que faire l'amour avec sa femme rendrait les choses plus difficiles encore si Regan décidait un jour d'en finir avec leur mariage.

Lorsqu'ils s'étaient mariés, Connor était convaincu

que l'arrangement serait temporaire. Regan n'y avait pas mis de limites dans le temps, mais il était certain que le moment viendrait où elle ne supporterait plus d'être liée à un homme d'une condition inférieure. Quand elle serait plus à l'aise dans son rôle de mère, qu'elle aurait repris confiance en elle et reconnu que la difficulté d'élever seule des jumelles n'était pas pire que celle de vivre avec un homme qu'on n'aimait pas, elle romprait.

Dernièrement, il s'était peu à peu laissé aller à imaginer qu'il pourrait faire de leur union un vrai mariage et avoué qu'il en avait le désir. Depuis qu'il partageait sa maison avec Regan, et maintenant avec leurs bébés, il avait pris conscience de la vacuité de son existence sans elle. Cependant, Regan ne lui avait jamais laissé entendre que leur mariage pourrait être autre chose qu'un moyen de parvenir à une fin.

Tout en descendant l'escalier, laissant sa femme à un sommeil réparateur, il maudit silencieusement Ben Channing de l'avoir placé dans cette situation impossible.

Sauf que personne ne l'avait forcé à faire quoi que ce soit, lui rappela sa conscience. Il avait choisi la voie la plus facile. Il s'était compromis tout seul.

Il aurait dû s'exprimer, préciser qu'il n'était pas le père des enfants de Regan quand il l'avait accompagnée la première fois chez ses parents. Il aurait dû faire connaître la vérité haut et fort, parce que, quand il avait cédé à la prière silencieuse de Regan, il avait soupçonné que son mensonge par omission lui coûterait cher, un jour ou l'autre.

En passant près de la buanderie, il remarqua un panier vide près du sèche-linge, indice que du linge attendait d'être plié. Des affaires de bébé, sûrement. Parce qu'il y avait toujours de pleines machines de couches-culottes, maillots, et grenouillères qui attendaient.

Il transféra le contenu du sèche-linge dans le panier et l'emporta à la salle de séjour. Il trouva une retransmission de match de base-ball à la télévision dont il écouta les commentaires tout en pliant les minuscules effets et quelques culottes encore plus petites appartenant de toute évidence à sa femme.

Comme il ne savait pas plier les sous-vêtements féminins, il se contenta d'en faire une pile, s'efforçant de ne pas remarquer leur douceur soyeuse et les dessins de la dentelle jouant à cache-cache avec ce qu'ils étaient censés dissimuler. Être marié à une femme qu'il désirait follement était déjà assez douloureux sans penser à la lingerie sexy qui enveloppait ses formes harmonieuses.

Le fait que Regan le désire aussi, comme elle l'avait abondamment prouvé avant l'interruption de Baxter, ne faisait que rendre la situation plus épineuse. Tandis que faire l'amour attiserait des besoins physiques, Connor savait que le marché qu'il avait conclu avec son père les empêcherait de développer une relation honnête et saine.

Ce secret qui pesait sur sa conscience datait du jour où Regan avait passé sa première échographie, quand Connor, levant les yeux du rapport qu'il rédigeait, avait vu le père de Regan se diriger vers son bureau.

Le shérif avait proposé son bureau pour une conversation privée, et Connor s'était préparé à l'affrontement en refermant la porte derrière eux.

Toutefois, le père de Regan l'avait surpris en lui demandant comment son frère s'en sortait à l'université et il avait compati à propos du coût scandaleusement élevé des études supérieures, surtout dans une école réputée comme Columbia. Et au moment où Connor commençait à penser qu'il s'était trompé au sujet des raisons de la visite de Ben Channing, celui-ci lui avait demandé si Deacon savait qu'il avait pris une deuxième hypothèque sur sa maison pour payer ses frais de scolarité.

Connor avait reconnu que Deacon l'ignorait et qu'il préférait qu'il en soit ainsi. Il ne s'était pas préoccupé de demander comment le père de Regan était au courant de sa situation financière : Ben Channing étant associé majoritaire de la banque locale, sa signature était requise pour valider hypothèques et emprunts.

Le père de Regan avait hoché la tête avant de souligner inutilement que Connor n'avait plus assez de capital immobilier pour financer une deuxième année à Columbia.

Et puis, il avait prononcé les paroles qui avaient tout changé.

— Blake Mining cherche toujours à rendre service à la communauté, avait dit Ben. Et accorder une bourse d'études à votre frère serait un bon usage de nos ressources.

L'idée avait intrigué Connor.

— Vous pensez vraiment que votre société accepterait de financer les études de mon frère ?

— C'est un échange de bons procédés.

C'est ce qui s'appelle attirer les mouches avec du miel, surtout.

— Qu'attendriez-vous de moi ?

— Que vous épousiez ma fille.

Connor avait anticipé la demande, et si Ben Channing s'était présenté un fusil à la main, il aurait refusé tout net. Pour d'excellentes raisons. Mais le père de Regan était venu beaucoup plus lourdement armé.

— Que penserait votre fille si elle savait que vous êtes venu lui acheter un mari ?

— J'imagine qu'elle ne serait pas contente. Et c'est pourquoi j'apprécierais que vous vous montriez discret.

— La situation n'est pas aussi tranchée que vous le supposez.

— J'en suis conscient, avait assuré Ben. Je ne suis pas aussi ignorant de ce qui se passe dans la vie de ma fille qu'elle le croit. Dieu merci, personne n'est au courant de la petite aventure romantique qu'elle a entretenue il y a quelques mois. Ainsi, quand la nouvelle de sa grossesse se répandra et qu'on spéculera sur le nom du père, si vous lui passez la bague au doigt, tout le monde pensera que vous avez drôlement bien caché votre jeu.

— Pourquoi moi ?

— Mis à part le fait que nous avons tout intérêt à nous entraider, comme je vous l'ai expliqué tout à l'heure, il m'est apparu que vous deviez éprouver de l'affection pour Regan puisque vous avez accepté de l'accompagner quand elle est venue nous annoncer sa grossesse et que, de plus, vous n'avez pas rectifié quand nous avons supposé que vous en étiez le responsable.

— Je ne voulais pas me rendre chez vous, mais votre fille sait se montrer persuasive.

— Maintenant, c'est à votre tour de la persuader que vous épouser serait le mieux pour ses futurs enfants.

— Comment suis-je censé procéder ?

— Je ne pense pas que ça se révélera trop difficile, avait répliqué Ben. Malgré son tempérament volontaire et ses convictions, Regan est traditionaliste. Si le choix lui est donné, elle préférera que ses enfants aient un père et une mère, une famille.

Sur ces mots, Ben avait mis la main dans sa poche et en avait sorti un chèque dont le montant avait stupéfié Connor.

— Je m'apprête à remettre ce chèque au directeur de la banque. Il représente la moitié des frais de première année à l'école de droit de votre frère. Considérez-le comme une preuve de ma bonne foi. Dès que vous aurez épousé Regan, votre frère recevra l'autre moitié. Rappelez-vous simplement que ma fille doit ignorer cette conversation.

— Vous voulez que je mente à ma future épouse sur mes raisons de la demander en mariage ? *Si* je décide de marcher dans votre plan, s'était-il hâté de préciser.

— Je veux que vous trouviez des arguments en faveur d'une union légale qui lui assurera ainsi qu'aux enfants la sécurité d'une famille et vous donnera de la légitimité aux yeux de la communauté.

Voilà, on y était, avait songé Connor. Peu importaient ses efforts pour gagner le respect de ses concitoyens, pour la majorité des habitants de Haven, il était resté le fils illégitime de Faith.

— Je suis surpris que vous teniez à ce que votre fille épouse un homme à la réputation douteuse, avait-il fait observer.

— J'accorde plus d'importance à la personnalité qu'à la réputation.

— Un homme de caractère ne se laisserait pas acheter.

Avant que Ben Channing ne sorte ce chèque, Connor aurait affirmé qu'il n'était pas à vendre. Mais à présent, il avait honte d'avouer qu'il l'était bel et bien.

— N'importe qui peut se laisser acheter pour la bonne cause.

Pour Connor, cette cause était les études de Deacon. Parce que Ben Channing avait raison, il ne savait pas du tout comment il aurait fait pour financer sa deuxième année en droit quand il avait eu tant de mal à réunir la somme nécessaire à la première année.

Peut-être aussi qu'égoïstement, il désirait obtenir la reconnaissance sociale que lui apporterait un mariage dans une des familles les plus en vue de la ville.

Il avait donc réuni ce qui lui restait de ses maigres économies et acheté une alliance.

Il s'était vendu.

Il avait bien tenté de se convaincre qu'il rendait service à Regan, qu'il faisait preuve de noblesse d'âme et d'esprit en agissant ainsi. Mais, en réalité, il avait été récompensé par le cadeau d'une femme superbe et de deux adorables bébés.

Dès la première échographie, il avait été fasciné par les jumelles, et avait été de plus en plus enchanté à mesure que leur développement se manifestait à travers les changements du corps de Regan. Quand Piper et Poppy étaient nées, l'émotion avait failli le submerger. Il aimait vraiment ces petites filles comme s'il les avait engendrées. Et en regardant sa femme avec leurs bébés, il se rendait compte qu'il développait également de profonds sentiments pour Regan.

Cela, avant qu'elle ne l'embrasse hier soir, le tentant avec des possibilités auxquelles il n'avait même pas osé rêver.

Il y avait des jours où il se demandait comment il avait pu se laisser happer par les problèmes de Regan, et ce que serait sa vie s'il ne l'avait pas accompagnée à Battle Mountain pour la première échographie. Malgré tout, il n'imaginait pas ne pas avoir été là à chaque instant des derniers mois.

Au fond, c'était peut-être sa punition d'être marié à une femme très sexy qu'il n'avait pas le droit de toucher. Enfin, jusqu'à aujourd'hui, quand elle avait soudain changé les règles et fait chavirer son univers.

Rien que de penser à ses douces lèvres sur les siennes réveillait son désir ; il n'osait pas se rappeler la pression de son corps contre le sien, le poids magnifique de ses seins gonflés dans ses paumes, le rythme affolant de ses hanches dansant contre son ventre. Écarter ce souvenir exigeait tant d'efforts que son front se couvrait de sueur.

Cependant, du propre aveu de Regan, elle s'était sentie un peu triste après la réunion familiale. Elle voulait peut-être feindre, du moins pendant quelque temps, d'avoir contracté un mariage d'amour, comme ses frères et leurs épouses. Ce qu'il devait absolument garder en tête, songea Connor, c'était que, quels que soient les sentiments de Regan, ils ne s'adressaient pas à lui.

Eux vivaient un mariage de convenance qui devenait de plus en plus incommode à mesure que les jours passaient.

- 10 -

Connor se leva tôt après une nuit agitée. Comme il longeait le couloir sans qu'aucun son en provenance de la chambre principale ne lui parvienne, il en conclut que Regan et les filles dormaient. Il avait entendu les bébés au petit matin et éprouvé un peu de remords à l'idée de laisser Regan se débrouiller toute seule. Mais, apparemment, son instinct de préservation était plus fort que son sens des responsabilités parce qu'il ne s'était pas levé.

Il versa de l'eau dans la cafetière, dosa le café dans le filtre et alla décrocher la laisse de Baxter de la patère. Le chien accourut, trottant joyeusement en remuant la queue.

Comme ils descendaient Elderberry Lane, Connor remarqua une Toyota inconnue garée dans l'allée de Bruce Ackerman. Une jeune femme mince, avec de longs cheveux blonds, en descendit et se dirigea vers l'arrière du véhicule.

Tandis qu'elle sortait du coffre un seau contenant matériel et produits d'entretien, il lui trouva un air familier. Un coup de vent souleva ses cheveux et elle replaça une mèche vagabonde derrière son oreille.

Comme le geste dévoilait son profil, il comprit pourquoi il lui semblait la connaître. Mallory Stillwell vivait dans la même rue que lui quand ils étaient enfants. Bien qu'elle ait deux ans de moins, ils traînaient souvent ensemble, et il était même sorti avec elle pendant une brève période.

Ils s'étaient perdus de vue après le lycée. La dernière fois qu'il avait entendu parler d'elle, elle était partie pour

Las Vegas dans l'espoir de faire fortune, ou du moins d'accéder à une meilleure existence. Il ignorait si elle y avait trouvé ce qu'elle cherchait mais, de toute évidence, elle était de retour à Haven.

— Mallory ! appela-t-il.

Elle ne l'entendit pas.

À moins qu'elle ne fasse exprès de l'ignorer, car après avoir refermé brutalement le coffre, elle se hâta vers la maison, son seau à la main.

Il réitéra son appel et s'élança pour la rattraper. Content de courir, Baxter se mit à aboyer comme un fou.

Pour la deuxième fois, elle ignora Connor mais s'immobilisa en entendant le chien, et il se souvint qu'elle avait un faible pour les animaux.

Quand ils étaient au lycée, elle faisait du bénévolat au refuge deux fois par semaine. Rabaissant délibérément la valeur de ses efforts, elle disait que n'importe quoi valait mieux que de rester chez elle. Il était passé quelquefois au refuge et avait pu constater son empathie pour les animaux, surtout pour ceux qui avaient été maltraités.

Elle ne le regardait pas, son attention fixée sur Baxter.

— Rusty…, dit-elle d'une voix hésitante.

Baxter aboya en remuant la queue.

— Seigneur ! C'est toi !

Elle se laissa tomber à genoux pour serrer le chien dans ses bras et se mit à pleurer.

— Comment connais-tu mon chien ? demanda Connor, circonspect.

Elle essuya ses larmes d'un revers de la main avant de lever enfin les yeux sur lui.

— C'était mon chien. Où l'as-tu trouvé et quand ?

— En avril dernier. À la gare de triage.

— Oh ! Rusty, dit-elle en versant de nouvelles larmes.

— Il s'appelle Baxter maintenant.

— Baxter, répéta-t-elle avant de hocher la tête. C'est un bon nom pour un bon chien.

— Le meilleur. Mais comment s'est-il retrouvé à la gare de triage ?

Elle évita son regard.

— Je n'en sais rien.

— Mais tu as bien une théorie.

— Evan a dit qu'il s'était enfui.

Elle haussa ses minces épaules.

— Évidemment, j'ai soupçonné qu'il avait laissé la porte ouverte pour que Rusty s'en aille.

— Evan ?

— Mon mari.

Il jeta un coup d'œil à sa main gauche, notant l'alliance à son annulaire.

— Il était attaché à un poteau, dit-il. Tout tremblant et affamé.

Elle tressaillit, comme si ses paroles l'avaient physiquement atteinte.

— Evan ne voulait pas de chien, dit-elle, tout en caressant le poil brillant de Baxter. J'ai pris Rusty, pardon, Baxter, corrigea-t-elle immédiatement, dans une portée de chiots dont je m'occupais à la SPA de Las Vegas où nous vivions à cette époque. Evan était conducteur de poids lourds et il partait parfois plusieurs semaines d'affilée. J'avais pensé qu'un chien serait une bonne compagnie pour ma fille et moi.

— Je ne savais pas que tu avais un enfant.

Le visage de Mallory s'éclaira.

— Chloe a presque six ans et c'est la lumière de ma vie. Quand Rus… Baxter a disparu, nous l'avons cherché toute la soirée, et le lendemain, et encore le jour suivant. J'ai craint qu'Evan…

Sa voix se brisa et elle secoua la tête.

— Je suis si heureuse qu'il ait trouvé un bon foyer, reprit-elle.

Elle leva les yeux, le regarda.

— Et une bonne personne pour s'en occuper.

— Il a tout ce qu'il lui faut, assura-t-il. Qu'est-ce qui t'a ramenée à Haven ?

— Ma mère est morte en laissant la maison à mes sœurs et moi. Étant donné que celles-ci disposent de logements autrement plus agréables, elles ne souhaitent pas y habiter. Alors, maintenant, je leur paie un loyer pour vivre dans une maison que je ne voulais plus jamais revoir.

Cette fois, son haussement d'épaules trahissait sa résignation.

— Evan se figure que si nous ne payons pas un ou deux loyers, mes sœurs ne nous mettront pas à la porte.

— Conduit-il toujours un poids lourd ?

— Non. Son permis lui a été retiré pour conduite en état d'ivresse. Il a postulé pour des emplois dans la région, mais il n'y en a pas beaucoup.

Tous deux savaient que le plus gros employeur était Blake Mining et que Connor était entré dans la famille Blake en épousant Regan. Aussi apprécia-t-il que Mallory ne fasse pas pression sur lui en se targuant de leurs anciennes relations afin d'obtenir un emploi pour son mari.

— Mais toi, tu t'en es bien sorti, dit-elle dans un visible effort pour faire dévier la conversation. Tu travailles avec le shérif, tu vis dans les beaux quartiers de la ville, tu es marié, tu as des enfants. Bien sûr, personne n'a été plus surpris que moi d'apprendre que la princesse de glace s'était encanaillée et était tombée enceinte de mon premier petit ami.

— Regan est une personne formidable et une mère merveilleuse.

— Peut-être, mais ces prénoms…

Elle leva les yeux au ciel.

— Piper et Poppy. Qu'est-ce qui vous a pris ?

— Le nom entier de Piper est Piper Faith Neal.

La grimace de Mallory s'évanouit.

— Oh… Pour ta mère. Comme c'est gentil.

— C'est l'idée de Regan.

— Alors elle n'est pas si mauvaise.
— Elle est incroyable.
Elle le dévisagea, la tête penchée.
— Ah bon.
— Qu'est-ce que ça signifie ?
— Je supposais que tu l'avais épousée parce qu'elle était enceinte. Je n'avais pas envisagé que tu aies des sentiments pour elle.
Avant qu'il puisse réagir, la porte s'ouvrit et M. Ackerman passa la tête par l'entrebâillement.
— Tout va bien, Mallory ?
— Je rattrape le temps perdu avec un vieil ami.
— Je ne te paie pas pour bavarder, tu le sais.
— Je sais aussi que vous me payez à la tâche et non à l'heure ! riposta-t-elle. Alors peu importe quand je commence du moment que le travail est fait.
— Petite insolente, marmonna le vieil homme, mais ses yeux riaient.
— Je ferais quand même mieux de m'y mettre, dit Mallory quand M. Ackerman fut rentré chez lui. Ce n'est que la première des trois maisons que je dois faire aujourd'hui.
Connor hocha la tête.
— Ça m'a fait plaisir de te revoir, Mallory.
— Moi aussi.
Elle se pencha vers le chien et lui gratta la tête.
— Et particulièrement toi, Baxter.
Tout en reprenant le chemin du retour, le commentaire de Mallory concernant ses sentiments pour Regan trottait dans la tête de Connor.
Bien sûr qu'il éprouvait des sentiments pour Regan, mais il n'avait pas envie de mettre un nom dessus.
Il tenait à elle et aimait passer du temps avec elle. Pourquoi n'aurait-ce pas été le cas ? Elle était belle, intelligente, généralement de bonne humeur et dotée d'un solide sens de l'humour. Elle était aussi terriblement sexy,

et l'attirance qu'il éprouvait pour elle ressemblait souvent plus à une malédiction qu'à un plaisir.

Cependant, au cours des sept derniers mois, il avait réussi à étouffer sans pitié ses désirs, se rappelant dans les moments où ceux-ci se faisaient trop présents qu'en l'épousant, Regan cherchait non pas un mari, mais un père pour ses enfants.

Son statut de femme mariée l'avait rassurée quand il lui avait été impossible de cacher sa grossesse. Bien sûr, les bavardages avaient été bon train, les braves gens faisant mine d'être choqués lorsqu'ils comptaient les mois écoulés entre le mariage et la naissance des jumelles et atteignaient un total inférieur à neuf. Cependant, apprendre que Regan Channing avait épousé cet ancien voyou de Connor Neal avait suffisamment remué les esprits pour que les gens ne soupçonnent pas qu'il y avait davantage dans cette histoire.

Connor connaissait *toute* la vérité ; et c'était un fardeau qu'il portait seul. Regan lui avait confié ses plus lourds secrets, mais il ne lui avait pas rendu la pareille : il le savait, la révélation de ses secrets aurait ébranlé les fragiles fondations de leur famille.

Fondations qui auraient peut-être été plus solides s'il avait été honnête avec Regan dès le début. Mais ils avaient construit leur union sur des secrets et des mensonges. L'ironie du sort voulait que, alors qu'il l'avait pressée de révéler la vérité à ses parents et qu'elle s'était laissé convaincre, c'était lui qui avait laissé subsister une part d'ombre.

Vingt-quatre heures après la visite de Ben Channing au bureau du shérif, Connor réfléchissait à la proposition de ce dernier quand Regan s'était présentée à sa porte avec deux pots de glace et un sourire hésitant.

— Glace chocolat-amandes et marshmallow.

— En quel honneur ? avait-il demandé.

— J'ai décidé d'aller tout raconter à mes parents ce soir.

Sentant la présence d'un visiteur, Baxter, qui s'occupait de ses petites affaires dans le jardin, était rentré par sa porte à battant et s'était précipité sur Regan.

Avant que Connor ait pu l'intercepter, Regan s'était accroupie et mise à gratter sur la tête l'animal tout excité.

— Oh ! ce que tu es mignon, s'était-elle exclamée, s'adressant de toute évidence à Baxter et non à lui. Et amical, avait-elle ajouté en riant, passant sa main sur sa joue pour essuyer les baisers baveux du chien.

— Assis, Baxter !

Le chien avait obéi tout en continuant de remuer la queue.

— Il est drôlement bien dressé, avait constaté Regan en se levant.

— S'il l'était tu ne serais pas couverte de poils !

Regan avait baissé les yeux sur son pantalon et, avec un haussement d'épaules insouciant, s'était contentée de le frotter.

Ça avait peut-être été à ce moment, songea Connor, qu'il avait commencé à s'attacher à Regan. Parce que, qui ne tomberait pas amoureux d'une fille ravissante se présentant à votre porte avec de la crème glacée, parfaitement indifférente au fait que son compagnon canin répande ses poils sur ses vêtements ?

Soudain, il avait senti ses propres mains s'engourdir à cause des glaces qu'il tenait toujours.

— Quel parfum préfères-tu ? avait-il demandé en ouvrant la voie vers la cuisine.

— Est-ce que je peux avoir des deux ?

Il avait sorti deux bols du placard.

— Je ne t'imaginais pas faisant partie de ces femmes qui noient leurs soucis dans des quantités de chocolat.

— Si je voulais le faire, je serais restée à la maison avec les deux pots et une cuillère.

La repartie l'avait fait rire.

— Alors, pourquoi aujourd'hui ? avait-il demandé en lui tendant un bol plein et une cuillère.

— J'imaginais qu'au bout de trois jours, la colère de mon père serait redescendue à un niveau quasi normal. Et je sais que tu es impatient que je rectifie le malentendu.

Bien sûr, il l'avait fortement engagée à rétablir la vérité.

— Alors, dis-moi, avait-elle fait, apparemment désireuse de changer de sujet. Est-ce que cette cuisine années 1980 est un choix délibéré ?

— En réalité, je pense qu'elle date de 1972, année de construction de la maison.

Elle avait examiné les lieux.

— Tu n'as pas envie de la mettre au goût du jour ?

— Elle est fonctionnelle, avait-il répliqué, bien conscient qu'elle nécessitait une rénovation.

Mais, pour le moment, il avait à peine de quoi acheter un seau de peinture.

Sauf que Deacon lui avait téléphoné dans l'après-midi, très excité d'apprendre qu'il avait reçu une bourse d'études, confirmant que Ben Channing avait honoré la première partie du contrat. Deacon avait insisté pour lui rembourser les frais du premier trimestre. Mais Connor lui avait conseillé de les garder, car ce serait peut-être le dernier chèque de cette importance que Deacon verrait.

Bien sûr, cette bourse dépendait plus de lui que de Deacon. Il lui suffisait de convaincre Regan de l'épouser et, à partir de là, Ben Channing s'assurerait que Blake Mining continue de financer les études de son frère.

Connor éprouvait des scrupules à demander Regan en mariage pour des raisons bassement matérielles. Mais à vrai dire, l'idée même de mariage le mettait mal à l'aise.

Serait-il capable d'endosser les responsabilités de la paternité ? Parce qu'à vrai dire, il ignorait tout du rôle de père. Il n'avait pas connu son père biologique, et son beau-père était un alcoolique violent. Il n'avait donc aucun modèle dont s'inspirer.

Seulement, quelque chose s'était passé quand il avait vu l'image des bébés sur l'écran de l'échographe. Il avait ressenti une émotion indescriptible, un brûlant désir d'aider et de protéger la mère et les bébés. Il ne connaissait peut-être rien à la paternité, mais il savait que si on lui confiait un jour la garde d'un enfant, ou de plusieurs, il s'efforcerait d'être le meilleur père possible.

— T'es-tu arrêtée juste pour critiquer le décor de ma cuisine ? avait-il demandé, reprenant le fil de la conversation.

— Non, avait-elle répondu en soupirant. Ma visite n'avait pour but que de remettre à plus tard le moment de réfléchir à certains problèmes et de manger de la glace.

— Tu n'es pas pressée de dire la vérité à tes parents ?

— Pas du tout. Quand mon père apprendra que tu n'es pas le père de mes enfants, il voudra absolument savoir qui c'est pour le forcer à m'épouser.

— Tu ne veux pas l'épouser ?

— Il n'en est pas question !

— Pourquoi pas ?

— Parce que la bigamie est illégale au Nevada.

Lui qui croyait alors que rien ne pourrait le surprendre davantage que la grossesse de Regan…

— Il est marié ?

Elle avait hoché lentement la tête.

— J'ignorais qu'il l'était quand nous avons eu une liaison. Mais j'aurais sans doute pu soupçonner quelque chose de louche. Consultant en protection de l'environnement en mission contractuelle, il n'était en ville que pour une brève période et tenait à rester discret. Pour protéger ma réputation, disait-il. Parce qu'il connaissait les habitants des petites villes et leur propension à bavarder. Rétrospectivement, je comprends qu'il ne voulait pas prêter le flanc aux bavardages parce que les gens savaient qu'il était marié.

— Quand l'as-tu découvert ?

— Le jour où je lui ai dit que j'étais enceinte. Notre

relation était déjà finie, mais quand j'ai compris que j'allais avoir son enfant, je suis allée le trouver.

Elle avait avalé une bouchée de glace avant de poursuivre :

— Je ne voulais, ni n'attendais rien de lui, mais je me sentais dans l'obligation de le mettre au courant. Il s'est avéré que non seulement il avait une femme et deux enfants, mais qu'il n'en souhaitait pas d'autres. Et il ne voulait surtout pas que je bouleverse sa parfaite petite vie de famille. Il m'a utilisée, avait-elle conclu, et j'ai été assez bête pour le laisser faire.

Connor ne l'avait jamais vue aussi désemparée, aussi peu sûre d'elle. Même quand elle vomissait devant le Diggers', elle donnait l'impression d'être une femme aux commandes de sa vie. Et lors de l'échographie, elle semblait apprécier sa présence, mais ne pas en avoir absolument besoin.

Sa soudaine franchise, ses doutes avaient éveillé chaque fibre de son instinct protecteur.

Elle avait baissé les yeux sur sa crème glacée et repoussé son bol.

— J'aimerais tellement qu'il existe un moyen pour qu'il ne puisse jamais venir réclamer mes enfants.

— As-tu des raisons de penser qu'il en serait capable ?

— Non. Il était tout à fait affirmatif sur le fait qu'il ne voulait pas d'autre enfant. J'ai simplement peur d'imaginer ce qui se passerait s'il changeait d'avis.

— Sans être juriste, je sais qu'il existe quelque chose qui s'appelle la « présomption de paternité », avait-il dit. Si un homme est marié à une femme quand elle donne naissance à un enfant, aux yeux de la loi, il est présumé être le père. Si tu veux t'assurer que ce type ne viendra pas tourner autour de tes enfants, marie-toi avant leur naissance et appose le nom de ton mari sur leur acte de naissance.

Regan avait d'abord paru intriguée par l'idée, mais après quelques instants de réflexion, elle avait secoué la tête.

— Je ne peux tout de même pas jouer un tour pareil à un pauvre homme sans défense !

— Tu n'es pas obligée de duper quelqu'un, avait-il alors déclaré. Tu peux m'épouser, *moi*.

- 11 -

— Je commençais à craindre que tu te sois perdu, dit Regan quand Connor rentra de sa promenade matinale.

Baxter courut à elle pour recevoir la caresse sur la tête qu'il estimait être son dû, puis il s'élança dans la salle de séjour, cherchant sans nul doute les jumelles. Ne les y trouvant pas, il grimpa à l'étage où il se mit dans sa position habituelle pour monter la garde devant la porte de la grande chambre.

Connor se lava les mains à l'évier avant de sortir une tasse et de se servir un café.

— J'ai rencontré une ancienne amie d'école.

Regan ne demanda pas si elle la connaissait, car il y avait peu d'échanges entre milieux sociaux quand elle était adolescente.

— Veux-tu que je prépare le petit déjeuner ?

La proposition le surprit un peu.

— Hum…, fit-il après réflexion, des gaufres avec des fruits frais et du sucre en poudre.

— Tu as mangé des gaufres au brunch, hier.

— Des œufs à la coque avec des mouillettes, c'est bien aussi.

— Je sais casser les œufs, dit-elle un peu sèchement.

— Mais tu ne cesses de monter et descendre avec les bébés toute la journée, alors, pourquoi ne pas rester assise et me laisser m'occuper du petit déjeuner ?

Cela paraissait raisonnable. Prévenant même. Malgré tout, elle ne pouvait s'empêcher de se demander s'il ne s'agissait pas d'une nouvelle tentative de son mari pour éviter de tomber dans la routine des couples mariés.

— Je ne suis pas une petite fleur fragile, Connor.

— Je sais.

— Et je n'ai pas besoin que tu m'entoures d'attentions.

— Peut-être que j'en ai envie. Après tout, ce n'est que justice étant donné que tu passes tant de temps à t'occuper de Piper et Poppy.

Elle haussa les épaules.

— Dans ce cas, j'aime mes œufs avec du Tabasco et du fromage fondu.

Il mit une poêle à chauffer et sortit les ingrédients du réfrigérateur.

— Je suis désolée pour hier soir, dit-elle pendant qu'il fouettait les œufs. Pas de ce qui est arrivé, ou a failli arriver, mais de l'interruption.

— Tu n'as pas à t'excuser. Et de toute façon, mieux valait que nous n'allions pas trop loin.

Elle se rembrunit.

— Comment ça ?

— Coucher ensemble ne ferait que compliquer la situation, expliqua-t-il en faisant griller du pain pendant que les œufs cuisaient.

— Mais nous sommes mariés, et il me semble que les relations sexuelles sont une composante du mariage.

— Sauf que le nôtre n'est pas un mariage ordinaire, lui rappela-t-il.

— Je te concède que les relations sexuelles viennent généralement avant le mariage et les enfants.

— Tu as accouché il y a seulement quinze jours.

— Quel est le rapport ?

— La grossesse et l'accouchement mettent le corps à rude épreuve, pas seulement physiquement mais aussi émotionnellement. Et il faut un peu de temps pour que les hormones se stabilisent…

— J'espère que tu n'essaies pas sérieusement de m'expliquer la physiologie post-partum ? le coupa-t-elle.

— Non, bien sûr que non, dit-il tout en remuant les œufs avec la spatule. Je veux juste que tu saches que j'ai conscience que ce qui est arrivé hier soir était sûrement une réaction au stress émotionnel de la journée.

— Tu n'aurais pas remis le nez dans mes livres par hasard ?

— Je croyais que tu souhaitais que je les lise.

— Pour comprendre le développement des bébés, pas pour t'informer sur les exercices qui aident à renforcer les muscles pelviens, ou le temps qu'il faut à un utérus pour reprendre une taille normale.

— Méthode Kegel, et environ un mois, dit-il en parsemant les œufs de fromage râpé.

Elle poussa un soupir.

— D'accord, tu mérites les félicitations du jury. Mais affirmer que ce qui s'est passé hier soir n'était qu'une question d'hormones est insultant pour tous les deux. Je comprends que j'ai été stupide de vouloir me sentir proche de mon mari, poursuivit-elle, mais tu n'as pas à t'inquiéter, je ne recommencerai pas.

Connor fit glisser les œufs sur une assiette.

— Ton petit déjeuner est prêt, annonça-t-il.

— Je n'ai pas faim, jeta-t-elle, passant en trombe à côté de lui pour se diriger vers l'escalier.

Réaction qui, bien sûr, prouvait qu'il avait raison.

Regan glissait au four la tourte au poulet d'Estela Lopez quand Connor rentra du travail. Elle avait apporté le berceau des petites dans la cuisine afin de jeter un œil sur elles tout en épluchant les pommes de terre.

Connor lui sourit en entrant et déposa un tube cylindrique sur la table.

Il avait fait le premier pas, à elle de faire le second.

— Je suis désolée, dit-elle.

— N'est-ce pas ainsi qu'a commencé la discussion de ce matin ? demanda-t-il d'un air méfiant.

— C'est pourquoi je te prie de m'excuser.

— Dois-je te répéter que ce n'est pas nécessaire ?

— Mais ça l'est, insista-t-elle. Quand je me suis calmée et que j'ai réfléchi, je me suis rendu compte que tu te montrais attentif à mon état physique et émotionnel.

Il hocha lentement la tête.

— Je tiens donc à m'excuser d'avoir réagi trop violemment et d'être sortie comme un bolide de la pièce.

Et, tout en sachant qu'elle devrait en rester là, elle ne put s'empêcher d'ajouter :

— Mais je suis tout de même contrariée que tu ne me croies pas capable d'analyser mes propres sentiments.

— Écoute, je te demande pardon pour cette maladresse. Et puisque nous nous sommes expliqués…

Elle leva les yeux, attendant la suite.

Mais, au lieu d'ajouter quelque chose, il l'attira à lui et l'embrassa. Le geste fut si prompt et si inattendu qu'elle en demeura interloquée.

Toutefois, le contact de la bouche chaude et ferme de Connor chassa toute pensée logique de son esprit. Le désir lui crispa le ventre, puis ondula comme un ruban de son sexe à la pointe de ses doigts et de ses orteils et à tout ce qui se trouvait dans l'entre-deux. Comme elle s'abandonnait contre lui, il releva la tête et recula.

Elle se mordit la lèvre, encore toute frémissante de son baiser, et le regarda.

— Qu'est-ce que…

— Je ne voulais pas que tu aies le moindre doute sur l'attirance que j'éprouve pour toi.

Elle s'éclaircit la gorge.

— Message reçu.

— Bon. Je t'ai apporté une offrande de paix.

— Ça ne ressemble ni à des fleurs, ni à des bijoux, constata-t-elle, essayant d'adopter le même ton égal que

Connor alors qu'elle tremblait encore intérieurement des effets du baiser.

— Je crois que tu apprécieras bien plus.

— Là, tu as attisé ma curiosité.

Il ouvrit le tube et en tira…

— Ce sont les plans de la cuisine ! s'exclama-t-elle.

Il acquiesça.

Il les lui avait montrés quelques mois plus tôt quand elle s'était lamentée sur l'état des placards de la cuisine après qu'une des portes avait failli lui rester dans la main. Apparemment, il désirait une cuisine plus fonctionnelle, mais le prix demandé pour une importante rénovation l'avait obligé à différer les travaux.

— Mais… Tu avais dit que tu ne pouvais pas te lancer dans des dépenses en ce moment, lui rappela-t-elle tout en détestant aborder le sujet.

— Parce que c'était le cas. Mais Deacon m'a remboursé ses frais de scolarité quand sa bourse est arrivée. Donc maintenant, je peux.

— On pourrait dire que cette bourse est un vrai coup de chance, mais je suis persuadée que Deacon l'a gagnée par son sérieux et non par le jeu du hasard.

— Il a toujours été un bon élève, consciencieux, assidu, dit Connor, occupé à dérouler les plans.

— Et cela a payé.

— Il semblerait.

— Je sais que je t'en ai déjà parlé, mais je serais heureuse de…

— Non, coupa-t-il.

— Pourtant, ce serait facile pour moi…

— Non, répéta-t-il, plus fermement cette fois.

Elle soupira.

— Pourquoi faut-il que tu te montres si entêté à ce sujet ?

— Parce qu'il n'est pas question que tu t'imagines que je t'ai épousée pour ton argent.

— Le contrat de mariage que tu as tenu à établir le prouve amplement.

— Parfait, dit-il, indiquant d'un hochement de tête que le sujet était clos. Mais il y a un autre point à aborder.

— De quoi s'agit-il ? demanda-t-elle en égouttant les pommes de terre, puis en les remettant dans la casserole avec beurre et lait.

— Si nous nous lançons dans les travaux de rénovation, tu ne peux pas rester ici.

Elle se rembrunit.

— Pourquoi ?

— Parce qu'il ne serait pas sain pour toi et les bébés de vivre dans une atmosphère saturée de poussière.

— Et où sommes-nous censées aller ?

— La meilleure solution serait Miners' Pass.

— Tu suggères que je prenne Piper et Poppy sous mon bras et retourne m'installer chez mes parents ?

— Temporairement.

— Vu sous cet angle, je suis bien obligée de me demander si ta soudaine décision de rénover la cuisine n'est pas le prétexte tout trouvé pour mettre de la distance entre nous.

— Peut-être en partie, reconnut-il.

— Au moins, tu es honnête.

Mais au fond, Connor avait peut-être raison ; l'intimité forcée créée par la présence de Brielle avait éveillé quelque chose qui aurait mieux fait de rester enfoui. Et peut-être que deux semaines de séparation leur feraient du bien à tous deux. Avec l'avantage qu'elle trouverait à son retour une cuisine flambant neuve.

— Quel plan d'aménagement vas-tu suivre ? s'enquit-elle. Celui avec des placards tout autour, ou celui avec l'îlot central ?

— Lequel préfères-tu ?

— Tu me laisses le choix ?

— C'est ta cuisine aussi, voyons !

La réponse jaillit, instantanée.

— Je veux l'îlot central !

Puis elle réfléchit.

— Mais les placards tout autour, c'est joli aussi.

— Je me doutais que tu hésiterais. Consulte à nouveau mes plans.

Ce fut alors qu'elle remarqua qu'il y en avait maintenant trois.

— J'ai demandé à Kevin de concocter un nouveau plan incluant les éléments que tu semblais préférer dans les deux premiers.

Elle examina de plus près le troisième.

— Oh ! Connor, c'est parfait.

— Maintenant, tu comprends que ma décision de rénover n'est pas si impulsive que ça. En fait, les placards devraient être prêts la semaine prochaine, autant dire que ceux-ci devront être ôtés ce week-end pour que les carreleurs puissent venir lundi.

Elle jeta ses bras autour de lui.

— D'accord, dit-elle, convaincue. Je prends les bébés et nous nous réfugions chez mes parents. Mais j'aimerais bien aider. Qu'est-ce que je pourrais faire ?

— Choisir la peinture.

Elle se retint de lever les yeux au ciel parce que ça lui faisait plaisir de choisir la couleur des murs. Et il faudrait équiper la fenêtre d'un volet coulissant style californien pour remplacer le store de bambou qui avait sans doute été mis en place par les premiers propriétaires.

Le projet prévoyait un sol d'ardoise, des placards laqués blancs avec poignées d'acier inoxydable et des plans de travail recouverts de granit sombre moucheté de bleu. Elle imaginait déjà la pièce terminée, agrémentée de touches de bleu cobalt et de jaune soleil.

— J'achèterais bien des assiettes pour ma nouvelle cuisine, suggéra-t-elle.

— Qu'est-ce qu'elles ont, mes assiettes ?

— À part le fait que ce sont les tiennes, il n'y en a pas deux pareilles.

— Qui s'en soucie ?

Il lut immédiatement la réponse dans ses yeux.

— D'accord. Achète des assiettes neuves pour ta nouvelle cuisine.

— Et des verres et des couverts ?

— Et des verres et des couverts.

Elle plissa les paupières d'un air méfiant.

— Pourquoi acceptes-tu tout ce que je propose ?

— Parce que tu as raison. Tout dans cette cuisine et dans cette maison était là avant que tu emménages, quand c'était *ma* maison. Maintenant, c'est *notre* maison, et je veux que tu t'y sentes chez toi.

— Voilà qui me rassure par rapport au fait que tu m'expulses de *notre* maison pour les quinze prochains jours.

— Tu réclamais une cuisine en état, lui rappela-t-il.

— La leçon à tirer est donc que je ne dois jamais désespérer d'obtenir ce que je veux.

Elle se pencha par-dessus le plan de travail et effleura ses lèvres d'un baiser.

— Une leçon que je ne risque pas d'oublier !

Cela semblait étrange à Regan d'être de retour chez ses parents.

Bien qu'elle y ait vécu trois ans avant son mariage, elle ne s'était jamais vraiment sentie chez elle dans cette immense demeure et dans cet intérieur où tout était pensé. Le résultat était une maison qui aurait pu figurer en première page d'un magazine de décoration, mais qui manquait de personnalité et de chaleur.

Elle avait installé le parc des petites dans la pièce principale.

La femme de ménage l'avait aidée et avait promis de monter ses valises dès qu'elle aurait fait son lit. D'ordinaire, Regan aurait insisté pour les porter, mais comme les jumelles commençaient à s'agiter en réclamant leur repas, elle fut reconnaissante à Greta de sa participation.

Elle terminait de nourrir ses filles quand elle entendit la porte du garage s'ouvrir et les voix de ses parents qui rentraient. Et elle comprit à travers des bribes de phrase qu'elle faisait l'objet de leur conversation.

— … qu'elle venait ? demanda Ben.

— Non, répondit sa mère. Sinon, je te l'aurais dit.

— Ce n'est peut-être pas sa voiture.

— Bonjour maman, bonjour papa ! cria-t-elle.

Les talons de sa mère cliquetèrent sur les dalles de marbre, puis Margaret s'arrêta brusquement et se tourna vers Ben.

— Je t'avais bien dit que ça arriverait !

— Ne tire donc pas de conclusions prématurées, répliqua son père.

— À quoi t'attendais-tu ? demanda Regan, intriguée.

Sa mère agita la main vers la pile de bagages et d'affaires de bébé déjà réduite de moitié grâce à l'obligeance de la femme de ménage.

— Visiblement, tu as quitté ton mari, répondit sa mère. Et tu ne m'en vois pas surprise, sauf peut-être que le mariage ait duré six mois entiers.

— S'il te plaît, maman. Dis-moi ce que tu as sur le cœur.

— Je suis désolée, dit Margaret qui ne semblait pas désolée du tout. Mais si tu avais pris la peine de me parler avant d'aller te marier à Las Vegas, je t'aurais dit que tu commettais une erreur, et tu ne serais pas empêtrée dans ce gâchis aujourd'hui.

— Je n'ai pas quitté mon mari, et je ne suis pas empêtrée dans un gâchis, déclara Regan, parlant lentement pour ne pas laisser voir à quel point les suppositions de sa mère l'avaient blessée. Le seul désordre qui régnera se trouvera dans notre cuisine pendant les travaux de rénovation commandés par Connor. Il a suggéré que je vienne ici avec Piper et Poppy pour une quinzaine de jours afin que nous ne vivions pas dans la poussière et les gravats.

Il y eut quelques instants de silence pendant lesquels ses parents digérèrent l'information.

— Que voulais-tu que je pense ? demanda Margaret sans s'excuser.

— Je ne sais pas. Mais je ne m'attendais pas à ce que tu sois si vite persuadée que mon mariage partait à vau-l'eau.

— Tu aurais dû appeler pour nous faire part de tes projets, intervint Ben, s'efforçant maladroitement d'alléger la tension.

— C'est ce que j'ai fait. J'ai téléphoné et suis tombée sur Celeste.

— Greta a-t-elle préparé ta chambre ? demanda Margaret.

— Elle s'en occupe. Mais je peux aller à Crooked Creek chez Spencer et Kenzie, si vous préférez.

— Ne sois pas stupide, répliqua sa mère. Tu ne vas pas aller t'installer au milieu de nulle part. Sans parler du fait que nous avons toute la place nécessaire pour les jumelles et toi.

Regan hocha la tête. De fait, la maison était immense. Quant à s'installer au milieu de nulle part, elle aurait préféré être n'importe où plutôt que là où elle se trouvait en cet instant. Mais elle ne ferait pas la sottise de remettre les bébés dans la voiture et de recharger leurs affaires juste parce que sa mère l'avait blessée.

— Je vais dire à Celeste qu'elle peut servir le dîner, dit Margaret.

— Ta mère ne pensait pas ce qu'elle disait, précisa son père quand Margaret fut sortie.

— Je ne comprends pas. Je croyais que vous étiez contents que j'épouse Connor.

— Étant donné les circonstances, c'était la meilleure solution.

Les circonstances étaient qu'elle attendait un enfant et

que ses parents avaient supposé, car elle n'avait rien fait pour les détromper, que Connor en était le père.

— C'est un homme bon. Et je ne l'aurais pas épousé si je n'avais cru que nous réussirions notre mariage.

— Je suis heureux de l'entendre.

— C'est un père merveilleux.

— Tous ceux qui l'ont vu avec tes petites sont certainement d'accord, assura Ben.

Ce ne fut que plus tard, quand elle se retrouva seule dans son lit à l'étage, que Regan s'interrogea sur le fait que son père ait fait référence à Piper et Poppy comme étant *ses* enfants.

Était-il possible qu'il en sache davantage sur sa relation avec Connor qu'elle ne le croyait ?

— Bon sang ! Quel calme dans cette maison.

Connor se rendit compte qu'il avait parlé tout haut quand Baxter souleva la tête et poussa un gémissement d'acquiescement. Le chien ne comprenait pas le sens de ses paroles, bien sûr, mais il devait percevoir le regret dans son ton.

— Je n'ai peut-être pas suffisamment réfléchi, ajouta-t-il en soupirant. Je voulais rénover la cuisine parce que Regan semblait y tenir, mais je pensais aussi que j'arriverais mieux à refréner mon désir si nous ne vivions pas dans la même maison. Je ne m'attendais pas à la trouver si vide.

Baxter rampa sur le ventre pour se retrouver à ses pieds. Connor se pencha et caressa la tête du chien. Immédiatement Baxter roula sur le dos, offrant son ventre.

En riant, il le gratta.

— C'est comme au bon vieux temps, n'est-ce pas ? Juste toi et moi.

Le chien émit un nouveau gémissement.

— Ce n'était pas si mal. Du moins n'étions-nous pas réveillés par des bébés exigeant de manger ou d'être changés.

Apparemment peu convaincu, le chien le regarda d'un air mélancolique.

— D'accord, d'accord, nous aimions notre vie, mais parce que nous n'en connaissions pas d'autre.

Baxter posa son menton sur le pied de Connor.

— Promis. Je vais travailler à la cuisine ce matin. Parce que, plus tôt je m'y mettrai, plus tôt je finirai, et plus tôt Regan, Piper et Poppy reviendront à la maison.

- 12 -

Connor venait de se verser une première tasse de café – du véritable café qu'il avait réintroduit à la maison parce que après nombre de nuits sans sommeil, il avait du mal à garder les yeux ouverts dans la journée –, quand on frappa à la porte.

— Nous avons un visiteur bien matinal, dit-il au chien qui courait déjà dans l'entrée.

— Pas de ça, dit Connor en lui faisant signe de s'asseoir.

Le chien obéit, tout son corps vibrant d'énergie contenue.

En ouvrant la porte, il eut la surprise de découvrir le shérif sur le seuil.

— Bonjour shérif.

— Reid, dit celui-ci, confirmant qu'il ne s'agissait pas d'une visite officielle. Je vous ai entendu parler à Kowalski d'un projet de démolition pour ce week-end et je me suis dit que vous apprécieriez peut-être un coup de main.

— Votre femme n'a pas une liste de travaux à vous confier ? demanda Connor, ouvrant grand la porte.

— Il y en a toujours une…

En souriant, le shérif tendit une main au chien pour qu'il la flaire. Comme l'animal la lui léchait, il le gratta sous le menton.

— … Mais Katelyn a emmené Tessa au Circle G, expliqua Reid. Elle n'est donc pas là aujourd'hui pour me rappeler ce qu'il y a à faire.

— Alors vous venez m'aider avec la mienne.

— Arracher les choses est toujours plus drôle que de

les monter, nota Reid. Encore que je trouve le moment bizarrement choisi pour attaquer la rénovation de la cuisine, à peine trois semaines après la naissance des jumelles.

— Café ? demanda Connor.

Reid acquiesça.

Connor sortit une tasse d'un carton où il avait momentanément entreposé la vaisselle. Après l'avoir remplie, il la tendit à Reid.

— Regan vous dirait que ces travaux auraient dû être réalisés depuis vingt ans, reprit-il en se remplissant une tasse. Je crois qu'elle oublie que je n'ai acheté cette maison qu'il y a trois ans.

Reid regarda autour de lui.

— Vous voulez sauver les placards ?

— Ils n'en valent pas la peine. Tout partira à la déchetterie.

— Ça fera gagner énormément de temps.

Ce qui en fit gagner également, ce fut d'être deux. À la pause déjeuner, quand Connor alla chercher des pizzas chez Jo, tout ce qui avait été démonté avait été emmené à la déchetterie.

Quand Connor souleva le couvercle du carton, le téléphone du shérif sonna.

— Kate m'envoie une photo de Tessa avec Ava, Max et Sam, dit Reid en tournant son téléphone vers lui pour qu'il puisse consulter l'écran. Tessa adore les triplés et elle demande toujours quand elle les verra. Je pense que son mot favori est « bébé ».

— Vous ne pensez pas à lui donner un frère ou une sœur ?

— Si, bien sûr. Mais Katelyn n'est pas encore prête. Elle dit que sa fille est trop jeune pour être confiée à des étrangers.

— C'est à prendre en considération, commenta Connor, en remettant ses gants de travail. Bien que ce soit un choix que tous les parents ne peuvent se permettre.

Reid hocha la tête.

— Pour en revenir à votre question, oui, je pense qu'avoir un frère ou une sœur ferait du bien à Tessa.

— C'est un lien unique, dit Connor. Mais je dois avouer que j'ai ressenti une certaine panique à l'idée d'avoir des jumeaux.

— Surtout des jumelles, je parie !

— Vous avez raison. Mais, à présent, j'apprécie les relations que Piper et Poppy entretiennent l'une avec l'autre.

— Elles ont beaucoup de chance. Étant enfant unique, je n'ai pas su ce que c'était que d'avoir un frère ou une sœur qui me soutienne. D'un autre côté, Katelyn qui a une sœur et deux frères, souhaiterait parfois être enfant unique.

Connor rit.

— Il y a huit ans de différence entre Deacon et moi, ce qui aide beaucoup à minimiser la rivalité entre frères.

— À ce propos, votre frère revient pour l'été ?

— Oui. Il espérait trouver un job d'été à New York dans le domaine juridique pour ajouter une expérience à son CV, mais rien ne s'est présenté.

— Katelyn a de plus en plus de clients et parle d'engager un avocat stagiaire pour l'aider dans ses recherches et ses préparations de dossiers, dit Reid.

Sa femme était considérée comme une des meilleures avocates de la région, et était par conséquent très sollicitée.

— Deacon termine juste sa première année de droit, précisa Connor.

— Première année à Columbia, souligna le shérif. Ça semble une excellente recommandation.

— En tout cas, il est plus malin que moi, sinon j'aurais attendu qu'il soit à la maison pour entreprendre cette rénovation.

— D'un autre côté, un peu de travail physique est bénéfique pour la santé, ce que je suis sûr vous apprécierez en ce moment.

La masse sur l'épaule, Connor marqua une pause.

— Vous ne faites pas allusion à ma vie sexuelle, j'espère ?

— Inutile, répondit Reid. Je suis passé par là et je confesse que ces six semaines où nous avons attendu le feu vert du médecin ont été les plus longues de ma vie.

Six semaines ?

Regan et lui étaient mariés depuis plus de *six mois* et n'avaient pas consommé leur union, songea Connor. Mais, évidemment, il n'allait pas aborder le sujet avec son patron…

Le troisième jour à Miners' Pass, l'essentiel des blessures d'amour-propre que sa mère lui avait infligées s'était dissipé, permettant à Regan d'admettre que ce n'était pas le pire endroit pour attendre la fin des travaux. Elle voyait peu ses parents qui partaient tôt au bureau et rentraient tard le soir, mais Celeste et Greta étaient ravies de l'aider, ou simplement de passer du temps à dorloter les jumelles quand elles n'étaient pas occupées ailleurs.

Celeste réapprovisionnant placards, réfrigérateur et congélateur le lundi, Regan décida de se rendre également en ville. Elle venait de rentrer quand Greta introduisit un visiteur dans la grande salle.

— Que fais-tu là ? demanda-t-elle, aussi surprise que ravie de découvrir son mari.

— Je suis venu voir si tu avais choisi une couleur de peinture pour la cuisine.

— Il se trouve que oui !

Elle fouilla la poche latérale du sac de change qui se trouvait toujours à sa portée et en sortit un nuancier.

— J'ai finalement essayé la poussette double qu'Alyssa et Jason nous ont offerte, et Piper et Poppy ont beaucoup apprécié de circuler dans les rayons du magasin de bricolage.

Elle ouvrit l'éventail du nuancier, chercha la couleur qu'elle avait choisie et la lui présenta.

— Tu t'apprêtes déjà à peindre ?

— Pas tout à fait.

— Alors pourquoi es-tu venu ?

Il glissa le nuancier dans sa poche sans même regarder la teinte sélectionnée.

— Parce que tu me manquais.

— Ah…

Quelque chose palpita en elle.

— Même dans le vacarme des travaux, je me surprends à guetter les bruits familiers de réveil ou d'agitation de Piper et Poppy.

— Ce sont les enfants qui te manquent, constata-t-elle.

Et le frisson s'évanouit.

— Vous me manquez toutes les trois. L'odeur de ton shampoing dans la salle de bains le matin me manque, tes fredonnements dans la cuisine, et la façon dont ton sourire illumine tes yeux.

Et de nouveau, un doux trouble l'envahit.

Malgré tout, elle se sentit tenue de préciser :

— Je ne fredonne pas.

— Oh ! si, dit-il en souriant.

— Si je te manque, c'est ta faute. C'est toi qui m'as envoyée ici.

— J'ignorais à quel point la maison serait vide sans toi.

— Tu as toujours Baxter.

— Tu lui manques autant qu'à moi. Et un chien qui se morfond n'est pas une très bonne compagnie.

— Un jour, tu pourrais l'amener avec toi.

Il examina le canapé de suède crème, le tapis ivoire, et secoua la tête.

— Il ne vaut mieux pas.

— Dans ce cas, j'amènerai peut-être Piper et Poppy chez toi…

— *Chez nous*, rectifia-t-il.

— Et je l'emmènerai faire une promenade…

— Il adorerait. Mais tu crois que tu peux gérer deux bébés et un chien ?

— Avec la poussette, bien sûr. À propos des filles, je suppose que tu as envie de les voir.

— Oh que oui !

Elle lui prit la main et l'entraîna dans l'escalier.

— Ce n'est pas que j'aie envie que tu partes, assura-t-elle.

Elle avait réinvesti son ancienne chambre. Au pied du lit était installé le berceau dans lequel Piper et Poppy se blottissaient l'une contre l'autre ; dans un coin trônait un rocking-chair que Greta avait été chercher.

Connor resta un moment immobile, se contentant de contempler les bébés endormis.

— Comme elles ont grandi en trois jours, chuchota-t-il.

Cependant, bien qu'il ait parlé à voix basse, Piper s'agita comme si elle avait reconnu la voix de son père.

— Considérant le nombre de repas qu'elles prennent, ça ne m'étonnerait pas. En même temps, elles dorment un peu plus longtemps entre chaque tétée. La nuit dernière, j'ai eu presque cinq heures de répit.

— Elles dorment depuis longtemps ?

— Je suppose que tu veux savoir si elles se réveilleront bientôt.

— C'est ça.

Elle haussa les épaules.

— Les jeunes mères qui connaissent leurs horaires sont plus douées que moi.

— Il n'y a pas de meilleure mère que toi.

— Et c'est pourquoi je vais enfreindre une sacro-sainte règle en dérangeant un bébé qui dort.

Elle sortit doucement Piper du berceau.

— Mais les livres…

— Je vais faire en sorte que tu ne mettes plus jamais la main dessus, dit-elle en lui désignant le rocking-chair.

Il s'y installa, et elle lui mit Piper dans les bras, puis retourna chercher Poppy.

— Elles ont déjà eu leur bain, remarqua-t-il.

— C'est peut-être l'odeur de leur shampoing qui te manque ! dit-elle en plaisantant.

— Je peux me rappeler plusieurs parfums, protesta-t-il. Le tien sent la pomme.

Poppy poussa un soupir en se blottissant contre le torse de son père. Piper bâilla.

— Je crois que tu leur as manqué aussi.

— Je pourrais rester ici pendant des heures, mais ça ne fera pas avancer la dépose des plaques de plâtre.

— Tu fais ça toi-même ?

— Le travail n'est pas colossal, juste salissant, et ça diminue le coût de la main-d'œuvre.

— Tu vas t'y mettre ce soir ?

— Dès que j'aurai trouvé ce que je vais préparer pour le dîner.

— Tu peux rester dîner avec moi. Tu sais que Celeste prévoit toujours des invités-surprises.

— Tu te doutes que je ne suis pas venu quémander un repas. N'empêche que j'apprécierais de manger autre chose que des céréales.

— Tu prends des céréales au dîner ?

— En général, non. Mais comme ce soir je n'ai pas d'idée de menu… Et puis, je ne dispose pas de four puisque la cuisine a été vidée.

— Décidément, c'est ton jour de chance. Celeste a une boîte de corn-flakes dans le placard.

— C'est plutôt un dessert, non ?

— Les mendiants n'ont pas le choix.

C'était étrange, songea Connor. De toute évidence, Regan plaisantait, mais dans cette maison, il se sentait un peu mendiant.

Sa mère aurait souligné que personne ne peut vous rabaisser sans votre consentement. Il savait que c'était vrai, que son manque de confiance ne regardait que lui. Regan n'avait jamais donné le moindre signe qu'elle l'estimait moins parce qu'il était « ce bon à rien de fils Neal », et qu'il venait des mauvais quartiers de la ville.

Repoussant son malaise, il reposa délicatement les jumelles dans leur berceau et suivit sa femme au rez-de-chaussée.

— Connor va rester dîner, dit-elle à Celeste qui versait de la sauce au caramel sur une tarte.

— Et pour le dessert, ajouta-t-il.

— Vous aimez la tarte aux noix de pécan, je parie ?

— J'aime tout ce que vous cuisinez, assura-t-il.

Celeste sortit deux assiettes du placard.

— Laissez-moi cinq minutes que je mette la table.

— Nous mangerons dans la cuisine, dit Regan, ouvrant un tiroir pour sortir les couverts. Nous y serons très bien.

— Tu sais ce que tes parents pensent des repas pris dans la cuisine, dit la cuisinière sur un ton de réprimande.

— Je sais. Et comme ils ne rentreront pas dîner, Connor et moi mangerons dans la cuisine, avec vous.

— Vous pouvez manger où vous voulez, mais moi je vais prendre mon repas dans ma chambre, devant *Top Chef*.

— C'est la première fois que vous mentionnez vouloir regarder cette émission, dit Regan.

— Parce que je ne voulais pas te laisser dîner seule. Mais puisque tu as la compagnie de ton beau mari, la mienne ne te manquera pas.

— Tu as entendu ? fit Connor à Regan. Celeste me trouve beau.

— Juste assez beau pour ma belle petite, confirma Celeste.

— Ça, c'est moi, se rengorgea Regan.

La cuisinière rit.

— Maintenant, asseyez-vous et profitez de votre repas, dit-elle en emplissant leurs assiettes de poulet croustillant accompagné d'une sauce au miel et à l'ail, de pommes de terre sautées et de brocolis vapeur.

Ils s'attardèrent à table tout en savourant le menu.

Soudain, Connor posa sa fourchette sur le bord de son assiette à demi pleine.

— Il n'y a que moi qui parle ! s'exclama-t-il. Pourquoi ne dis-tu rien ?

— Parce que, en ce moment, ta vie est beaucoup plus intéressante que la mienne. Tu as un métier passionnant, un projet de travaux et un fidèle compagnon canin à la maison. Moi, je passe mes journées avec deux adorables enfants qui mangent, font pipi et caca, mais pas nécessairement dans cet ordre.

Il rit, mais reprit très vite son sérieux.

— Ton travail te manque ?

— Pas encore. Pour le moment, je suis si fatiguée de m'occuper de Piper et Poppy que la seule idée de retourner au bureau me pencher sur des chiffres me donne mal à la tête.

Tout en portant son verre d'eau à ses lèvres, elle fronça les sourcils.

— À ce propos, maintenant que j'y pense, j'ai reçu un mail étrange d'un comptable stagiaire. Je n'ai pas encore eu l'occasion de le rappeler, mais Travis y parlait de l'attribution d'une bourse d'études.

Soudain, le délicieux poulet de Celeste lui pesa sur l'estomac.

— Il ne devrait pas t'importuner avec des questions triviales alors que tu es en congé maternité. N'y a-t-il personne qui pourrait lui répondre ?

— Mon père, probablement.

— Laisse donc Ben gérer ça.

Elle hocha la tête.

— Tu as raison. Quand j'appellerai Travis, c'est ce que je lui conseillerai de faire.

— À moins que tu n'en parles d'abord à ton père et qu'il s'en occupe.

— C'est une autre solution.

Il repoussa sa chaise, se leva et empila les assiettes.

— Je suppose que tu veux une part de tarte ? proposa Regan.

— Je n'avais pas pris garde à l'heure, dit-il. Si je veux avancer ce soir, il vaut mieux que je rentre.

— Tu vas en emporter un morceau. On n'appellera pas ça un « doggy bag » sinon tu te sentirais obligé de partager avec Baxter.

— Excellente idée. Ce sera ma récompense quand je serai venu à bout de la première couche.

Elle lui coupa une belle part qu'elle glissa dans un tupperware. Comme elle refermait le couvercle, un cri plaintif émana du babyphone.

— Bon, dit-elle. Nous avons tout de même réussi à prendre tout un repas sans interruption.

— C'était délicieux. Merci de m'avoir invité.

— Merci d'être passé.

Tandis qu'elle l'accompagnait à la porte, les cris prirent de l'ampleur.

En rougissant, Regan croisa les bras sur ses seins. Et parce qu'il s'était renseigné dans les livres, il savait qu'elle avait une montée de lait.

— Tu ferais mieux d'aller voir les petites.

Elle hocha la tête et, faisant demi-tour, se précipita dans l'escalier.

Il regrettait de n'avoir pas eu le temps de lui dérober un baiser, mais en même temps, il avait plus urgent à faire. Par exemple, téléphoner à son beau-père.

Quand Ben et lui avaient conclu leur marché, il n'avait pas pensé à la possibilité que Regan, directrice financière de Blake Mining, se demande pourquoi figurait sur un chèque émis sur le compte de la compagnie et signé par son père le nom du frère de son mari. Il espérait donc que, pour sa part, Ben Channing y avait réfléchi et aurait une explication crédible à fournir à sa fille au cas où elle poserait la question.

- 13 -

Deux fois par semaine, faire un détour par Miners' Pass était désormais devenu routinier pour Connor. Il ne restait jamais longtemps, car il était pressé d'accomplir les travaux de la cuisine afin que Regan et les bébés reviennent le plus vite possible. Toutefois, il était toujours heureux de passer quelques minutes avec elles, même pour peu de temps.

Quand Ben et Margaret rentraient, il était généralement parti. Il trouvait dommage qu'ils aient dépensé tant d'argent pour une superbe demeure qui restait vide la plupart du temps, mais il semblait que cet étalage de richesses soit plus important pour Margaret que de profiter des lieux.

Il était plutôt content que leurs chemins ne se croisent pas, en grande partie à cause de la culpabilité qu'il éprouvait à garder un secret douloureux vis-à-vis de Regan. Il avait beau tenter de se rassurer en se disant que l'argent que Ben Channing versait à Deacon pour ses études n'avait rien à voir avec sa relation avec la jeune femme, il savait que ce n'était pas tout à fait vrai.

Il n'y aurait pas eu de bourse d'études s'il n'avait convaincu Regan de l'épouser. Et, dernièrement, il s'était pris à souhaiter n'être jamais entré dans un pareil arrangement avec son beau-père. Il aurait aimé avoir épousé Regan pour de tout autres raisons.

— Tu es bien songeur, constata-t-elle.

— Désolé. J'établissais juste dans ma tête la liste des derniers achats à faire au magasin de bricolage.

— Les derniers ? Ça veut dire que les travaux sont presque terminés ?

Il hocha la tête.

— Je croise les doigts pour que tu voies la cuisine achevée samedi.

— Tu as beaucoup progressé en quinze jours.

— J'ai une puissante motivation.

Elle lui sourit.

— Je suis impatiente de voir.

— Tu n'as vraiment pas regardé ?

Il trouvait difficile à croire que, les quelques fois où elle était venue à la maison pour emmener Baxter se promener l'après-midi, elle n'ait pas jeté un coup d'œil aux travaux. Il avait condamné les ouvertures de la cuisine avec des bâches de plastique pour éviter que la poussière et les débris ne se répandent partout, mais il aurait été facile de les soulever pour jouer les petites souris. Pourtant, Regan avait affirmé qu'elle ne voulait rien voir tant que ce ne serait pas fini.

— J'ai été tentée, reconnut-elle, mais j'ai tenu bon.

— Eh bien, je crois que tu vas être contente. Et Baxter va être fou de joie quand tu rentreras à la maison. Une maison qui a été si vide sans toi.

— J'espère que tu t'en souviendras quand ton frère sera là et que nous nous rentrerons dedans à chaque coin de couloir !

— Tu exagères. D'autant que Deacon a trouvé un travail à plein temps pour l'été.

— Où va-t-il travailler ?

— Au cabinet de Katelyn Davidson.

— Fantastique !

Devant l'enthousiasme non feint de Regan, il s'étonna.

— Ça ne t'ennuie pas que Deacon passe son temps avec ton ennemie jurée ?

— Mon ennemie jurée ? répéta-t-elle, amusée. Serais-je devenue un personnage de bande dessinée ?

— Maintenant que tu en parles, je ne détesterais pas te voir en combinaison de latex.

— Ça ne risque pas d'arriver !

— Dommage. Mais je faisais seulement référence à l'histoire entre les Blake et les Gilmore.

— Il y a une telle animosité entre les deux familles que je ne peux imaginer être amie avec une Gilmore. Mais je n'ai rien de personnel contre Katelyn, même si elle était une Gilmore avant d'épouser le shérif.

— Et qu'en est-il pour ta sœur et Liam ?

— Pourquoi cette question ?

— La façon dont Brielle a réagi à la mention du nom de Liam quand vous parliez de l'hôtel m'a fait soupçonner qu'il y avait anguille sous roche.

— Il n'y a rien du tout entre eux, je t'assure.

— Entre Brielle et Caleb, alors ?

— Bon, quand arrive Deacon ?

La tentative de Regan pour détourner la conversation était franchement maladroite, mais Connor ne voulut pas la contrarier.

— Il passe son dernier examen le 9 mai et prend l'avion le 10.

— Il est drôlement pressé de rentrer.

— Il est surtout impatient de voir ses nièces.

— Tant mieux parce que je pensais que nous pourrions lui proposer d'être le parrain de Piper et Poppy.

— Vraiment ?

— Oui. Brielle semble le choix évident pour la marraine parce que c'est mon unique sœur, et puisque Deacon est ton unique frère, c'est le parrain tout trouvé. Qu'en penses-tu ?

— C'est une excellente idée !

— Il ne nous reste donc plus qu'à fixer la date du baptême.

— Tu devrais voir avec ta sœur. Dis-moi juste quand et où ce sera.

— Tu seras certainement prévenu. Me parents ont déjà déclaré qu'ils organiseraient une fête ici après la cérémonie.

— Tu m'annonces la nouvelle comme si tu pensais que j'allais émettre une objection.

— Je songeais simplement que nous devrions organiser quelque chose pour nos filles chez nous.

— Idée avec laquelle je serais également d'accord. Mais tes parents ont beaucoup plus de place, surtout si la réception a lieu en plein air.

— Ils ont aussi Celeste…

— C'est sûr que ça compte.

— Et c'est pour elle que tu veux bien réunir les gens ici, parce que tu sais qu'elle sera responsable de la cuisine !

— Ça a peut-être pesé dans la balance.

Elle sourit.

— Dans les deux cas, je dirai que tu es un homme bien avisé, Connor Neal.

— Que se passe-t-il ? demanda Regan en se faufilant entre un tabouret vide et celui sur lequel Connor était assis.

On était vendredi, et elle devait enfin voir la cuisine terminée le lendemain. Elle avait donc été très surprise de recevoir un coup de téléphone de Duke, le propriétaire du Diggers' lui annonçant que Connor était chez lui et lui demandant de venir chercher son mari qui n'était pas en état de conduire pour rentrer à la maison. De plus, Duke craignait qu'il ne se perde s'il rentrait à pied.

— Nous avons fêté…, bredouilla Connor, son élocution pour le moins pâteuse.

Elle regarda avec insistance le tabouret vide près de lui et trois autres vacants de l'autre côté.

— Nous ?

— Oh ! ils sont tous partis maintenant.

Duke remplit de café la tasse posée devant Connor.

— Il n'a pas beaucoup bu, dit Duke en secouant la tête. On peut dire qu'il ne tient pas l'alcool.

— Pas beaucoup, c'est-à-dire ?

— Deux bières et deux shots de whisky. Ce sont les shots qui l'ont mis dans cet état.

— C'est sûr qu'il ne boit guère d'alcool, dit-elle.

Sachant qu'il avait grandi avec un beau-père alcoolique et violent, elle comprenait pourquoi.

Elle se tourna vers Connor.

— Qu'est-ce que vous fêtiez ?

— Kowalski se marie.

— C'est une bonne nouvelle.

— Tout le monde venait, je ne pouvais pas refuser.

— Bien sûr que non. Cependant, la prochaine fois, envisage de faire l'impasse sur les shots.

— Maudit *Shack* Daniels.

En souriant, elle se tourna vers le barman.

— A-t-il payé ses verres ?

— C'est le shérif qui a réglé.

Elle poussa Connor pour qu'il se lève.

— Je te ramène à la maison.

Il se leva, mais dut se rattraper au bar pour rétablir son équilibre.

— Je suis fatigué, dit-il. Je n'ai pas beaucoup dormi cette nuit. Je voulais finir la cuisine.

Elle lui prit le bras pour le guider.

— Elle est finie ?

— Oui. Celeste m'a donné une *rechette*, une recette. Comme ça, je pourrai te préparer à dîner demain.

— C'est gentil, dit-elle, touchée par l'attention. Mais pour faire des projets, il vaut peut-être mieux attendre de voir dans quel état tu seras demain matin.

— Tu peux venir maintenant.

— Je te raccompagne, dit-elle en ouvrant la portière passager de son pick-up.

Il se glissa sur le siège et regarda derrière lui.

— Où sont les petites ?

— Chez mes parents.

— Ce sont tes parents qui s'occupent d'elles ?

— Il faudrait que j'aie bu plus que toi pour que ça arrive !

Il fronça les sourcils, ne comprenant pas.

— Celeste s'occupe d'elles, expliqua-t-elle.

— Ah ! bien sûr. Celeste s'est occupée de toi quand tu étais petite.

— Celeste s'occupe toujours de moi, de nous tous.

— J'aimerais bien avoir une Celeste.

— Mes parents ont proposé de payer son salaire et qu'elle vienne nous aider pendant un an, lui rappela-t-elle.

— Ton père s'imagine qu'il peut acheter n'importe quoi… ou n'importe qui.

Elle se rembrunit à cause du ton amer et chargé de sous-entendus de Connor.

— De quoi parles-tu ?

— De rien.

— À t'entendre, on dirait qu'il y a quelque chose entre mon père et toi.

Sans répondre, il ferma les yeux et se tut jusqu'à ce qu'ils soient presque arrivés chez eux.

— J'ai un aveu à te faire, déclara-t-il soudain.

Elle tourna dans l'allée.

— Est-ce quelque chose que tu regretteras de m'avoir dit une fois sobre ?

— Je ne me suis pas marié avec toi juste pour donner un père à tes enfants.

Elle coupa le contact.

— J'étais amoureux de toi au lycée.

— Au lycée ? répéta-t-elle, stupéfaite.

— Tu ne te souviens pas, dit-il en se frappant la poitrine. Tu m'en vois profondément blessé.

— C'est ta tête qui aura mal demain matin. Mais de quoi est-ce que je ne me souviens pas ?

— Les maths, en terminale.

Elle descendit de voiture et en fit le tour pour l'aider à en faire de même.

— Je me souviens, assura-t-elle. Je t'aidais les mardi et jeudi à l'heure du déjeuner et parfois après les cours le mercredi.

— J'ai décroché un A. Un A moins, mais je suppose que ça comptait quand même.

— Je sais. Tu m'as proposé d'aller manger une glace pour fêter ta note.

Il monta très précautionneusement les marches.

— Seulement tu devais aller au cinéma avec Brett Tanner.

Elle introduisit la clé dans la serrure.

— Comment peux-tu te rappeler un détail aussi insignifiant après toutes ces années ?

— Je détestais Brett Tanner. Ou peut-être que je détestais le fait que tu l'apprécies.

Elle ouvrit la porte et actionna l'interrupteur.

Baxter, qui attendait comme toujours de l'autre côté, aboya joyeusement et se mit à sauter autour deux. Elle caressa le chien pendant que Connor se battait avec ses bottes pour les ôter. Une fois qu'il eut réussi, elle le suivit dans l'escalier.

Apparemment, après son départ, il s'était installé dans la grande chambre parce qu'il s'y dirigea tout droit et s'affala sur le lit.

— Ne t'endors pas tout de suite, dit-elle.

— D'ac.

Elle alla à la salle de bains chercher un verre d'eau et deux antalgiques.

— Assieds-toi et bois ça.

Il réussit à se redresser et s'appuya contre la tête de lit. Elle mit les comprimés dans sa main et lui donna le verre d'eau.

Quand il eut tout avalé, elle remporta le verre à la salle de bains, le remplit et revint le poser sur la table de nuit.

— Vas-tu te glisser sous les couvertures ou dormir dessus ? demanda-t-elle.

— Tu dors avec moi ?

— Pas ce soir. Je dois retourner auprès de nos bébés.

— Adorables bébés. Juste comme leur maman.

— Tu es bavard quand tu as bu. Je m'en souviendrai.

— Je n'ai pas bu, protesta-t-il. Pas plus de deux bières…

Il leva deux doigts et les fixa comme pour s'assurer que le compte était bon.

— Tu aurais dû dire ça à ton copain, *Shack* Daniels.

Connor secoua la tête.

— Ce n'est pas mon copain.

Il fallait vraiment qu'elle retourne auprès de Piper et Poppy, mais ce qui la retenait, c'était une chose qu'il avait dite précédemment.

Elle s'assit au bord du lit.

— En quoi une amourette de lycée concerne-t-elle ta demande en mariage ?

— J'ai finalement obtenu que la fille la plus populaire du lycée sorte avec moi !

— Je n'étais pas la fille la plus populaire. En réalité, au lycée, je suis très peu sortie avec des garçons.

Parce que, même adolescente, elle s'était fixé pour but d'entrer dans une bonne école et d'obtenir un diplôme prestigieux pour pouvoir travailler avec ses parents à Blake Mining.

— Tu étais intime avec Brett Tanner.

— Pas aussi intime qu'il voulait bien le faire croire.

— Peu importe. Tu habitais la plus grande maison de la ville, et j'étais un raté des bas quartiers.

— Tu n'as jamais été un raté, dit-elle, choquée qu'il ait aussi peu de considération pour lui-même. Et cette expression « les bas quartiers » n'a jamais eu de sens pour moi.

— Il en a un pour les gens.

— Écoute, moi je te trouvais mignon.

— Mignon ?

— Et mes amies aussi.

— Mignon, répéta-t-il avec une moue.

— Attention ! Avec un côté rebelle. Les mauvais garçons ont toujours causé la perte des filles de bonne famille.

— Et tu étais une fille de *très* bonne famille, n'est-ce pas ?

— Je suivais les règles, enfin la plupart du temps.

— Quand as-tu enfreint les règles ?

— La première fois que je suis sortie avec toi.

Connor fronça les sourcils comme s'il peinait à se souvenir.

— La chapelle de mariage de Reno ? dit-il enfin.

Elle hocha la tête.

— Me marier lors d'un premier rendez-vous est bien la chose la plus folle que j'aie faite, dit-elle.

— Moi aussi, probablement.

— Seulement probablement ?

— Je suis un mauvais garçon, rappelle-toi.

Elle prit une couverture sur le rocking-chair et l'en couvrit.

— Tu n'arrêtes pas de le répéter.

— Mais c'était franchement…

Ses paupières papillotèrent.

— … le meilleur premier rendez-vous de ma vie.

Quand elle fut sûre qu'il dormait, elle se pencha et posa un baiser sur son front.

— Pour moi aussi.

— Tu n'as pas si mauvaise mine, remarqua Regan quand Connor sortit pour l'accueillir le lendemain matin.

— Je suppose que c'était trop espérer que tu me laisses oublier la soirée d'hier.

— En fait, je suis curieuse de savoir ce dont tu te souviens.

— De tout.

Il ouvrit la porte arrière de son SUV et entreprit de détacher le siège de Piper. Puis il passa de l'autre côté et fit de même pour celui de Poppy.

— Je crois, en tout cas. Après une poignée d'antalgiques et quelques litres d'eau ce matin, le marteau s'est calmé et m'a permis de retrouver l'usage de mon cerveau.

Elle passa la bandoulière du sac de change sur son épaule et le suivit dans la maison.

Baxter eut du mal à contenir sa joie quand Connor entra dans la maison avec les bébés, comme s'il comprenait que, cette fois, c'était un retour définitif.

— Mais je te remercie, dit Connor, même si je suis sûr que j'aurais retrouvé mon chemin, c'était sympa que tu viennes me chercher.

— C'était un plaisir.

Le regard de Connor s'étrécit entre ses paupières.

— Tout à coup, je me demande si je n'ai pas de trous de mémoire.

— Voyons, je suis juste heureuse d'être à la maison et impatiente de découvrir la nouvelle cuisine.

— Dans ce cas, je ne vais pas te faire attendre plus longtemps.

Ayant consulté les plans, elle avait une idée générale du projet achevé. Pourtant, les images juxtaposées dans sa tête ne rendaient pas justice au résultat final.

— C'est fantastique ! s'exclama-t-elle en glissant sa main sur le bord biseauté du plan de travail.

Puis elle ouvrit un placard, appréciant la souplesse de la porte sur ses gonds et sourit en voyant les assiettes qu'elle avait commandées empilées dedans.

Pas toutes, cependant.

Deux assiettes étaient installées sur l'îlot central, encadrées de couverts étincelants et de serviettes jaune soleil. Un bouquet de jonquilles ornait la table.

— Joli travail, monsieur l'adjoint.

Le compliment lui fit visiblement plaisir.

— Est-ce que je ne sens pas une délicieuse odeur de nourriture ?

— Poulet, pommes de terre au four. Celeste m'a promis que c'était une recette à toute épreuve, alors si le plat n'est pas si bon que le sien, j'incriminerai le nouveau four.

— Qu'elle te conseille une recette « à toute épreuve » ne t'a pas vexé ?

— Tu ne me laisseras jamais oublier hier soir, n'est-ce pas ?

— Je n'ajouterai pas un mot.

Mais, à vrai dire, elle n'avait pas envie d'oublier la soirée de la veille. Du moins, pas ce qu'il lui avait confié. Parce que, s'il était vraiment tombé amoureux d'elle au lycée, elle pouvait encore espérer qu'il développe de réels sentiments pour elle aujourd'hui.

Et alors, peut-être qu'un jour leur mariage de convenance deviendrait un mariage d'amour…

- 14 -

Le Stagecoach Inn était un lieu magnifique qui respirait l'élégance et l'attention au moindre détail. Regan vibrait d'excitation en remplissant les formalités au bureau de la réception. Ceci fait, elle alla explorer le hall d'entrée en attendant l'arrivée de son mari.

Elle consulta sa montre. 17 h 58.

Connor était censé la rejoindre à 18 heures. Mais comme elle était arrivée en avance, elle avait passé les douze dernières minutes à feindre de ne pas se préoccuper de l'heure. Pour se changer les idées, elle avait pensé sortir marcher tranquillement dans la rue, mais craignait que Connor ne s'en aille s'il ne la voyait pas.

Elle s'assit donc au bord d'un canapé de cuir installé devant la cheminée et, sortant son portable de sa poche, envoya un bref message à sa sœur.

Ce n'était peut-être pas une bonne idée.

Brielle répondit immédiatement.

Ne t'avise pas de jouer les poules mouillées !

Elle s'apprêtait à répliquer qu'elle n'en était pas une quand Connor passa la porte.

Elle rangea son téléphone dans sa poche et se leva.

Il sourit en la voyant, et ce sourire la rassura tout en la troublant un peu plus.

— Que se passe-t-il ? Ou sont Piper et Poppy ?

— À la maison, avec les baby-sitters.

— Nous avons des baby-sitters ? demanda-t-il, surpris.

— Alyssa et Jason ont pensé que s'occuper des jumelles leur permettrait de s'entraîner au rôle de futurs parents.

— D'accord. Mais que faisons-nous ici ?

— C'est notre anniversaire.

Il la considéra comme si elle avait perdu la tête.

— Nous nous sommes mariés en septembre.

— Le 26, ce qui fait qu'aujourd'hui, c'est l'anniversaire de notre septième mois de mariage.

— J'ignorais que ça existait, dit-il, l'air légèrement maussade. Suis-je censé t'envoyer des fleurs ?

Elle secoua la tête.

— Je ne veux rien de toi à part…

Elle fit danser une clé ancienne devant ses yeux.

— C'est le cadeau de mariage à retardement de Brielle.

Il déglutit.

— Elle nous offre une chambre d'hôtel ?

— La suite de luxe, précisa-t-elle.

Elle le prit par la main pour monter l'escalier.

— C'est une charmante idée, dit Connor, ses pas ralentissant à mesure qu'ils approchaient du palier du premier. Mais…

Elle hocha la tête, comprenant tout ce qu'impliquait ce seul mot. Leur mariage n'était pas une véritable union. Mais c'était justement pour remédier à cela que Brielle avait loué cette suite.

— Viens voir la chambre, le pressa-t-elle.

Elle l'avait déjà visitée, escortée par Liam Gilmore, propriétaire de l'hôtel qui faisait également office de chasseur. Il lui avait brièvement raconté l'histoire de l'hôtel pendant qu'ils montaient à l'étage, sans doute pour combler un silence qui aurait pu devenir gênant.

Quand il s'était tu, elle avait fait quelques commentaires appropriés, mais lorsqu'il avait ouvert la porte de la suite, elle était restée sans voix devant tant de luxe et de raffinement.

Le sol de l'entrée était constitué d'une mosaïque de carreaux dessinant des arabesques compliquées, les murs peints d'or pâle avec des moulures soulignées de blanc. Au-delà, il y avait le salon avec un canapé ancien face à une cheminée de marbre blanc surmontée d'un immense écran plat de télévision. Plus loin encore, la salle de bains où l'on retrouvait du marbre blanc, beaucoup de verre et de chrome étincelant et même un chandelier de cristal. De l'autre côté se trouvait la chambre dotée d'une seconde cheminée, celle-ci de marbre noir, d'un immense lit à baldaquin flanqué de tables basses assorties, d'une vaste penderie et d'une coiffeuse avec tabouret rembourré.

— C'est… impressionnant, dit Connor. Mais nous ne pouvons pas rester, ajouta-t-il d'un ton d'excuse.

— Tu te chargeras d'expliquer pourquoi à ma sœur qui a prépayé la suite pour deux nuits ?

— C'est assez simple. Elle sait que tu allaites Piper et Poppy et que tu ne peux t'absenter deux jours.

— Elle sait aussi que je tire mon lait et qu'il y en a suffisamment au congélateur pour une semaine.

Elle avait finalement surmonté son opposition au biberon occasionnel après une visite à Macy Clayton, mère célibataire de triplés qui l'avait rassurée en partageant son expérience.

— Et Baxter ?

— Jason a promis de le promener deux fois par jour. Je lui ai même dessiné un plan de vos itinéraires habituels.

— Mais je n'ai pas de vêtements de rechange !

— Je t'ai préparé un sac. Il est dans la chambre.

— Je vois que tu as réponse à tout, dit Connor, visiblement plus résigné qu'heureux à la perspective de passer du temps seul avec sa femme.

Soudain, Regan fut elle aussi assaillie de doutes.

Être mariée était à la fois plus simple et plus compliqué qu'elle ne l'avait imaginé en acceptant la proposition inattendue du shérif adjoint.

C'était plus facile parce que Connor était un père idéal, qu'il adorait les deux petites et que cet amour était réciproque. Leurs petits visages s'éclairaient quand il entrait dans la pièce où elles se trouvaient, et elles aimaient se blottir contre son grand torse.

Vraiment, elle n'aurait pu choisir meilleur père pour ses enfants.

D'un autre côté, c'était plus difficile à cause de la profonde affection et de l'attirance grandissante qu'elle éprouvait pour son mari. Elle avait accepté de l'épouser parce qu'elle était seule, désemparée, angoissée. Elle n'avait pas imaginé un instant qu'elle pourrait tomber amoureuse de lui. Elle aurait même ri à cette idée.

Cependant, au fil des mois, ses sentiments avaient évolué et elle espérait que ceux de Connor aussi. Pourtant, à voir sa réaction mitigée, elle en doutait.

— Et si nous allions dîner ? proposa-t-il.

— Nous pouvons descendre au restaurant du bas, ou nous faire monter un repas ici.

— Il paraît que c'est pratiquement impossible d'y obtenir une table.

— Parce que la priorité est donnée aux clients de l'hôtel.

— Dans ce cas, profitons-en.

— Ou bien profitons de cette luxueuse suite puisque le menu du restaurant est disponible en service de chambre.

— Mais le restaurant étant plus près des cuisines, les plats seront plus chauds.

Cela semblait un argument raisonnable. Et, après tout, il était possible que Connor soit tout simplement affamé et non délibérément obtus.

— Dans ce cas, appelle donc le bureau pour réserver pendant que je me rafraîchis.

— D'accord, dit-il, apparemment soulagé.

Dans la chambre, elle ouvrit sa valise, cherchant à se rappeler si elle avait emporté une tenue élégante qui conviendrait au restaurant. À vrai dire, persuadée qu'ils passeraient deux jours au lit, elle ne s'était pas appesantie sur le choix de ses vêtements.

Ne manifestait-elle pas assez clairement ses intentions ? Ou bien Connor n'était-il vraiment pas intéressé ? Au cours des dernières semaines, il avait envoyé tant de signaux contradictoires qu'elle n'arrivait plus à décider. Un jour il l'embrassait comme un fou, le lendemain il la poussait à s'en aller. Pendant son séjour chez ses parents, il avait eu du mal à rester éloigné, mais depuis son retour, il s'était réinstallé dans la chambre de son frère.

Bien sûr, il n'aurait bientôt plus cette échappatoire. En ce moment, Deacon révisait ses derniers examens et il serait bientôt de retour à la maison. Mais c'était une maigre consolation. Elle voulait que Connor partage son lit par choix, non par nécessité.

Le bruit de la télévision lui parvint du salon.

Avec un soupir résigné, elle reprit son téléphone pour envoyer un texto à Brielle.

Je suis sur le point d'abandonner.

Elle attendit la réponse de sa sœur et faillit laisser tomber l'appareil quand il sonna dans sa main.

— N'y songe même pas ! s'exclama Brielle sans préambule lorsque Regan décrocha.

— C'est juste que… c'est peut-être trop tôt.

— Vous êtes mariés depuis sept mois ! À moins que tu ne veuilles dire trop tôt après la naissance des bébés. Mais je croyais que ta gynécologue t'avait donné le feu vert.

— Exact.

— Alors pourquoi cette hésitation ?

— Je ne suis pas sûre de moi. Il me semble que c'est un grand pas.

— C'en est un, confirma sa sœur.

— Et si nous faisons l'amour, tout va changer entre nous.

— N'y a-t-il pas certaines choses que tu voudrais changer ?

— Si…

— Comme le fait que tu ne couches pas avec ton mari ?

Regan soupira.

— Si, bien sûr. Mais, par ailleurs, nous entretenons une relation très agréable.

— Imagine comment ce serait en la pimentant d'un peu de nudité et d'une touche de sexe.

— C'est peut-être ce qui me retient.

— Comment ? Tu n'aimes pas le sexe ?

— Je parle de la partie nudité.

— Bon, il y a un certain temps que je n'ai pas fait l'amour, mais si je me souviens bien, c'est plus facile sans vêtements.

— Tu sembles oublier que j'ai eu deux bébés il y a quatre semaines et demie.

— Je n'oublie rien. Si je t'ai fait sortir de chez toi, c'est pour m'assurer que mes adorables nièces ne mettront pas un frein à ta vie amoureuse. Du moins, pas ce week-end.

— On ne peut vraiment pas accuser les bébés d'interférer avec ma vie amoureuse, fit-elle remarquer.

— Parce que tu n'en as pas… encore.

— Voilà ce que j'ai gagné à te dire la vérité, marmonna Regan.

— Du moins une partie.

— Que crois-tu que je te cache encore ?

— Par exemple jusqu'où vont tes sentiments pour ton mari.

— Je tiens à lui, c'est évident.

— Et il te plaît beaucoup.

— Il est bourré de qualités de toutes sortes.

— Et il possède un corps de dieu grec.

— Tu as louché sur mon mari ?

— Je voulais m'assurer qu'il méritait ma sœur.

Regan soupira.

— Qu'est-ce que je vais faire ?

— Coucher avec lui ? suggéra Brielle.

— Si seulement c'était aussi simple !

— C'est compliqué parce que tu le veux bien.

— Nous sommes dans une chambre destinée aux amoureux et je parle au téléphone avec ma sœur pendant qu'il regarde la télévision dans la pièce voisine. C'est désespérant.

— Je ne doute pas un instant que tu sois capable de lui faire oublier le match de foot qui défile sur l'écran ! Mais si tu as besoin de reprendre confiance, regarde dans le tiroir de la table de nuit.

Curieuse, elle alla ouvrir le tiroir en question et découvrit une boîte de lingerie fine emballée de papier rose. Sur le ruban, un mot : « Pour Regan (et Connor). Amusez-vous bien. Baisers. Brielle. »

— J'ai un peu peur de ce que je vais trouver..., dit Regan.

— Ouvre ! s'exclama Brielle en riant. Et ensuite, je ne veux plus t'entendre du week-end.

Sur ces mots, sa sœur coupa la communication.

Hésitante, Regan contempla la boîte un long moment pour conclure que Brielle s'étant efforcée de leur offrir un week-end de rêve à son mari et elle, elle devait maintenant accomplir sa part.

En cohabitant avec Regan sans pouvoir la toucher les sept premiers mois de son mariage, Connor avait cru endurer une torture, mais c'était une partie de plaisir comparé à ce qu'il vivait maintenant.

Pendant qu'elle était dans la salle de bains, il avait examiné le canapé. Constatant que celui-ci se dépliait, il se persuada qu'y caser son mètre quatre-vingt-dix serait plus facile que de s'abstenir de toucher Regan s'ils partageaient le même lit.

Mais, bien sûr, elle espérait célébrer leur anniversaire à la manière de la plupart des couples, c'est-à-dire nus dans les bras l'un de l'autre.

Elle n'avait pas paru nerveuse en lui faisant visiter la suite, y compris la luxueuse chambre dominée par le lit… fastueux. Mais elle aurait sans doute été moins à l'aise si elle avait su quel effort de volonté surhumain il lui avait fallu pour ne pas la jeter sur le lit et lui faire l'amour.

Seulement, Piper et Poppy avaient tout juste quatre semaines. Il fallait donc attendre deux semaines de plus avant que le corps de Regan ait suffisamment récupéré de l'accouchement pour songer à avoir des rapports sexuels.

« Les six plus longues semaines de ma vie », avait dit Reid.

Bien sûr, il existait bien des façons de partager une intimité physique et d'avoir du plaisir. Seulement, Connor savait aussi que six semaines étaient une généralité, et qu'il fallait plus de temps à certaines femmes pour retrouver une libido en état de marche.

Dans un effort désespéré pour oublier qu'ils se trouvaient seuls dans une chambre d'hôtel jusqu'à ce qu'ils s'en échappent pour se rendre au restaurant, il se tourna vers la télévision.

— Connor ?

— Hum ? fit-il, le regard rivé à l'écran alors qu'il ne savait même pas s'il regardait un film, une publicité ou…

Regan vint se placer juste devant lui et, quand son regard tomba sur elle, sa stupéfaction fut telle que la télécommande lui échappa des mains.

À présent, il ne voyait plus que Regan.

Elle portait un rêve de satin blanc et de dentelle dissimulant à peine ses magnifiques seins et découvrant ses jambes et ses cuisses nacrées.

Il leva les yeux sur son visage et déglutit.

— Je croyais que tu te préparais pour descendre dîner.

— Je n'ai pas envie d'aller au restaurant.

— Sage décision, parce que dans cette tenue tu déclencherais une émeute.

Elle le contempla, la tête penchée.

— Je n'arrive pas à savoir si tu approuves ou désapprouves.

— Tu veux mon approbation ?

— Je veux savoir si tu me désires.

— Je te désire plus qu'il est possible de l'imaginer, avoua-t-il d'une voix rauque.

Elle sourit en s'approchant de lui.

— C'est une réponse très satisfaisante, dit-elle en s'installant à califourchon sur ses genoux.

La position plaça ses seins pratiquement nus au niveau de son regard. Mais il ne lui suffisait pas de les voir. Il mourait d'envie de les toucher, de les palper, de les dévorer.

Ses doigts se crispèrent sur le bord du canapé tandis qu'il tentait désespérément de rassembler les derniers lambeaux de son sang-froid.

Elle se pencha si bien que sa bouche se retrouva à quelques centimètres de la sienne et il crut devenir fou. Cependant, au lieu de l'embrasser sur la bouche, elle parsema de baisers ses yeux, ses joues, son cou.

Il agrippa plus fort le cuir du canapé.

— Six semaines, murmura-t-il d'une voix étouffée.

Elle leva la tête, et il croisa son regard embué de désir.

— Quoi ?

— Ça ne fait pas six semaines.

Elle rit tout en lui mordillant le lobe de l'oreille.

— Six semaines, c'est juste une indication.

— Tu es sûre ?

S'il vous plaît, s'il vous plaît, faites qu'elle soit sûre…

Elle hocha la tête.

— J'ai vu le Dr Amaro mardi.

Il poussa un soupir de soulagement.

— Merci, Dr Amaro.

— C'est noté. Mais à partir de maintenant, je préférerais que tu ne penses plus qu'à moi.

Pour toute réponse, il se leva d'un geste brusque et l'emporta dans ses bras.

- 15 -

Regan poussa un cri de surprise auquel Connor répondit par un petit rire. Il la maintenait fermement, et tout en sachant qu'elle ne risquait pas de tomber, elle se suspendit à son cou.

Il l'emporta à la chambre et tomba avec elle sur le lit, l'emprisonnant sous son corps mince et musclé. Le cœur de Regan tambourinait contre ses côtes, non d'appréhension, mais d'un désir douloureux.

Connor saisit les bretelles de la nuisette qui habillait Regan et les fit glisser le long de ses bras, si bien que ses seins jaillirent, libérés de toute contrainte. Il referma alors ses mains dessus et les palpa. Ses pouces, traçant lentement des cercles autour de leurs pointes déjà dressées, la faisaient vibrer d'anticipation.

— J'ai vécu l'enfer couché près de toi, nuit après nuit, sans pouvoir te toucher, murmura-t-il.

— Personne ne te l'avait interdit.

— Certes, mais il me semblait qu'il existait des limites implicites à notre relation.

— Ce soir, oublions les limites, proposa-t-elle.

— Ça me convient très bien.

Ensuite, il fut trop occupé pour en dire davantage.

Il embrassait magnifiquement, c'était sûr. Sa bouche était ferme et tendre à la fois, sa langue hardie sans se montrer agressive. À un autre moment, elle aurait pu passer des heures à se laisser embrasser. Mais son désir refoulé pendant tant de mois exigeait davantage.

Comme s'il sentait son impatience, Connor lâcha ses lèvres pour l'embrasser sur la joue, le long du cou et enfin au creux des seins. Sa barbe de quelques heures grattait la peau tendre de Regan, mais quand sa bouche trouva un mamelon, elle se tordit et gémit de plaisir.

Tout en continuant de la titiller, il glissa ses mains sous sa nuisette pour faire glisser sa culotte le long de ses jambes. Quand il rejeta le bout de dentelle, ses doigts s'avancèrent vers son sexe pour atteindre son clitoris.

Était-il possible que ses hormones bouleversées soient responsables de la violence de sa réaction, se demanda-t-elle, ou bien était-ce le fait d'avoir si longtemps rêvé cet instant ?

Connor en avait-il rêvé, lui aussi ? Avait-il imaginé la caresser comme il le faisait à présent, ou savait-il instinctivement où et comment la toucher pour lui procurer ce plaisir exquis ?

Elle aurait dû deviner qu'il lui ferait l'amour de la même façon qu'il faisait tout : avec empressement et application. Cependant, comme Regan brûlait aussi de le toucher, elle tira sa chemise de son pantalon et se hâta de la déboutonner.

Enfin, elle put en écarter les pans et poser les mains sur la peau nue de Connor. Il frémit quand elle fit courir ses doigts sur son torse, et un sourd grondement émana de sa gorge quand elle fit glisser ses ongles dans son dos. Lorsqu'elle atteignit sa ceinture, il s'écarta pour se débarrasser prestement de ses pantalon, caleçon et chaussettes qui atterrirent en tas au pied du lit.

— Préservatif, dit-elle quand il la rejoignit.

Il était établi qu'une femme qui allaitait ne tombait pas enceinte, mais avec deux nourrissons de quatre semaines et demie à la maison, elle ne voulait prendre aucun risque.

Il tendit la main vers le paquet déposé sur la table de nuit en prévision de ce moment, l'ouvrit et se revêtit promptement de la protection.

Son regard était noir et intense quand il se souleva au-dessus d'elle.

— Il me semble que j'attends cet instant depuis toujours, murmura-t-il. Et je tiens à le savourer.

— Et moi, je ne veux pas attendre une seconde de plus.

Il sourit tout en effleurant ses lèvres.

— Quelle petite personne exigeante !

Mais il lui donna ce qu'elle voulait, ce que tous deux voulaient, en la pénétrant pour s'enfouir au plus profond d'elle.

Elle cria sous l'effet du choc, puis du plaisir quand de nouvelles vagues de sensations la parcoururent. Enlaçant ses doigts aux siens, il maintint ses mains prisonnières de chaque côté de sa tête et l'embrassa sur la bouche. Elle referma ses jambes sur ses hanches afin qu'ils soient le plus étroitement unis possible, et leurs deux corps joints cherchèrent le plaisir… qu'ils trouvèrent.

Regan s'éveilla dans la nuit, ses seins pleins et douloureux.

Un rapide regard au réveil lui confirma qu'il était 4 heures du matin. Poppy se réveillait généralement vers trois heures et demie, et Piper environ une demi-heure plus tard. Le décalage dans le temps permettait à chaque bébé de recevoir l'entière attention de sa maman, mais contraignait aussi celle-ci à passer deux fois plus de temps à les allaiter.

Elle se glissa hors du lit, laissant Connor à son sommeil, et se réfugia dans la salle de bains pour tirer son lait. Sa première inquiétude de ne pas en avoir assez pour satisfaire les jumelles s'était révélée tout à fait inutile, et elle avait laissé au congélateur une provision de lait largement suffisante pour le week-end ainsi que des instructions détaillées sur son emploi à l'intention d'Alyssa.

Elle se réjouissait sincèrement que Jason et Alyssa fondent une famille et que Spencer et Kenzie agrandissent la leur. Il était évident que ses deux frères avaient trouvé la femme de leur vie. Le chemin pour parvenir au bonheur avait été ponctué d'embûches, mais l'essentiel était qu'ils aient réussi à les surmonter.

L'amour n'était pas au rendez-vous quand elle avait épousé Connor dans la petite chapelle de Reno. Elle s'était sentie si seule, si angoissée à l'idée d'être mère célibataire de deux bébés qu'elle s'était raccrochée à lui. Pas un instant elle n'avait imaginé que ce mariage de raison puisse se métamorphoser en conte de fées. Cependant, au fil des mois, ses sentiments pour son mari avaient évolué, et ils étaient devenus si profonds qu'elle se sentait sur le point de tomber amoureuse de lui.

À moins que ce ne soit déjà fait…

Ce dont elle était sûre, en tout cas, c'est qu'elle aimait Connor en grande partie parce qu'il aimait leurs bébés. Il fallait un homme exceptionnel pour oser devenir père d'un enfant avec lequel n'existait aucun lien biologique. Mais Connor n'avait pas hésité, ni faibli à aucun moment.

Connor aimait Piper et Poppy. La question était de savoir s'il serait capable de l'aimer un jour, elle.

Quand plus tard elle se réveilla de nouveau, le soleil tentait de filtrer par les interstices du rideau. Sous sa joue, elle sentait le cœur de Connor battre sur un rythme lent et régulier. Distraitement, elle se demanda combien de temps il faudrait pour qu'il s'affole comme cette nuit.

Elle eut vite sa réponse, car il s'éveilla quelques instants plus tard.

Elle n'avait jamais fait grand cas des ébats matinaux mais, comme elle commençait à le comprendre, tout prenait des couleurs différentes avec Connor.

Après l'amour, alors qu'elle était lovée contre lui, elle caressa le bras qui la maintenait, suivant les contours de ses muscles. Qu'un homme physiquement aussi fort puisse se montrer aussi doux et aussi tendre qu'il l'avait été cette nuit et ce matin encore l'étonnait.

— Que t'est-il arrivé ? demanda-t-elle.

Ses doigts venaient de rencontrer un bourrelet de chair le long de son avant-bras.

Il regarda la cicatrice, presque comme s'il l'avait oubliée.

— Un morceau de verre.

— Tu as passé ton bras à travers une fenêtre ?

— Non.

— C'est arrivé dans le cadre de ton métier ? hasarda-t-elle, comme il n'offrait pas plus d'explications.

— Non, répéta-t-il. C'était il y a longtemps.

— Combien de temps.

— Dix… peut-être douze ans.

Après un rapide calcul mental, elle fut surprise du résultat.

— Tu étais adolescent ?

— Oui.

Elle refusa de se laisser décourager par son mutisme.

— Je sais que nous en sommes encore à une période d'adaptation, mais, à mon avis, la communication est la clé de la réussite d'une relation.

— Les mots ne sont pas les seuls moyens de communiquer, dit-il avec un clin d'œil coquin.

— C'est vrai. Et tu as amplement prouvé que tu étais adepte d'autres formes de communication, assura-t-elle. Alors, si tu n'as pas envie d'en parler, à ta guise.

— Tu en prendrais ton parti ? demanda-t-il d'un air sceptique.

— Probablement pas ! Quand je veux savoir quelque chose, je ressemble à Baxter lorsqu'il s'acharne sur un os bien juteux.

— C'est bien ce que je pensais, dit Connor en riant.

Mais il redevint sérieux quand son regard tomba de nouveau sur sa cicatrice.

— Tu connais Mallory Stillwell ?

— Le nom me dit vaguement quelque chose, répondit-elle, regrettant déjà d'avoir insisté pour connaître l'histoire.

Elle croyait vouloir tout savoir de lui, mais n'avait pas prévu que son récit pourrait inclure une autre femme.

— Nous étions voisins depuis l'enfance, dit-il.

— Tu l'as emmenée au bal de promo, se souvint-elle brusquement.

— Parce que Dale Shillington l'avait laissée tomber deux jours plus tôt et qu'elle était désespérée. Elle avait travaillé trois week-ends supplémentaires chez Jo pour s'acheter une robe neuve.

— Dale Shillington était un pauvre crétin.

— Je ne discuterai pas ce point.

— Donc, tu as voulu aider une… amie ? demanda-t-elle, cherchant délibérément plus d'informations sur la nature de la relation de son mari avec la fille d'à côté.

— Nous étions amis, et pendant quelque temps un peu plus.

— Épargne-moi les détails, se dépêcha-t-elle de dire.

— Je n'avais pas l'intention de t'en donner.

Elle aurait pu s'en douter ; Connor n'était pas du genre bavard, ce qui attisait encore plus sa curiosité.

— Et toi, cette année-là, tu es allée au bal de promo avec Brett Tanner, dit-il.

— Il m'avait invitée.

— Tu portais une robe noire alors que les autres filles étaient en rose, violet ou bleu. Leurs visages disparaissaient sous le maquillage et elles vacillaient sur des talons trop hauts pour jouer les adultes. Et toi, tu es arrivée dans ta robe noire avec de minces bretelles, et tu étais si sexy que j'en ai eu le souffle coupé.

— Quelle mémoire ! murmura-t-elle, confuse de ne pouvoir évoquer une image de Connor à ce bal.

— Tu as produit une grosse impression, assura-t-il.

— Et tu t'es fait jeter dehors.

Peu à peu, ses souvenirs se précisaient.

— À quoi s'attendre de la part de ce petit voyou de fils Neal ?

— Qu'as-tu fait pour mériter cette réputation ?

— J'ai été viré du bal de promo.

— Quel rapport avec ta cicatrice ? demanda-t-elle, s'efforçant de revenir au sujet de leur conversation.

— Comme mon beau-père, la mère de Mallory buvait. Et quand elle avait bu, elle distribuait des coups à ses enfants. En tant qu'aînée, Mallory en recevait plus que sa part.

Regan fit de nouveau courir son doigt sur l'avant-bras de Connor.

— Un jour, sa mère a menacé Mallory avec une bouteille cassée. Je me suis interposé et en ai récolté trente-quatre points de suture.

Elle grimaça, n'osant imaginer la scène.

— A-t-elle été arrêtée ?

— Non. Mallory m'a supplié de dire que c'était un accident.

— Pourquoi ?

— Parce que, si sa mère allait en prison, les services sociaux seraient venus chercher ses sœurs pour les placer en foyers.

— Étant donné la violence de leur mère, ça aurait peut-être été préférable.

— Dit la fille née avec une cuillère d'argent dans la bouche !

Elle lui donna un coup de coude.

— Tu n'arrêteras jamais de me rappeler mes origines ?

— Si, bien sûr. J'essaie seulement de t'expliquer pourquoi tu ne peux comprendre les réalités de nos vies d'enfants de milieu défavorisé.

— Tu ne penses pas que Mallory et ses sœurs auraient été mieux dans un environnement différent ?

— Peut-être. Sauf qu'à l'époque, séparer les fratries ne tracassait personne, et c'était souvent traumatisant pour les enfants.

— Je n'y avais pas pensé, avoua-t-elle.

— Et il est inutile que tu t'en soucies maintenant. Je tenais juste à te dresser un tableau complet.

— Mission accomplie.

— Maintenant, si nous cessions d'évoquer le passé pour nous concentrer sur le présent ? suggéra-t-il en roulant sur le côté pour se retrouver face à elle.

— Sur quoi veux-tu te concentrer ici et maintenant ?

— Je commencerais volontiers par là, répondit-il en mordillant son cou.

Elle renversa la tête en arrière en soupirant.

— Bon choix, murmura-t-elle.

— Et là…

Il atteignait le creux de son épaule.

— Toujours pas d'objection.

Tandis que sa bouche la goûtait, la provoquait, il tira sur la ceinture du peignoir de soie qui s'ouvrit. Vivement, Regan essaya de ramener les pans sur elle, mais il lui prit les poignets et l'immobilisa.

— Pourquoi es-tu soudain si pudique ? demanda-t-il.

— Parce que tu as ouvert les rideaux et qu'il fait grand jour…

— Voyons, nous sommes au deuxième étage, personne ne peut nous voir.

— Mais toi, tu peux me voir, protesta-t-elle.

— Justement. Je veux voir, toucher et goûter tout ton corps.

— Certaines parties ne sont plus aussi fermes et lisses qu'avant.

— Ton corps est parfait, dit-il en l'embrassant. Tu es parfaite.

Elle ne l'était pas, bien sûr, mais c'était gentil de la part de Connor de l'affirmer, d'autant qu'il semblait sincère.

Elle avait eu plusieurs petits amis et quelques amants, mais s'était toujours gardée de toute implication affective. Et pourtant, elle n'avait pas réussi à tenir Connor à distance. Ou peut-être ne l'avait-elle pas voulu.

— À quoi penses-tu ?

— Je me demandais… Crois-tu que notre mariage puisse marcher ?

— Il me semble que jusqu'ici nous nous sommes bien débrouillés. Et sans le bonus du sexe.

— Je m'inquiète parfois…

— Tu t'inquiètes toujours.

Elle réussit à esquisser un petit sourire.

— Quelquefois je crains que tu ne te réveilles un jour en regrettant de m'avoir épousée.

Il secoua la tête.

— Jamais.

— Comment peux-tu en être si sûr ?

— Parce que j'aime la vie que nous menons ensemble.

Ce n'était pas franchement une déclaration d'amour, mais elle décida de s'en contenter, du moins, pour le moment.

— Je suis tellement heureuse que tu aies été là quand je vomissais dans les buissons du Diggers'.

En riant, Connor effleura sa tempe d'un baiser.

— Moi aussi…

- 16 -

Quinze jours après leur week-end seuls à deux, quinze jours durant lesquels il avait continué de savourer le bonheur de faire l'amour avec sa femme, Connor alla chercher son frère à l'aéroport d'Elko.

Pendant des années, il n'y avait eu que Deacon et lui, et ce n'avait pas été facile quand son frère était parti à l'université. Pas tant à cause de son absence que de l'éloignement.

À cause du prix du voyage, son petit frère n'était revenu qu'une fois au cours des huit derniers mois. Et quand il était venu à Noël, Connor n'avait pas réussi à se détendre suffisamment pour profiter de la compagnie de Deacon, parce que la présence de celui-ci l'avait contraint à regagner une chambre occupée par une femme extrêmement séduisante qui s'avérait être la sienne.

Cette fois, il n'avait pas d'appréhension liée au retour de son frère. Il était simplement heureux de le retrouver.

Le premier soir, quand Deacon eut été présenté à ses nièces et qu'il se fut extasié sur « les plus mignonnes petites filles de la terre », puis qu'il eut fait plein de caresses à Baxter afin de le rassurer sur le fait qu'il était toujours aimé, ils s'attardèrent à bavarder.

Regan se retira à 22 heures, expliquant à son beau-frère que non seulement Piper et Poppy se réveillaient tôt, mais qu'elles réclamaient d'être nourries deux fois par nuit.

— Je ne t'en ai pas parlé à Noël parce que j'essayais encore de m'habituer au fait que tu sois marié, dit Deacon quand ils furent seuls, mais je suis heureux pour Regan et toi.

— Merci, répondit Connor.

— Et c'est très cool d'être oncle, deux fois.

— Avec des jumelles, tout va par deux. Deux fois plus de repas, de couches sales et de lessives.

— Deux fois plus de ravissement pour les yeux aussi. Parce qu'elles ressemblent à leur mère.

— Une chance pour elles.

Et une chance pour lui. Parce que si Piper et Poppy ne ressemblaient pas autant à Regan, les gens pourraient se demander pourquoi elles n'avaient rien de leur père.

— Sérieusement, reprit Deacon, ces petites ont surtout la chance de t'avoir pour père.

— Je m'estime également chanceux. Épouser Regan a comblé tous mes rêves.

— Elle est formidable, reconnut Deacon. Je dois avouer que quand j'ai reçu la lettre m'informant qu'on m'avait octroyé une bourse d'études, je n'ai pas compris que c'était la famille de ma belle-sœur qui la finançait.

— Blake Mining investit beaucoup d'argent un peu partout, dit Connor, essayant de minimiser l'importance du lien familial dans l'obtention de la bourse de son frère. Probablement pour contrebalancer sa mauvaise image due à l'impact environnemental négatif de l'exploitation des mines.

— Regan n'a donc pas tiré de ficelles pour m'obtenir cette bourse ?

— Je te jure que non.

Deacon étant arrivé au milieu de la semaine, il disposa de quelques jours de liberté avant de commencer à travailler au cabinet de Katelyn Davidson le lundi suivant. Malheureusement, Connor n'était pas en congé, pas même le week-end car il était d'astreinte.

— Tu dois trouver frustrant que ton frère ne soit presque

pas à la maison pour ton retour, dit Regan à Deacon à la fin du petit déjeuner du samedi matin.

— Nous avons tout l'été pour nous retrouver. Et puis, je suis content de passer du temps avec toi, Piper et Poppy. Et Baxter, ajouta-t-il avec un regard au chien couché à ses pieds.

— Je craignais que tu te sentes mal à l'aise en rentrant chez toi et en trouvant la maison bouleversée par de nouvelles têtes !

— C'est vrai que ça fait pas mal de changements. Mais tous pour le mieux.

— Je suis ravie que tu le prennes ainsi.

— C'est tellement bon de voir Connor heureux. Ce n'est pas qu'il semblait malheureux, mais il sourit beaucoup plus. Il rit, même. Pour être honnête, je n'étais pas sûr qu'il soit capable d'endosser les rôles de mari et de père. C'était dur pour lui qui avait grandi sans père.

— Ça n'a pas dû être plus facile pour toi de grandir avec le tien, fit-elle remarquer.

Deacon parut surpris.

— Il t'a parlé de Dwayne ?

Elle hocha la tête.

— Je ne me rappelle pas très bien de lui. Ou peut-être que je ne le souhaite pas, parce que ce dont je me souviens…

Il secoua la tête.

— De toute façon, on peut dire que c'est Connor qui m'a élevé, reprit-il. Bien qu'il n'y ait que huit ans entre nous, il est ce qui se rapproche le plus d'un père pour moi. Dans ses meilleurs jours, Dwayne était inutile, et notre mère travaillait sans cesse. C'était Connor qui s'assurait que j'aie des vêtements propres pour aller à l'école et qui me préparait un déjeuner à emporter. Il remplissait les papiers concernant ma scolarité et me donnait l'argent du lait sur ses propres économies.

— Il ne me l'a pas raconté.

— Il était toujours le premier à aider les gens en difficulté et le dernier à accepter des remerciements.

Elle hocha la tête, reconnaissant bien là son cher mari.

— Sais-tu pourquoi j'ai demandé à m'inscrire à Columbia ? demanda soudain Deacon.

— Parce que c'est une des meilleures écoles de droit du pays ? hasarda-t-elle.

— Bien sûr mais, à vrai dire, je ne pensais pas y être admis. Je me voyais plus tard, dans un cabinet d'avocats, évoquer nos affaires respectives avec mes associés, un verre de scotch single malt dans une main et un cigare d'importation dans l'autre. Incidemment, j'aurais glissé que j'étais diplômé de l'université du Nevada, mais que j'avais failli faire mes études à Columbia.

— Tu ne bois, ni ne fumes, dit-elle, pointant les évidentes failles de son histoire.

Il rit.

— Dans cette scène sortie de mon imagination, si. Mais Connor l'a transformée pour moi. Il a changé « j'aurais pu » en « je vais ».

— Il est très fier de toi.

— Et je lui suis infiniment reconnaissant de m'avoir permis de rentrer dans cette prestigieuse école.

— Reconnaissant jusqu'à quel point ?

— Oh ! oh. Ça ressemble au prélude d'une demande.

— Exactement. Le baptême de Piper et Poppy est prévu le 30 juin, et nous aimerions que tu sois leur parrain.

Un grand sourire éclaira le visage de Deacon.

— Moi ? Sans blague ?

— Sans blague, assura-t-elle. Alors, qu'en dis-tu ?

— Que je suis très honoré. Mais j'ai une question à te poser.

— Je t'écoute.

— Qu'est-ce qu'un parrain est censé faire ? Doit-il changer les couches des bébés ?

Au milieu de la semaine suivante, Piper et Poppy furent examinées par le pédiatre de Battle Mountain pour le bilan de santé des deux mois.

— J'apprécie d'avoir ta compagnie, dit Regan à Connor comme ils regagnaient leur voiture avec deux petites filles en parfaite santé. Mais tu n'es pas obligé d'assister à chaque rendez-vous avec moi.

— Je sais. Mais c'est un long trajet à faire toute seule, surtout si les filles commencent à s'agiter. Et puis, prendre une demi-journée de congé me permet d'inviter ma femme à déjeuner.

— Maintenant que tu en parles… j'ai plutôt faim.

— Quel genre de restaurant te ferait plaisir ?

— Une pizza de chez Jo.

— J'aurais cru que tu profiterais du fait que nous sommes dans une ville qui offre plus de choix que le Sunnyside Diner, le Diggers' Bar and Grill et les pizzas de Jo.

— Mais si nous prenons une pizza en chemin, je pourrai profiter de mon mari avant qu'il doive retourner travailler.

Il sourit.

— J'aime ta tournure d'esprit.

Le temps qu'ils s'installent pour manger leur pizza, elle était froide, mais ni l'un ni l'autre ne s'en plaignit. Après le déjeuner, Regan ramassa les restes tandis que Connor montait s'habiller.

Quand un coup de sonnette retentit, elle sursauta, étonnée que Baxter, qui était dans le jardin, n'ait pas prévenu de l'arrivée de quelqu'un. Mais c'était si inhabituel de recevoir des visiteurs à cette heure qu'elle était plus curieuse qu'inquiète en allant ouvrir.

Jusqu'à ce qu'elle découvre Bo Larsen devant sa porte.

— Bonjour Regan.

Un millier de questions fusèrent dans sa tête, et elle posa la première qui lui vint à l'esprit.

— Que fais-tu ici ?

— J'étais en ville et je me suis dit que je ferais bien de venir féliciter la jeune maman.

Malgré le ton plaisant, elle demeura sur ses gardes.

— Tu ne veux pas savoir qui m'a mis au courant ? demanda-t-il.

— Ce n'est pas vraiment un secret, répliqua-t-elle.

— Exact. Et ça n'a pas non plus été une surprise pour moi. En tout cas, pas après que j'ai trouvé dans ma boîte aux lettres un reçu des impôts pour mon don généreux au Centre de santé pour femmes de Battle Mountain. Tu imagines le malaise, continua-t-il sur le ton de la conversation, pour expliquer ça à ma femme.

— J'imagine très bien. Mais sache que j'apprécie ta philanthropie.

— Tu veux dire *ta* philanthropie. Tu as pris l'argent que je t'avais donné et tu l'as offert à cette clinique.

Elle ne nia pas.

— Tu voulais payer pour un avortement, et je ne voulais pas avorter.

— Tu aurais pu me le dire.

— À quoi bon ? Tu as exprimé sans détour ton refus d'avoir un enfant.

— Deux enfants, non ?

— Que veux-tu, Bo ?

— Juste m'assurer…

Il se tut brusquement, fixant quelque chose ou quelqu'un qui se trouvait derrière elle.

— Tout va bien ? demanda Connor.

— Tout va très bien, dit-elle, soulagée qu'il ne soit pas descendu avec l'une ou l'autre jumelle. Bo s'apprêtait à partir.

— Tu ne me présentes pas à…

— Mon mari, précisa Regan. Connor est mon mari.

— Ton mari, répéta Bo d'un ton surpris. Quand nous… travaillions ensemble, tu ne donnais pas l'impression de vouloir un engagement à long terme. Mais je suppose que la parentalité change pas mal de choses.

— Rencontrer la bonne personne change tout, dit-elle.

Bo hocha la tête.

— Apparemment.

Regan se tourna alors vers Connor.

— Je te présente Bo Larsen, un ancien collègue.

— Oh ! nous étions plus que collègues, dit-il d'un ton de reproche.

Elle lui jeta un regard noir.

Bien sûr, Connor savait exactement ce qu'ils avaient été l'un pour l'autre. Quand elle lui avait parlé de sa grossesse, Regan lui avait tout raconté. Ce qu'il ignorait, parce qu'elle ne l'avait compris que récemment, c'était que sa liaison avec Bo avait été une erreur depuis le début.

Cependant, même si elle pouvait revenir en arrière, elle ne changerait rien. Parce que Piper et Poppy existaient grâce à Bo et que Connor l'avait épousée parce qu'il y avait Piper et Poppy.

— Nous étions amis, ajouta-t-il.

— Et maintenant, nous ne le sommes plus.

Bo hocha la tête.

— Ravi d'avoir fait la connaissance de ton mari.

Il se tourna vers Connor.

— Mes félicitations pour votre mariage et votre petite famille.

— Merci.

Dès que Bo fut sorti, Regan ferma la porte à double tour.

Connor se tenait derrière Regan qui regardait par la fenêtre son ex-amant s'éloigner au volant de sa voiture. Sa tension se lisait dans la raideur de son maintien, et il la sentait pratiquement émaner de son corps.

Voulait-elle savoir s'il était vraiment parti, ou regrettait-elle qu'il ne soit pas resté ?

— Tu vas bien ? demanda-t-il.

Elle se tourna vers lui et sourit.

— Je suis rassurée.

— Rassurée ? répéta-t-il d'un air de doute.

Elle hocha la tête.

— Je me doutais qu'il réapparaîtrait un jour. Maintenant c'est du passé, et je n'ai plus à m'inquiéter qu'il remette jamais les pieds ici.

— Comment peux-tu en être sûre ?

— Parce que j'ai bien vu qu'il était soulagé d'apprendre que nous étions mariés.

Il espérait qu'elle avait raison et qu'on ne le reverrait plus. Mais, même dans ce cas, cela n'éliminait pas son inquiétude.

Il détesta poser la question, mais il avait besoin de savoir.

— As-tu encore des sentiments pour lui ?

— Bien sûr que non ! Après la façon dont il m'a trompée, utilisée ? Comment peux-tu imaginer un seul instant que…

— Tu as dit que tu savais qu'il réapparaîtrait… Je me demande seulement si tu n'as pas fait ce don d'argent en son nom à la clinique justement pour lui donner une raison de te retrouver.

— Pas du tout. À l'époque, je pensais surtout à me débarrasser de son argent. Évidemment, j'aurais mieux fait de déchirer le chèque, mais j'étais si blessée et furieuse que je n'ai pas réfléchi plus loin.

Connor aurait voulu croire que c'était aussi simple, mais l'apparition de Bo à leur porte l'avait plus choqué qu'il ne voulait bien l'admettre. Il était au courant de la relation de Regan avec cet homme ; sa femme avait été honnête avec lui. Mais, à présent, la personne abstraite s'était matérialisée en un individu de chair et d'os, en costume-cravate, coupe de cheveux bon chic, bon genre, et ongles polis.

Exactement le type d'homme dont il imaginait Regan tomber amoureuse. Et un rappel vivant que si les circonstances avaient été différentes, elle n'aurait jamais choisi d'épouser un homme issu des quartiers pauvres.

Pourtant, la nuit, c'était dans ses bras qu'elle se jetait avec passion. Et, quand ils faisaient l'amour, le lien qui les unissait était bien réel et sincère.

Et si c'était tout ce qui les lierait jamais, il s'en contenterait avec joie.

Le lendemain matin, alors que Connor descendait à la cuisine pour préparer du café, il trouva son frère devant le miroir de l'entrée.

— Tu es bien matinal aujourd'hui. Et habillé en adulte !

Tout en finissant d'ajuster sa cravate, Deacon sourit à son reflet dans le miroir.

— Qu'en penses-tu ?

Observant le reflet de son frère par-dessus son épaule, Connor hocha la tête.

— Tu as tout à fait l'allure d'un avocat.

— J'en suis encore loin, mais j'ai pensé que ce serait bien d'endosser la tenue du personnage pour mon premier jour au tribunal.

— C'est une belle aventure, n'est-ce pas ?

— Superbe. Et je te la dois, comme tout le reste.

— Je n'ai pas fait grand-chose à part remettre ton CV au shérif qui l'a passé à sa femme.

— Tu as fait tellement plus pour moi. Tu m'as toujours encouragé à suivre mes rêves.

— Et je suis heureux que tu l'aies fait.

Deacon se tourna vers lui.

— En réalité, je suis allé au-delà. Je t'ai écouté. Tu disais que je pouvais me servir de mon passé pour orienter mon avenir, mais que je ne devais jamais le laisser m'imposer des limites.

— Ça semble judicieux.

Il décrocha la laisse de Baxter.

— Et voici un autre conseil : ne te mets pas en retard pour ta première apparition au tribunal.

— J'y vais, répondit Deacon en riant.

Quand Connor emprunta Elderberry Lane avec Baxter, il aperçut la Toyota rouge, désormais familière, garée dans l'allée de Bruce Ackerman.

— Il y a un moment que je ne t'ai pas vue, dit-il en voyant Mallory sortir son attirail de nettoyage du coffre.

— J'ai trouvé deux autres jobs, dit-elle sans le regarder, et mon emploi du temps n'est plus aussi régulier.

Baxter aboya comme pour demander pourquoi elle l'ignorait.

Elle se tourna pour le caresser tout en gardant la tête baissée, si bien que le rideau de ses cheveux dissimulait son visage.

Ce geste délibéré alerta Connor. Il s'approcha de Mallory et, glissant un doigt sous son menton, l'obligea à lever la tête. Sa mâchoire se contracta quand il découvrit une grosse marque qui bleuissait sa pommette.

— Qu'est-il arrivé ?

Elle haussa les épaules.

— Je me suis cognée dans un poing.

Se doutant qu'il ne l'aurait pas crue si elle avait déclaré s'être cognée dans une porte, elle n'avait pas cherché à dissimuler la triste vérité. Ils avaient tant de fois entendu ce mensonge ! Connor était furieux et désolé pour sa gentille amie d'enfance.

— Ton mari ?

— Oui, mais il n'y a pas de quoi en faire un drame. Ça n'arrive pas si souvent. D'habitude, il se montre plutôt correct.

— Tu t'entends, Mallory ? Est-ce que tu te rends compte que tu parles comme ta mère ? Tu te souviens que tu lui en voulais de toujours trouver des excuses aux hommes qui la frappaient, les mêmes que celles qu'elle avançait quand elle te frappait ?

— Eh bien, ça ne fait que confirmer le vieil adage qui dit que « les chiens ne font pas des chats ».

Toutefois, le fait qu'elle ait rougi indiquait qu'elle avait plus honte de tomber dans la spirale de la violence qu'elle ne voulait le dire.

— De toute façon, ça va, conclut-elle.

— Tu m'as bien dit que tu avais une fille ?

— Oui. Et alors ?

— Que crois-tu qu'elle ressente quand elle voit son père frapper sa mère ?

— Il ne m'a jamais frappée devant Chloe.

— Pas encore.

— Gardez vos sermons pour celles qui en ont besoin, monsieur l'adjoint, conseilla-t-elle.

— Je ne te fais pas la morale. C'est juste que…

Connor s'interrompit. C'était exactement ce qu'il s'apprêtait à faire. On avait déjà tenu ce discours à Mallory, et il ne servait à rien de la mettre sur la défensive.

— Promets-moi simplement que tu m'appelleras en cas de besoin.

Il lui tendit sa carte. Elle la mit dans sa poche sans même la regarder.

— Bien sûr, dit-elle.

Mais tous deux savaient qu'elle n'en ferait rien.

- 17 -

Le jour du baptême se leva sur une aube lumineuse.

La cérémonie eut lieu après le service matinal, laps de temps à l'issue duquel Piper et Poppy commencèrent à s'agiter. De l'avis général, elles ressemblaient à de petits anges dans leurs robes de baptême assorties, mais quand vint le moment de les asperger d'eau, les petits anges se métamorphosèrent en démons.

Le rituel accompli, on se rassembla chez Ben et Margaret. C'était un événement essentiellement familial. Seuls quelques collègues de Regan et de Connor avaient été conviés. Holly Kowalski et son fiancé en faisaient partie, et Regan se réjouit d'avoir l'occasion de remercier personnellement la jeune femme pour les superbes quilts offerts à Piper et Poppy.

— Pourquoi ai-je l'impression d'avoir perdu quelque chose ? demanda-t-elle à son mari quand il revint avec le verre de jus de fruits qu'elle avait demandé.

— Probablement parce que tu n'as pas un bébé collé à ton sein, suggéra-t-il.

— Possible.

Elle scruta l'assemblée afin de localiser leurs filles. Elles étaient passées de mains en mains toute la journée et s'étaient très bien comportées une fois leurs petits estomacs remplis.

Elle les repéra assez vite. Piper était dans les bras de tante Brielle, et Poppy se faisait cajoler par sa cousine Dani sous l'œil attentif de tante Kenzie.

— Tu avais soif, dit Connor en constatant qu'elle avait avalé le contenu de son verre d'un trait. Tu en veux un autre ?

— Non. Je vais aux toilettes. Je dois rajuster mon soutien-gorge, expliqua-t-elle en baissant la voix.

— Tu veux que je t'accompagne ? proposa-t-il sur le même ton. J'ai une certaine habitude de tes sous-vêtements.

— Tu as la technique pour les ôter, c'est sûr. Mais ça devra attendre.

— Des promesses, toujours des promesses…

Elle souriait en rentrant dans la maison. Et pourquoi pas ? Elle avait une vie merveilleuse et était pleine de gratitude pour tout ce que le destin lui offrait.

Elle sortait des toilettes quand elle surprit les bribes d'une conversation provenant de la grande salle.

— … personnellement de m'avoir procuré cette bourse.

Elle s'immobilisa en reconnaissant la voix de Deacon. Mais avec qui s'entretenait-il ?

— Blake Mining aime rendre à la communauté ce qui lui est dû.

Son père ?

— Je vous en suis extrêmement reconnaissant. Cette bourse m'est d'une grande aide.

Regan recula d'un pas, l'esprit en ébullition.

Elle était au courant de la bourse allouée à Deacon mais n'aurait jamais imaginé que l'argent provienne des caisses de Blake Mining.

S'agissait-il d'une coïncidence ?

Peu probable. D'autant que lui revenait une conversation qu'elle avait eue avec son mari quelques semaines auparavant où elle faisait allusion à un mail étrange reçu d'un comptable stagiaire. Il y était question d'une bourse d'études financée par l'entreprise de ses parents.

Elle se souvenait de la réponse de Connor.

« Il ne devrait pas t'importuner avec des questions

triviales alors que tu es en congé maternité. Laisse donc Ben gérer ça. »

Connor était-il au courant ? Et s'il l'était, pourquoi ne lui avait-il rien dit ?

Bien décidée à obtenir des réponses, et tout de suite, elle s'apprêtait à faire demi-tour quand elle faillit heurter Connor.

— Hé, dit-il en la rattrapant par le bras. Ça va ?

Elle hocha la tête, puis la secoua. Comme il était hors de question qu'ils aient une conversation privée dans l'entrée, elle le prit par la main et l'entraîna vers la bibliothèque dont elle referma la porte derrière eux.

— Si tu voulais être seule avec moi, il suffisait de le dire, fit-il remarquer en s'approchant pour l'embrasser.

Mais, d'une main, elle l'arrêta.

Le sourire de Connor s'évanouit.

— Il y a un problème ?

— C'est ce que j'aimerais savoir, répondit-elle, l'angoisse au cœur. Savais-tu que Blake Mining a offert une bourse d'études à Deacon ?

À son honneur, Connor n'hésita qu'une fraction de seconde avant d'acquiescer.

Cependant, il avait beau avoir fait preuve de franchise, elle n'en éprouvait pas moins un sentiment de trahison.

— Et moi, je l'ignorais, murmura-t-elle.

— Tu avais des choses plus importantes à penser ces derniers mois.

Elle ne pouvait le nier, mais cela ne répondait pas à toutes les questions.

— Quand l'as-tu su ?

— Ton père a évoqué la possibilité d'une bourse peu après le départ de Deacon pour New York.

— Donc, à l'automne ?

Il hocha la tête.

— Avant que tu me proposes de t'épouser ?

Elle avait besoin de savoir mais, au fond de son cœur, il lui semblait l'avoir toujours su.

— Quelle importance ? demanda Connor.

— Une grande importance, et je devine à ta façon d'éluder la question que la réponse est *avant*.

Elle lut la vérité dans le regard de Connor sans qu'il ait à ouvrir la bouche.

— Oui, dit-il. C'était avant.

Il lui sembla que son cœur se brisait.

— Combien de temps ?

— Combien de temps quoi ?

Ses yeux la piquaient, sa gorge lui faisait mal.

— Combien de temps a-t-il fallu à mon père pour m'acheter un mari ?

— Ce n'est pas ainsi que ça s'est passé, Regan.

Il tendit une main vers elle, mais elle recula.

— Tu veux dire qu'il était plus inquiet au sujet de la légitimité de ses petits-enfants que du bonheur de sa fille ?

Elle secoua la tête, navrée.

— Je n'arrive pas à croire que j'aie été aussi bête. Dire que j'ai cru que tu voulais m'épouser et donner un père à mes enfants pour qu'ils puissent grandir sans avoir à répondre comme toi à des questions sur leurs origines…

— Mais je *voulais* t'épouser et je *suis* leur père ! s'exclama-t-il d'un ton véhément. Et même si tu es bouleversée par cette découverte, tu sais forcément combien j'aime Piper et Poppy.

Elle hocha la tête parce qu'elle le savait. Impossible de nier qu'il aimait leurs filles. Il avait même assuré qu'il aimait la vie qu'ils menaient ensemble.

Mais il ne l'aimait pas, *elle*.

Quand ils s'étaient mariés, elle ne s'attendait pas à ce qu'il lui déclare un amour éternel. Cela ne faisait pas partie du marché. Et puis, elle ignorait qu'il avait manigancé une transaction avec son père. Et alors qu'ils vivaient et travaillaient ensemble tous ces mois, d'abord préparant la naissance, puis s'occupant des bébés, elle était tombée amoureuse de lui.

— Tu as raison sur la dernière partie. Tu es un père merveilleux. J'aurais simplement voulu connaître les raisons qui t'ont poussé à accepter ce rôle.

— Je ne t'ai jamais menti, Regan, dit-il d'un ton implorant.

— Vraiment ? C'est ainsi que tu justifies ta trahison ? Tu ne m'as jamais menti ? Mais tu n'étais pas complètement honnête non plus, il me semble.

— Nous avions tous deux nos raisons de vouloir nous marier, lui rappela-t-il. Et nous savions qu'il s'agissait d'un arrangement.

— Tu as encore raison.

— Et toutes les raisons que je t'ai données de vouloir t'épouser étaient vraies.

— Mais pas entièrement.

— Tu n'aurais jamais accepté si tu avais su toute la vérité.

— Nous ne le saurons jamais, n'est-ce pas ? Tout ce que je sais, c'est que je ne t'aurais pas mis sur un piédestal et…

Elle secoua la tête.

— Ce que j'ai été stupide ! Quand j'ai proposé de payer la rénovation de la cuisine, tu as prétendu que tu ne m'avais pas épousée pour mon argent. Forcément, c'était pour l'argent de mon père !

Il grimaça sous la dureté de ses paroles, mais pas question de se laisser attendrir. D'un geste rageur, elle essuya les larmes qui inondaient ses joues.

— Si j'avais su, je t'aurais peut-être épousé. J'étais si angoissée, désespérée, seule, je ne me serais peut-être pas appesantie sur les motifs de ta demande. Mais, enfin, je serais entrée dans ce mariage les yeux grands ouverts. Et je n'aurais pas été assez bête pour tomber amoureuse de toi.

Avant que Connor prenne pleinement conscience du sens des paroles de Regan, elle était partie.

Il regardait la porte par laquelle elle avait disparu quand Brielle entra.

— Je venais demander à Regan où elle avait mis le sac de change et elle est passée devant moi sans paraître me voir.

— Là, dit-il en désignant un fauteuil.

Sa belle-sœur ouvrit le sac, prit une couche et des lingettes.

— Pourquoi est-elle dans cet état ?

— Il vaudrait mieux le lui demander.

— Je te le demande à toi.

Il soupira avec lassitude. Mais à quoi bon nier ?

— J'ai tout gâché.

— J'avais deviné un problème. C'est grave ?

Il hocha la tête.

Il aurait dû ignorer les directives de Ben et dire tout de suite la vérité à Regan. Seulement, il aurait eu peur que, dans ces conditions, elle refuse le marché, et il avait très envie qu'elle accepte. Pas seulement parce qu'il avait besoin d'argent pour les études de Deacon, mais parce qu'il tenait à cette chance de faire un bout de chemin avec Regan. Naturellement, à l'époque, refusant de s'avouer ses sentiments, il n'aurait jamais admis que ce désir pesait dans la balance.

— Regan peut pardonner beaucoup de choses, déclara Brielle. Mais pas la tromperie. Elle a eu une relation avec un homme qui cachait un lourd secret, et quand elle l'a découvert, elle a été dévastée par le mensonge plus que par la vérité.

Connor supposa que Brielle faisait allusion à Bo, l'ex-amant. Et il se rendit compte que peu importait comment il avait réussi à justifier son mensonge par omission vis-à-vis de lui-même : Regan lui avait fait assez confiance pour lui révéler ses plus graves secrets, et il ne lui avait pas rendu la pareille.

— J'ai tout gâché, vraiment.

— Dans ce cas, il faudrait que tu trouves une très, très bonne idée pour arranger la situation. En supposant que tu veuilles l'arranger parce que tu es fou amoureux et que tu ne peux concevoir la vie sans ma sœur ?

— C'est le cas.

Il ne savait pas très bien quand, ni comment c'était arrivé, mais c'était ainsi.

— Commence donc par là.

Quand il rentra, il trouva son frère dans la salle de séjour, des livres éparpillés sur la table basse devant lui, le chien à ses pieds, un match de base-ball défilant sur l'écran de la télévision. Ayant quitté la fête plus tôt afin de préparer des notes avant un procès, Deacon ne se doutait pas des répercussions qu'avait eues sa brève conversation avec le père de Regan.

— Où sont Regan et les petites ? demanda Deacon, surpris de le voir seul.

— Elles restent à Miners' Pass ce soir.

Son frère coupa le son.

— Pourquoi ?

— Parce que Regan est furieuse contre moi.

— Que s'est-il passé ?

Il secoua la tête.

— Aucune importance.

— Comme Regan ne me semble pas le genre de femme à faire des histoires pour un oui ou pour un non, je suppose que ça en a pour elle.

– Oui.

Connor se frotta le visage.

— Mon erreur a sans doute été de croire que notre mariage pouvait être heureux.

Deacon fronça les sourcils.

— Qu'est-ce que tu racontes ?

— Nous sommes bien trop différents.

— Et alors ?

— Alors, Regan est une Blake. Réalité qui creuse un fossé infranchissable entre nous.

— Regan ne paraît pas partager ce point de vue. Sinon, elle ne se serait pas mariée avec toi.

— Elle était enceinte et désespérée à l'idée d'élever seule son enfant.

— Je n'ai pas assez d'expérience pour parler le langage de la sagesse, alors je suggère que tu t'en remettes à ton propre conseil.

— Quel conseil ? demanda-t-il avec un peu de méfiance.

— « Sers-toi de ton passé pour orienter ton avenir, mais ne le laisse jamais t'imposer de limites. »

— Je ne suis pas sûr que ce soit applicable dans ma situation.

— Eh bien, c'est tout ce que j'ai à te proposer. À part te dire que tu dois à Regan autant qu'à toi de te battre pour votre famille.

Regan était effondrée.

Elle avait dit à Connor qu'elle avait besoin de temps et d'espace pour réfléchir. Et il les lui avait accordés.

L'idiot !

Pourquoi n'avait-il pas compris qu'en réalité elle souhaitait passionnément qu'il sauve leur mariage ? Qu'il lui prouve qu'elle valait la peine qu'il se batte pour elle, ou si ce n'était pour elle, du moins pour leurs filles.

Deux jours s'étaient écoulés sans que Connor se manifeste. Le troisième jour, alors que Greta était en congé, on sonna à la porte.

En allant ouvrir, elle découvrit son beau-frère sur le seuil.

— Deacon ! Que fais-tu là ?

— Si la montagne ne vient pas à Mahomet..., commença-t-il.

Elle sourit.

— Entre, Mahomet.

Il l'embrassa chaleureusement, geste qui mouilla ses yeux de larmes. Tout en étant en colère contre Connor, Deacon lui avait manqué ainsi que le rythme et les habitudes de leur vie commune. Et elle avait très envie de rentrer à la maison.

Elle n'avait vécu que neuf mois chez Connor, et pourtant elle s'y sentait vraiment chez elle. Et pas seulement parce que Connor avait rénové la cuisine en accord avec ses goûts, mais parce que, y vivre avec lui lui donnait la sensation d'appartenir à cet endroit. Peu importait pourquoi ou comment ils s'étaient liés, ce qui comptait, c'était qu'ils formaient une famille.

Sans Connor, elle se sentait seule et incomplète.

Elle chassa l'idée pour accueillir son visiteur.

— Que veux-tu boire ? Soda, café, bière ?

— Merci, je n'ai pas soif. Je passais juste voir comment tu allais.

La sincère inquiétude qui se lisait sur le visage de Deacon lui alla droit au cœur.

— Ça va, dit-elle d'un ton qui démentait ses paroles.

— Et te demander combien de temps tu comptes encore punir mon frère.

— C'est ce que je fais, tu crois ? demanda-t-elle, étonnée par la question et peut-être par la perspicacité de Deacon.

— À ton avis ?

Elle soupira.

— Je n'en sais rien. Je veux dire que, si c'est le cas, ce n'était pas une décision consciente, mais peut-être que je voulais qu'il souffre autant que moi.

— Il sait qu'il a tout gâché.

— Moi aussi j'ai tout gâché.

Naître dans la famille Blake à Haven signifiait être

comblé par la vie. Elle n'avait pas creusé les motivations qu'avait eues Connor de l'épouser parce qu'elle voulait un mari et un père pour ses enfants, et qu'elle trouvait normal d'obtenir ce qu'elle voulait.

Enfant gâtée, elle pensait avoir tous les droits. Elle l'avait prouvé en fuyant parce que Connor n'avait pas répondu à sa déclaration d'amour. Elle voulait qu'il se batte pour leur mariage, mais pourquoi le ferait-il puisqu'elle ne s'était même pas battue pour rester à ses côtés ?

— Si tu veux savoir, il est très malheureux, dit Deacon.

— Comme ça, nous sommes deux.

— Reviens. Ce sera plus drôle de le voir en vrai ramper à tes pieds.

Elle réussit à rire.

— J'y songerai. Maintenant, assez parlé de ton frère. Raconte-moi tes débuts dans ton travail.

— Ma patronne a une tonne de dossiers en cours. Alors je me donne à fond et je suis ravi.

— J'en suis heureuse, dit-elle, sincère.

— Demain, au tribunal, nous procédons à la sélection des membres d'un jury.

— Ce doit être intéressant, sauf si on se retrouve juré.

Il rit.

— C'est sûr, la plupart des gens râlent quand ils sont convoqués. Mais c'est vraiment un moyen passionnant d'approcher le fonctionnement du système judiciaire.

Ils bavardèrent encore un peu jusqu'à ce que Regan réprime un bâillement.

Deacon se leva immédiatement.

— C'est le signal du départ.

— Mais non ! protesta-t-elle. Je suis mère de jumelles en bas âge et toujours fatiguée.

— Une bonne raison de plus pour rentrer à la maison, dit son beau-frère, accompagnant sa remarque d'un clin d'œil. Le père doit accomplir sa juste part du travail.

- 18 -

Connor fixant la cafetière d'un air sombre, Holly remplit une tasse et la lui mit dans les mains.

— J'ai l'impression que tu as besoin de caféine, commenta-t-elle.

Il porta la tasse à ses lèvres.

— Je n'ai pas beaucoup dormi cette nuit.

— Les jumelles t'ont tenu éveillé ? demanda Holly d'un ton compatissant.

Il but une gorgée de café. L'absence de Regan et des bébés, voilà ce qui l'avait empêché de dormir. Il n'en fit pas part à Holly. Espérant qu'il s'agissait d'une situation temporaire qui serait vite réglée, il ne tenait pas à ébruiter le fait que Regan avait déserté le foyer familial. Elle avait demandé à réfléchir, mais combien de temps était-il censé lui laisser ? Combien de temps faudrait-il pour…

— Neal, Kowalski, avec moi ! intima le shérif, faisant irruption dans le bureau.

Connor posa sa tasse et vérifia machinalement que son arme et son badge étaient en place.

Holly fit de même en demandant :

— Que se passe-t-il ?

— Violence conjugale.

— Bon sang, marmonna Connor, emboîtant le pas au shérif qui était déjà à la porte.

— Qui a appelé ?

— Une gosse de six ans cachée dans le placard de sa chambre.

Connor jura.

— C'est grave, ajouta Reid. Elle dit que son père est armé.

— Fusil de chasse, dit Holly.

Connor se rembrunit.

— Comment le sais-tu ? demanda-t-il en saisissant la poignée du siège passager du SUV de Reid.

— Je ne sais pas.

Elle le poussa de la hanche.

— Je m'assieds devant.

Haussant avec philosophie les épaules, Connor prit place derrière.

— Où allons-nous ? s'enquit-il quand le shérif fut au volant.

— Southside.

Son ancien quartier.

— 2e Rue.

Connor eut soudain une boule dans le ventre.

— Numéro ?

— 68.

La maison de Mallory.

Quand le shérif tourna dans la 2e Rue, Connor envisagea la possibilité que la petite fille, décrite par Mallory comme la lumière de sa vie, se soit trompée au sujet de l'arme. Il arrivait que les enfants confondent fantasme et réalité. Et, souvent, il le savait d'expérience, les enfants voyaient ce que les adultes choisissaient d'ignorer.

De toute façon, ils allaient agir comme si l'homme était armé.

Reid arrêta le véhicule devant le 62 afin de ne pas prévenir les habitants du 68 de leur arrivée. Il ouvrit le coffre et leur tendit les gilets pare-balles.

— La chambre de l'enfant donne sur l'arrière de la maison, dit-il. Et la fenêtre est accessible. Kowalski, faites sortir l'enfant et prévenez-nous quand elle sera en sécurité. Et, non, je ne vous mets pas sur la touche, ajouta-t-il, devançant les protestations de son adjointe. Je vous envoie parce que si l'enfant est terrifiée, il n'est pas question qu'elle voie débarquer dans sa chambre un homme armé.

Holly acquiesça.

— Neal, dès que la petite est dehors, vous entrerez par la porte latérale, je prends celle de devant.

Si Haven n'était pas un haut lieu de criminalité, il s'y passait parfois des drames, et Connor avait appris à déchiffrer les situations explosives. Bien que la nature humaine soit prévisible, les individus échappaient parfois à la généralité, surtout quand les passions étaient en jeu.

Or les passions d'Evan Turcotte se déchaînaient, comme ils purent le constater à son expression et aux larmes qui ruisselaient sur son visage tandis qu'il pointait un fusil sur sa femme.

— Tu as appelé les flics ? Comment as-tu pu me faire ça ?

— Je ne les ai pas appelés, assura Mallory d'une voix qui le suppliait de la croire. Tu sais que je ne l'ai pas fait, Evan. J'étais avec toi tout le temps.

Incapable de contrer la logique de sa femme, Turcotte jeta le blâme sur les voisins, usant d'un chapelet d'adjectifs peu amènes pour décrire leur comportement intrusif.

— Avez-vous une fille, monsieur Turcotte ? demanda Reid, essayant d'engager la conversation avec le forcené pour désamorcer la situation.

— Oui. Et alors ?

— Et alors, peut-être que de crier après sa mère et d'agiter un fusil l'a terrifiée, suggéra Reid.

En jurant, Turcotte cligna des yeux pour en chasser l'humidité.

— Ah, Chloe vous a appelé ?

— Exact. Parce qu'elle avait peur qu'il arrive un accident.

— Je n'ai jamais levé la main sur ma fille, dit Turcotte, je ne lui ferais jamais de mal.

— Ce serait plus facile pour votre fille de vous croire si vous posiez votre fusil, continua le shérif du même ton patient.

— Où est-elle ? Où est ma fille ?

— Dehors, avec l'adjointe Kowalski.

— Je veux la voir.

— Posez d'abord votre fusil, ordonna Reid.

— Si je pose mon fusil, vous allez me passer les menottes. Et me mettre en prison. Je sais comment ça marche. Je ne suis pas idiot.

— De toute évidence, quelque chose vous met dans tous vos états, monsieur Turcotte. Si nous en parlions ?

— Je veux seulement discuter avec Mallory, dit Turcotte d'une voix pleine de désespoir. Sortez que je parle avec ma femme !

— Si vous savez comment ça marche, vous comprenez qu'il est impossible que nous vous laissions ici, une arme à la main. Vous constituez un réel danger.

— C'est bon, shérif, dit Mallory.

Cependant, le tremblement de sa voix démentait ses paroles.

— Vous devriez partir, ajouta-t-elle.

Connor sortit de l'ombre, espérant que sa vue la rassurerait.

— Nous n'irons nulle part, Mallory.

Elle secoua la tête.

— S'il te plaît, Connor. Ce n'est pas…

— Connor ? s'exclama Turcotte. Oh ! c'est parfait. Ma femme infidèle…

Sa voix trembla légèrement quand il changea de cible, braquant son fusil sur Connor.

— … et son amant.

— Je crains que vous n'ayez été mal informé, dit calmement Connor.

Malheureusement, Mallory ne fit pas preuve du même sang-froid.

— Mais que vas-tu chercher là ! s'exclama-t-elle en levant les bras au ciel.

— J'ai trouvé sa carte dans ta commode et je sais que tu couches avec quelqu'un ! aboya Turcotte.

L'homme était visiblement au bout du rouleau. Connor avança, essayant d'attirer à nouveau son attention.

— Si vous voulez vous mettre en colère contre quelqu'un, Evan, mettez-vous en colère contre moi.

Il avait délibérément utilisé le prénom et un ton amical pour essayer d'établir le contact, encourager l'homme à chercher une solution pacifique au conflit qui le mettait dans cet état.

Mais le mari de Mallory n'avait pas l'intention d'entrer en relation avec lui.

— J'en ai assez d'être en colère, j'en ai assez des balles, annonça-t-il d'un air mauvais.

— Venez, dit Connor, gardant un ton affable. Posez le fusil que nous parlions.

— Je n'ai rien à vous dire.

— Voyons, vous n'allez pas menacer un représentant de l'ordre ?

— J'en ai assez des menaces, dit Turcotte.

Et il appuya sur la détente.

Ben et Margaret n'avaient pas dit un mot quand Regan leur avait annoncé qu'elle allait devoir à nouveau habiter chez eux avec les bébés. Ou peut-être avaient-ils longuement commenté sa décision, mais pas devant elle. Les deux premiers jours, elle fut contente d'éviter toute confrontation avec eux. Elle avait besoin de temps pour démêler des émotions où s'entremêlaient chagrin et colère.

Si elle était furieuse contre Connor, elle n'arrivait pas à croire que l'idée du mariage vienne de lui. Elle n'avait pas non plus l'intention de l'absoudre, car il avait été trop heureux de marcher dans le plan de son père. Mais, pour le moment, ses flèches étaient dirigées dans une autre direction.

— Quelle surprise ! dit Ben.

En voyant Regan entrer dans son bureau, il interrogea sa femme du regard.

— Nous n'avons pas programmé de rendez-vous, lui confirma celle-ci.

— Non, effectivement, dit Regan. Mais je dois parler à papa et ça ne peut pas attendre ce soir.

— Me parler ? répéta son père d'un ton circonspect.

Elle hocha la tête.

— Mais c'est mieux que vous soyez tous les deux.

— Que pouvons-nous faire pour toi ? demanda Margaret.

— J'essaie de comprendre…

Regan s'interrompit, mortifiée de sentir qu'elle était sur le point de pleurer.

— Regan ? interrogea doucement sa mère.

Elle essaya de fixer son père à travers ses larmes.

— J'ai besoin de savoir. Était-ce ton idée ou la sienne ?

— J'ai toujours voulu le meilleur pour toi.

— La tienne, donc.

Les sourcils froncés, Margaret se tourna vers son mari.

— De quelle idée parlez-vous ?

— Maman n'est pas au courant ? demanda Regan avec surprise.

Son père soupira.

— Personne n'était censé savoir.

— Savoir quoi ? insista Margaret.

Ben semblant avoir du mal à trouver les mots pour dire à sa femme ce qu'il avait fait, Regan expliqua :

— Papa a payé Connor pour qu'il m'épouse.

Margaret sursauta.

— C'est vrai ?

— Non, se défendit son père. Je n'ai pas donné d'argent à Connor.

— Pas directement, en effet, commenta Regan, mais tu as rédigé un chèque conséquent au nom de son frère.

— La bourse d'études « Viser plus haut », murmura sa mère, mettant en place les pièces du puzzle.

Elle hocha la tête.

— Mais enfin, Regan, tu ne peux en vouloir à ton père d'aider ton beau-frère à financer ses études de droit ! s'exclama Margaret.

— Sauf que Deacon n'était pas mon beau-frère à l'époque, et que papa n'a pas rédigé ce chèque par bonté d'âme, mais comme moyen de pression pour que Connor m'épouse.

Elle se tourna vers son père.

— Comment as-tu deviné qu'il marcherait dans ton plan ?

— Je savais qu'il avait dû hypothéquer sa maison pour payer la première année d'école de son frère et, à la façon dont il te regardait le jour où tu nous as annoncé que tu étais enceinte, j'ai compris qu'il ferait n'importe quoi pour toi, y compris donner son nom à tes enfants.

Encore cette référence à *ses enfants* en parlant de Piper et Poppy, comme si son père soupçonnait, ou savait que Connor n'en était pas le père biologique.

— Je ne comprends pas. D'une manière générale, tu n'as jamais manifesté beaucoup d'intérêt pour ce que je faisais ou pour les gens que je fréquentais et, tout à coup, non seulement tu t'intéresses à ma vie, mais en plus tu t'en mêles.

— Nous avons toujours voulu le meilleur pour toi, répéta Ben.

— Tu aurais peut-être dû en parler à maman d'abord, parce qu'elle ne pense pas que Connor remplisse les conditions pour être son gendre.

— Je reconnais avoir émis certaines réserves quand tu l'as amené la première fois à la maison, dit Margaret.

Mais seulement parce qu'il n'est pas ton type de garçon habituel.

— Et quel est mon type de garçon habituel ? demanda Regan.

— Eh bien…

Sa mère hésita.

— C'est vrai que tu n'as pratiquement jamais amené de garçons à la maison.

— Ou bien c'est peut-être parce que tu n'étais jamais là quand j'amenais des amis.

— Et si j'avais des réserves, continua Margaret, ignorant la remarque de Regan, le fait que tu reviennes habiter à la maison après quelques mois prouve qu'elles n'étaient pas sans fondement.

— Je ne suis pas revenue « habiter à la maison ». J'ai besoin de temps pour réfléchir au fait que mon mari avait pour m'épouser des raisons que j'ignorais.

— Combien de temps te faudra-t-il ? demanda Ben. Parce que tu ne peux espérer qu'il reste patiemment dans son coin en attendant que tu ne sois plus fâchée contre lui.

— Je suis aussi fâchée contre toi, souligna-t-elle.

— Tu veux que je m'excuse ?

— Regrettes-tu ce que tu as fait ?

— Non. Parce que Connor est un homme bien, un bon mari et un bon père pour tes enfants.

Elle sentit les larmes lui piquer les yeux.

— C'est un bon mari et un bon père.

— L'aimes-tu ? demanda doucement son père.

— Oui, répondit-elle en essuyant ses larmes, mais ça n'excuse en rien ce que tu as fait.

— Il t'aime aussi, même s'il ne te l'a pas dit.

Elle essuya une nouvelle larme qui roulait sur sa joue.

— Comment le sais-tu ?

— C'est que ton mari et moi avons davantage en commun que tu n'imagines.

— Qu'as-tu en commun avec Connor Neal ? demanda Margaret.

Il sourit à sa femme.

— Pour commencer, nous sommes tous deux tombés amoureux d'une femme au-dessus de notre condition.

Margaret lui rendit son sourire.

— C'est vrai, dit-elle à Regan. Nous sommes ensemble depuis si longtemps que parfois j'oublie que Benjamin était très mal à l'aise socialement et financièrement quand nous nous sommes connus.

— Ce que ta mère veut dire, c'est que j'étais un pauvre type fauché.

— Mais tu étais tellement mignon, dit Margaret avec un sourire attendri.

— Et toi, tu étais une Blake, populaire, ravissante, et je suis tombé fou amoureux de toi au premier regard.

— Et six mois plus tard, j'ai accepté de sortir avec toi pour que tu cesses de me harceler, rappela tendrement sa mère. Et quand tu m'as embrassée pour me souhaiter le bonsoir, j'ai été très heureuse d'avoir accepté.

Certes, de voir l'évidente affection qui unissait ses parents réchauffait le cœur de Regan, mais elle était venue jusqu'au bureau pour y voir plus clair à propos de son propre mariage.

— Je dois rentrer à la maison, dit-elle brusquement.

— Nous te verrons au dîner, dit Margaret sans détourner les yeux de son mari.

Regan secoua la tête.

— Non. Je dois aller retrouver Connor, lui dire que j'ai envie que nous soyons heureux.

— Sage décision, déclara Ben.

Avant qu'elle puisse ajouter quelque chose, son téléphone sonna. Elle fit glisser son doigt sur l'écran. Cependant, quand elle prit la communication, ce n'était pas Connor qui l'appelait, mais le shérif.

— Qu'y a-t-il ? demanda Ben d'un ton pressant en la voyant blêmir.

Elle ouvrit la bouche puis la referma, incapable de proférer une parole.

— Regan ? fit sa mère, très inquiète.

— Il… Connor… On lui a tiré dessus.

— Comment ? s'exclamèrent en chœur ses parents.

— Il est hors de danger, dit-elle, s'accrochant de toutes ses forces à cet espoir. Le shérif dit qu'il portait un gilet pare-balles, mais on l'a néanmoins transporté à l'hôpital de Battle Mountain par précaution. Il faut que j'y aille.

— Nous y allons tous, décréta Margaret.

Il semblait à Regan que ses pieds étaient rivés au sol tandis que son corps tanguait.

— Assieds-toi, dit sa mère, la poussant doucement vers un fauteuil. Je t'apporte un verre d'eau.

Elle obéit. Elle avait chaud et froid en même temps. Et elle se sentait à la fois vide et remplie d'émotions chaotiques. Mais elle ne se rendit compte qu'elle pleurait que quand son père lui tendit un mouchoir.

— Ma colère n'était pas tombée, dit-elle en se tamponnant les yeux.

— Alors pourquoi ces larmes ? demanda Margaret.

— J'ignore pourquoi je pleure, avoua-t-elle.

— Ce sont peut-être des larmes de soulagement, suggéra Ben. Parce que tu sais que ton mari est hors de danger. Et qu'au fond de toi, sous la souffrance et la colère, tu te rends compte que tu aurais pu recevoir une tout autre nouvelle, dit-il doucement.

De nouvelles larmes jaillirent de ses yeux.

— Seigneur… Il aurait pu mourir.

— Mais il est sain et sauf, intervint Margaret. Tout va bien, a dit le shérif.

Regan ne le croirait que quand elle l'aurait vu de ses propres yeux.

— Je l'aime, dit-elle en reniflant.

— Dis-le-lui, conseilla Ben.

— C'est ce que je vais faire, promit-elle. Dès que j'en aurai l'occasion.

Connor ne voyait pas pourquoi on l'avait hospitalisé d'office, mais Reid en avait décidé ainsi.

— Vous allez subir un examen complet, avait dit le shérif. Seulement après, vous rentrerez à la maison vous faire dorloter par votre femme.

Ce qui semblait tentant, sauf que Connor ne voulait pas que Regan s'apitoie sur son sort. Il n'en était qu'à envisager de la convaincre de regagner le domicile conjugal.

Soudain il entendit frapper, et le rideau qui l'isolait fut écarté. Mallory, une petite fille d'environ six ans qui devait être Chloe et une jeune femme qu'il crut vaguement reconnaître entrèrent dans la salle d'examen.

Malgré la douleur que le geste lui causait, il s'assit sur la table.

— Bonjour, dit Mallory avec un sourire tremblant. Tu te souviens de ma sœur Miranda ?

— Oui, bien sûr. Content de vous voir, Miranda.

— Moi de même, adjoint Neal.

— Et voici ma fille Chloe, dit Mallory en caressant les cheveux de l'enfant.

— Ravi de faire ta connaissance, Chloe.

L'enfant l'observa avec un regard méfiant.

— C'est vrai, tu es hors de danger ? demanda Mallory.

— Je vais bien, affirma-t-il.

Chloe ne paraissait pas convaincue.

— Papa avait un fusil, dit-elle d'un ton égal.

— Et tu as été très courageuse d'appeler la police pour leur raconter.

— On a appris les numéros d'urgence à l'école.

— Tu comprends maintenant pourquoi c'est important d'écouter en classe.

Elle esquissa un sourire tout en baissant la tête.

— Si nous allions voir ce qu'ils ont de bon à manger à la cafétéria ? proposa Miranda à sa nièce.

— Maman vient aussi, dit Chloe, réticente à lâcher la main de sa mère.

— Va avec tante Mandy, dit Mallory. Je vous rejoins dans cinq minutes.

Elle posa un baiser sur les cheveux de sa fille.

— Promis ?

— Promis, répondit Mallory.

L'enfant lâcha la main de sa mère pour prendre celle que lui tendait sa tante.

— Tu as bien fait d'appeler ta sœur, dit Connor.

— Nous allons passer quelques jours chez elle, ici, à Battle Mountain. Le temps que la police en ait fini avec les investigations.

— Et ensuite ?

Elle haussa les épaules.

— Je verrai plus tard.

— Comment va ton mari ?

Voyant Turcotte appuyer sur la détente, le shérif avait fait feu pour protéger Connor.

— Toujours en chirurgie.

— Tu venais de lui dire que tu voulais divorcer ?

— Oui. Mais j'ignorais qu'il avait une arme. Si j'avais su…

— S'il s'en sort, il passera de longues années en prison.

— Je sais, dit Mallory, essuyant les larmes qui ruisselaient sur ses joues. Je ne veux pas qu'il meure, c'est le père de mon enfant… Mais je ne peux pas m'empêcher de penser qu'il vaudrait peut-être mieux pour elle n'avoir pas de père plutôt qu'un père en prison.

La réflexion fit réfléchir Connor. Au fond, ne pas avoir connu son père avait peut-être été une chance pour lui. Cela renforça aussi sa détermination à être le meilleur parent possible pour Piper et Poppy, et les autres enfants qu'il aurait avec Regan si seulement il parvenait à la convaincre de lui accorder une seconde chance.

Regan avait projeté d'être sereine, pour le bien de Connor comme pour le sien. Elle comprenait qu'être shérif adjoint n'était pas seulement un métier, mais une part intégrale de sa personnalité. Et il ne devait pas s'imaginer qu'elle allait devenir hystérique chaque fois qu'il se produirait un incident dans l'exercice de son métier.

Cependant, en l'occurrence, parler d'*incident* minimisait la gravité de l'événement. Son mari s'était retrouvé face à un suspect armé, et en essayant de désamorcer une situation dangereuse, il avait reçu une balle.

Quelqu'un avait mis en joue son mari et lui avait tiré dessus.

Elle n'osait imaginer la scène. Chaque fois qu'elle pensait à Connor dans cette situation, elle se sentait au bord de la nausée.

Pourtant, c'était son métier de se mettre en danger. Et si elle l'aimait, et elle l'aimait ! elle devait accepter les risques inhérents à son métier et se persuader qu'il prendrait toutes les précautions nécessaires pour rester en vie et les retrouver, ses filles et elle, à chaque fin de service.

Heureusement, ses parents l'avaient conduite à l'hôpital, si bien qu'elle pouvait consacrer toutes ses pensées à Connor. Ils n'avaient peut-être pas été à la hauteur quand elle était enfant, mais ils étaient là pour elle à présent, et elle appréciait leur soutien. Elle les remercia aussi d'avoir la délicatesse d'attendre dehors pendant qu'elle rendait visite à son mari.

Sois sereine.

Rappel bien inutile car, quand elle le vit, assis sur la table d'examen, vivant, en un seul morceau, incapable de se contrôler, elle se jeta dans ses bras.

Il la rattrapa, l'enveloppant dans la chaleur et la force de son étreinte. Malgré tout, elle entendit son cri étouffé.

Aussitôt, elle recula, à temps pour voir sa grimace de souffrance.

— Qu'y a-t-il ? Qu'est-ce qui ne va pas ?

— C'est un peu douloureux, avoua-t-il.

— Mais le shérif m'a dit que tu portais un gilet pare-balles et que tu n'avais pas été touché !

— Le gilet a absorbé la plus grande partie de l'impact, mais la balle a quand même laissé une marque.

Elle quitta l'abri de ses bras pour soulever son T-shirt et poussa un cri en découvrant une meurtrissure qui s'épanouissait en violents tons de rouges et de violets.

— Mon Dieu ! s'exclama-t-elle.

— Tu vas l'embrasser pour qu'elle me fasse moins mal ? demanda-t-il.

— Comment peux-tu plaisanter avec ça ?

Et elle dut lutter une fois encore contre une furieuse envie de pleurer.

— C'est plus vilain à regarder que douloureux. Enfin… pas sûr. En tout cas, ce n'est qu'un bleu.

— Provoqué par une *balle* ! se récria-t-elle. Tu aurais pu mourir.

L'horrible vérité la submergea, et elle éclata en sanglots.

Connor voulut la reprendre dans ses bras, mais elle se raidit.

— Je ne veux pas te faire mal, expliqua-t-elle.

— T'avoir ici, te sentir contre moi est le meilleur des remèdes, affirma-t-il.

Elle en doutait, mais cessa de résister, car elle mourait d'envie d'être dans ses bras.

Elle renifla.

— Je n'arrive pas à croire qu'on t'a tiré dessus.

— J'avoue que je ne donnais pas cher de ma peau. Et à un moment… Non, ma vie n'a pas défilé devant mes yeux. Ou peut-être que si. Parce que quand je fixais le fusil, je ne voyais que toi. Et je me suis juré que si j'en sortais entier, je ferais tout mon possible pour te récupérer. Parce que tu es ma vie. Mon tout.

Il prit son visage dans ses mains et essuya ses larmes.

— Je t'aime, Regan. Je t'aime tant.

Ces mots qu'elle avait rêvé d'entendre comblèrent son cœur et en guérirent les blessures.

— Je t'aime aussi, murmura-t-elle.

Il sourit.

— Je l'avais compris à travers ce que tu m'as dit quand tu étais si fâchée, l'autre jour.

— Je souffrais et j'étais en colère…

— Et tu avais tous les droits de l'être. J'aurais dû te dire la vérité dès le début.

— Ou à tout autre moment des neuf mois et demi qui ont suivi.

— Tu as raison. Mais je redoutais de te perdre. Et je ne voulais pas, je n'ai jamais voulu te perdre.

— Tu ne me perdras pas.

— Tu vas donc revenir à la maison ?

— J'avais déjà pris ma décision quand le shérif a appelé.

— Fantastique ! Parce qu'il n'y a rien que je souhaite autant qu'une vie avec toi et nos filles.

— C'est ce que je désire le plus au monde. Et… peut-être un autre bébé, un jour.

Il effleura ses lèvres d'un baiser.

— On dirait que tu lis dans mes pensées.

Épilogue

— Quand ma mère a téléphoné pour nous inviter à dîner, je n'avais pas compris qu'il s'agissait d'une réunion familiale, dit Regan, découvrant plusieurs véhicules dans l'allée où Connor se garait.

— Crois-tu qu'ils savent que c'est notre anniversaire ?

— Je n'étais pas sûre que tu t'en souvenais.

— Bien sûr que je m'en souviens ! J'ai même réservé notre suite au Stagecoach Inn.

— *Notre* suite ? demanda-t-elle, amusée.

— Eh bien, je ne peux pas m'empêcher d'avoir un regard de propriétaire sur la chambre où j'ai eu le plaisir de faire l'amour pour la première fois à ma chère femme.

— J'en ai également de très bons souvenirs. Et comme je meurs d'envie d'en fabriquer de nouveaux, pourquoi ne pas sauter le dîner et filer tout de suite à l'hôtel ?

— Proposition indéniablement tentante. Mais à moins que tu n'aies l'intention d'emmener Piper et Poppy avec nous, il faut tout de même que nous rentrions.

— Mais nous ne sommes pas obligés de rester pour le dessert !

Il rit en ouvrant la portière arrière pour sortir les bébés dans leurs sièges.

Cependant, ils eurent la surprise de découvrir que le père Douglas faisait partie des invités.

— Comme nous n'avons pas assisté à votre mariage, expliqua Margaret, nous serions heureux que vous acceptiez de renouveler vos vœux ce soir.

— Vous auriez dû nous demander notre avis avant de tout organiser, protesta Regan.

— Je suis d'accord pour que la cérémonie ait lieu, intervint Connor.

— Tu es sûr ? dit sa femme d'un air de doute.

— C'est merveilleux ! s'exclama Margaret, applaudissant avec entrain.

— Je n'ai pas donné mon accord, fit remarquer Regan.

— Je vous laisse en discuter tous les deux, dit sa mère en se glissant hors de la pièce.

— À mon avis, dit Regan quand ils furent seuls, les parents ont organisé cette cérémonie pour montrer qu'ils t'acceptent comme membre de la famille.

— Ce qui m'importe, c'est d'être accepté par toi.

— Alors, pas de renouvellement de vœux ?

— Si. J'y tiens. Mon seul regret quand nous nous sommes mariés a été mon manque d'honnêteté envers toi. Aussi, aujourd'hui…

Il se laissa tomber sur un genou.

— Je te demande de m'épouser à nouveau, sans plus de secrets entre nous, sachant que je t'aime de tout mon cœur et que je t'aimerai tous les jours de notre vie.

— Dire que je croyais avoir repris le contrôle de mes émotions, dit Regan, les yeux pleins de larmes.

— Alors, c'est oui ou c'est non ?

— C'est un oui catégorique ! Parce que je t'aime de tout mon cœur, etc.

Il haussa un sourcil.

— Tu vas juste répondre « etc. » à ma déclaration d'amour ?

— *Après* avoir dit que je t'aimais.

Il sourit.

— Dans ce cas, allons nous marier pour pouvoir passer à la phase deux de notre lune de miel.

Et ce fut exactement ce qu'ils firent.

Retrouvez en avril 2020,
dans votre collection

Passions

Un bébé en héritage, de Janice Maynard - N°857

Infâme goujat. Jonathan Tarleton, le directeur de l'entreprise où Lisette exerce, celui qui l'a suppliée de devenir sa femme au moment où il a découvert qu'il était malade vient de la repousser en apprenant sa guérison. Comment peut-il se montrer si cruel, après avoir dérobé son cœur et lui avoir offert le plus beau des cadeaux ?

Le désir pour guide, de Christy Jeffries

Durant un bref instant – le temps d'un baiser avec Ethan Regnault entre les rayons de sa bibliothèque –, Monica a fait taire ses problèmes pour se laisser porter par la passion. Pourtant, elle n'aurait jamais dû céder à son désir et mettre ainsi en péril la seule relation qui apportait un peu d'équilibre dans sa vie chaotique…

Une romance avec toi, de Marie Ferrarella - N°858

En rencontrant Daniel, le frère et tuteur d'Elena, Shania pensait juste venir en aide à son élève en pleine crise d'adolescence. Sans présumer un seul instant qu'elle se confronterait à un mur, froid, insensible et aussi déstabilisant que son métier de shérif le requiert…

L'amour en chantier, de Sara Orwig

Un million de dollars et un sourire d'ange. Jake Ralston sait négocier, Emily l'admet volontiers. Malgré cela, elle ne peut consentir à remettre en état le ranch qui appartient à l'ennemi de sa famille, comme il le lui demande. Au risque que les siens lui tournent le dos à jamais…

Insolent patron, de Katy Evans - N°859

Désormais, c'est moi qui fixe les règles. Face au discours si plein d'assurance de son nouveau patron, un tentateur au regard céruléen, Alexandra perd son sang-froid. Pour qui se prend-il à vouloir tout révolutionner dès son arrivée ici ? Alexandra est déterminée à le remettre à sa place.

Un mariage pour un bonheur, de Teri Wilson

Épouser Ryan Carter pour lui permettre de conserver la garde de son fils ? Cela est insensé pour Amanda. Elle a beau tenir à Ryan et son bambin, elle n'est rien pour eux si ce n'est celle qui leur a permis d'adopter un chien dans le refuge où elle exerce. Sans compter qu'elle doit se focaliser sur sa carrière si elle veut se faire un nom dans le milieu fermé de la gastronomie.

L'enfant du scandale, de Dani Wade - N°860

Une danse lascive et un baiser voluptueux durant le bal masqué… Il n'en fallait pas plus pour qu'Ivy obéisse à son désir. Mais cette parenthèse brûlante entre les bras de son patron devait rester sans lendemain. Pourtant, à présent, le silence est impossible. Ivy va devoir se confronter à cet homme pour lui annoncer qu'elle attend un enfant de lui…

Une folle escapade, de Allison Leigh

Des vacances à Paseo et un mariage ! Georgia ne manquait pas d'enthousiasme à l'idée de fuir sa routine de riche héritière. Mais, passé le choc d'un accident sur la route et de sa rencontre déstabilisante avec le séduisant Paxton Price – le shérif qui l'a recueillie dans sa voiture –, elle n'aspire plus qu'à retrouver sa tranquillité, loin du trouble que cet homme provoque en elle.

Hors-limites, de Reese Ryan - N°861

SÉRIE : PASSIONS AU BUREAU 3/4

Retrouver lors d'un concert Gideon Johns, l'homme qui l'a repoussée alors qu'elle lui déclarait sa flamme – ce qui lui a inspiré sa première chanson à succès quelques années plus tôt –, Jessie ne s'y attendait guère. Et, malgré le temps envolé, ni sa blessure ni son amour pour lui ne semblent s'être taris, bien au contraire…

Secourue par un milliardaire, de Joss Wood

SÉRIE : PASSIONS AU BUREAU 4/4

Teresa est au bord de la crise : son agence événementielle risque de mettre la clé sous la porte à cause d'un scandale impliquant son jeune frère, menacé par un puissant réseau criminel. Elle a terriblement besoin d'aide, mais ne peut accepter celle de Liam, son ex-petit ami milliardaire, qui insiste pour la secourir en remboursant les dettes contractées…

Sur la route de Paradise, de Michelle Celmer - N°862

Paradise, 1 632 habitants. Jamais Reily, en route pour vivre son rêve à Nashville, ne se serait arrêtée dans ce village si elle n'avait pas perdu sa voiture et toutes ses économies. Résolue à repartir dès que ses finances le lui permettront, elle trouve un travail auprès de Joe Miller, un homme ténébreux et père dévoué. Désemparée par les sentiments inédits qu'il provoque en elle, Reily n'a bientôt plus qu'une crainte : quitter ce lieu et cet homme…

Un sentiment inoubliable, de Heidi Betts

Lorsqu'elle découvre que l'homme d'affaires censé sauver son entreprise de la faillite n'est autre que Marcus Keller, son ex-mari, Vanessa sent la panique l'envahir. Jamais, même dans ses pires cauchemars, elle n'aurait imaginé le revoir. Mais ce qu'elle craint le plus, en réalité, ce n'est pas tant de se retrouver face à cet homme qui n'a pas hésité à lui briser le cœur, mais qu'il découvre le secret qu'elle a emporté avec elle lorsqu'ils se sont séparés près de deux ans plus tôt…

Composé et édité par HarperCollins France.

Achevé d'imprimer en février 2020.

CPI
BLACK PRINT

Barcelone

Dépôt légal : mars 2020

MIXTE
Papier issu de sources responsables
FSC® C108412
FSC
www.fsc.org

Pour limiter l'empreinte environnementale de ses livres, HarperCollins France s'engage à n'utiliser que du papier fabriqué à partir de bois provenant de forêts gérées durablement et de manière responsable.

Imprimé en Espagne.